Na estrada com o ex

Na estrada com o ex

Beth O'Leary

Tradução de Ana Rodrigues

intrínseca

TÍTULO ORIGINAL
The Road Trip

PREPARAÇÃO
Nina Lopes

REVISÃO
Agatha Machado
Thayná Pessanha

DIAGRAMAÇÃO
Ilustrarte Design e Produção Editorial

CIP-BRASIL. CATALOGAÇÃO NA PUBLICAÇÃO
SINDICATO NACIONAL DOS EDITORES DE LIVROS, RJ

O38n

O'Leary, Beth, 1992-
Na estrada com o ex / Beth O'Leary ; tradução Ana Rodrigues. - 1. ed. - Rio de Janeiro : Intrínseca, 2021.
416 p. ; 23 cm.

Tradução de: The road trip
ISBN 978-65-5560-338-5
978-65-5560-078-0 [c.i.]

1. Romance inglês. I. Rodrigues, Ana. II. Título.

21-72355 CDD: 823
CDU: 82-31(410.1)

Leandra Felix da Cruz Candido - Bibliotecária - CRB-7/6135

[2021]

Editora Intrínseca Ltda.
Rua Marquês de São Vicente, 99, 3º andar
22451-041 — Gávea
Rio de Janeiro — RJ
Tel./Fax: (21) 3206-7400
www.intrinseca.com.br

Para as minhas madrinhas de casamento.

AGORA

Dylan

— A estrada da amizade nunca flui suavemente, escute o que estou dizendo — me fala Marcus, enquanto tenta afivelar o cinto de segurança.

Essa é a minha primeira experiência com um pedido de desculpas sincero de Marcus e, até agora, já envolveu seis clichês, o assassinato de duas referências literárias e nenhum contato visual. A palavra *desculpa* até apareceu, mas foi precedida de um *Não sou muito bom em pedir*, o que de certa forma comprometeu a sinceridade do pedido.

Mudo a marcha.

— Não é *o curso do verdadeiro amor* que nunca flui suavemente? *Sonho de uma noite de verão*, se não me engano.

Estamos perto de um supermercado vinte e quatro horas. São quatro e meia da manhã, a escuridão nos envolve feito um edredom pesado, mas a luz fraca e amarela do mercado ilumina as três pessoas no carro da frente como se estivessem se movendo sob um holofote. Estamos bem atrás deles, ambos seguindo o ritmo lento e chacoalhante de um caminhão mais adiante.

Por uma fração de segundos, vejo o rosto da motorista pelo espelho retrovisor. Ela me lembra Addie; se a gente pensa demais em alguém, acaba vendo essa pessoa por toda parte.

Marcus bufa.

— Estou falando dos meus sentimentos, Dylan. E é angustiante. Por favor, tire o olho do seu próprio umbigo para realmente me escutar.

Sorrio ao ouvir aquilo.

— Tudo bem. Estou ouvindo.

Continuo dirigindo e passamos pela padaria. Os olhos da motorista do carro da frente são iluminados de novo pelo retrovisor, as sobrancelhas ligeiramente erguidas por trás dos óculos de armação quadrada.

— Só estou dizendo que entendo que tivemos alguns acidentes de percurso, e que não lidei bem com a situação, e que é... que é mesmo uma pena que isso tenha acontecido.

É realmente impressionante ver os nós linguísticos que ele dá para evitar um simples *me desculpa*. Permaneço em silêncio. Marcus tosse e se remexe um pouco mais, inquieto, e quase fico com pena e digo que está tudo bem, que ele não precisa pedir desculpas se ainda não estiver pronto, mas então passamos lentamente pela casa de apostas, outro facho de luz atinge o carro da frente, e Marcus é esquecido. A motorista abaixou o vidro da janela, colocou o braço para fora e apoiou a mão no teto do carro. Seu braço está cheio de pulseiras cintilando em um tom vermelho metálico sob a luz do farol do carro. O gesto é tão dolorosamente familiar: o braço esguio e pálido, o movimento determinado, e aquelas pulseiras, as contas redondas e infantis envolvendo o pulso. Eu reconheceria aquele braço em qualquer lugar. Meu coração acelera, como se eu tivesse tropeçado, porque é ela, é *Addie*. Seus olhos encontram os meus pelo retrovisor.

Então Marcus grita.

Mais cedo, ele já tinha dado um grito igualmente apavorado quando passamos por uma padaria da rede Greggs anunciando que tinham linguiça vegana, por isso agora não reajo com a rapidez que talvez tivesse reagido em outra circunstância. Quando o carro da frente para de súbito, e eu não freio rápido o bastante o Mercedes no valor de setenta mil libras do pai de Marcus, só tenho tempo para me arrepender do que fiz.

Addie

Bam.

Minha cabeça foi jogada tão rápido para a frente e para trás que os meus óculos saíram voando por cima do encosto de cabeça do banco. Alguém grita. *Ai, merda.* Uma dor sobe pelo meu pescoço e só o que consigo pensar é *Meu Deus, o que foi que eu fiz? Bati em algo?*

— Merda — diz Deb ao meu lado. — Você está bem?

Levo a mão aos óculos que, obviamente, não estão no meu rosto.

— O que acabou de acontecer aqui? — consigo perguntar.

Minhas mãos trêmulas tocam o volante, então o freio de mão e depois o espelho retrovisor. Estou tentando me orientar.

Eu o vejo pelo retrovisor. Um pouco borrado, já que estou sem óculos. Um pouco irreal. Mas é ele, sem sombra de dúvida. Ele é tão familiar que, por um momento, tenho a sensação de estar olhando para o meu próprio reflexo. De repente, o meu coração dispara, como se não houvesse espaço suficiente no meu peito.

Deb está saindo do carro. À nossa frente, o caminhão de lixo começa a se mover, e seu farol ilumina o rabo da raposa que o fez frear. Ela está subindo na calçada com tranquilidade. Aos poucos, as peças da cena começam a se encaixar. O caminhão para por causa da raposa, eu paro por causa do caminhão e, atrás de mim, Dylan não para. Então... *bam.*

Volto a olhar para Dylan pelo retrovisor, e ele continua me encarando. Tudo parece desacelerar, ou se aquietar, ou desvanecer, como se alguém tivesse diminuído o volume do mundo.

Não vejo Dylan há vinte meses. Ele deve ter mudado de algum modo. Tudo mudou. Mas mesmo daqui, na semiescuridão, vejo o contorno exato do nariz dele, os cílios compridos, os olhos verde-amarelados como a pele de uma cobra. Sei que esses olhos devem estar tão arregalados e chocados como quando ele me deixou.

— Ora — diz a minha irmã. — O Mini nos deixou orgulhosas.

O Mini. O carro. Tudo volta rapidamente e solto o cinto de segurança. São necessárias três tentativas. As minhas mãos estão tremendo. Quando volto a olhar pelo retrovisor, os meus olhos se fixam no banco de trás, em vez de no carro de trás, e lá está Rodney, o corpo curvado para a frente, as mãos na cabeça e o nariz tocando os joelhos.

Merda. Tinha me esquecido completamente do Rodney.

— Você está bem? — pergunto a ele, ao mesmo tempo em que Deb diz:

— Addie? Você está bem? — Ela enfia a cabeça dentro do carro, então faz uma careta. — O seu pescoço também está doendo?

— Está — respondo, porque, assim que ela pergunta, eu percebo que está doendo *muito*.

— Nossa — diz Rodney, enquanto abandona, hesitante, a posição de impacto. — O que aconteceu?

Na noite anterior, Rodney perguntou no grupo do Facebook "Cherry & Krish vão se casar", se alguém saindo da área de Chichester podia lhe dar uma carona para o casamento. Como mais ninguém respondeu, eu e Deb ficamos com pena. Só o que sabemos sobre Rodney é que ele toma um pote de iogurte no café da manhã, está sempre curvado e sua camiseta diz *Continuo apertando Esc, mas ainda estou aqui*, então acho que já entendi a essência dele.

— Algum babaca em um Mercedes bateu na gente — diz Deb, e endireita o corpo para olhar de novo para o carro de trás.

— Deb… — chamo.

— Oi?

— Acho que é o Dylan. Naquele carro.

Ela franze o nariz e enfia novamente a cabeça dentro do carro para olhar para mim.

— Dylan *Abbott*?

Engulo em seco.

— É.

Arrisco uma olhada por cima do ombro. O meu pescoço protesta. Só então reparo no homem saindo pela porta do carona do Mercedes. Magro e fantasmagoricamente pálido sob a luz das vitrines das lojas atrás dele. E lá vai meu coração disparar de novo.

— Ele está com o Marcus — digo.

— O *Marcus*? — repete Deb, com os olhos arregalados.

— Sim. Ai, meu Deus. — Que horror. O que eu faço agora? Falo alguma coisa sobre acionar o seguro? — Está tudo bem com o carro? — pergunto.

Desço do Mini ao mesmo tempo em que Dylan está saindo do Mercedes. Ele está usando uma camiseta branca com uma bermuda de sarja, e um mocassim surrado nos pés. O mosquetão de um chaveiro está preso no passante do cinto e enfiado no bolso. Aquilo foi ideia minha, porque ele vivia perdendo as chaves.

Dylan sai na luz dos faróis do Mercedes. Ele está tão bonito que causa uma pontada no meu peito. Vê-lo é ainda mais difícil do que eu esperava. Quero fazer tudo ao mesmo tempo: correr na direção dele, fugir, me enroscar em posição fetal, chorar. E, sob tudo isso, tenho a sensação totalmente absurda de que alguém fez uma confusão danada lá em cima, no universo, porque eu *deveria* ver o Dylan nesse fim de semana, pela primeira vez em quase dois anos, mas no casamento.

— Addie? — chama ele.

— Dylan — consigo responder.

— Um *Mini* realmente conseguiu fazer um estrago total no Mercedes do meu pai? — fala Marcus.

Levo a mão inconscientemente à minha franja. Estou sem maquiagem, usando uma jardineira velha, sem mousse no cabelo. Passei *meses* planejando a roupa que deveria usar quando visse o Dylan de novo, e não era essa. Mas ele não me olha de cima a baixo nem parece reparar na minha nova cor de cabelo; seus olhos encontram os meus e ficam fixos ali. Tenho a sensação de que o mundo todo acabou de tropeçar e teve que recuperar o fôlego.

— Cacete — reclama Marcus. — Um Mini! Olha a indignidade da situação!

— Que merda foi essa? — pergunta Deb. — O que você *fez*? Simplesmente enfiou seu carro no nosso!

Dylan olha ao redor, perplexo. Eu me recomponho.

— Alguém se machucou? — pergunto, enquanto esfrego o pescoço dolorido. — Rodney?

— Quem? — pergunta Marcus.

— Estou bem! — grita Rodney, que continua sentado no banco de trás do carro.

Deb o ajuda a sair. Eu deveria ter feito isso. Mas meu cérebro está meio bagunçado.

— Merda — diz Dylan, enfim reparando no para-choque amassado do Mercedes. — Desculpe, Marcus.

— Ah, cara, sinceramente, não se preocupe com isso — responde Marcus. — Sabe quantas vezes já dei perda total em um dos carros do meu pai? Ele nem vai perceber.

Dou um passo à frente para checar a traseira do velho Mini da Deb. Na verdade, não parece tão ruim; o *bam* foi tão alto que imaginei que alguma coisa mais séria tinha voado do carro. Como uma roda.

Antes de me dar conta do que ela estava fazendo, Deb já ocupou o banco do motorista e ligou novamente o motor.

— Tudo certo aqui! — diz Deb. — Que carro... Foi o melhor dinheiro que eu já gastei.

Ela avança um pouco, sobe no meio-fio e liga o pisca-alerta.

Dylan volta para o Mercedes para procurar alguma coisa no porta-luvas. Ele e o Marcus falam sobre acionar o seguro do carro, o Marcus encaminha para o Dylan um e-mail do celular dele, e eu penso comigo mesma... É isso, o cabelo do Dylan está mais curto. É isso. Sei que deveria estar pensando sobre o acidente, mas só consigo brincar de jogo dos sete erros. Olho para Dylan e me pergunto: *O que está faltando? O que está diferente?*

Os olhos dele voltam a encontrar os meus. Me sinto quente. Há alguma coisa no olhar do Dylan... que meio que prende a gente, feito uma teia de aranha. Eu me forço a desviar o olhar.

— Então... imagino que vocês estejam indo para o casamento da Cherry? — pergunto ao Marcus.

A minha voz está trêmula. Não consigo olhar para ele. Subitamente fico feliz por ter o para-choque traseiro amassado do Mini para olhar.

— Bem, a gente estava — fala Marcus lentamente, olhando para o Mercedes. Talvez ele também não consiga se forçar a me encarar. — Mas agora não temos como dirigir esse bebê por mais seiscentos e cinquenta quilômetros. Ele precisa ir para uma oficina. E o seu também.

Deb faz um barulhinho de desdém, já fora do carro de novo e esfregando um arranhão na lataria com a manga do casaco velho.

— Ah, está tudo bem — diz, enquanto abre e fecha o porta-malas do carro, para checar. — Foi só um amassadinho.

— Marcus, esse negócio vai explodir — fala Dylan.

Mesmo de onde estou, vejo o painel do Mercedes acendendo as luzes de alerta. A do pisca-alerta é muito forte. Desvio o rosto. É bem típico isso: quando o carro do Marcus quebra, é Dylan quem resolve o problema.

— O reboque vai chegar em meia hora para levar o carro para a oficina — avisa Dylan.

— Meia hora? — comenta Deb, incrédula.

— É tudo parte do serviço — retruca Marcus, e aponta para o carro. — Mercedes, meu bem.

— É Deb. Não "meu bem". Já nos encontramos várias vezes.

— Claro. Eu me lembro — diz Marcus em um tom descontraído. E nada convincente.

Sinto os olhos de Dylan atraindo os meus enquanto todos nós tentamos resolver as questões do seguro. Procuro informações no celular e Deb tenta achar os documentos no porta-luvas, mas estou o tempo todo consciente da presença de Dylan, como se ele ocupasse dez vezes mais espaço do que os outros.

— E como vamos chegar ao casamento? — pergunta Marcus, depois que terminamos.

— Vamos de ônibus, de trem... — sugere Dylan.

— *Ônibus, trem?* — repete Marcus, como se alguém tivesse acabado de sugerir chegar ao casamento da Cherry de tobogã.

Ele continua meio babaca, então. Nenhuma surpresa.

Rodney pigarreia. Ele está apoiado na lateral do Mini, os olhos fixos no celular. Eu me sinto mal... Esqueço dele toda hora. Mas nesse exato momento o meu cérebro não tem espaço para o Rodney.

— De acordo com o Google — diz ele —, se vocês saíssem agora, chegariam... às duas e treze.

Marcus checa o relógio.

— Tudo bem — responde Dylan. — Não é tão ruim.

— De terça-feira — completa Rodney.

— *O quê?* — perguntam Dylan e Marcus em coro.

Rodney olha para os dois com uma expressão contrita.

— São quatro e meia da manhã de um domingo, em um fim de semana de feriado, e vocês estão tentando ir de Chichester para a zona rural da Escócia.

Marcus joga as mãos para cima.

— Esse país é uma bagunça.

Deb e eu nos entreolhamos. Não, não, não, não...

— Vamos — digo, já me encaminhando para o Mini. — Você dirige?

— Addie... — começa Deb enquanto me acomodo no banco do carona.

— Para onde vocês acham que vão? — grita Marcus.

Bato a porta do carro.

— Ei! — chama ele, enquanto Deb se acomoda diante do volante. — Vocês têm que nos levar para o casamento!

— Não — digo para Deb. — Ignore ele. Rodney! Entre no carro!

Rodney obedece. O que é legal da parte dele. A verdade é que não o conheço tão bem para gritar com ele.

— Que porra é essa? Addie. Qual é? Se vocês não levarem a gente, não vamos chegar a tempo — tenta Marcus.

Ele está ao lado da minha janela, batendo no vidro com o nó dos dedos. Não abaixo o vidro.

— Addie, qual é? Caramba, você com certeza deve um favor ao Dylan.

Dylan diz alguma coisa a Marcus, mas não ouço o quê.

— Meu Deus, ele é um babaca — comenta Deb, o cenho franzido.

Fecho os olhos.

— Acha que consegue? — pergunta ela. — Dar uma carona a eles?

— Não. Não... Não aos dois.

— Então ignore ele. Vamos embora.

Marcus bate de novo no vidro. Cerro os dentes, o pescoço ainda doendo, e mantenho os olhos fixos à frente.

— Nossa viagem de carro era para ser *divertida* — digo.

Esse é o primeiro final de semana da Deb longe do bebê dela, o Riley. Esse é o nosso único assunto há meses. Ela planejou cada lanche, cada parada no caminho.

— Ainda seria divertido — comenta Deb.

— Não temos espaço — arrisco.

— Eu posso me espremer aqui atrás! — sugere Rodney.

Eu realmente não gosto de Rodney.

— É uma viagem *tão* longa, Deb — digo, pressionando os olhos com os punhos. — Horas e horas enfiada nesse carro com o Dylan. Passei quase dois anos andando na ponta dos pés por Chichester, tentando não esbarrar nesse homem nem por um *segundo*, quanto mais por oito horas.

— Não estou dizendo para fazermos isso — lembra Deb. — Estou dizendo para irmos embora.

Dylan levou o Mercedes para um lugar mais seguro, para esperar pelo reboque. Eu me viro no banco bem no momento em que ele está saindo do carro, quase um metro e oitenta, magro, desarrumado...

Assim que os nossos olhos se encontram, sei que não vou deixá-lo aqui.

Ele também sabe disso. *Sinto muito*, fala Dylan silenciosamente para mim, só movendo os lábios.

Se eu tivesse ganhado uma moeda toda vez que Dylan Abbott me dissesse que sentia muito, estaria rica o bastante para comprar aquele Mercedes.

Dylan

Às vezes um poema surge quase completo, como se alguém o tivesse jogado aos meus pés, feito um cachorro brincando com um graveto. Enquanto me acomodo no banco de trás do carro de Deb e sinto o aroma dolorosamente familiar do perfume de Addie, crio dois versos e meio em uma fração de segundos. *Inalterada e alterada/ Olhos fixos nos meus/ E estou...*

Estou o quê? O que eu estou? Uma bagunça. Toda vez que olho para Addie, alguma coisa dentro de mim salta feito um golfinho. E era de se imaginar que depois de vinte meses não *doeria* desse jeito, mas dói, dói muito, o tipo de dor que dá vontade de *gritar*.

— Aperta um pouco aí, pode ser? — pede Marcus, me empurrando para o ombro de Rodney.

Estendo a mão e por pouco não caio bem no colo do cara.

— Desculpa — falamos ao mesmo tempo.

As palmas das minhas mãos estão úmidas e eu não paro de engolir em seco, como se isso fosse me ajudar a manter todos os sentimentos sob controle. Addie está muito diferente: o cabelo quase tão curto quanto o meu e tingido de prateado, e os óculos — milagrosamente resgatados do chão do Mini depois da batida — são pesados e superdescolados. Ela provavelmente está mais bonita do que nunca. É como se eu estivesse olhando para uma gêmea idêntica da Addie: a mesma, mas diferente. *Inalterada e alterada.*

É óbvio que eu deveria dizer alguma coisa, mas não consigo pensar no quê. Eu já fui bom nesse tipo de coisa, já fui *desencanado*. Eu me espremo no meio estreito do banco de trás e fico olhando o carro do pai do Marcus ser levado pela rua escura — balançando desamparado na traseira do reboque —, enquanto desejo invocar ao menos parte do atrevimento que eu tinha quando conheci Addie, quando não fazia a menor ideia de como ela mudaria completa e absolutamente a minha vida.

— Aliás, o que vocês estavam fazendo na estrada tão cedo? — pergunta Addie, enquanto Deb vai com o carro para a pista. — Você detesta dirigir cedo.

Ela está usando o espelho do quebra-sol para se maquiar. Eu a vejo misturar uma pasta nas costas da mão e passar na pele macia.

— Você está um pouco desatualizada — diz Marcus, enquanto tenta ficar mais confortável no banco e enfia o cotovelo nas minhas costelas no processo. — Hoje em dia, Dylan tem opiniões *muito* fortes sobre por que viagens de carro com certeza *devem* começar às quatro da manhã.

Olho para baixo, na direção dos meus joelhos, constrangido. Foi Addie que me ensinou que, para viajar melhor de carro, é preciso sair antes de amanhecer, quando tudo está calmo e silencioso, o dia ainda carregado de esperança. Mas ela tem razão: quando estávamos juntos, eu sempre reclamava por ela querer que a gente saísse cedo para uma viagem longa de carro.

— Ora, foi bom a gente ter saído cedo! — comenta Rodney em um tom satisfeito, enquanto checa o celular, os cotovelos o mais grudados possíveis ao corpo.

Marcus não está fazendo qualquer sacrifício pelo meu conforto: ele está com a perna aberta, o joelho despreocupadamente encostado no meu e um dos cotovelos no meu colo. Suspiro.

— Depois dessa parada, vamos chegar em cima da hora no churrasco para a família — continua Rodney. — Temos mais oito horas de viagem e já são cinco e meia da manhã!

— Ah, você vai ao churrasco pré-casamento? — pergunto.

Ele assente. A pergunta é uma tentativa descarada de descobrir o que Rodney está fazendo aqui, mas torço para que pareça uma curiosidade simpática. Assim que eles saíram do carro, por um momento terrível e desesperador, achei que ele estava indo ao casamento como acompanhante da Addie, já que Cherry tinha dito alguns meses antes que ela talvez levasse alguém. Mas não há nenhum clima entre eles; na verdade, Addie parece ignorá-lo solenemente.

Aliás, ela está ignorando solenemente todo mundo. Depois daqueles primeiros momentos de contato visual, que fizeram o meu estômago se revirar e o meu coração disparar, Addie faz questão de ignorar o meu olhar toda vez que tento chamar sua atenção. Por sua vez, Marcus está tamborilando um som alto e idiota na janela, o que faz Deb lançar um olhar irritado para ele, enquanto tenta se concentrar para pegar o desvio que sai de Chichester para a rodovia.

— Podemos colocar alguma música ou alguma coisa assim? — pergunta Marcus.

Sei o que vai tocar antes mesmo de Addie apertar play. Assim que escuto as notas de abertura, contenho um sorriso. Não conheço a música, mas o estilo musical sem dúvida é o country americano; bastam alguns acordes para saber que estamos prestes a ouvir histórias sobre beijos trocados tarde da noite em alguma varanda; saídas para ouvir música ao vivo no bar; longas viagens de carro com garotas bonitas no banco do carona. Addie e Deb adoram música country desde adolescentes. Eu sempre implicava com a Addie por causa disso, o que era particularmente hipócrita da minha parte, já que sou um homem cuja playlist "Corridas longas" é quase exclusivamente composta por canções da Taylor Swift. Agora não consigo mais ouvir o som fanhoso de um banjo sem lembrar de Addie dançando uma música do Florida Georgia Line usando uma blusa velha minha; ou de quando ela cantou "Watching You" com Rodney Atkins, com as janelas do carro abaixadas; ou ainda dela se despindo lentamente ao som de "Body Like a Back Road".

— Talvez essa não — diz Addie, a mão já pairando sobre o celular.

— Eu gosto dessa! Deixa — pede Deb, e aumenta o som.

— O que é isso? — pergunta Marcus.

Vejo Addie endireitar os ombros diante do tom dele.

— É Ryan Griffin — responde ela. — É... o nome da música é "Woulda Left Me Too".

Estremeço. *Também teria me deixado*... Marcus cai na gargalhada.

— Ah, é mesmo? — diz ele.

— Está na playlist Country Gold — explica Addie, enquanto um rubor rosa-claro se espalha pelo seu pescoço, as manchas parecendo pétalas. — E é isso que vamos ouvir pelas próximas oito horas. Portanto é melhor se acostumar.

Marcus abre a porta do carro.

— O que você...

— Marcus, que porra é ess...

Há uma movimentação no banco de trás. Marcus me empurra com o cotovelo. A porta está aberta só alguns centímetros, mas o vento entra zunindo no carro, e Rodney está se inclinando sobre mim agora, quase alcançando a maçaneta da porta, e estamos nos esfregando um no outro, o cabelo castanho oleoso do Rodney no meu rosto, a minha perna de algum jeito emaranhada à do Marcus...

— Vou pegar uma carona! — grita Marcus, e ouço a adrenalina na sua voz, o barato que sobe à cabeça dele quando faz alguma coisa idiota. — Me deixa sair! Não consigo ouvir isso por oito horas! Desligue!

Ele continua rindo mesmo quando dou um tapa tão forte na sua mão que minha palma arde.

— Você é louco! — diz Rodney. — Estamos a quase cem quilômetros por hora!

O carro dá uma guinada. Vejo os olhos de Deb pelo retrovisor: estão estreitados em uma concentração intensa enquanto ela tenta se manter no meio da pista. À nossa direita, os carros passam em um fluxo de luzes fortes de faróis, que deixam faixas de um amarelo esbranquiçado na minha visão.

Addie dá pause. Marcus fecha a porta. Agora que a música parou e o vento não está mais rugindo através da porta, dá para ouvir cada barulho dentro do carro: a respiração acelerada do Rodney, o som da Deb relaxando o corpo no banco. Com a descarga de adrenalina provocada pelo episódio vem um desejo absurdo de socar o nariz de Marcus.

— Qual é o seu problema, *porra*? — sibilo.

Sinto que Addie se vira para ver o que houve — surpresa, talvez —, mas se volta para o caminho à frente antes que eu consiga encontrar seus olhos.

Marcus engole em seco, me olhando de soslaio, e percebo que ele já se arrepende de não ter se comportado melhor, mas estou irritado demais para reconhecer isso. Depois de um instante, ele força uma risada.

— Queremos músicas típicas de viagens de carro! — exclama ele. — Coloque alguma do Springsteen.

Por um longo momento, Addie não diz nada.

— Deb — diz ela por fim —, pare assim que der, por favor.

— Você precisa fazer xixi? — pergunta Deb.

— Não — responde Addie. — Precisamos largar o Marcus. Assim ele pode pegar uma carona. Como solicitado.

Ela aperta o play e a música country volta a tocar.

Addie

Acaba que não paramos por um tempão. Quando finalmente chegamos a um posto de gasolina, eu de fato preciso fazer xixi. E tomar um pouco de ar. Esse carro de repente parece o menor do mundo.

— Vamos realmente largar o Marcus aqui? — pergunta uma voz preocupada atrás de mim.

Estou atravessando depressa o posto de gasolina em direção à loja de conveniência. O objetivo é andar rápido o bastante para que o Dylan não consiga me alcançar e puxar assunto. Até aqui, consegui evitar contato visual com ele desde que todos nós entramos no Mini. Acredito que seja um plano plausível pelos próximos seiscentos e tantos quilômetros que temos pela frente.

Rodney anda rápido demais para um homem tão desengonçado. Olho rapidamente para ele, por cima do ombro.

— Não, provavelmente, não — digo. — Marcus é chegado a um drama. É melhor dar logo um fora nele, ou o cara vai passar o dia todo fazendo cena.

— Como você conhece o Marcus?

Rodney acelera o passo para abrir a porta para mim quando chegamos à loja de conveniência. Pisco. Ele é muito desajeitado. Parece um adolescente às vezes, mas deve ter pelo menos trinta anos.

— Dylan e eu já namoramos.

— Ah. *Ah*. Ai, meu Deus, que situação constrangedora! — comenta ele, levando as mãos à boca.

Eu rio, surpreendendo a mim mesma.

— Sim, mais ou menos isso.

Pego um punhado de barras de chocolate no fim do corredor. Eu e Deb trouxemos lanche para uma viagem de duas pessoas, mas Dylan tem uma fome de leão. Se ele farejar os nossos petiscos, não teremos mais nada quando chegarmos a Fareham.

— Sinto muito por você ter acabado no meio de uma confusão — digo ao Rodney. — Mas vai ficar tudo bem. Eu e o Dylan conseguimos ser civilizados por algumas horas, não se preocupe.

— Ah, então tudo terminou, hum, de forma amigável? — pergunta Rodney, e me estende uma cesta.

Jogo as barras de chocolate ali dentro, junto com cinco pacotes de biscoito e vários sacos de balas.

— Hum, amigável?

Na noite em que o Dylan me deixou, eu tinha gritado com ele. Não o tipo de grito a que as pessoas normalmente se referem quando falam em gritar; eu berrei mesmo: a boca muito aberta, o som saindo do fundo da garganta. Soquei o peito dele e chorei até todo o meu corpo se sacudir em soluços. Não comi por três dias depois daquela noite.

— Mais ou menos — falei. — Mais ou menos amigável.

Quando voltamos para o carro, Dylan está encostado na lateral, os braços cruzados, olhando para a esquerda. O sol está nascendo atrás dele. A imagem parece algum cartaz... de uma banda alternativa ou de um perfume caro. Ele continua desarrumado e seus olhos ainda parecem sonhadores, mas está mais adulto agora... parece mais lapidado.

Mantenho os olhos fixos nele um pouco além do que deveria, e nossos olhares se cruzam um instante antes de eu abaixar a cabeça.

— Addie — chama, quando nos aproximamos.

E se adianta para me ajudar com as bolsas. Eu me desvio e passo por ele em direção ao porta-malas do carro.

— Addie, por favor — fala Dylan, mais baixo agora. — Precisamos conversar. Vamos ficar presos nesse carro pela maior parte do dia. Você não quer... sabe como é... só... tornar a situação menos... constrangedora?

Bato com força o porta-malas. Consegui encaixar os lanches extras lá dentro, mas a visibilidade do vidro traseiro foi comprometida. Ao que parece, Dylan e Marcus trouxeram tanta bagagem quanto a Mariah Carey, e ainda há toda a parafernália de amamentação da Deb: dois extratores de leite materno, as bolsas térmicas, mamadeiras...

— Vou dar uma volta, esticar as pernas — diz Rodney. — Vejo vocês em cinco minutos, certo?

Eu não deveria ter dito a ele que eu e Dylan terminamos de um jeito mais ou menos amigável. Rodney não teria me deixado sozinha agora se eu tivesse contado a ele que Dylan arruinou a minha vida.

— Addie... você não consegue nem olhar pra mim?

Não sei se consigo, sinceramente. Dói tentar olhar para o Dylan. Sinto como se fôssemos dois ímãs com a mesma força repelindo um ao outro. Por isso, desvio os olhos para o gramado onde algumas poucas pessoas estão com seus cachorros. Um poodle pequeno corre em círculos, um cachorro salsicha usa uma coleira rosa ridícula. O sol nasce atrás deles, projetando sombras compridas na grama. Vejo Marcus, agachado para falar com um pastor-alemão. Torço para que o cachorro não seja manso. Não quero que Marcus seja mordido, nada assim, mas talvez o cachorro pudesse rosnar para ele.

— Onde está a Deb? — pergunto.

— Ela recebeu uma ligação da mãe sobre o Riley.

Olho de relance para ele.

— A Deb contou a você do Riley?

O olhar dele fica mais suave.

— Acabou de contar. Eu achei que você... achei que você me contaria, sabe. Coisas como a Deb ter tido um bebê.

— Nós combinamos que não manteríamos contato.

— Você disse isso. Nós não combinamos.

Ergo as sobrancelhas.

— Desculpa — diz Dylan. — Desculpa.

Mexo nas minhas pulseiras. Pintei minhas unhas para o casamento, mas estão tão curtas que parecem um pouco ridículas. Cotoquinhos vermelhos.

— De qualquer forma, fico muito feliz pela Deb — comenta Dylan, quando eu não respondo.

— E um pouco surpreso?

Ele sorri, e acabo sorrindo também, antes que consiga me controlar.

— Não vai perguntar quem é o pai? — provoco.

— Imagino que ela não precise de um — brinca Dylan. — Como Gaia, você sabe, quando deu à luz Urano.

Meu sorriso aumenta, por mais que eu não queira.

— Você sabe que eu não sei — respondo em tom sarcástico.

— Certo — diz ele depressa, e coloca o cabelo para trás, como se ainda estivesse comprido o bastante para cair em seus olhos... uma mania antiga. — Mitologia grega, muito pomposa, péssima referência, me desculpa. Só quis dizer que a Deb nunca precisou de homem nenhum, não é mesmo? Não que alguém *precise* de homem, mas... ai, caramba.

— Vamos colocar esse espetáculo na *estrada*! — diz uma voz atrás de nós. Marcus passa de qualquer jeito ao nosso lado e abre a porta de trás. — Talvez seja melhor você ligar o carro. O Rodney está vindo depressa.

Eu me viro bem no momento em que Deb aparece, ainda guardando o celular no bolso do casaco. Ela entra no carro logo atrás do Marcus, e eu vou até a porta do motorista. Entro em pânico: isso significa que Dylan vai se sentar na frente comigo?

— O que o Rodney está fazendo? — pergunta Deb.

Olho por cima do ombro na direção do gramado. Rodney está correndo na nossa direção, agitando os braços e pernas compridos, o cabelo voando. Atrás dele vem o pastor-alemão arrastando o dono pela coleira.

— Ah, fantástico — murmuro.

Entro no carro e tento enfiar a chave na ignição.

Marcus comemora com um grito quando Rodney se joga no banco de trás, ofegante.

— Desculpem! — exclama ele. — Desculpem! Desculpem!

Deb bufa baixinho.

— Cuidado com essas mãos, por favor — alerta ela. — Essa aqui está chegando muito perto da minha vagina.

— Ai, meu Deus, *desculpa* — diz um Rodney mortificado e ainda ofegante.

Dylan se acomoda no banco do carona. Ele está mais uma vez tentando encontrar meu olhar.

— Não foi nada — fala Deb. — Empurrei um bebê por ela. É uma vagina forte.

— Ah, não — balbucia Rodney — Ah, eu não... desculpa mesmo.

— Eu tinha esquecido de como gosto de você, Deb — declara Marcus.

— É mesmo? — retruca Deb, parecendo interessada. — Porque eu não gosto nada de você.

Saio do posto. Não resisto e, por um segundo, desvio os olhos na direção do Dylan, ao meu lado.

— Faltam só quinhentos e setenta e seis quilômetros — comenta ele, baixo o bastante para que só eu escute.

Marcus está explicando para Deb que "vive sendo mal interpretado", e que "na verdade, está em um processo de melhoria, mais ou menos como um libertino de um romance mal escrito do século XIX".

— Quinhentos e setenta e seis quilômetros — repito. — Tenho certeza de que vão passar voando.

Dylan

Seguimos em alta velocidade pela A34. O calor já está denso como mel, viscoso e doce. Uma linda manhã de verão está se revelando: o céu está do azul profundo do lápis-lazúli, e os campos tocados pelo sol se espalham em um amarelo intenso pelos dois lados da estrada. É o tipo de dia com gosto de bronzeador, de morangos maduros, da cabeça zonza depois de tomar gim-tônica demais.

— Desse jeito, o chocolate vai acabar derretendo — avisa Addie, e coloca o ar-condicionado do carro no máximo.

Aquilo chama minha atenção.

— Chocolate?

— Não é para você — responde ela, sem desviar os olhos da estrada.

Afundo de novo no banco. Achei que havíamos feito algum progresso. Mais cedo, ela se virou para mim com um meio sorriso, como um pedacinho de alguma coisa deliciosa, e o meu coração disparou. Um sorriso verdadeiro da Addie é um prêmio e tanto: difícil de conquistar e totalmente eletrizante quando acontece. E me perturba perceber que, pelo visto, isso continua sendo tão verdade quanto era há dois anos. Mas Addie está fria de novo; já se passou meia hora desde que saímos do posto de gasolina e ela não falou diretamente comigo até agora. Não tenho direito de reclamar, e isso não deveria me deixar bravo, mas deixa. Parece mesquinho, e gosto de pensar que somos melhores do que isso.

Eu me ajeito no banco e Addie desvia rapidamente o olhar para mim, então aumenta o volume do rádio. Está tocando uma música pop qualquer, alguma coisa dançante e repetitiva, que atende tanto ao gosto dela quanto ao de Marcus; no volume em que está, não consigo entender direito a conversa sem sentido no banco de trás. Na última vez em que ouvi, Rodney estava explicando as regras do quadribol da vida real para a Deb, com ocasionais comentários engraçadinhos do Marcus.

— Vamos — diz Addie. — Seja o que for que você queira dizer, diga logo.

— Sou tão transparente assim? — pergunto, no tom mais descontraído que consigo.

— Sim. — O tom dela é sincero. — Você é.

— Eu só... — Engulo em seco. — Você ainda está me punindo.

No momento em que as palavras saem da minha boca, me arrependo de ter falado.

— Eu estou punindo você?

O ar-condicionado é como um hálito lento e morno bafejando o meu rosto. Eu preferia ter aberto a janela, mas, pouco antes, Marcus reclamou que aquilo arruinaria o cabelo dele, e estou sem paciência para ter outra conversa dessas. Eu me ajeito de novo no banco, para que o fluxo de ar morno atinja o outro lado do meu rosto; assim, consigo olhar para a Addie dirigindo. As pontas das orelhas dela estão vermelhas, e mal consigo ver através de seu cabelo. Ela está usando óculos escuros, e seus óculos de grau estão no alto da cabeça, afastando a franja do rosto. Vejo um pouco da antiga cor do cabelo nas raízes.

— Você continua sem falar comigo.

— Não falar com você não tem nada a ver com puni-lo, Dylan. Na verdade, não tem nada a ver com *você*. Eu precisava de espaço.

Abaixo os olhos para as minhas mãos.

— Acho que pensei que, em algum momento, você não precisaria mais desse espaço.

Addie me olha de relance, mas não consigo ver a expressão dos seus olhos através das lentes escuras.

— Você estava esperando? — pergunta ela.

— Não... não *esperando* exatamente, mas...

Deixo a frase morrer e o silêncio se estende à nossa frente, feito uma fita muito comprida. Reparo no rosto da pessoa no banco do carona no veículo que cruza com o nosso na rodovia: uma mulher de meia-idade, de boné, olhando para o nosso carro de olhos arregalados. Dou uma espiada no banco de trás, e imagino o que ela está vendo. Um bando heterogêneo de jovens de vinte e poucos anos, amontoados alegremente em um Mini vermelho-brilhante, às sete e meia da manhã, em um domingo de feriado.

Ela não faz ideia. Se fosse possível usar segredos como fonte de energia, não precisaríamos de gasolina; teríamos ressentimentos o bastante neste carro para nos levar até a Escócia.

ANTES

Addie

Olho para o teto. O apartamento do caseiro na casa de campo da Cherry fica sob a residência principal, é do mesmo tamanho que o primeiro andar, só que no porão. É lindo, se você não se importar com a ausência de janelas. Quando isso significa passar o verão inteiro no sul da França, com casa e comida de graça e ainda ganhando algumas poucas centenas de euros por mês, não me importo nem um pouco com a ausência de janelas.

Uma família chegou essa manhã para se hospedar na casa, amigos dos pais da Cherry. Eles pegaram um táxi no aeroporto, o que foi pura sorte, porque na noite passada Deb e eu tomamos três garrafas de vinho na varanda da suíte principal e ficamos olhando as estrelas até o céu clarear. É muito provável que eu ainda não esteja em condições de dirigir, e já está praticamente na hora do almoço.

Estou convencida de que esse é o verão da minha vida. É como se... houvesse uma música de fundo tocando, ou como se a saturação das cores estivesse mais forte. Nesse verão, não sou a pequena Addie, que fica sempre para trás. Não sou a pessoa de quem os outros esquecem quando contam aos amigos quem estava no pub. Não sou a garota que o cara ignora e some sem maiores explicações quando conhece alguém melhor. Posso ser quem eu quiser.

Esse é, basicamente, o meu verão. Não que isso esteja claro nesse exato momento, porque estou com uma ressaca terrível demais para me mexer.

Franzo o cenho para o teto. Está acontecendo alguma coisa com a tal nova família que chegou. O apartamento do caseiro não é à prova de som, então sempre temos noção do que está acontecendo nos andares de cima. Mais do que gostaríamos, normalmente. Mas agora quase não consigo ouvir nada. Eles com certeza chegaram. O táxi me acordou quando parou aqui mais cedo. E há movimento. Só que é... um movimento silencioso. Como se viesse de uma pessoa só.

Alguns passos atravessam a cozinha até a adega climatizada para pegar um vinho e voltam pelo mesmo caminho. Um chuveiro é ligado. Uma janela deixada aberta faz a porta do quarto bater quando o mistral sopra.

Acordo a Deb às quinze para as duas da tarde. Ela entra se arrastando na cozinha, vestindo só uma calcinha larga e uma camiseta de uma banda francesa — herança de um caso de uma noite em Avignon —, então para, ouvindo.

— Cadê todo mundo? — pergunta.

— Não faço ideia. Tenho quase certeza de que só tem um cara aqui.

Deb boceja e pega a caneca de café que estendo para ela.

— Hum. Esquisito. Talvez esse cara tenha matado a família toda no caminho.

Dá para perceber se é um homem ou uma mulher pelos passos. Os homens sempre pisam mais pesado.

— Essa foi a primeira coisa que passou pela sua cabeça? — comento.

Deb encolhe os ombros e começa a cortar o pão de ontem. Fragmentos da crosta voam feito farpas de madeira em uma marcenaria.

— O que mais você descobriu?

— Talvez cheguem mais tarde — sugiro. — Talvez tenham parado em Nice para encontrar alguns camaradas, hein?

Essa é uma daquelas coisas de verão que não vão ser engraçadas no ano seguinte, mas que faz eu e Deb cairmos na gargalhada agora. Desde que chegamos aqui, colecionamos palavras e expressões que ouvimos através do teto ou que chegam até nós pelo terraço: *camaradas, décor, embriagado, divino*. Nunca conheci pessoas como os hóspedes da Villa Cerise. Eles não perguntam o preço das coisas antes de comprá-las. Tomam champanhe como se fosse água. São donos de várias casas e animais e têm opiniões sobre literalmente tudo. É quase fácil demais rir deles.

— A mãe da Cherry teria mandado uma mensagem se eles fossem se atrasar — argumenta Deb.

Faço uma careta, como se dissesse *Ah é, verdade*. Deb passa manteiga no pão, formando uma camada tão espessa quanto uma fatia de queijo.

— Acho que ele não é velho, sabe — comento. — Ele anda muito rápido.

Deb ergue as sobrancelhas.

— Talvez ele seja do *staff*?

Essa é outra expressão nova que aprendemos. Ser do *staff* é o nome do cargo.

Nosso único convidado misterioso entra na cozinha, que fica exatamente acima da nossa cabeça. Congelamos, eu com um copo de suco de laranja a meio caminho da boca, Deb com manteiga no nariz.

A geladeira no andar de cima é aberta. Algo tilinta. A geladeira é fechada.

— É uma dessas pessoas que bebe durante o dia — declara Deb. Ela faz uma pausa, pensativa. — Se houver apenas um cara na casa durante a semana toda, nós duas precisamos mesmo ficar aqui?

— Vai me abandonar de novo?

Deb olha para mim e franze a testa, tentando descobrir se eu realmente me importo. Para ser honesta, não tenho certeza. O combinado sempre foi que, enquanto estivéssemos aqui, cada uma de nós iria explorar a França quando pudesse. No fim, Deb se aventurou mais. Eu entendo: ela fica entediada com mais facilidade. E eu amo essa casa: a piscina de borda infinita, os vinhedos, o ar fresco logo pela manhã. Deb não é sentimental assim. Para ela, é só uma casa, ainda que muito grande.

Às vezes gosto do espaço extra que tenho quando ela está fora. Mas também meio que detesto ser a que foi deixada para trás.

— Tem um cara nos arredores de Nîmes com uma casa vazia. É tipo uma comunidade — diz Deb. — Mas uma comunidade festeira. Não do tipo convento. Você não quer que eu vá?

Deb nunca chegou a realmente entender o conceito de sentimentos divididos. Eu me afasto, irritada, e digo "é claro que você deve ir" por cima do ombro, enquanto vejo o que tem dentro da geladeira sem prestar muita atenção.

— Se precisar de mim aqui, sabe que vou ficar — garante ela.

Olho para Deb. Sua expressão é totalmente sincera. É impossível ficar irritada. Ela simplesmente prefere estar em outro lugar e não entende por que isso me afetaria, a menos que eu precisasse dela aqui.

— Não, pode ir — digo, e fecho a geladeira. — Encontre um hippie francês sexy.

Fazemos outra pausa. No andar de cima, o nosso convidado solitário saiu da cozinha e foi para o terraço. Ele está falando. Murmurando. Não consigo decifrar as palavras.

— Ele está falando sozinho? — pergunta Deb, inclinando a cabeça. — Talvez um louco tenha entrado na casa. Talvez seja um invasor.

Eu me aproximo da porta do nosso apartamento e abro uma fresta. A casa foi construída em cima de uma colina, e a nossa porta fica à direita, escondida sob a passagem que leva da cozinha ao terraço elevado com a piscina infinita.

Pela fresta da porta, vejo a metade inferior do hóspede passando pelas muretas em torno do terraço. Ele está descalço e usa uma bermuda de lavagem desbotada. Enquanto anda, uma garrafa de cerveja pela metade bate em sua coxa. Suas pernas são ligeiramente bronzeadas. Ele não parece ser um invasor.

— O que...

Faço sinal para Deb ficar quieta e tento ouvir. Ele está recitando alguma coisa.

— *Em uma grande aventura ele se envolveu, da qual a magnífica Gloriana o incumbiu...*

— Ele está lendo Shakespeare ou algo parecido? — pergunta Deb no meu ouvido.

Ela me empurra para o lado e abre mais a porta.

— Deb, cuidado — sussurro.

Caseiros não devem espionar os convidados. Esse é o melhor trabalho de verão que eu poderia ter imaginado na vida. De vez em quando, sinto uma pontada de medo de que uma de nós faça uma besteira tão grande que alguém perceba e ligue para os pais da Cherry.

— *Conquistar a reverência dele, e a benevolência dela ter, que de todas as coisas terrenas foi a que mais desejou, e sempre que ele... mesmo quando ele...* Merda. — O homem para e levanta a garrafa de cerveja. — Puta merda, que bosta, merda.

Ele tem sotaque de inglês rico; parece o Hugh Grant falando. Deb tapa a boca para abafar a risada. O homem fica imóvel. Prendo o ar e puxo-a de volta para dentro.

— Venha para cá. — Eu a arrasto de volta para a sala de estar. — Não vamos irritar o homem no primeiro dia, seja ele quem for.

— Acho que ele é sarado — declara Deb, e se joga no sofá.

Como a maior parte dos móveis naquele apartamento, o sofá já morou na casa principal, antes de ser rebaixado ao porão quando a mãe da Cherry decidiu repaginar o lugar. É de um veludo rosa-escuro e tem uma enorme mancha vermelha de vinho no braço direito. Não temos culpa disso graças a Deus.

— Você conseguiu deduzir isso olhando para os pés dele?

Deb assente, confirmando.

— Dá para saber muita coisa só pelos pés.

Esse é o tipo de comentário de Deb que aprendi a simplesmente deixar para lá, porque, se eu começar a fazer perguntas, acabo entrando em um mundo de esquisitices.

— Vai ficar por aqui, então? Agora que viu os tornozelos sensuais do homem?

Deb faz uma pausa para pensar, mas logo nega com um gesto de cabeça.

— Posso arranjar ingleses chiques de bermuda jeans em casa — diz. — Nesse momento, prefiro um hippie francês de cabelo comprido.

— Você acha que algum dia vai se cansar disso? — pergunto a ela, abraçando uma almofada no peito.

— Me cansar do quê?

— Você sabe, de só ter casos sem compromisso.

Deb estica as pernas no sofá. O esmalte da unha do dedão está lascado, e há um hematoma em ambas as suas canelas compridas e escuras. Deb herdou o tom de pele do pai — o avô paterno dela era de Gana —, enquanto eu herdei a pele muito clara e pálida do meu avô paterno. Fico irritada quando as pessoas dizem que somos meias-irmãs. Deb é minha irmã de alma, a minha outra metade, a única pessoa que me entende. Eu sou a âncora dela, a pessoa para quem ela sempre volta. Não há nada pela metade em nós.

Quando éramos pequenas, eu odiava quando o pai da Deb nos visitava. Ele a levava para algum lugar, só os dois. Às vezes iam para o parque, outras, pegavam o ônibus até o centro da cidade. O meu pai ficava abatido e triste até Deb voltar para casa e pedir para montar trenzinhos com ele. Só aí o meu pai se animava de novo. Por mais horrível que pareça, fiquei feliz quando o pai da Deb brigou com a minha mãe e, depois de algum tempo, quando eu tinha uns oito anos, não apareceu mais. Como é típico da Deb, a essa altura ela já descartou o pai biológico. Deb nunca dá uma segunda chance.

— Por que eu me cansaria? — pergunta ela. — Tenho uma variedade infinita.

— Mas não quer sossegar algum dia?

— Para que eu precisaria sossegar? Sei quem sou e o que quero. Não preciso de um homem para me sentir completa, ou seja lá o que eles deveriam me fazer sentir.

— Mas e filhos? Você não quer?

— Não. — Ela coça a barriga e levanta a cabeça para olhar para o teto. — Disso eu tenho certeza. Nada de bebês. Nunca.

Aceno enquanto Deb parte para Nîmes no carro amassado e pouco confiável que alugou. Só descubro que ela está indo porque escuto o motor ligando. Deb não gosta de despedidas. Ela detesta abraços, o que a afasta de toda a dinâmica de despedidas, já que as pessoas sempre parecem esperar por eles. Desde crianças, nós duas nos despedimos por mensagem depois de já termos ido embora. Eu meio que gosto. Quase nunca trocamos mensagens de texto no resto do tempo, ainda mais agora que todo mundo usa WhatsApp, então a nossa conversa por SMS é sempre uma sequência de recados melódicos.

Tchau, te amo, me liga se precisar de mim, diz a minha mensagem para ela.

Idem, diz a dela. *Se precisar de mim, estou aqui.*

Normalmente eu e Deb nos apresentamos aos hóspedes da casa assim que eles chegam, mas dessa vez decido esperar até a noite, depois que ela já foi. Não há necessidade de confundir as coisas dando a impressão de que há duas caseiras, quando uma delas nem planeja ficar por aqui.

Subo pela entrada de serviço. Há uma escada em espiral estreita que leva do nosso apartamento até um pequeno corredor que dá na cozinha. A porta entre a cozinha e a escada é trancada pelo nosso lado, mas bato nela com força mesmo assim. Já me dei mal antes entrando sem avisar: dei de cara com um escocês barrigudo se servindo de alguns biscoitos. Nu.

— Oi? — chamo da porta. — Sr. Abbott?

Nenhuma resposta. Destranco a porta e entro com cuidado. Não tem ninguém. A cozinha me dá dicas do sujeito: pontas de baguete, garrafas vazias, cascas de queijo, um pedaço inteiro de manteiga derretendo sob o sol da tarde. Estalo a língua em reprovação, mas logo me controlo, porque isso é exatamente o que a minha mãe faria.

Mordisco uma das pontas da baguete enquanto arrumo tudo. Quem quer que seja esse cara, está acostumado a ter pessoas que limpam o que ele deixa para trás. E deve estar bêbado, considerando o número de garrafas. Como o resto do pão e paro no meio da cozinha. Está tudo quieto, exceto pelo som constante dos grilos lá fora. Não estou acostumada ao silêncio nessa parte da casa. Às vezes, a família hospedada sai durante o dia, mas geralmente estão todos de volta à noite, e, de qualquer modo, a Deb costuma estar comigo na maioria das noites.

Estou um pouco assustada. Só eu e um homem estranho e bêbado na casa. Conto as garrafas. Cinco cervejas, uma garrafa de vinho pela metade.

Dou uma olhada na cozinha mais uma vez, coloco a cabeça para fora para checar o terraço, então vou até o grande saguão de entrada da casa.

— Oi? — chamo, mais baixo dessa vez.

Está mais fresco aqui, com as portas duplas grandes bem fechadas, bloqueando o calor do sol. Tem um casaco largado no início da escada. Eu o penduro no corrimão. É uma jaqueta jeans macia, forrada de lã. Provavelmente estava frio onde ele estava antes. Uma pessoa derreteria se usasse esse casaco aqui. Quando o penduro, sinto o cheiro que exala da roupa: um aroma de laranja, amadeirado, viril.

— Sr. Abbott?

Atravesso a saleta, a sala de jantar, o salão de baile, a sala de estar. Está tudo exatamente como deixamos quando arrumamos a casa para os novos hóspedes. O homem deve estar no andar de cima, então. Nunca subimos quando os hóspedes estão aqui, a menos que nos peçam para desentupir um ralo ou alguma coisa assim. Os quartos são espaço privativo deles.

Fico um pouco aliviada. Volto para a escada de serviço e tranco a porta ao passar. O nosso apartamento está como sempre: aconchegante, bagunçado, sem qualquer luz natural. Afundo no sofá de veludo rosa e ligo a televisão. Está passando algum drama francês, rápido demais para eu acompanhar, mas na verdade só quero o barulho. Talvez eu devesse ter pedido para a Deb ficar. Detesto essa sensação de estar perdida que surge quando fico sozinha. Aumento a TV.

Vou tentar encontrar o Sr. Abbott novamente amanhã. Mas não muito cedo. Ele vai precisar dormir para se livrar da ressaca.

Ele me acorda no dia seguinte batendo as persianas. Pelo jeito, não descobriu como usá-las. Eu bufo e puxo as cobertas por cima da cabeça. O mistral está forte; o homem vai acabar quebrando uma vidraça se deixar tudo bater com o vento desse jeito.

Ele está falando sozinho na cozinha. Não entendo as palavras através do teto, mas, pelo tom da voz dele, mais alto em determinado momento, mais baixo logo depois, sei que está recitando alguma coisa.

Checo o celular. São oito da manhã; cedo demais para eu subir e me apresentar. A estranha sensação de perda que me incomodou na noite passada ficou para trás, e estou feliz com o espaço extra na cama de casal. Deb é uma pessoa muito chata para se dividir a cama. Numa noite dessas, ela começou a falar dormindo sobre os políticos conservadores.

Fico deitada escutando o nosso hóspede solitário se movimentando pela casa. E imagino qual deve ser a aparência dele. Não tenho muito em que me basear, só o corpo da cintura para baixo, basicamente, e a voz. Aposto em cachos escuros e olhos castanhos; barba por fazer, talvez; uma camisa de colarinho frouxo. Uma relíquia de família em um cordão.

Ele canta alguns versos... são de uma música pop da qual meio que me lembro. Sorrio para o teto. O homem é *totalmente* desafinado.

Quando saio da cama, são nove e meia, e o hóspede está no terraço com uma xícara de café. Ouvi a máquina zumbindo e os passos no caminho do lado de fora antes de ter energia para sair de debaixo das cobertas. Demoro demais para escolher a minha roupa: short, saia, vestido? No fim, irritada comigo mesma, pego do chão uma regata e o short que usei ontem e me visto. Então, prendo o cabelo em um coque com uma das minhas pulseiras.

O Sr. Abbott não está em lugar nenhum quando chego ao terraço. A caneca de café também não; portanto, para onde quer que ele tenha ido, a levou junto. Dou uma olhada no gramado seco e empoeirado e nos canteiros de flores a que Victor, o jardineiro, se dedica com afinco todas as quintas-feiras, mas não há ninguém à vista no terreno da casa. Será que não ouvi direito? Vou até a cozinha, soltando o cabelo do coque.

Está mais arrumada hoje. Encontro um bilhete.

Olá, caseiro fantasma. Sinto muito mesmo pela bagunça da noite passada, eu me empolguei. Estou saindo para explorar, mas será que você pode dar uma olhada nas persianas do meu quarto enquanto estou fora? Não consigo fazer com que parem de fechar com um estrondo. O barulho está me enlouquecendo.

Dylan Abbott

O barulho está enlouquecendo *ele*? Reviro os olhos, amasso o bilhete e enfio no meu bolso de trás. Não é nada difícil lidar com as malditas persianas. Se ele olhasse para elas por dez segundos, descobriria onde deve prendê-las para ficarem abertas. Mesmo assim, vou para o quarto dele checar. Sei em qual quarto está. Fiquei muito boa em saber quais portas estão abrindo e fechando. Os banheiros três e quatro são complicados, e às vezes confundo o oitavo e o sexto quartos, mas sempre acerto o resto.

Ele escolheu o melhor quarto da casa, a suíte de cuja varanda Deb e eu observamos as estrelas anteontem. Tem uma cama de quatro colunas forrada com um tecido pesado e adamascado azul e janelas enormes que dão para os vinhedos. A cama está desarrumada, e as roupas dele estão largadas na porta do banheiro, como se o homem as tivesse tirado ali, antes de entrar no banho. O quarto tem o mesmo cheiro do casaco dele: um aroma de laranja, almiscarado, masculino.

Abro uma janela. As persianas estão boas, obviamente, nenhuma surpresa nisso. Prendo-as de volta e considero a possibilidade de responder ao bilhete que ele deixou, mas o que eu deveria dizer? Olhe bem para as persianas e, da próxima vez, faça o mesmo? Eu me imagino escrevendo e assinando o bilhete como *caseira fantasma*, mas não. A Addie desse verão não é nenhum *fantasma*. Em vez disso, em um rompante, bafejo no vidro da janela e assino meu nome ali no vapor. *Adeline*. Sem beijo.

Ele demora tanto a voltar que me arrisco a dar um mergulho. A mãe da Cherry nos autorizou, se os convidados não estiverem por perto. Já estou de volta ao nosso apartamento, torcendo o cabelo na pia, quando alguém bate na porta.

Abaixo os olhos para o meu corpo. *Nossa*. Biquíni molhado, caramba. Corro até o quarto e remexo no guarda-roupa, o que é inútil, porque todas as roupas boas estão no chão ou lavando. Outra batida na porta. Merda. Pego um tecido laranja embolado — um vestido rodado, sem manchas aparentes, vai ter que servir — e o visto enquanto corro de volta até a porta.

Abro e lá está ele. O cara do andar de cima. Ele é totalmente diferente do que eu imaginei. Seus olhos são a primeira coisa que noto: são de um verde-claro quase amarelo e meio sonolentos. Os cílios são muito compridos, e o cabelo castanho está desgrenhado e clareado pelo sol. A única coisa que acertei foi a camisa: é de um tecido fino, amarrotado, e está desabotoada até bem embaixo.

Nenhuma relíquia de família no pescoço, mas um anel de ouro com sinete no mindinho. Atrás dele, vejo o rastro das minhas pegadas molhadas, vindo da piscina até a porta do apartamento.

— Ah — diz ele, e se aproxima para me olhar melhor, o cabelo balançando. — Oi.

— Oi. — Engulo o *Sr. Abbott* que estava prestes a inserir no final da frase. É estranho chamar um cara da minha idade de senhor.

Meu cabelo molhado escorre pelas costas, e sou grata pela sensação de frescor que isso provoca. Estou agitada depois de toda aquela corrida para achar uma roupa.

Ele abre um sorrisinho lento.

— Imaginei que você fosse um velho enrugado, o caseiro fantasma.

Eu rio.

— Por quê?

Ele encolhe os ombros. A sensação de agitação não está passando, e acho que talvez o motivo seja ele, os olhos verdes, a camisa desabotoada.

— Caseiro... Parece alguém enrugado.

— Ora, você também não é o que eu esperava. — Estico um pouco mais o corpo. — "A família Abbott." Parece... ah, não sei... mais de uma pessoa?

Ele faz uma careta.

— Sim. Isso. Infelizmente, o resto debandou, então você só tem a mim. Aliás, obrigado por consertar as minhas persianas. Você faz milagres.

— Elas só... — Eu me interrompo. — De nada.

Ficamos olhando um para o outro. Estou muito consciente de mim mesma: o modo como estico os ombros, o biquíni molhado encharcando o vestido. Ele me encara com atenção. Um olhar lento e confiante, do tipo que mantém a pessoa hipnotizada do outro lado de um bar, enquanto espera por uma bebida. É um pouco ensaiado demais, um pouco proposital demais. Como se ele tivesse visto alguém fazer aquilo, mas nunca houvesse colocado em prática até então.

— O que eu posso fazer por você?

Ajeito o vestido, que está grudando no biquíni.

— Bem. Para começar, perdi a minha chave.

Aquele olhar lento se transforma por um instante, tornando-se infantil. Muito melhor. Ele é fofo, de um jeito desarrumado, desajeitado. Feito um filhote de Yorkshire Terrier. Ou um membro de uma *boy band* do programa *The X Factor* antes de se tornar famoso.

— Não sou confiável com chaves — diz ele.

— Posso resolver isso, é claro.

— Obrigado. Você é muito gentil. E... — Ele faz uma pausa, ainda olhando para mim, como se estivesse se decidindo. — Estou procurando alguém — diz.

— Você está... Como assim?

— Estou tentando encontrar alguém e pensei que talvez você pudesse me ajudar...

Inclino a cabeça, curiosa. A minha pulsação acelera um pouco. Talvez ele seja *muito* fofo, na verdade. Seus olhos se desviam para as manchas molhadas no meu vestido e logo voltam para o meu rosto. Tudo muito rápido, como se ele não tivesse a intenção de olhar e estivesse preocupado que eu percebesse. Comprimo os lábios para esconder um sorriso. Fico imaginando se ele é mais tranquilo quando está sóbrio ou se é sempre assim.

— Você tem carro? — pergunta ele.

Confirmo com a cabeça.

— Pode me levar a um lugar?

Dylan

Ela é como uma ninfa das águas, com o cabelo escuro e molhado e os olhos azuis feito um rio. Encontrá-la aqui, nesse pequeno apartamento enterrado embaixo da casa... É como se eu a houvesse *desenterrado*, como se ela estivesse esperando por mim e eu finalmente tivesse chegado para libertá-la de sua existência sem janelas.

É possível que eu tenha bebido um pouco além da conta. Espero que ela não perceba. Estou tentando lançar o olhar certo, não o tipo malicioso, mas bebi três quartos de uma garrafa de vinho no almoço, enquanto lia *Astrophel and Stella*, de Philip Sidney, nas colinas acima da casa, e tenho que confessar que não confio totalmente no meu julgamento.

Eu me acomodo no banco do carona do carro alugado da caseira de olhos azuis e tento ficar sóbrio e ouvir o que ela está dizendo — algo sobre as persianas —, mas a minha mente está ocupada com uma nova ideia, algo sobre *mãozinhas rápidas com unhas roídas*.

Quando saímos pelos portões da casa, dou mais uma olhada em seu perfil: um nariz delicado e arrebitado, algumas sardas nas maçãs do rosto, feito gotinhas de água na areia. Sinto um nó no estômago, em parte medo, em parte empolgação, ou talvez só desejo. Eu sabia que esse verão seria magnífico, e aqui, agora, com o vento soprando nos ouvidos e sentindo o calor do sol no rosto, e uma beldade de cabelo escuro ao meu lado, as coxas claras e nuas no banco de couro, o...

— A propósito, você vai acabar quebrando a porta da geladeira — diz ela.

Eu me assusto.

— Hein?

— A porta da geladeira. Você está puxando pela parte de baixo da alça ao abrir. Tenta puxar de cima, por favor... caso contrário, a Deb e eu vamos ter que encontrar alguém para consertar, e todos os comerciantes por aqui acham que somos idiotas. No fim, nós mesmas vamos ter que dar um jeito.

Desanimo um pouco.

— Como você sabe? — pergunto, já recomposto. — Andou me observando, pequena caseira fantasma?

Ela me encara com seus olhos azuis penetrantes. Noto uma pintinha no topo do lábio superior, bem à esquerda de onde o arco do cupido de sua boca se eleva em picos suaves.

— Não me chame de pequena. É paternalista.

Isso me desestabiliza. A sensação de grandeza, de magnificência, vacila. Estou fazendo tudo errado? Em minha defesa, ela é pequena: ossatura fina e frágil, a clavícula pressionando a pele como se fosse uma raiz, os pulsos tão estreitos que eu poderia circundar os dois com uma das mãos. Ela se volta para o caminho, com um sorrisinho no rosto. Acho que percebeu que me desestabilizou.

— E eu não estava observando você — continua. — Só ouvindo. Todas as panelas em cima da geladeira chacoalham quando você abre daquele jeito.

— Ouvindo?

Hummm. Passei grande parte dos últimos dois dias recitando em voz alta versos de *A Rainha das Fadas*, minha principal inspiração para a coleção de poesia em que estou trabalhando, uma espécie de homenagem a Spenser. E ontem cantei toda a música "22", da Taylor Swift no terraço, usando a garrafa de vinho como microfone.

— Você canta muito bem... — comenta ela, mordendo o lábio inferior.

Vejo seus dentes brancos pressionarem a pele rosada e macia e, por um segundo ardente e ousado, imagino aqueles dentes se cravando no meu ombro nu.

— Sério?

Ela me olha, parecendo não acreditar.

— Não. É claro que não. Você canta muito mal. Como pode não saber disso?

Engulo em seco novamente. Está ficando um pouco mais difícil me recompor.

— Você é um pouco grossa. Alguém já lhe disse isso, caseira fantasma?

— Meu nome é Addie — diz ela. — E não sou grossa. Sou... direta. O que é um charme.

Ela faz esse comentário como se tivesse acabado de descobrir aquilo, então abre um sorriso que parece atravessar todo o meu corpo. O verso que eu estava arriscando se perde conforme a minha mente se concentra na curva do lábio dela, na forma como o vestido se cola aos seus seios. No jeito perturbador como ela continua me cortando. Estou reavaliando a minha ideia inicial: ela é como uma ninfa das águas, sim, mas uma criatura pequenina e feroz com dentes e garras, metade doçura, metade selvageria. Marcus a adoraria.

É estranho estar aqui sem o Marcus. Nós dois viajamos juntos durante todo o verão. Eu pretendia separar três semanas da nossa viagem para ficar em família na casa de Cherry, mas eles cancelaram depois de uma reedição clássica de um favorito da família Abbott: a eterna briga "todos são uma decepção". Essa velha joia invariavelmente termina com meu pai cuspindo saliva e ofensas em todos nós, e o meu irmão e eu prontamente gastando quantias absurdas de dinheiro para irritá-lo. Esse ano, peguei leve: só lhe roubei a chance de receber o dinheiro do aluguel da casa de volta. Vim sozinho para cá.

A minha mãe ainda me deixa mensagens de voz três vezes ao dia, dizendo sempre a mesma coisa: *Dylan, meu querido, seu pai está arrependido, por favor, retorne a ligação.*

É estranho o meu pai nunca me ligar se é ele que está arrependido.

O meu longo verão na Europa foi ideia dele. Como o cavalheiro inglês clássico, eu deveria espalhar a minha semente por todo o continente antes de retornar aos deveres da vida real. Rejeitei com determinação essa ideia durante todo o verão, é claro. Estou aqui procurando por Grace.

Mas Grace está se mostrando muito difícil de encontrar. E aqui está a Addie, pequena e linda, vivendo como uma fada em um apartamento sob meus pés.

— Então, quem viu a sua amiga em La Roque-Alric? — pergunta Addie, enquanto avançamos pelos vinhedos.

Não há ninguém na estrada além de nós dois, e mesmo com o barulho do vento, ainda dá para ouvir os grilos cantando sua estranha canção na vegetação rasteira que margeia o asfalto.

— Só o amigo de um amigo. — Aceno vagamente com um braço.

A verdade é que a pista veio de pessoas que fuxiquei no Instagram e que tinham curtido o último post de Grace. Prefiro não compartilhar isso com Addie. Estou ficando um pouco mais sóbrio — talvez seja o ar fresco da montanha — e, sem a ousadia garantida pelo vinho, começo até a me sentir um pouco inseguro. A Addie tem o raciocínio rápido, autocontrole e pernas muito fenomenais, e acho que não passei nenhum produto no cabelo hoje de manhã. Checo disfarçadamente... Não, nada, droga.

— Ela está desaparecida? — pergunta Addie.

Penso por um momento.

— Ela é extravagante — digo, por fim. — Gosta de deixar as pessoas na expectativa.

Addie ergue as sobrancelhas.

— Ela parece chata.

Franzo o cenho.

— Ela é maravilhosa.

— Se você diz.

A Grace ficou com o Marcus durante a maior parte do terceiro ano, embora nenhum dos dois jamais tenha rotulado o relacionamento. Ela flertou comigo descaradamente depois de um jantar para os monitores no último período da universidade, e o Marcus riu. *Por que não?*, disse ele, quando a Grace subiu no meu colo e eu olhei para ele, bêbado, um pouco perdido. *Compartilhamos tudo*. Então a Grace e eu nos tornamos... o-que-quer-que-seja pouco antes do verão, e aí ela desapareceu. *Estou indo viajar, rapazes*, dizia o bilhete que deixou. *Venham me pegar. G*

Foi emocionante por um tempo, e levou às minhas andanças sem rumo com o Marcus pela Europa, mas ainda não a encontramos, e as pistas que ela tem nos deixado — mensagens de texto estranhas, mensagens de voz na madrugada, recados passados por proprietários de albergues — estão se tornando cada vez mais breves e diminuindo de frequência. Ando bastante preocupado com a possibilidade de Grace perder o interesse por nós dois e, assim, acabarmos perdendo o seu rastro. Se isso acontecer, não terei escolha a não ser pensar no que estou fazendo da minha vida, um questionamento que me esforço muito para evitar.

À nossa frente, a estrada serpenteia subindo a encosta até a floresta escura, então se abre novamente para revelar campos áridos e calcários pontilhados de vinhedos. Não quero ser crítico, mas a Addie está dirigindo muito devagar; essas estradas secundárias são feitas para acelerar, mas ela está subindo a colina em ritmo de tartaruga, e freando em cada curva feito uma idosa em um Škoda.

— Você me parece um homem que costuma mais ser levado aos lugares do que dirigir até eles — comenta Addie. — Mas *sinto* que está julgando o meu modo de dirigir.

— O meu *pai* é levado aos lugares — retruco. — Eu dirijo.

— Ora, olha ele. — Addie ri. — Um cara normal!

Franzo a testa mais uma vez, irritado — com ela, por um segundo, e depois comigo mesmo —, mas, antes que eu pense em uma resposta adequada, fazemos uma curva e chegamos a um vilarejo que parece ter sido entalhado na encosta, tão bonito que me distrai completamente. A pedra bruta da encosta está pontilhada de casas da mesma tonalidade amarelo-clara e arenosa, os telhados desordenados inclinados para um lado e para outro, entre ciprestes e oliveiras. Há um castelo no topo da colina, as janelas em formato de fenda na torre viradas na nossa direção feito olhos semicerrados.

Assovio por entre os dentes.

— Esse lugar parece fazer parte de um conto de fadas.

— É o lugar de que a minha irmã menos gosta por aqui — comenta Addie. — Ela detesta altura.

— Você tem uma visão bastante negativa do mundo — digo a ela, enquanto subimos em direção ao vilarejo.

Campos de oliveiras dão lugar a cercas vivas densas e muros de pedra encravados na encosta da colina, com mato ralo e descolorido agarrado obstinadamente às fendas.

Addie parece surpresa.

— Eu?

— O castelo de conto de fadas é alto demais, a minha amiga extravagante é chata, a minha voz quando canto não é do seu agrado...

Ela faz uma pausa e contorce os lábios, pensativa, fazendo a pinta se mexer. De repente, olhar para os lábios dela é demais para mim: eu me perco pensando em beijá-la, pensando na boca da Addie na minha pele. Seus olhos encontram os meus e a expressão dela parece se suavizar de certa forma.

Engulo em seco. Addie volta a atenção para a estrada, e chega mais perto do acostamento quando vê um caminhão sacolejante, com a traseira aberta, descendo a colina.

— Não me considero negativa. Prática, talvez.

Faço uma careta sem querer — ainda estou meio bêbado... —, ela vê e ri.

— O que foi?

— É só que... ah. Prática. É o tipo de coisa que se diz sobre alguém mais velho e mais gordo. Uma tia com um talento especial para costurar meias.

— Ah, *obrigada* — retruca Addie com ironia.

Ela abaixa os óculos escuros que estavam no topo da cabeça depois de fazermos outra curva, que nos deixa de frente para o sol baixo e forte.

— Foi você quem disse prática — lembro. — Eu a chamaria de... mal-humorada.

— Se você quisesse continuar no carro, não chamaria.

— Não?

Admito que eu sabia que aquilo iria irritá-la.

— Que tal eriçada? Petulante?

Ela percebe o que estou fazendo e seus lábios se curvam em um sorriso.

— Você está tentando me irritar, não é?

Então, ela gosta de ser provocada. Guardo essa informação.

— Só estou mostrando como sou esclarecido. Depois de cometer um erro com *pequena*.

— E de julgar o meu modo de dirigir.

— Isso também.

Estou chegando a algum lugar; o tom dela está mais simpático. Estamos no vilarejo agora, e, olhando por entre as casas, a vista é de tirar o fôlego: colinas azuis nebulosas a distância, atrás de campos de oliveiras e videiras. Há algo mítico em tudo isso. Parece um cenário, em vez de um lugar, como se as histórias fossem feitas para ser contadas aqui, e a sensação de grandeza assenta em meus ombros enquanto sinto o cheiro forte de oliveiras no ar.

Addie estaciona ao lado de um pequeno café com mesas de plástico embaixo de um toldo de bambu. Um grupo de franceses sentado perto da porta olha para nós com um ligeiro interesse quando entramos.

Pergunto à mulher no caixa se ela viu uma moça alta, com jeito de hippie, o cabelo rosa até a cintura, piercings de ouro no nariz e a tatuagem de uma rosa inglesa no ombro. A mulher diz que não, então tento cabelo roxo, ou azul, afinal a Grace muda a cor do cabelo com a mesma frequência com que o Marcus dá em cima das calouras bonitas que ainda não foram informadas de sua péssima reputação.

— Ah, sim, uma moça de cabelo azul esteve aqui há uma semana, mais ou menos, com um homem — me diz a mulher no caixa. — Um homem mais velho e barrigudo com um relógio de bolso. Ela se sentou no colo dele e ficou dando cubinhos de Gruyère na boca do homem. Não, ela não deixou recado.

Estreito os olhos. Por mais que eu quisesse dizer que essa não parece a Grace, na verdade não há nada que *não se pareça* com a Grace; ela é totalmente imprevisível. Acho que é isso que o Marcus gosta nela.

— Seu francês é bom — comenta Addie, enquanto nos dirigimos a uma das mesas externas, cada um com um refrigerante de laranja na mão.

— Dá para o gasto. Como é o seu?

De repente, me pergunto quanto da conversa ela entendeu.

— Ih, uma porcaria, para ser sincera. Mas entendo o suficiente para saber que a mulher disse que tinha um cara com a sua amiga — diz Addie, olhando de soslaio para mim. Ela estica as pernas e sinto os franceses a observando, acompanhando cada movimento dela. — Isso te incomoda?

— Não especialmente.

Passo a mão pelo meu cabelo terrivelmente desgrenhado e tento não olhar para as pernas da Addie.

Ela ergue a sobrancelha para mim, e aquele sorriso provocador volta ao seu rosto.

— Parece que você está fazendo um tremendo esforço por uma mulher que nem sequer se incomoda em te mandar um cartão-postal.

— As coisas não são assim com a Grace — digo, porque não quero que ela tenha essa imagem de mim, de um homem perseguindo uma mulher que não quer ser encontrada.

Addie ouve isso e inclina a cabeça.

— Por que mesmo que a sua família não está aqui? — pergunta.

Será que ela está nervosa? Se está, esconde muito bem. Suas feições delicadas como a de um elfo são difíceis de ler, vazias como a página nova de um caderno.

— Briga de família. Nada especial.

— Onde estão os outros? Em casa? Eles simplesmente abriram mão de passar três semanas na Villa Cerise? — Ela faz uma pausa enquanto encolho os ombros como quem diz *sim*, então arregala os olhos. — Quem faz *isso*? O lugar é incrível.

Sim, é. Estou muito orgulhoso de mim mesmo por ter vindo, e digo algo vago sobre valorizar o privilégio, e isso faz os olhos de Addie se suavizarem. Seu olhar se mantém fixo no meu por um instante longo demais; minha pulsação acelera, quente, sob a minha pele.

— O que tem feito para se divertir nesse tempo que está aqui? — pergunto.

Ela me lança um olhar astuto que deixa claro que entendeu o que a pergunta realmente significa.

— Sexo com os hóspedes — responde sem rodeios. — Sem parar, na verdade. Trepando por toda parte.

Observo-a tomar o refrigerante pelo canudo. Só ouvi-la dizer *trepar* já é embaraçosamente excitante. Quero transar com ela. Não faço sexo há dois meses e, de repente, é só nisso que consigo pensar. Estou quase tonto de tanto desejo de me inclinar e beijar a Addie.

— É mesmo?

— Não, é claro que não. Isso seria terrivelmente antiprofissional.

Ah, certo. Eu me controlo e afasto os olhos de seus lábios.

Ela ri.

— Estou só brincando.

Agora fiquei confuso. Ela andou trepando por toda parte ou não? Dormir com algum hóspede está fora de questão? Caramba, espero que não. Se estiver, talvez eu possa simplesmente ir para um hotel próximo, embora isso fosse me fazer parecer um pouco... desesperado.

Vejo uma expressão travessa nos olhos da Addie. Dou um gole no refrigerante e tento organizar os meus pensamentos.

— A maior parte dos hóspedes é... como posso dizer? *Enrugado.* Pais, avós e caras ricos com namoradas gostosas permanentemente enganchadas no braço.

— É? — consigo dizer. — Então...

— Então, passei os últimos dois meses fazendo o meu trabalho por aqui.

— Certo. É claro.

— E enchendo a cara com o vinho que os hóspedes deixam para trás. E me bronzeando. E observando as estrelas enquanto boio naquela piscina infinita insana.

Acho que isso significa que não tem problema se eu olhar para as pernas dela de novo. A Addie acompanha o meu olhar percorrendo seu corpo e dá um sorrisinho.

— Posso saber no que está pensando?

Meu coração acelera.

— Não... não é algo adequado para ser discutido em público.

— Não? — Ela ergue as sobrancelhas, seu sorriso aumenta, e meus nervos se acalmam um pouco. Addie se ajeita na cadeira até que seu pé descalço toque a minha perna; ela tirou as sandálias debaixo da mesa. — Talvez devêssemos encontrar algum lugar mais privado, então.

— Quanto tempo demora para voltarmos à casa? — pergunto.

Meu tom é um pouco mais ansioso do que eu pretendia.

Addie desliza as chaves do carro por cima mesa.

— Depende de quem vai dirigir, eu diria.

— Aposto cem euros que posso diminuir em quinze minutos o tempo que você levou até aqui.

Ela arregala os olhos.

— Combinado — diz. — Mas já estou avisando. Não me importo de jogar sujo.

A minha imaginação dispara. Tiro o canudo de dentro do refrigerante e tomo o resto de uma vez, enquanto a Addie ri. Agora sei para que serve esse lindo vilarejo: foi construído há centenas de anos para esse momento, o momento em que Addie calça as sandálias e vai na minha frente até o carro, os quadris balançando com uma promessa.

Desafio qualquer pessoa a dirigir melhor do que eu nessas condições.

Addie desliza o vestido por um ombro, depois pelo outro. Eu diria que os meus olhos estão na estrada aproximadamente vinte por cento do tempo, e acabei de me lembrar de todo o vinho que bebi na hora do almoço, mas... ah, não, esqueci novamente porque a Addie abaixou o vestido até a cintura e agora estou *hipnotizado* pela visão de toda aquela pele pálida e macia. O biquíni por baixo do vestido é laranja-escuro, dois triângulos minúsculos com as alças amarradas na nuca. A expressão em seus olhos muito abertos é provocadora e sua boca se curva em uma risada.

Sinto a garganta extremamente seca. Por um breve momento, gostaria que o Marcus pudesse ver isso, uma garota se despindo no banco do carona enquanto dirijo por uma estrada estreita na França com o sol na cara, mas assim que a Addie toca a minha perna, esqueço Marcus completamente. Estou dirigindo de forma muito perigosa, mas, para ser sincero, essa é a melhor coisa a fazer.

Quando chegamos à entrada da Villa Cerise, estou tão excitado que sinto o corpo tremer. Eu me viro para a Addie, para encarar diretamente o ardor em seus olhos, e vejo um toque de provocação, como um desafio, mas também noto certa vulnerabilidade. A pele suave dela se arrepiou com a brisa fresca do ar-condicionado. Os mamilos estão se destacando sob o tecido fino da parte de cima do biquíni. A minha respiração está acelerada. Mal sei por onde começar. Os olhos dela se movem para os meus lábios; então, ao ouvir um som do lado de fora do carro, ela olha pela janela.

Estou reunindo coragem para tocar a pele nua da sua coxa quando ela diz:

— Esse não é o carro da Deb.

Paro com a mão sobre o câmbio e sigo o olhar da Addie até o carro alugado que agora está estacionado sob os plátanos do lado de fora da casa. Fico olhando para o carro sem entender. Não estou conseguindo registrar o que está acontecendo. Um carro, sim, eu entendo, mas por que isso importaria mais do que beijar a Addie nesse exato momento?

— Você está esperando alguém? — pergunta ela.

Deixo escapar um pequeno gemido involuntário de desespero quando ela estende a mão para subir o vestido, mas logo tento disfarçar como um pigarro viril.

— Hum, não.

Volto o olhar com relutância para o outro carro e tento controlar a minha respiração. Será... meu estômago se revira, meu sangue pulsa. Mas não... não é o meu pai. Reconheço o casaco pendurado nas costas do banco na frente da casa, que dá para as fontes e para o vale mais além. É de couro marrom, da Gucci, e o meu tio Terence usou aquele casaco quase todos os dias durante os vinte e dois anos da minha vida.

— Pelo amor de Deus.

Desligo o carro e encosto a testa no volante.

— O que foi?

— O tio Terry.

— Seu *tio* está aqui?

— Ele supostamente viria. Antes da briga de família.

Endireito o corpo e fecho os olhos por um momento, então abro a porta do carro.

— Dylan, meu querido! — brada uma voz do terraço. — Eu estava começando a achar que você tinha fugido! O-ho, quem é essa moça linda? Onde você *a* encontrou?

Bem, isso acaba de vez com o clima. Não há ninguém nesse mundo tão bom em estragar um clima quanto o meu tio Terence.

— Oi, Terry — digo em um tom cansado. — Essa é a Addie. Ela trabalha na Villa Cerise.

— Oi — diz Addie, acenando para Terry. — Posso lhe servir alguma coisa, senhor?

Olho de relance para ela. A Addie está exibindo uma expressão diferente, um sorriso estranho e artificial. Esse é seu rosto para-se-dirigir-aos-clientes. Fico satisfeito em ver como é diferente do sorriso lento e provocante que abriu para mim pouco tempo depois de nos conhecermos.

— Jantar! Você pode cuidar do jantar? — pergunta Terry.

Estremeço.

— A Addie não é...

— Com certeza — responde Addie em um tom tranquilo. Ela levanta um pouco mais o vestido. — Posso chamar um chef para cozinhar para vocês. Aqui na região tem alguns chefs fantásticos, vou pegar a lista.

Eu a observo se afastar. Seus quadris não balançam dessa vez. Meu anseio por ela virou *desespero*.

— Bonita essa daí — comenta Terry comigo. — Mas imagino que você ainda esteja envolvido com aquela loura de Atlanta.

Estremeço novamente quando a Addie para na porta da cozinha por um momento, com a mão na parede de pedra. Terry está desatualizado em todos os sentidos. Esse casaco dele já não parecia bom nos anos 1990, e a Michele, de Atlanta, saiu de cena no início do terceiro ano, pelo amor de Deus.

— O que está fazendo aqui, tio Terry?

— Ouvi dizer que você tinha decidido seguir em frente com as férias em família! — Ele sorri para mim. — Três semanas de sol e vinho com o meu sobrinho favorito? E mais ninguém do resto da plebe? Como eu poderia deixar passar essa oportunidade? Venha, garoto, vamos abrir uma garrafa para comemorar.

Subo a escada arrastando os pés e atravesso o terraço. A piscina fica em uma das extremidades, cintilando, azul-clara; além da água, os vinhedos parecem hiper-reais sob o brilho do sol.

— É bom ver você, Dylan.

Cerro os dentes.

— Também é bom ver você, Terry.

A minha família. Eles são como um resfriado forte do qual não consigo me curar, uma música pop horrível que não consigo parar de cantar. Como faço para me livrar deles?

E, mais imediatamente: como faço para me livrar do tio Terry?

AGORA

Addie

O sol está bem alto no céu agora, estourando no para-brisa do carro e me fazendo semicerrar os olhos mesmo com os óculos escuros. A estrada à nossa frente parece meio empoeirada, como se tudo precisasse de um espanador.

Dylan não diz uma palavra há mais de meia hora. Estamos a quinhentos quilômetros de Ettrick, e estar com ele dentro do carro deixa minha respiração difícil. Ele ainda usa a mesma loção pós-barba. O aroma leve e amadeirado, com um toque de laranja.

— Na verdade, sou um homem muito moderno, muito obrigado — dizia Marcus a Deb.

Ela acabou de chamá-lo de homem das cavernas. Ele disse algo sexista que eu não entendi, e provavelmente foi melhor assim.

— Ah, é?

— Sabe o que eu fiz no outro dia?

— O quê?

— Eu me *hidratei*.

Preciso disfarçar o sorriso. Havia me esquecido disso no Marcus. Em como ele é charmoso quando quer.

— E você sabe o que o Dylan me convenceu a fazer?

— O que o Dylan o convenceu fazer? — pergunta Rodney, quando Deb não responde.

Ela está no celular, o que com certeza vai irritar o Marcus. Ele gosta de atenção exclusiva.

— O Dylan me fez ir à *terapeuta* dele — diz Marcus, em um sussurro escandalizado.

Eu pisco, processando a ideia. Marcus está fazendo terapia? *Dylan* está fazendo terapia? Isso é muito esquisito. É como se um deles tivesse começado a fazer tricô ou algo assim. Mas aposto que a terapeuta deles está se divertindo muito com os dois. Anos de material de análise.

— O que está achando de fazer terapia? — pergunto ao Dylan, tentando manter a voz leve.

Olho para ele apenas pelo tempo necessário para ver seu pomo de adão subindo e descendo enquanto ele engole em seco.

— Bom, obrigado — diz ele.

Certo. Muito bem, então. Continuamos em silêncio por algum tempo. Estou morrendo de vontade de perguntar por que ele resolveu fazer terapia. Quando será que começou? Foi por minha causa? Mas isso é *tão* egocêntrico...

— Eu percebi que estava um pouco, hum... Que alguns relacionamentos na minha vida não eram totalmente saudáveis. — Ele engole em seco de novo.

Todos no banco de trás do carro estão muito, muito quietos.

— Achei que precisava de ajuda para resolver isso. Sabe? De um profissional.

Sinto o rosto muito quente de novo. Bem-feito para mim por ser tão egocêntrica.

— Vamos brincar de alguma coisa — propõe Marcus. — Estou entediado.

— Só pessoas chatas ficam entediadas — comenta Deb.

— Só pessoas chatas dizem *isso* — corrige Marcus. — Cinco perguntas. Eu vou primeiro. Me pergunte qualquer coisa. Pode começar.

— Qual foi a pior coisa que você já fez? — pergunta Deb prontamente.

Marcus bufa.

— Por qual construção social em particular você gostaria que eu avaliasse o "pior"? Porque eu não concordo nem um pouco com o sistema de moralidade padrão.

— Que interessante da sua parte — afirma Deb categoricamente.

Marcus parece ofendido.

— Uma vez eu peguei um dos patos de estimação do vizinho e o cozinhei — diz ele, depois de um tempo. — Isso serve?

Todos arquejam.

— Que horrível! — exclama Rodney. — Por que fez isso?

Marcus encolhe os ombros.

— Não tinha comida em casa e estava tudo fechado.

— Você *comeu* o pato? — pergunta Rodney, e consigo ouvi-lo se encolhendo no banco.

— Com molho hoisin. Próxima pergunta?

— Você já se apaixonou? — pergunta Deb. — Ou isso não se encaixa no seu sistema de moralidade fora do padrão?

O silêncio se estende, tenso demais. Não olho para o Dylan.

— Eu me apaixono cem vezes por mês, meu bem — responde Marcus, o tom despreocupado.

A próxima música começa a tocar: "I Did Something Bad", da Taylor Swift.

— Ninguém se apaixona cem vezes — digo, antes de conseguir me conter. — Você não conseguiria. Iria matar você.

Marcus dá uma risadinha de deboche tão baixa que quase não escuto. Eu me sinto enrubescer.

— A única vez que me apaixonei foi quando a parteira me entregou o meu filho — diz Deb.

Lanço um olhar de gratidão a ela pela mudança de assunto. Sinto os olhos de Marcus fixos na minha nuca. Ele desviaria o olhar se eu encontrasse seus olhos pelo espelho, sei disso, mas não tenho coragem.

— Sinceramente, ele é o único homem que já conheci que me pareceu valer o esforço — continua Deb, me lançando um sorriso rápido. — Próxima pergunta para o Marcus?

— Qual foi a coisa mais legal que você já fez por outra pessoa? — pergunta Rodney.

Todos olhamos para ele, surpresos.

— Tudo bem perguntar isso? — fala Rodney, afundando no banco.

— Caramba, cara, você é um pedido de desculpas ambulante, não é? — comenta Marcus.

— O que... eu...

— Ele é educado, Marcus — digo. — Isso é uma coisa boa. A maioria das pessoas aprecia.

Marcus ergue as sobrancelhas e noto alguma coisa em sua expressão pelo espelho. Um desafio, talvez.

— Ih. Dylan, cuidado. Você tem um rival — zomba ele.

— Cala a boca, Marcus — falo, irritada. — Você sabe que não é nada disso.

— Fala sério, pessoal — diz Dylan, estendendo a mão para aumentar o volume do rádio. — Deixa isso para lá, por favor.

— Não é nada disso? — retruca Marcus. — Ora. Nós já ouvimos isso, não é?

A minha raiva dispara e sinto o rosto ficar vermelho. Odeio o Marcus. Odeio, odeio e, caramba, *ainda* não sou corajosa o bastante para mandar ele sumir desse carro, como eu gostaria de fazer.

— Marcus. — A voz de Dylan é séria. — Não diga nada de que vai se arrepender depois.

O carro parece encolher, como se as janelas sujas estivessem se inclinando para dentro.

— Eu vou me arrepender é de ficar sentado aqui enquanto vejo você louco por ela de novo e não digo nada. Essa mulher destruiu você, Dylan. Achei que já tivesse se dado conta disso. Seria melhor você descer desse carro em movimento do que se envolver com ela outra vez.

Que *merda* é essa? Estou quente, com o coração acelerado, *furiosa*. Abro a boca para gritar com ele, mas Deb já se adiantou:

— Quem você acha que é para falar da Addie como se soubesse alguma coisa sobre a minha irmã, seu...

— Ah, eu conheço a sua irmã.

— Marcus, cala a *porra* da boca — grita Dylan, e eu me sobressalto.

Estou segurando o volante com tanta força que dói.

— Não vou me calar! Estou de saco cheio de ver você me tratando como a porra de um caso perdido que você precisa consertar quando...

— Hum, Addie? — interrompe Rodney baixinho.

— Você tem sorte de ter o Dylan — diz Deb para o Marcus. — Para ser sincera, tem sorte de ter alguém.

— E qual é o *seu* problema? — grita Marcus com ela.

— Addie — chama Rodney, com urgência na voz. — *Addie*...

— Eu sei. Eu sei. — Suspiro. — Ai, meu Deus...

— Qual é o *meu* problema? — devolve Deb, enquanto Dylan diz:

— Marcus, você *disse* que *tentaria*, você *disse*...

E Rodney continua repetindo o meu nome, cada vez mais alto, e...

— *Calem a boca* — grito.

Não estou conseguindo controlar direito o carro. A princípio achei que fosse eu — tenho mil distrações —, mas definitivamente é o Mini. Por que o carro está puxando o volante para a esquerda? O meu primeiro pensamento é *gelo*, é estar derrapando, mas está quente o bastante para que o sol brilhe forte acima do asfalto. Com certeza não é gelo.

Passo para a pista da esquerda. Estou puxando bastante o volante para a direita para compensar, cruzando as faixas brancas. Tento ir mais devagar. Por um segundo insano, acho que o meu pé está no pedal errado. O carro não reage direito quando freio. É como tentar gritar, mas não emitir som algum. Piso com mais força no freio e o carro desacelera um pouco, ainda me puxando para a esquerda, e deixo escapar um som frustrado e assustado, um *gaah*...

— Para no acostamento, Addie — diz Deb atrás de mim.

Todo mundo está quieto. Escuto a respiração deles.

Vou diminuindo as marchas: terceira, segunda, primeira. Espero que o trecho do acostamento não acabe. Estou com um zumbido nos ouvidos como se o mundo estivesse abafado. Reparo, distraidamente, que meu pescoço ainda dói por causa batida na traseira. Do último acidente que tivemos.

— Segurem-se — digo, muito séria.

Estamos a menos de vinte quilômetros por hora, mas, quando puxo o freio de mão, todos ainda sentem o solavanco. O carro geme. Ficamos sentados em silêncio até que, muito lentamente, encosto a testa no volante.

Enquanto espero o meu coração parar de tentar sair pela garganta, Dylan estende lentamente a mão e liga o pisca-alerta. Todos nos movemos ao mesmo tempo.

— Merda — diz Marcus atrás de mim.

— Meu Deus — fala Rodney.

— Está todo mundo bem? — pergunta Deb.

Eu me viro, a testa ainda no volante, e olho para o Dylan. Seu rosto está murcho com o choque. Por um segundo, aquilo me lembra da expressão dele quando estava na porta do nosso apartamento e eu socava o seu peito e dizia que não, que ele não podia me deixar.

Marcus dá uma risada estridente no banco de trás.

— Cacete, Addie Gilbert, você acabou de salvar nossa vida.

A minha respiração continua acelerada. Eu me pergunto se as experiências de quase morte se tornam mais ou menos assustadoras a cada vez. Tipo, eu deveria estar mais calma porque já sofri um acidente de carro hoje? Ou mais em pânico, porque todo aquele terror ainda corre nas minhas veias?

Escuto uma batida na janela do carro, do lado do carona. Grito e levo a mão ao peito. Atrás de mim, todos gritam. Mas a reação de Dylan é a mais surpreendente: ele estende o braço na minha frente, como se ainda estivéssemos nos movendo e prestes a bater em alguma coisa.

— Oi? Vocês estão bem aí?

Aperto os olhos. O sol está atrás do homem na janela e mal consigo distingui-lo. Ele é grande e de aparência durona, com uns cinquenta anos, talvez. Uma barba por fazer grisalha cobre o queixo flácido. Por baixo do colete branco que está usando, só vejo metade do texto de uma tatuagem: *Incondicio...*

— Precisam de ajuda? — pergunta ele.

Dylan deixa cair o braço e abre a janela.

— Oi — cumprimenta ele, depois de pigarrear. — Nosso carro quebrou. Mas acho que já deu para perceber isso.

O homem faz uma careta simpática.

— Eu vi vocês — diz ele, apontando para cima.

Nós paramos perto de um grande viaduto que passa por cima da rodovia. Há um lance de degraus à nossa esquerda. Ele deve ter descido quando nos viu. Que homem bom. Supondo que não seja um assassino aproveitando a oportunidade.

— Precisamos, vocês sabem... ligar para o resgate? — pergunta Rodney.

— Temos que sair do carro. Certo? — Dirijo a pergunta ao bom samaritano atarracado, que está olhando para nós pela janela do carro.

— Ah, sim — diz ele, assentindo. — Sim, mas saiam por aqui. — Ele aponta para trás.

O Dylan sai primeiro, depois a Deb, o Rodney e o Marcus. Eu saio por último, por cima da alavanca de câmbio, o que é uma manobra bastante técnica.

No momento em que saio do carro, os olhos do nosso Bom Samaritano corpulento estão fixos em Deb e arregalados de prazer.

— Oi, linda — diz ele.

Deb lhe lança um olhar rápido e eu controlo a vontade de revirar os olhos. Não temos tempo para essa merda.

— Preciso ligar para o seguro — digo, já com os olhos no celular. — Alguém pode ir até a placa mais próxima para que eu possa dizer a eles onde estamos?

— Eu vou — diz Dylan.

Ele pigarreia, envergonhado, porque a voz saiu estridente.

Deb já abriu o capô do carro e está remexendo lá dentro. Rodney se aproxima do Bom Samaritano.

— Então — diz ele, no tom animado de alguém que não tem o dom natural para conversas casuais. — O que você faz?

Fecho os olhos. *Não* era assim que esse fim de semana deveria ser. Por que não estou em alta velocidade na estrada, cantando Dolly Parton em alto e bom som, enquanto Deb come chocolate no banco do carona? Esse era o plano. E parece tão bom nesse momento.

Voltando para o carro, Dylan grita para mim em que quilômetro estamos. A camiseta dele balança com a brisa, as mãos enfiadas nos bolsos da calça jeans. Ele parece bem demais... o que dói. Eu me viro e fico olhando para os carros passando, enquanto ligo para o seguro.

Isso é perigoso. Não os problemas com o carro, mas Dylan. Por uma fração de segundo ali, enquanto o via andar pela pista com o cabelo ao vento, não me importei de perder Dolly Parton e o chocolate com a minha irmã. Quis estar aqui. Com ele.

Duas horas. Duas *horas*.

— A cobertura de avarias do meu seguro garante atendimento na estrada em trinta minutos — diz Marcus, enquanto abrimos uma manta na beira da estrada.

Meu Deus, eu odeio ele. E isso ainda me abala. Se outra pessoa tivesse dito o que Marcus disse antes de o carro quebrar — aquela merda sobre eu ter feito Dylan sofrer —, eu teria deixado na beira da estrada. Mas com o Marcus, mesmo agora, tenho que lutar para não voltar a ser a antiga Addie. A pequena Addie, a Addie esquecível, a Addie que está sempre em segundo lugar.

Ele traz à tona o que há de pior em mim em basicamente todos os sentidos.

— Sim, bem — digo, tentando manter a voz firme. — Aposto que o meu seguro é muito mais acessível do que o seu.

— Esse é o seu erro — retruca ele. — Você recebe pelo que paga.

Reparo que ele ainda não me encara. O Dylan, o Rodney e a Deb saíram em direções diferentes para fazer xixi, e nesse momento, presa aqui, montando o nosso piquenique improvisado com o Marcus, eu gostaria de ter uma bexiga mais fraca.

Só preciso superar. Ser adulta.

— Eu e o Dylan somos capazes de deixar o passado para trás por um dia, Marcus. Talvez você devesse fazer o mesmo.

Ele bufa.

— Você gostaria disso, não é?

— Vou só... — diz o Bom Samaritano atrás de mim. — Vou só seguir o meu caminho, então, certo?

— Ah, caramba, me desculpa. — Estou vermelha de vergonha quando me viro para olhar para ele. — Muito obrigada pela sua ajuda.

Eu simplesmente não tenho espaço mental para ser educada com outras pessoas no momento. Já basta o Rodney. Ele emite aquela vibração de inaptidão total. Como se precisasse de cuidados constantes, como uma criança, ou o meu pai em uma festa.

— Não lembro seu nome, desculpe? — digo.

— É Kevin — responde o Bom Samaritano. A agitação do tráfego cria um vento constante. Todos estamos falando um pouco mais alto, como se estivéssemos em um bar barulhento. — Sou caminhoneiro.

— Kevin que dirige caminhões — diz Marcus —, você deve ser um homem com histórias para contar. Por que não se senta com a gente e conta algumas delas?

Por essa eu não esperava. De alguma forma, enquanto eu estava virada para o outro lado, Marcus encontrou a minha sacola com os melhores petiscos. Ele já partiu metade da barra de frutas e nozes que está mordiscando agora. Estreito os olhos para ele e me volto para o Kevin.

Ele não está sorrindo, não tecnicamente, mas está... meio que sorrindo sem sorrir. Como os cães fazem. Agora que estou me acalmando e ele não está mais na contraluz, paro um instante para olhar direito para o sujeito. Ele é baixo, atarracado e envelhecido. Acho que não deve dedicar muito tempo para se cuidar. Seu corpo é cheio de tatuagens: uma bandeira do Reino Unido na parte da frente da coxa, logo acima do joelho; uma data, 09.05.16, na lateral do pescoço; um cachorro pequeno e surpreendentemente fofo no antebraço, com a legenda *Cookie, RIP*.

Os olhos do Kevin se voltam para a Deb enquanto ela vem na nossa direção.

— Por que não? Essa encomenda é só um favor para um amigo. Não estou realmente em horário de trabalho — diz ele.

E assim, Kevin, o caminhoneiro, se junta a nós na manta de piquenique.

Está bastante apertado. Formamos um círculo ao redor de um monte de petiscos. O sol está alto o bastante para me queimar, e passo protetor solar enquanto Deb levanta a barra da camiseta para bronzear a barriga.

— Estamos quase duas horas atrasados — comenta ela, estreitando os olhos para checar a tela do celular. — Nunca vamos chegar a tempo de ajudar a preparar o churrasco. Ainda estamos... Onde estamos?

— Logo depois de Banbury — informa Kevin, e dá um gole na garrafa grande de limonada que ele e minha irmã estão dividindo.

— Droga — diz Deb, e se deita novamente na manta. — Não avançamos quase nada! Não era melhor alguém ligar para a Cherry e avisar a ela?

Dylan e eu nos entreolhamos. Cherry *não* vai ficar nada satisfeita se chegarmos atrasados para o início da celebração do casamento.

— Vamos esperar um pouco — digo. — O pessoal do resgate talvez chegue antes. Eles disseram duas horas na pior das hipóteses. Além disso, reservamos bastante tempo para paradas, Deb.

— Qual é a história de vocês, então? — pergunta Kevin, os olhos fixos em Deb. — Parece gente demais para caber em um Mini.

Dylan tosse. Um caminhão passa em disparada na pista da esquerda e o cabelo de Deb voa.

— Essa pergunta está fora de cogitação? — volta a falar Kevin.

Marcus aponta para mim.

— A Addie partiu o coração do Dylan — ele se vira para apontar para o Dylan — cerca de um ano e meio atrás, e então destruiu o carro dele hoje cedo. Como ela se sente culpada por ter arruinado a vida dele, está nos dando uma carona, porque todos nós vamos ao casamento da Cherry, a única pessoa no mundo que já gostou tanto do Dylan quanto da Addie.

Meu coração acelera, e sinto a raiva borbulhando novamente. *A Addie partiu o coração do Dylan.* Como se *ele* não tivesse *acabado* com o meu. Eu me esforço para segurar a língua, porque não devo reagir a isso, *não devo.*

Deb se recosta, o corpo apoiado nos cotovelos.

— Isso é mentira — diz ela. — Uma versão melhor seria: o Dylan abandonou a Addie em dezembro de 2017. Foi o maior erro da vida dele, obviamente, e ele sabe disso.

Dylan olha para a grama.

— E aí, o Dylan bateu na traseira do nosso carro e destruiu o dele. Concordamos em dar uma carona a eles para o casamento da Cherry, porque somos pessoas muito boas. E *eu* gostava tanto do Dylan quanto da Addie — acrescenta ela. — Durante um tempo.

Kevin olha para todos nós. É possível ver as engrenagens funcionando na cabeça dele.

— E ele? — pergunta, apontando para o Rodney.

— Ah, o Rodney só pegou uma carona — explica Deb, e se deita novamente.

— Desculpa — diz Rodney.

Marcus revira os olhos. Dylan continua olhando para a grama. Eu gostaria de ver seu rosto direito.

— Você não vai contar a ela? — indaga Marcus, indicando Deb com um gesto. — Caramba, Dylan, tenha vergonha na cara. Diga a ela que não foi assim.

A estrada ruge em meio ao silêncio.

— Pelo amor de Deus — diz Marcus. Ele se levanta e limpa a calça jeans — Mais alguém está tendo flashbacks de 2017 ou só eu?

— Marcus — diz Dylan baixinho. — Deixa para lá, está bem?

— Deixa para lá? *Deixa para lá?*

— Marcus. — A voz dele é mais alta dessa vez.

Rodney vira de um lado para o outro, entre Marcus e Dylan, como se estivesse assistindo a uma partida de tênis de mesa. Cerro os punhos no colo. Quero ir embora. Os meus músculos estão tensos, preparados.

— E quanto ao *Etienne*, Dylan?

As minhas unhas furam a palma da mão. Meu coração está disparado. Realmente não achei que o Marcus *diria* aquilo.

— Não fale sobre o que você não entende — retruca Deb, irritada.

Kevin continua olhando para todos nós, o cenho franzido.

— Cacete. É como um daqueles programas de brigas de casais que passa na TV, só que ao vivo.

— O que eu não entendo? — pergunta Marcus.

Ele parece aborrecido de verdade, e sou incapaz de encará-lo. Não consigo mais ficar sentada aqui. Meu corpo está doendo de tanta tensão.

Eu me levanto tão abruptamente que derramo o suco de laranja que está no copinho plástico de Rodney. Ele grita e endireita o copo, mas o suco já está escorrendo pela manta.

Eu me afasto. Vou na direção dos degraus por onde o Kevin desceu para nos encontrar. Meu coração está acelerado. Ouço a Deb me chamar. Não olho para trás. Demoro um pouco a perceber que alguém está me seguindo, e levo mais alguns segundos para me dar conta de que é o Dylan.

— Volte para junto dos outros — digo, olhando para ele por cima do ombro.

— Não — responde ele.

— Dylan, vai embora.

Ele não diz nada dessa vez, mas ainda assim o escuto acima do tráfego intenso. Acelero o passo e chego à estrada no fim do viaduto. Há uma trilha aqui, estreita o bastante para uma pessoa. De cada lado da estrada há campos separados da pista por elevações de grama pontilhadas de flores brancas. Se não fosse pelo barulho dos carros abaixo de mim, eu teria a impressão de estar passeando pelo campo.

— Addie, por favor, vá mais devagar. — Ele corre para me alcançar. — Você está bem?

Eu paro e me viro tão rápido que ele tropeça e quase tromba em mim.

— Se eu estou bem? O Marcus é tão... — Desvio os olhos. É difícil ficar tão perto do Dylan e encará-lo. — Ele é tão babaca...

— Eu sei. Vou falar com ele.

— Não, não. Só... preciso de um tempo.

— Eu sei que é difícil, mas a melhor coisa a fazer é simplesmente ignorar o Marcus.

— Ah, e é isso que você está fazendo, não é?

Essa conversa soa tão familiar. É como calçar um velho par de sapatos. Estou com raiva porque sinto vergonha, sei disso, mas mesmo assim digo as palavras que sei que vão magoá-lo.

— Porque para mim parece que você ainda é o fiel escudeiro dele. Seguindo o cara como um cachorrinho.

Dylan abre a boca para retrucar, mas volta a fechá-la. Ele abaixa os olhos. O meu coração aperta. Eu me lembro muito bem dessa sensação de aversão a mim mesma. Ainda sou essa pessoa? Só porque parece familiar significa que ainda sou eu?

Talvez esses sapatos velhos não me sirvam mais. A raiva foi embora com a mesma rapidez com que chegou.

— Desculpa — digo. — Desculpa. Não quis... Só estou chateada.

Ele ergue os olhos.

— Não é assim com o Marcus — fala. — Não mais. Ele está mudando.

Arg. Não. Desvio os olhos e me viro para continuar me afastando da rodovia.

— Ele não mudou *nem um pouco*. Não dá para mudar um homem como o Marcus.

— Entendo por que você pensa assim. — A voz do Dylan está calma e controlada. — Mas acredito que ele esteja chegando lá. Ele está diferente.

Dylan está andando ao meu lado agora, na beira da estrada. Seu braço roça no meu, e sua pele se cola um pouco à minha, por causa do protetor solar pegajoso. Por um instante, sinto o cheiro dele de novo. E aquele cheiro me deixa tonta, como se o mundo estivesse sendo deformado, igual a quando alguém está voltando no tempo, na televisão.

— Ele não parece estar diferente no que diz respeito a mim.

— Você sabe que ele não sabe a história toda — diz Dylan baixinho.

— Eu sei. — Viro no caminho à esquerda, que leva a uma propriedade recém-construída, repleta de carros estacionados, e aperto os olhos quando o sol bate em uma janela. — Mas ele ainda é um babaca.

Dylan não questiona. Caminhamos um pouco em silêncio. É estranho, como se de repente estivéssemos improvisando uma cena que já vivemos milhares de vezes. A expressão do Dylan é séria. Não consigo resgatar a raiva que extrapolou de mim quando percebi que o havia magoado. De repente, só o que eu quero é fazer ele sorrir. É uma sensação tão forte que pressiono a mão na barriga para contê-la.

— Enquanto estamos aqui, só nós dois, quero... quero dizer que sinto muito pelo que eu disse sobre a sua decisão de parar de falar comigo — diz Dylan, quebrando o silêncio. — Essa foi a sua escolha.

Para ser justa, ele sempre respeitou essa escolha. Por mais que eu tivesse desejado tantas vezes voltar atrás.

— Achei que tornaria tudo mais fácil. Para... — Eu me interrompo.

— Pois é. E tornou?

Não. Não facilitou em nada quando o Dylan me deixou, e não havia nenhum jeito simples de me reconstruir. Teve que ser peça por peça.

— Não foram os dois anos mais fáceis da minha vida — digo, por fim.

— Não. — Seu braço roça o meu de novo... de propósito, eu acho. — Eu gostaria de ter podido...

— Não faça isso. — A minha voz sai estrangulada. — Não deseje coisas.

Ele fica quieto por um tempo.

— O Marcus *mudou*. Está mudando. Só preste atenção nisso... por favor. Por mim.

— Não faça isso também. Não diga *por mim* como...

— Desculpa. Mas quero que saiba que eu não estaria em um carro com o Marcus se ele ainda fosse o homem que você conheceu quando estávamos juntos.

Olho de relance para o Dylan. Ele não diria uma coisa dessas um ano e meio atrás. Brinco de jogo dos sete erros de novo: o cabelo mais curto, uma pequena linha entre as sobrancelhas... e agora, quando Marcus está sendo um cretino comigo, Dylan o reprime. Isso também é novo.

A ruga, o cabelo, a irritação: tudo isso contribui para fazê-lo parecer mais mundano. Um pouco estragado, um pouco mais forte. Mais autossuficiente.

— Nós provavelmente deveríamos... — Ele suspira e olha para trás. — Deixamos um grupo muito estranho na beira da rodovia.

Esfrego o rosto e dou uma risada trêmula nas mãos.

— Ai, meu Deus. Kevin, o caminhoneiro, provavelmente matou todos eles.

— Ou o Rodney. São sempre os mais calados.

Sorrimos. Eu me viro primeiro, meu braço roçando o dele novamente.

— Eu estava errada — digo em um impulso. — Sobre não falar. Foi pior. Eu... isso... eu gostaria de não ter pedido a você para me deixar em paz.

Vejo os cantos da boca de Dylan se curvarem. Houve um tempo em que eu teria dado qualquer coisa para fazê-lo sorrir daquele jeito.

— Obrigado por dividir — diz ele simplesmente.

Voltamos para o Mini em silêncio. É difícil saber o que dizer depois disso. Estou andando mais devagar do que deveria. Gosto da sensação de Dylan ao meu lado.

Nós dois paramos quando chegamos aos degraus que levam para a rodovia.

— Ai, caramba — fala Dylan. — Não podemos deixá-los sozinhos por cinco minutos, não é?

Dylan

Abaixo de nós, na beira da rodovia, Rodney, Kevin e Marcus formam um quadro bizarro: eles parecem estar participando de uns Jogos Olímpicos amadores.

Rodney está segurando uma garrafa vazia como se fosse um dardo, enquanto o outro braço aponta para o alvo (felizmente, ele está mirando para *longe* da estrada movimentada). Seu rosto exibe uma expressão cômica de concentração. Enquanto isso, Marcus e Kevin estão agachados para levantar duas malas.

— A força está toda nas pernas — diz Marcus enquanto levanta a minha mala. — Não é preciso ter força no braço.

A irmã da Addie observa a ação de cima da manta de piquenique, onde — pelo meu conhecimento limitado dessas coisas — parece estar extraindo leite materno com uma engenhoca presa ao peito.

Kevin levanta a mala com a facilidade de quem tem experiência naquilo.

— Mas a força na parte superior do braço ajuda.

Ele começa a levantar a mala contraindo os bíceps, enquanto o Marcus — que nunca teve a paciência ou a dedicação necessária para frequentar regularmente uma academia, ou fazer qualquer coisa regularmente, na verdade — tenta erguer a mala acima da cabeça como um campeão de levantamento de peso. Ele chega ao meio do caminho e volta a abaixar o peso, ficando com o rosto um pouco vermelho.

— Só estou vendo a melhor forma de pegar — diz.

Kevin dá uma risadinha, e faz alguns agachamentos casuais.

Addie suspira ao meu lado.

— Não gosto do jeito como a Deb está olhando para aquele caminhoneiro.

— *O Kevin?* Sério?

— Ela não transa desde que teve o Riley. E disse algo sobre querer *voltar à ação* nesse fim de semana.

A expressão dela reflete a minha.

— O Rodney está realmente participando? — pergunto, enquanto o observo treinar o arremesso antes de jogar a garrafa.

Ele se parece um pouco com um boneco de palito animado, com os joelhos nodosos se projetando e os pés voltados para fora. A garrafa sobe pela margem, sem chegar à fileira de árvores no alto, e tomba novamente, em um movimento desajeitado.

— Acho que só está querendo participar, do jeito dele — diz Addie, com um tom que parece carinhoso. — Ele não parece ter se apaixonado pela Deb como os outros dois, né?

— O Kevin certamente está apaixonado, mas eu diria que o Marcus está... — Faço uma pausa cuidadosa. — Fazendo o que o Marcus faz sempre que tem uma mulher por perto. Não que a Deb fosse dar qualquer chance a ele, levando tudo em consideração. Ah, droga, lá vai ele — digo quando vejo o Marcus tombar, deixando a mala cair no chão ao seu lado. — Ele tinha que escolher a *minha* mala, né?

Kevin coloca cuidadosamente a mala do Marcus no chão. Rodney levanta a mão espalmada, e Kevin demora um instante para perceber que o outro quer bater na mão dele. A expressão encantada do Rodney quando a palma das mãos deles se encontram sugere que ele está acostumado a ser deixado no vácuo pelas pessoas.

— Vocês são muito divertidos — comenta Kevin, saltando na ponta dos pés, aparentemente energizado por toda a contração dos bíceps.

— Acha mesmo? Até o Rodney? — pergunta Marcus, limpando a roupa enquanto se levanta. — Kevin, você precisa ampliar os seus horizontes. Sabia que uma vez eu conheci uma mulher que conseguia chupar os próprios dedos dos pés? *Ela*, sim, era divertida.

— Nossa — comenta Rodney, enquanto o Kevin dá uma gargalhada e bate nas costas do Marcus.

Deb nos vê e acena, então remove a bomba de extração de leite. Só o meu raciocínio muito rápido me salva da visão do mamilo da irmã da Addie.

— Se quiserem mais alguma coisa para comer ou beber, tem um supermercado aqui perto. Dá para ir andando — diz Kevin, e a rouquidão que percebo em seu tom de voz me faz questionar se ele não viu um pouco mais dos seios da Deb do que eu...

Ela se levanta.

— Por que não me leva até lá? — sugere a Kevin, animada.

— Eu falei — diz Addie.

— Como assim? Você não está querendo dizer... Eles não vão transar a caminho do supermercado, vão?

— Você realmente mudou — comenta Addie com ironia.

Então, seu rosto fica muito vermelho quando ela se dá conta do que disse.

E a Addie tem razão em enrubescer. Fico excitado no momento em que ela diz isso, me lembrando de todas as noites em que mal conseguíamos esperar até chegar em casa, transando encostado em paredes, no banco de trás de um carro, no solo calcário e seco do vinhedo próximo à Villa Cerise...

— Vamos às compras! — diz Kevin, com um aceno alegre.

Seu sorriso largo parece mais uma careta. Tenho a impressão de que ele não está muito acostumado a sorrir. Olhar para o Kevin acaba sendo muito útil para afastar os pensamentos sexuais da minha mente, por isso fico olhando enquanto ele sobe pela margem e tento me concentrar na sua careca horrível.

Não funciona. Só consigo pensar no quadril macio e arredondado da Addie, nas coxas nuas dela, no cabelo comprido e escuro espalhado pelo meu peito enquanto ela encosta os lábios no elástico da minha cueca. Nesse momento, parece quase inacreditável que segurar o corpo dela no meu nem sempre foi uma fantasia; já houve um tempo em que eu podia esticar a mão e tocá-la.

ANTES

Addie

A garota não pode pegar outra garrafa de vinho para a gente? Aposto que ela tem um estoquezinho secreto em algum lugar.

A garota. A garota. A Villa Cerise recebeu muitos visitantes esnobes nas últimas seis semanas, mas o tio de Dylan, Terry, está me irritando como ninguém mais conseguiu. Ele e o Dylan estão no terraço desde que voltamos de La Roque-Alric. Estou trabalhando aqui embaixo e dentro da casa, mas ainda consigo ouvi-los. Terry é o "cara engraçado" dos grupinhos de rapazes nos pubs. Aquele que nunca transa, mas tira onda como se tivesse trepado com todas as garotas. Ele é esse cara, só que vinte anos depois. Ainda é "engraçado", mas sem noção.

Franzo o cenho para o meu reflexo no espelho da parede da sala de estar do apartamento. Que maldoso da minha parte. Sou melhor do que isso. Só preciso... respirar um pouco.

Eu me examino com mais atenção. O espelho é um pouco convexo, ou talvez o outro é que seja côncavo. Seja como for, esse aqui faz o meu nariz parecer minúsculo, e os meus olhos enormes e saltados. Inclino a cabeça um pouco para a frente e para trás, e me pergunto o que Dylan vê. Se ele ainda vai ver amanhã.

Sempre achei que tenho um rosto esquecível. Deb tem sobrancelhas lindas e grossas que ela nunca depilou, e as sobrancelhas tornam seu rosto marcante, como se ela fosse uma modelo. Minhas sobrancelhas parecem só... sei lá. Não consigo nem pensar em nada para dizer sobre elas.

Arg. Desvio os olhos do espelho e pego a garrafa de vinho que acabei de buscar no "estoquezinho secreto" meu e da Deb, porque, por mais irritante que seja provar que Terry está certo, nós realmente temos um. Meu coração está muito acelerado enquanto subo para o terraço. É absurda a reação do meu corpo ao Dylan. Há séculos não me interesso por ninguém assim.

— Aqui está! — digo ao me aproximar deles.

Meu humor melhora um pouco quando vejo a expressão de Dylan: aquele olhar descolado e ensaiado que ele estava testando antes se foi, e agora ele está meio que *contemplando*, como se ansiasse por mim, como se quisesse me despir lentamente. Sinto um nó no estômago. Eu meio que presumi que a chegada de Terry acabaria com os olhares de desejo. Como se ter um espectador a mais fosse fazer o Dylan se dar conta de que *Ah, no fim das contas, ela não é tão especial assim.*

— Boa garota — diz Terry, pegando a garrafa. — Eu sabia que tinha gostado de você.

Dou uma risada tilintante que não se parece em nada com o meu riso de verdade.

— Aceitam mais alguma coisa?

— Não quer se juntar a nós? — pergunta Terry, apontando para uma cadeira vazia. — Deve ser solitário lá embaixo, nas entranhas da casa...

Dylan franze a testa e ajeita o corpo na cadeira, parecendo desconfortável. Ele não precisa se preocupar. Não estou disposta a passar uma noite no meio das brincadeiras de família com o tio Terry pervertido.

— Na verdade, acho que vou me deitar — digo. — Foi um dia longo.

Eles me deixam ir sem grandes protestos, e, quando saio pela porta do apartamento do caseiro, me encosto nela com os olhos fechados. E me lembro do olhar do Dylan. O olhar de anseio. Minha respiração fica entrecortada.

Tento descansar — não tenho dormido muito durante esse verão —, mas estou muito inquieta. Está muito calor. Chuto uma perna para fora do lençol, depois a outra, então desisto completamente e deixo o lençol embolado em um canto no pé da cama.

Para ser sincera, estou deitada aqui esperando ouvir uma batida na porta. Quando estou começando a cair no sono, a batida finalmente acontece, e, por um momento, acho que sonhei. Mas aí está ela de novo, uma batida dupla de leve.

Eu me sento bruscamente na cama. Estou com um hálito rançoso e os lábios secos. E só Deus sabe como está o meu cabelo. Corro para o banheiro para escovar o dente e prender o cabelo desgrenhado em um coque bagunçado. O coque parece "arrumado" demais, então refaço. Quando chego à porta, os olhos sonolentos que pisco para o Dylan são pura encenação. Estou bem acordada agora. O ar noturno ainda está quente e, quando ele entra no apartamento, traz consigo o cheiro de videiras quentes de sol.

— Eu não sabia se você iria acordar — sussurra ele, enquanto fecho a porta. — Você me dá a impressão de ser alguém que dorme pesado.

Na verdade, sou mesmo. O meu ex sempre reclamava que eu roncava alto demais para uma pessoa tão pequena, mas, como isso não parece a confissão mais sexy a se fazer, apenas balanço a cabeça.

— Eu estava... não exatamente esperando, mas... — Fico com o rosto vermelho, e me arrependo de não ter dito algo que soasse mais assertivo. Mais como a Addie do verão.

Um sorriso lento surge nos lábios dele. Seus olhos se tornam presunçosos de novo. Dylan está apelando para aquela mesma autoconfiança fingida que exibi quando ele apareceu pela primeira vez na minha porta. Ele estende a mão, pega a minha e me puxa suavemente em sua direção.

— Tenho a impressão de que deixamos algumas coisas por dizer — fala, a voz baixa.

Eu me aproximo a ponto de precisar inclinar o queixo para olhar para ele. Basta a mão de Dylan na minha para acelerar a minha pulsação de novo. O cabelo castanho desgrenhado dele está penteado, caindo propositalmente sobre a testa. Por algum motivo, isso o faz parecer ainda mais desleixado.

— Ah? — Respiro fundo. — Por *dizer*?

— Talvez eu queira dizer *por fazer* — se corrige ele.

Dylan solta a minha mão e começa a abrir os botões da blusa do meu pijama. Seus dedos se movem lentamente, começando pelo topo, as juntas roçando no meu seio no caminho. Ele não afasta o tecido da minha pele até que todos os botões estejam abertos. Já estou respirando com dificuldade quando ele finalmente desce as mangas dos meus ombros e deixa a blusa do pijama cair no chão atrás de mim.

Ainda estamos na cozinha; mal nos afastamos alguns passos da porta da frente. Por um momento, ele fica só olhando para mim. Seus olhos estão arregalados, os lábios, entreabertos. A minha respiração sai entrecortada. Então ele se adianta e me leva junto, as mãos descendo para a minha cintura, os lábios encontrando os meus. Minhas costas batem com força na porta assim que as nossas línguas se tocam.

Esse não é um primeiro beijo, é uma preliminar. Perco a noção do tempo, de tudo, estou zonza de desejo, me ouvindo gemer, puxando a camisa do Dylan até que ele se afasta de mim para tirá-la pela cabeça. Quando a minha pele nua toca a dele, nós dois ofegamos.

— Caramba — diz ele, afastando o meu cabelo para trás com uma das mãos, enquanto seus lábios voltam a procurar os meus. — Você já está me *matando*.

Eu me contorço no corpo dele, para levantar uma das pernas, franzindo o short do pijama. Estou desafivelando o cinto dele quando alguém bate na porta.

Eu me sobressalto de tal forma que os meus dentes batem nos de Dylan. Cambaleamos para longe da porta, nossos corpos ainda emaranhados. Dylan gira bem a tempo de me proteger da vista, enquanto o tio Terry enfia a cabeça pela porta.

Pelo amor de Deus. Terry de fato é o tipo de homem que bate na porta ao mesmo tempo em que gira a maçaneta.

— Oiii! — chama ele. — Maddy? Ah, ora, oi para vocês dois! — Ele dá uma risadinha. — Estou interrompendo?

Eu me encolho para perto de Dylan e enterro o rosto em seu peito. Seus braços se fecham ao meu redor. *Maddy*. Me chamam muito de Maddy, assim como de Ali e de Annie.

— Vai *embora*, Terry — pede Dylan. — Saia até que a moça esteja vestida, pelo amor de Deus.

— Como quiser, Dylan! — fala Terry, ainda rindo, e ouço a porta se fechar novamente.

— Ai, meu Deus — digo contra o peito de Dylan.

— É um babaca chato para cacete, esse tio Terry — reclama ele, e se afasta para pegar a blusa do meu pijama e a camisa dele no chão da cozinha.

Dylan está respirando tão pesadamente que seu peito arqueja. A minha situação não é muito melhor.

— Continuo escutando você! — grita Terry.

— O que você está *fazendo* batendo na porta dela às duas da manhã?! — grita Dylan tão alto que eu pulo de susto.

— O que *você* está fazendo batendo na porta dela às duas da manhã é o que eu gostaria de saber — grita Terry de volta.

— Acho que é bastante óbvio o que eu estava fazendo — responde Dylan, passando a mão pelo cabelo, irritado. — E o nome dela é *Addie*. Não, Maddy.

Dou uma risada abafada. Essa situação obviamente é horrível e nada engraçada, mas também é... meio engraçada. Aquele *oiii* quando Terry enfiou a cabeça pela porta.

— Ouvi uma comoção — explica Terry. — Quando desci para fazer um lanchinho. Achei melhor checar se a moça estava bem!

— Estou bem, obrigada, Sr. Abbott — digo, e cubro o rosto com as mãos. — Ai, caramba — sussurro.

— Sinto muito — diz Dylan em um tom suplicante.

Seu cabelo está todo arrepiado, os lábios inchados. O jeito encenado ficou para trás. E ele é ainda mais sexy assim. Parecendo um pouco perdido.

Fico na ponta dos pés para dar um beijo lento em seu pescoço. Sinto seu pomo de adão oscilar enquanto ele reprime um gemido.

— Outra hora — sussurro. — Agora você já sabe onde me encontrar.

Dylan

Ela me enfeitiçou. Sou Odisseu na ilha de Circe, sou o Romeu de Shakespeare, sou... Estou com uma ereção quase permanente.

Já se passaram quatro horas desde que a Addie deu aquele único beijo no meu pescoço, lá na bagunça da cozinha pequena do apartamento dela, e mal dormi uma hora desde então. O meu cérebro está abarrotado de poemas apressados e cheios de ardor, quase eróticos; eles parecem ainda piores quando os coloco no papel. Em um momento de insanidade, por volta das seis da manhã, decido dobrar os papéis com os poemas e enfiá-los por debaixo da porta do quarto dela, mas felizmente me contenho assim que saio do meu quarto, pois me dou conta de que é muito provável que isso vai me fazer parecer esquisito, ou — o que talvez seja pior — desesperado. Volto, então, para a minha cama e me imagino lendo os poemas para Addie, nua, aqui, então tenho que tomar um banho frio.

São dez da manhã quando a vejo de novo. Addie chega ao terraço onde Terry e eu estamos tomando café. Seu rosto está com uma aparência fresca, e ela usa um vestidinho estampado que balança em torno das suas coxas a cada passo. Addie carrega um saco de papel manchado de gordura: croissants frescos do vilarejo próximo. Seus dedos tocam os meus enquanto eu pego os croissants. A confeitaria nunca teve tanta energia sexual.

— Obrigado — murmuro.

— Você parece um pouco abatido — diz Addie, e a pintinha em seu lábio superior se move quando ela se esforça para não sorrir. — Não dormiu bem?

— Meu sobrinho me disse que lhe devo desculpas! — diz Terry. — Me desculpe por ter me intrometido, não foi nada cavalheiresco da minha parte.

Quando ela se vira de mim para o Terry, desejo seu olhar de volta imediatamente. Quero a Addie só para mim.

— Já esqueci tudo — diz Terry, acenando com o braço. — Não me lembro de nada. Certo?

Addie faz uma breve pausa.

— Obrigada — diz, com um sorrisinho. — Fico muito grata.

Então ela se vira e se afasta.

— Aonde você está indo? — disparo.

Ela me olha por cima do ombro.

— Tenho trabalho a fazer — responde, sorrindo. — Você vai me ver por aí.

Addie retorna quando estamos almoçando no terraço. Ela está usando um maiô vermelho e começa a limpar as folhas da piscina. Acho que vou chorar. A tarefa envolve uma quantidade *excruciante* de movimentos que curvam seu corpo.

Fico bêbado no meio da tarde, na esperança de que isso ajude, ou pelo menos faça o tio Terence parecer mais interessante. Mas o único resultado é soltar a minha língua.

— Acho que ela pode ser A garota — digo a Terry, enquanto afundo no sofá.

Está quente demais para nos sentarmos do lado de fora agora, por isso nos refugiamos na enorme sala de estar fresca, com tapeçarias de seda e uma infinidade de almofadas.

Terry ri.

— Veja se ainda se sente assim depois que tiver... — Ele faz um gesto grosseiro que me dá vontade de jogar a garrafa de vinho em sua cabeça.

— Não é assim — insisto, enquanto encho minha taça. — Ela é tão... *maravilhosa*. Eu nunca me interessei desse jeito por ninguém.

A minha intenção era dizer *tanto*, mas a expressão que usei é mais precisa. O *jeito* como eu desejo a Addie é diferente, chega a doer.

— Ah, a impulsividade da juventude — diz Terry em um tom benevolente. — Espere até ela ganhar dez quilos e se fascinar por canais de compras.

— Tio Terry. Literalmente tudo o que você diz é cem por cento inaceitável.

— A sua geração é sensível demais — diz ele, recostando-se e equilibrando a taça de vinho na barriga de cerveja.

Viro a taça. Nenhum dia jamais passou tão devagar quanto esse.

Terry convida Addie para jantar com a gente quando passamos por ela no corredor, mas ela recusa, os olhos fixos em mim. Não sei o que seu olhar significa: está recusando mais do que apenas aquele convite, depois de ter tido um dia para pensar? A ideia de que ela pode não querer que eu vá ao seu apartamento essa noite me deixa tonto de desespero.

Durante o jantar, o tio Terry não para de falar do tio Rupe e de como ele investiu mal o dinheiro na década de 1990. O assunto não poderia me interessar menos — detesto falar sobre dinheiro, me deixa desconfortável —, e todo esse falatório faz com que Terry coma tão devagar que tenho vontade de esticar o braço e roubar o resto do bife no prato dele com o meu garfo. Ele ainda não terminou de molhar o pão nos sumos da carne quando eu me levanto para tirar os pratos. Terry dá um gritinho quando retiro o prato da frente dele.

— Sei por que você está tão ansioso para se livrar de mim — diz Terry enquanto levo os pratos para a cozinha e os deixo de lado. — Quer se esgueirar até os aposentos da criadagem, não é?

Cerro os dentes.

— Sim, eu quero ver a Addie.

— Pelo visto, a garota já tem você na palma da mão. Andando por aí de maiô e provocando você o dia todo.

Volto para a sala de jantar enquanto ele balança a cabeça e ri.

— Você vai ter muito trabalho com aquela ali.

Terry é sempre desagradável, mas ouvi-lo falar da Addie daquele jeito é intolerável. Cerro os punhos. Ao menos ele não é tão ruim quanto o meu pai. Por um instante, imagino como teria sido se a família inteira tivesse vindo passar férias aqui, como o meu pai pretendia. O tio Rupe e a sua esposa americana sem graça; o trio de primos de nariz em pé de Notting Hill; o meu irmão, Luke, sem o namorado Javier, porque Javier nunca é convidado. O Luke suportaria a homofobia dissimulada da família em uma agonia silenciosa e sufocada, enquanto eu teria vontade de socar alguém; o meu pai declararia que somos uma decepção, e a minha mãe passaria as férias tentando desesperadamente consertar tudo, como sempre.

Não, essas férias são um presente, apesar da presença do Terry. Relaxo os punhos lentamente.

— Escuta — digo. Preciso tentar não parecer desesperado, embora, é claro, esteja profundamente. — Se não se incomodar de passar a noite sozinho, nós dois podemos passear pelos vinhedos locais amanhã. Durante o dia todo. Só nós dois. Eu nem vou beber, para poder dirigir.

Terry parece dividido. Como sempre se definiu como "a alma da festa", ele fica desesperado ao ser deixado sozinho por um instante que seja. Mas degustar vinhos é uma das suas atividades favoritas, e sei que a promessa da minha atenção exclusiva por um dia inteiro vai fazer algum efeito.

— Tudo bem — concorda ele. — Talvez eu possa... ler. Um livro.

Ele olha ao redor, meio perdido.

— Tem uma TV na sala de estar — digo a ele. — E lá tem o DVD de todos os filmes de *Velozes e Furiosos*. Todos.

Ele se anima um pouco.

— Muito bem. Divirta-se, garoto. — Ele me dá uma piscadela. — Vou dormir com protetores de ouvido.

Reprimo um estremecimento de desprezo.

— Isso é... Tudo bem. Obrigado. Tenha uma boa noite, Terry.

Addie

Dylan está ofegante quando chega à porta do apartamento. Ele deve ter descido correndo da sala de jantar. Foi bonitinho demais ver seus olhos me acompanhando o dia todo, feito um cachorrinho. Ontem ele parecia sexy, interessante; hoje parece fofo. Mais cedo, eu o flagrei escrevendo em um caderno com capa de couro à beira da piscina. Ele estava com a língua para fora, presa entre os dentes da frente.

— Oi — diz ele, sem fôlego. — Estou aqui na esperança de que, mesmo depois de um dia ouvindo de longe algumas das opiniões questionáveis do meu tio, você ainda esteja interessada em me beijar.

Eu rio, e jogo o peso do corpo em uma perna. Estou usando uma jardineira cortada acima do joelho, com meu maiô vermelho por baixo. Sempre me sinto mais eu de jardineira. Fiquei irritada comigo mesma hoje de manhã por ter trocado para aquele vestido curto quando voltei da padaria, só para impressionar Dylan. Funcionou — o queixo dele literalmente caiu —, mas pareceu um pouco... vulgar.

— Como você conseguiu se livrar dele?

Dylan abre e fecha as mãos, como se estivesse ansioso para me agarrar. O frio na minha barriga aumenta.

— Prometi a ele um dia inteiro de atenção exclusiva amanhã, visitando vinhedos. — Dylan afasta o cabelo dos olhos. — Posso entrar?

Faço uma pausa como se estivesse me decidindo, mas a expressão de sofrimento em seu rosto torna muito difícil seguir adiante. Eu rio e me afasto para que ele entre.

— Pode entrar, então.

— Ah, graças a Deus — diz Dylan. Ele fecha a porta depois de entrar, me pega com cuidado, mas com firmeza, pelos ombros e me empurra para a porta. — Onde estávamos?

— Mais ou menos aqui, eu diria.

Eu o puxo mais para perto. Ele é pelo menos trinta centímetros mais alto do que eu, e já estou na ponta dos pés e inclinando a cabeça para trás para encontrar os seus olhos, que parecem em brasa.

— Acho que você vai ser a minha morte, Addie. Passei as últimas dezoito horas tonto de desejo por você.

Nunca conheci um homem que falasse tão bem quanto Dylan. Não estou me referindo ao sotaque, mas às palavras que ele usa. Tudo o que ele diz parece que deveria ser escrito.

— A verdade é que ninguém nunca morreu de desejo — retruco, moldando o meu corpo ao dele. — E talvez um pouco de paciência lhe fizesse bem.

— Na minha experiência, paciência é terrivelmente entediante.

Ele me beija. Dylan beija muito bem, mas não é por isso que o meu corpo arde no momento em que a sua língua toca a minha. É a intenção por trás do beijo que provoca essa reação. O beijo parece dizer: *Dessa vez, vou passar a noite toda aqui.*

A nossa primeira vez é frenética. Cheia de mãos trêmulas e respirações ofegantes. Não conseguimos sair da cozinha, e quando nos desembolamos, fracos e rindo, ele me vira de costas e limpa migalhas de pão da minha bunda e das coxas.

— Caramba, você é deslumbrante — comenta Dylan, a voz baixa.

Ele está atrás de mim e me segura onde estou quando faço menção de me virar. Sua mão ainda está acariciando as minhas coxas, mais lentamente agora. Com gentileza. Olho por cima do ombro. Dylan está me observando como se quisesse decorar o meu corpo, quase com reverência. Seus olhos encontram os meus e me animam, e já quero ele de novo. Tanto que a minha pulsação acelera.

As minhas pernas estão tão trêmulas que tropeço enquanto estamos a caminho da cama. Quando desabo de bruços no colchão, ele se junta a mim apenas alguns segundos depois e puxa o meu corpo quente para o dele. Dylan deixa uma trilha de beijos suaves na minha nuca e sinto mais uma vez o frio surgir lentamente na minha barriga.

— Esse — diz Dylan com a voz rouca, pressionando um único dedo onde a minha cintura encontra o meu quadril. — Esse lugar deve ser o centímetro mais sexy que eu já vi.

— Aí? — digo, e me viro em seus braços. — Sério?

Ele abaixa um pouco o corpo na cama.

— Talvez aqui — diz, e desfere mais uma sequência de beijos quentes e lentos pelo meu pescoço.

Inclino a cabeça para trás com um gemido.

— Ou aqui. — A elevação do meu peito. — Aqui. — A ponta do osso do meu quadril. — Aqui. — A pele macia e sensível da minha coxa.

Dylan não se parece com ninguém com quem eu já tenha transado. Fazemos tudo lentamente agora. Minutos passam feito uma névoa, como se eu estivesse sonhando. Em um instante ele é voraz, no outro é provocadoramente lento, depois tão gentil e fofo que fico chocada ao me dar conta de que estou comovida, os olhos ardendo quando ele encosta a testa na minha e se move para a frente e para trás só um pouquinho, não o suficiente, ainda não, até que estou mole como uma gelatina e louca de desejo.

Adormecemos emaranhados e suados. Acordo no escuro, totalmente desorientada. Os pelos do peito do Dylan estão fazendo cócegas na minha bochecha. Eu me sento bruscamente e olho para a bagunça de roupas e lençóis, para o livro que chutei da mesa de cabeceira em algum momento depois da meia-noite. O corpo nu do Dylan, comprido e bronzeado, entra em foco enquanto os meus olhos se ajustam à escuridão.

Sorrio na penumbra e levo as mãos ao rosto. Parece que isso vai ser... mais do que um romance de verão. Parece que vai ser épico.

O sol já nasceu quando acordo novamente, e Terry está batendo na porta do apartamento.

Adormeci com a cabeça no braço do Dylan, que salta abruptamente em um espasmo ao acordar. Eu me esquivo bem a tempo de evitar um tapa forte no rosto.

— Ai! — grito.

— Humm? — murmura ele, virando os olhos desfocados na minha direção. Então, ajusta o foco, o cabelo caindo nos olhos. — Ah, oi.

Não consigo evitar um sorriso.

— Oi. Você quase acertou o meu olho.

— Eu? — Dylan ergue o corpo para se sentar com as costas no travesseiro e afasta o cabelo para trás. Ele esfrega as bochechas como se tentasse trazer o rosto de volta à vida. — Ah, caramba, me desculpa. Eu me debato dormindo. Sinto muito. Pelo menos você ronca, então estamos quites.

— Oi? — chama Terry do lado de fora do apartamento. — Dylan!

Resmungo e viro o rosto no travesseiro. Com certeza não dormimos mais de três horas. Eu gostaria de ficar na cama por mais umas nove, pelo menos.

— Maldito tio Terry — anuncia Dylan para o teto.

Eu rio no travesseiro.

— Toda a sua família é estranha assim?

— Ah, com certeza. Mas com tipos diferentes de estranheza. É variado. — Ele se vira e beija meu ombro. — Bom dia — diz, apoiando a testa na minha. — Por favor, fique exatamente assim, com esse traje, nessa cama, até eu voltar do passeio com o meu tio?

— Não estou usando nenhum "traje" — digo, e me viro para olhar para ele.

— Exatamente.

— Dylan! Temos que ir! — grita Terry.

Dylan se inclina para a frente e me dá um beijo suave nos lábios.

— Tudo bem. Você pode se vestir e andar por aí, mas só se for *totalmente* necessário. Mas não desapareça. Promete?

— Vou passar o verão todo aqui — digo. — Não vou a lugar algum.

Ele sorri, então. Relaxado, um pouco despenteado, o cabelo já caindo nos olhos de novo.

— Perfeito — fala Dylan, e me beija de novo. — Ontem à noite foi... inesquecível. Você é extraordinária.

Meu rosto fica tão vermelho que ele ri. Com certeza Dylan sente o calor irradiando da minha pele. Tenho vontade de comentar que ele sempre faz comentários perfeitos, mas parece exagerado. Não quero entregar isso a ele. Não quero que saiba que já estou completamente apaixonada por ele. Se souber disso, terá todo o poder. Então, a alegria de ontem — os olhos dele me seguindo ao redor da piscina, feito os de um cachorrinho — vai desaparecer.

AGORA

Dylan

Os mecânicos acionados pela companhia de seguro estão aqui consertando o carro da Deb. Eu realmente me esforço para ouvir a explicação sobre o que aconteceu com os freios e a direção, mas tem alguma coisa em conversas sobre carros que sempre faz com que eu me desligue completamente. Algo semelhante acontece quando meu pai fala comigo sobre rúgbi. Consegui decorar toda a *Noite de Reis*, de Shakespeare, aos dezesseis anos, mas ainda não sei o que significa quando fazem um *scrum* em um jogo de rúgbi.

Enquanto o Kevin inicia uma conversa profunda com a Deb sobre fluido de freio, com o Rodney junto ao ombro dele, assentindo com interesse, observo a Addie. E o Marcus me observa.

— Continue olhando para ela assim e vai acabar deixando a garota arrepiada de medo — comenta Marcus, se aproximando furtivamente com as mãos nos bolsos.

Ainda estamos na beira da estrada, e já me acostumei tanto com o rugido do trânsito que nem o ouço mais. Perceber isso me faz lembrar dos grilos na França, de como eu me desligava do cricrilar interminável e só me dava conta de que estavam cantando há um bom tempo quando silenciavam de repente.

O cara que está consertando o carro ri de alguma coisa que a Addie diz, e fico tão em choque que quase dói vê-la sorrir de volta para ele. O cara é bonito: espanhol, talvez, com uma barba curta e olhos marcantes.

— Sei que você realmente não quer ouvir isso — diz Marcus baixinho enquanto me acompanha até a margem, indo em direção aos outros. — Veja bem, não quero bancar o babaca. Perdi a cabeça no carro, eu sei, mas o que falei continua valendo, Dyl... Eu não seria seu amigo se não dissesse isso. Você não pode voltar atrás agora. Precisa seguir em frente. Caramba, achei que você já tinha superado essa história. Já se passaram quase dois anos, não é?

Tenho vontade de dar um soco na cara dele. Será que posso fazer isso só uma vez? Quis tanto e nunca fiz. Talvez só um soco acabasse com essa vontade, e então eu poderia voltar a ser um amigo maduro e solidário.

— Addie — chama Deb, acenando com o celular. — Addie... A Cherry está ligando.

Deb voltou do passeio ao supermercado parecendo muito feliz e desgrenhada. Quando fiz as perguntas óbvias — *Desculpe, mas como? Tipo, onde?* —, ela anunciou com grande alegria que o Kevin tinha um carregamento de cadeiras na caçamba do caminhão, e que ela havia realizado duas das suas atividades favoritas ao mesmo tempo: transar e se sentar confortavelmente.

— Não atenda — dizemos eu e Addie ao mesmo tempo.

Todos ficam olhando o celular tocar na mão de Deb.

— Em algum momento a gente vai ter que contar para ela — diz Deb, enquanto a ligação cai na caixa postal. — Não vamos conseguir chegar lá a tempo de preparar o churrasco.

Ela abre o aplicativo do mapa no celular.

— Viajamos duzentos quilômetros em cinco horas e meia. Ainda temos... quinhentos quilômetros pela frente.

Addie joga a cabeça para trás e resmunga em direção ao céu.

— *Como* isso deu tão errado?

— Vamos acelerar — diz Marcus.

— Foram cinco horas dirigindo direto — retruca Deb. — E agora são... quase onze horas.

— A que horas a gente disse que ia chegar lá?

— Às três da tarde — responde Addie, fazendo careta. — E não vou correr. Já tenho três pontos na minha carteira de motorista.

Fico olhando para ela, boquiaberto. Addie faz questão de evitar o meu olhar.

— Nem eu — diz Deb. — Tenho um filho. Não tenho permissão para morrer atualmente.

— Vou mandar uma mensagem para ela — fala Addie, mordendo o lábio. — Isso... Vai ficar tudo bem.

Todo mundo murmura em concordância, como se aquela fosse uma ideia brilhante, quando sabemos que é uma desculpa.

— Certo... todos de volta para o carro. Ah! Kevin — diz Addie, parando bruscamente. — Desculpe. Esqueci que você não fazia parte da gangue.

Aquilo parece agradar a Kevin. Então seu sorriso-meio-careta vacila.

— Vocês estão indo? Já?

— O carro está consertado — explica Addie, indicando os mecânicos com um gesto e sorrindo para eles.

O espanhol definitivamente acabou de checar a bunda dela. De forma *alguma* eu devo demonstrar que me importo. Mas me importo, e muito. Caramba, ela é muito bonita.

Flagro o Marcus me observando de novo, as sobrancelhas erguidas, e tento olhar atentamente para outra coisa que não seja a Addie.

— Não quer ficar por aqui, almoçar? Conhecer a cabine do caminhão? Hein? — pergunta Kevin.

Tudo isso é dirigido a Deb, que está ocupada guardando a comida em sacos plásticos e parece já ter excluído Kevin da sua realidade. Desde que voltaram do supermercado, ela olha para ele com a mesma expressão ausente e distraída que a Addie olha para o Rodney. A capacidade da família Gilbert de se concentrar no que importa para elas e ignorar o resto é mesmo impressionante.

— Bem — diz Kevin, o sorriso-careta desaparecendo. Ele esfrega o queixo. — Tchau.

— Tchau, Kevin — fala Marcus, subindo no banco da frente do carro.

A simpatia dele diminuiu muito desde que a Deb foi para o supermercado com o Kevin. O Marcus não gosta de perder, mesmo quando não está particularmente preocupado em ganhar.

O resto de nós se despede de Kevin, exceto Deb. Ela termina de recolher o lixo e as sobras de comida que nós descartamos na beira da estrada, então toca a base das costas enquanto endireita o copo.

— Ah. Tchau, Kevin. Obrigada — diz, finalmente olhando para ele.

— Talvez a gente se encontre de novo! — arrisca ele.

— Parece improvável — diz Deb, enquanto abre o porta-malas e joga o saco de lixo ali dentro.

— Me liga! — grita ele, quando ela já está fechando a porta do carro.

Deb demora um pouco para voltar com o carro para a rodovia — os outros veículos passam acelerados, os capôs reluzindo ao sol — e Kevin fica esperando na beira da estrada para acenar para nós. Eu o vejo ficar cada vez menor pelo espelho e sinto a perna da Addie encostada na minha no banco de trás. Então, me pergunto por que é tão difícil para todos nós deixar as mulheres Gilbert irem embora.

Por mais ou menos uma hora, seguimos sem nenhum incidente. Bem, tecnicamente falando, porque cada ligeiro movimento da perna da Addie na minha já vale um poema inteiro.

Tê-la tão perto está me deixando tonto. Pensei em como seria ver a Addie novamente mais vezes do que consigo contar, mas não é nada como eu esperava. Nas minhas fantasias, ela estava do jeito que a deixei: cansada, olhos tristes e o cabelo escuro batendo na cintura. Mas ela está diferente agora. Mais calorosa, menos retraída, por incrível que pareça; ela se conhece melhor. Suas unhas não estão roídas, e há uma tranquilidade nela que é completamente nova.

E ainda há o cabelo, é claro, e os óculos: estou achando ambos incrivelmente sexy.

— Então, Rodney — diz Deb por cima do ombro, enquanto muda de faixa para acelerar. — Qual é a sua história?

— Ah, eu não tenho uma história — responde Rodney.

Marcus ri. Ele está olhando para fora da janela, no banco da frente, preocupantemente quieto. Está muito quente no carro; há uma viscosidade desagradável no ar, como o bafo rançoso de um quarto que não foi arejado desde a última vez em que alguém dormiu lá.

— Todo mundo tem uma história — diz Addie.

Ela então olha para mim, mas aquilo aproxima tanto nosso rosto — nos deixando a um beijo de distância — que ela se volta para a frente em meio segundo, com um rubor colorindo as bochechas.

— Rodney? — chama ela.

O sujeito se contorce no banco.

— Ah, é sério, não tenho nada a dizer!

Olho para ele com um pouco de pena, então percebo — como acabou de acontecer com a Addie — que nosso rosto está próximo agora que estamos virados um para o outro. Dá para ver todos os poros do nariz dele.

— Vamos, Rodney... por exemplo, o que você faz? — pergunto, e volto rapidamente o olhar para a estrada à frente.

O lugar do meio no banco de trás é sem dúvida o pior. Para começar, não há onde colocar os pés, e meus braços parecem muito inconvenientes, feito um par de membros extras que eu deveria ter tido a decência de deixar no porta-malas.

— Eu trabalho com a Cherry — diz Rodney. — Sou da equipe de vendas.

Sem nem sequer olhar para Addie, sei que ela está tão surpresa quanto eu. Não sei por que nenhum de nós pensou em perguntar como exatamente o Rodney conhecia a Cherry, mas essa não era a resposta que eu esperava. Desde que foi morar em Chichester com o Krishna, a Cherry trabalha para uma agência de viagens de luxo, vendendo pacotes de férias de dez mil libras para pessoas ocupadas demais para organizá-las sozinhas. Não é um daqueles sites de viagem horríveis que ficam insistindo para você reservar as coisas antes que outra pessoa o faça, mas uma agência de viagens butique com um escritório aconchegante e funcionários surpreendentemente agradáveis. A gentileza só se aplica a certo tipo de pessoa, é claro. É um lugar muito exclusivo.

E o Rodney não grita exatamente exclusividade.

Eu deveria dizer algo. Ele falou já faz algum tempo.

— Que legal! — exclamo, um pouco entusiasmado demais.

A Addie me olha como se tivesse achado graça, e retribuo seu olhar com uma expressão que diz *O que você teria feito?*. Sinto, mais do que vejo, o seu sorriso em resposta.

— Qual foi a coisa mais constrangedora que você já fez, Rodney? — pergunta Marcus, sem se virar.

— Marcus — começa a repreender Addie.

— O que foi? São cinco perguntas! *Eu* já respondi, não foi? — Ele se vira e sorri. — Vamos, Rodney, vai ser divertido. Somos todos amigos aqui, não somos?

Essa declaração não é nada precisa.

Rodney pigarreia.

— Humm. A coisa mais constrangedora... Ah, deixa eu ver... Uma vez fiz xixi na cama.

Segue-se um longo silêncio.

— Com uma garota nela — diz ele.

— *O quê?* — perguntamos todos, em coro.

— Como assim, já adulto?

— Bem, sim — responde Rodney. — He-he!

Eu me encolho quando o Marcus ri baixinho. Desconfio de que o Rodney não tenha ideia do final dessa história e vai se arrepender profundamente de ter contado.

— Próxima pergunta? — diz Rodney.

— Mas foi tipo esvaziar a bexiga? — pergunta Deb, curiosa. — Ou só uma escapadinha?

— Ai, meu Deus — fala Rodney. — Ha-ha! Não vamos entrar em detalhes...

— Acho que você não entendeu bem, Rodney — insiste Marcus. — Os detalhes são a única parte interessante.

Addie se inclina na minha direção por um momento enquanto ajusta o cinto de segurança. Eu me pergunto se ela também está sentindo calor entre nós, se o lado esquerdo do seu corpo está em chamas como o meu lado direito, hipersensível ao toque.

— Vamos deixar que o Rodney mantenha alguma dignidade — diz Addie. — Quando você e a Cherry ficaram amigos, Rodney?

— Que desperdício de pergunta — diz Marcus.

— Na festa de Natal, há dois anos — responde Rodney, com orgulho.

Eu me lembro da Cherry me contando sobre aquela festa de Natal. Ela sempre tem histórias excelentes, principalmente porque ela mesma é um caso à parte e está sempre metida em alguma encrenca. Por um tempo, eu costumava torcer para que alguma dessas confusões acontecesse, porque, quando a Cherry precisava ser resgatada, geralmente era a Addie que aparecia para salvá-la. E a Cherry sempre acabava cedendo e me contando detalhes do estado da Addie, o que ela estava fazendo, se estava namorando e todas as outras perguntas com as quais eu insistia em me torturar.

Aquela festa de Natal em particular foi um mês antes da noite em que ela saiu comigo, em Chichester, e conheceu o Krishna, agora seu noivo. Naquele Natal, a Cherry transou com um homem que passou o ano seguinte enviando poemas muito mal escritos para ela, uma história que sempre me deixou profundamente desconfortável (poetas constrangedoramente ruins sempre me fazem vestir a carapuça). Se bem me lembro da história, naquela festa ela também pagou shots para todos da empresa e beijou sete colegas. Aquela foi uma história típica da Cherry, e eu me lembro de quando ela nos contou no pub, tendo um ataque de riso. E quando Grace disse *Querida, você não tem vergonha?*, Cherry respondeu: *E para que serve a vergonha, a não ser para deixar as pessoas para baixo?*

— A Cherry é divertida, não é? — pergunto a Rodney.

Ele sorri.

— Ela é brilhante. Me ajudou demais.

Ah, então ele é um dos casos de caridade da Cherry. Ela resgata pessoas abandonadas e perdidas feito uma viúva benevolente do século XIX: uma vez ela acomodou quinze adolescentes sem-teto em uma grande tenda no jardim da casa dos pais; ela tem oito animais resgatados e que, somados, têm apenas cerca de seis membros. Até mesmo o período em que a Addie e a Deb trabalharam como caseiras foi um subproduto da boa vontade ilimitada da Cherry, afinal a Deb estava desempregada, e a Addie planejava passar o verão trabalhando no pub perto de casa, frequentado só por velhinhos, antes que a Cherry aparecesse e conseguisse quatro meses na Provença para elas.

Engulo em seco. Lembrar daquele verão me dá dor de garganta. Não consigo pensar no calor, na poeira e na tensão sexual sem ter certeza de que lancei os dados, na época, e eles pararam nos números errados. Nós dois éramos muito imaturos. Tão seguros de nós mesmos e totalmente perdidos.

Se nos conhecêssemos agora, já adultos, será que faríamos dar certo?

A música muda. Taylor Swift está cantando "We Are Never Ever Getting Back Together". Nunca mais vamos ficar juntos.

Um lembrete oportuno do universo. Ou melhor, do Marcus, que, agora percebo, é quem está no comando da playlist do Spotify.

Addie

Droga, está quente dentro desse carro. O ar-condicionado não dá conta de refrescar cinco adultos em um calor de — checo o celular — trinta graus. A previsão do tempo diz que vai chegar a trinta e seis no meio da tarde. Gostaria de não ter tido o trabalho de me maquiar. Provavelmente vai estar tudo escorrendo pelo meu queixo quando chegarmos à Escócia.

Dylan se ajeita ao meu lado. Ele está sendo um cavalheiro e não reclamou de ficar no meio, mas seus joelhos estão quase encostando no peito e ele está encolhendo os cotovelos. Parece a pose de um T-rex. Economizaríamos muito espaço se eu me sentasse no colo dele.

Pisco. Esse pensamento foi... inapropriado. O corpo de Dylan está encostando no meu, irradiando calor, e enquanto a Taylor Swift canta no alto-falante do carro — Marcus está obcecado com a Taylor, provavelmente tentando dar alguma indireta —, penso em como seria fácil colocar a mão no joelho do Dylan. Em vez disso, prendo as palmas das mãos entre as pernas e me esforço para me controlar.

Esse é o Dylan. Ele me deixou. Eu não o amo mais.

Mas, caramba, o cheiro dele, uma mistura de laranja e madeira... Meu corpo esqueceu todo o sofrimento e a decepção e só se lembra do meu rosto encostado na pele quente do pescoço de Dylan enquanto ele se move dentro de mim. Os arquejos, a euforia. A alegria de adormecer nua e quente em seus braços.

— Alguém quer biscoito de aveia? — pergunta Rodney.

Engulo em seco e pressiono mais as pernas uma contra a outra. Meu coração está batendo um pouco rápido demais. Tenho a sensação de que Dylan percebe de algum modo. Ele está se contendo, como se não confiasse em si mesmo para se mover. A música que está tocando agora, quente e pulsante — "Lover", talvez —, não ajuda.

Esqueci como é desejar alguém tanto assim. Já teve alguma outra pessoa que me fez sentir desse jeito? Mais alguém ainda vai causar isso em mim? Ai, meu Deus, que pensamento horrível.

Eu me inclino para a frente para ver o Rodney, do lado do Dylan. Ele está segurando um pote grande com biscoitos de aveia caseiros. Não tenho ideia de onde o cara tirou aquilo. Enquanto examino o conteúdo do pote de plástico no colo do Rodney, sinto o olhar do Dylan percorrendo a pele nua dos meus ombros. Os pelos da minha nuca se arrepiam. O suor escorre por entre as minhas omoplatas. Quero que ele me toque. Que passe o dedo ao longo da minha coluna. Eu me inclino rapidamente para trás e olho para a frente.

— Não quero, não — digo. — Obrigada.

— Só eu vou comer, então — deduz Rodney alegremente, e se recosta no banco.

Da próxima vez que pararmos, vou me certificar de que o meu lugar seja entre Marcus e Rodney. Isso vai resolver o meu problema.

ANTES

Dylan

Ela me deixa zonzo. Embriagado.

Tivemos uma semana de pele nua e calor pegajoso, o sol se pondo atrás das videiras como uma gema de ovo caindo em uma tigela. As noites são lânguidas, longas, nossas. Terry passou a tolerar que a Addie ficasse por perto por parte do dia, mas ela só é minha mesmo depois que ele vai para a cama. Addie não é ela mesma quando o Terry está com a gente, mas, depois que fecha a porta do apartamento e tira os chinelos, ela é Addie pura e concentrada.

Já tínhamos combinado de nos encontrar no terraço essa noite, assim que Terry fosse dormir. Addie está usando o pijama curto de seda cor de pêssego, o cabelo escuro e comprido solto sobre os ombros. Ela estende a mão para me deter quando me aproximo e exibe o tipo de sorriso que promete coisas novas e deliciosas.

Ela tira a roupa lentamente. Sua pele clara parece quase prateada à luz das estrelas, e me vem um verso à cabeça: *o rastro prateado de uma garota iluminada pelas estrelas*, mas deixo qualquer verso de lado quando a Addie se aproxima da água e mergulha, o corpo esguio e luminoso na escuridão, feito uma estrela cadente. Ela se desloca com suavidade pela superfície, apenas uma ondulação.

O alarme da piscina soa.

Caramba, é *tão* alto. Addie grita e tapa os ouvidos, então avança pela água para apertar os botões certos. Eu a ajudaria se não estivesse com o corpo curvado de tanto rir, mas também estou com o membro rígido, ainda rígido, para ser bem sincero, o que *sempre* acontece quando Addie está por perto. Nos viramos ao mesmo tempo, assim que o alarme para de tocar, e lá está: a luz acesa na janela do tio Terry, o fofoqueiro.

— Cacete, como o tio Terry é *chato* — resmungo baixinho, ainda rindo.

Addie simplesmente boia na piscina, os braços abertos, como uma estrela.

— Ele vai achar que foi o vento que disparou o alarme. Venha. Entre.

Continuo olhando para a luz do quarto do meu tio.

— Você veio com toda aquela conversa sobre viver cada momento, encontrar significado e buscar "alegria pura e não diluída", e não vai se juntar à sua amante nua na piscina?

Amante. A palavra tinha encontrado lugar nos poemas que rabisquei no meu caderno depois de deixar a cama da Addie e já começou a mudar, transformando-se rapidamente em *amor*.

Não tenho dúvida de que esse sentimento é mesmo amor. Como pode ser outra coisa? É torturante, eufórico, tão grande que não consigo colocá-lo no papel.

Depois de um momento de indecisão, tiro a roupa e pulo na piscina.

— Um mergulho muito elegante — comenta Addie, sorrindo.

Ela se aproxima de mim nadando e puxa o meu corpo para perto do seu. Está fria, a pele arrepiada, com gotículas que parecem diamantes em miniatura nas pontas dos cílios.

A porta da casa se abre. Ficamos imóveis. Addie encosta um dedo nos meus lábios.

— Oi? — chama Terry.

Addie encosta o rosto no meu pescoço, tentando conter o riso. Não há qualquer luz aqui fora, a não ser a das estrelas, mas, se Terry for até o terraço, vai ver a forma pálida do nosso corpo em contraste com a água azul-escura. A porta se fecha novamente. Ele entrou de novo.

— Viu? — diz Addie. — Eu te disse.

Nos movimentamos em círculos amplos pela água, abraçados, sem pressa. Poucos dias atrás, eu não conseguiria fazer isso, já teria sentado Addie na borda da piscina e beijado suas pernas até o interior das suas coxas. Mas depois de sete longas noites segurando-a assim, nua em meu corpo, já consigo me dar ao luxo de saboreá-la por algum tempo.

— Addie — sussurro.

— Hum?

— Você é incrível, sabia?

Ela encosta os lábios úmidos na minha clavícula. Estremeço. *Saboreie lentamente o momento*, lembro a mim mesmo, embora isso esteja se tornando uma opção menos tentadora agora.

— E aqui estou eu... — digo a ela, roubando um beijo rápido e intenso. — Passando o verão me debatendo como um peixe, mudando de forma, tentando me descobrir...

Engulo em seco. Até mesmo falar sobre aquilo traz o pânico trêmulo de volta à minha garganta, o peso de uma mão pesada pressionando o meu peito, a voz do meu pai nos meus ouvidos. Eu me concentro em Addie, no seu cabelo esticado para trás, brilhando no escuro. Addie, a minha resposta para tudo.

— E aqui está *você* — continuo. — Já perfeita.

Ela dá uma risadinha no meu pescoço.

— Isso não faz sentido. Ninguém é perfeito. Eu com certeza não sou. Não faça isso.

— O quê?

— Não faça de mim a sua "garota ideal e sem defeitos".

Eu me viro para o rosto dela, indistinto na escuridão.

— O que é isso?

— Sabe nos filmes? A garota dos sonhos que aparece para ajudar o herói a se encontrar? Ela nunca tem uma história própria.

Franzo o cenho. Addie sempre faz isso: transforma um elogio em algo desconfortável.

— Eu não quis dizer nada disso.

— Só porque eu sei o que quero ser e onde quero viver e tudo o mais, não significa que estou... resolvida. Também estou descobrindo coisas. Quer dizer, só Deus sabe se vou sobreviver à prova para professora quando o verão terminar.

Balanço a cabeça e puxo-a para perto de novo, agora parado na água.

— Você vai arrasar. E vai ser uma professora maravilhosa. Tem um talento natural para isso. — Abaixo a cabeça para beijá-la. — Você está sempre *me* ensinando coisas novas.

Ela dá um sorriso relutante, e eu chego ainda mais perto, mudando-a de posição para que suas pernas envolvam a minha cintura.

— Tenho medo que ninguém me leve a sério.

— Por que não levariam?

Addie morde o lábio inferior e afasta o cabelo molhado do meu rosto.

— Não sei. As pessoas simplesmente não me levam a sério.

Vejo mais uma vez aquela vulnerabilidade primitiva em seus olhos. Ela está me observando com atenção, e tenho a sensação assustadora de que isso é algum tipo de teste.

— Talvez eu emita alguma vibração. Uma vibração de baixo potencial.

— Baixo potencial? — Eu me afasto, genuinamente chocado. — Você?

Ela dá uma risadinha baixa e rouca e desvia o olhar.

— É só que eu... sempre fui *mediana*. Turmas intermediárias na escola. Notas na média. A única coisa sobre mim que não é mediana é a minha altura.

Ela é pequenininha. Adoro isso, o modo como a minha mão aberta quase ocupa as suas costas, e como ela tem que inclinar a cabeça para trás para me beijar.

— Addie Gilbert — digo com uma voz séria. — Isso é muito importante.

— O que é muito importante?

Eu me inclino para a frente até os nossos lábios estarem a cerca de um centímetro.

— Você. É. Extraordinária — sussurro.

— Ah, para com isso — diz Addie, se afastando de mim e nadando para trás.

Avanço na direção dela.

— Não, não — digo, o mais imperiosamente que consigo. — Chega desse absurdo. Você vai *aceitar* esse elogio mesmo que ele te mate.

Ela está rindo agora.

— Não, caramba, não comece — diz, fugindo de novo de mim, enquanto ondulações escapam entre os meus dedos.

— Você é absolutamente extraordinária. Sabe o que as pessoas fariam para serem tão *resolvidas* quanto você, aos vinte e um anos? Você não aceita desaforo de ninguém, nem mesmo de mim, e eu sou *muito* envolvente. — Avanço de novo e agarro o seu tornozelo até ela começar a bater os pés e se afastar, rindo e cuspindo água. — Você se importa com as pessoas. Não pense que não notei você tentando conter o excesso de bebida do tio Terry e ajudando o Victor a arrancar ervas daninhas depois que ele machucou as costas.

— Ah, por favor — diz Addie, da parte mais funda na piscina. — Só um idiota não veria que o fígado do Terry corre sérios riscos. E eu já deveria ter ajudado o Victor a arrancar as ervas daninhas *antes* que ele machucasse as costas. Isso, sim, teria sido uma coisa acima da média a se fazer.

Reviro os olhos.

— Você se preocupa em fazer o seu trabalho direito. Mesmo estando só eu e o Terry aqui, você continua tomando conta de tudo, atenta a cada detalhe.

— Ah, peguei uma toalha limpa para você hoje de manhã e ajeitei a porta bamba da geladeira. Grande coisa.

Addie mergulha para se afastar de mim feito um golfinho.

— Addie — chamo, já meio irritado. — Não é sobre essas besteiras óbvias, não mesmo. É *tudo* isso. Você sabe viver. Em relação a todas as partes importantes. Quer dizer, você diz que estou sempre falando sobre encontrar alegria e significado e viver o momento, e *estou*... todos nós estamos, droga...

— Bem — diz Addie —, só aqueles de nós que têm o luxo de encontrar tempo para meditar sobre o significado da vida.

— Tudo bem, tudo bem, mas o que eu quero dizer... é que você é boa demais em levar a vida como ela é. Ninguém que eu conheço faz isso.

— Todo mundo que você conhece vai para a Universidade de Oxford — argumenta Addie. — E, por definição, pensa demais.

— Algum dia vai aceitar uma única coisa boa que eu digo sobre você?

Ela nada na minha direção, por fim.

— Pode me dizer que estou linda essa noite.

— Você está linda essa noite.

— Ah, agora que você disse isso...

Eu a agarro e faço cócegas nela da melhor forma que posso na água. Addie se debate, espirra água para os lados e ri, a cabeça inclinada para trás, os olhos cintilando de alegria.

Eu a persigo até o final da piscina. Quando ela se vira, abre os braços na borda da piscina, como um sonho na escuridão, e fecha as pernas ao meu redor. Diminuímos o ritmo, arfantes, então ficamos imóveis. Ela passa os dedos de novo pelo meu cabelo, com um pouco mais de força dessa vez.

— Eu gosto de você, Dylan — sussurra. — Mais do que deveria.

A minha pulsação acelera.

— Não existe essa história de *deveria*.

— Claro que existe. Espere alguns meses e você vai estar por aí, correndo atrás da próxima loura de Atlanta. Com suas ideias românticas, seus belos discursos e seu caderno cheio de versos... — Ela inclina a cabeça para trás e olha para as estrelas. — Você vai partir o meu coração, Dylan Abbott. Estou sentindo isso.

Franzo a testa e inclino o queixo dela para baixo de novo.

— Não. Isso é... eu era... nós não somos assim. Somos diferentes, eu e você. Eu nunca vou partir o seu coração, Addie.

Ela dá um sorrisinho irônico.

— Foi o que disseram todos os cavalheiros para as garotas que moravam no quarto dos empregados, não foi?

Addie

Certo, estou entrando em pânico.

Estamos indo rápido demais. Está na cara. Faz apenas oito dias. É claro que ele ainda me olha como se eu fosse uma rainha. Dormimos juntos todas as noites e ele não me conhece bem o bastante para não gostar de alguma coisa em mim.

Gostaria de não ter dito tudo aquilo sobre ser medíocre na noite passada. Eu deveria me manter no controle, deixar que ele corresse atrás de mim. É o que Deb faria, e os homens *nunca* perdem o interesse por ela. E a Deb, na verdade, acha isso muito chato.

O problema é que o Dylan é fofo demais. Aqueles olhos verde-amarelados sonolentos. O jeito como ele parece me *enxergar*. Tudo isso está fazendo com que eu me apaixone por ele, o que sem dúvida é a coisa mais estúpida que uma mulher pode fazer depois de uma semana transando com um cara nas férias.

Passo a manhã longe da casa. Precisávamos comprar comida e acabo demorando muito mais do que o necessário no mercado. Depois, vou até o vilarejo e fico conversando com o dono do café em um francês capenga, enquanto como um *pain au chocolat* enorme. Eu o faço rir e vejo que ele endireita a postura. Não preciso do Dylan. O meu verão era assim antes de ele chegar, e olha só, é lindo.

Tenho a intenção de ir direto para o apartamento quando volto, mas o Dylan estava sentado na mureta de pedra que cerca o terraço, lendo poesia em voz alta. Ele está a dez metros de mim aqui no pátio. Suas pernas estão penduradas e ele diz algo para si mesmo sobre *rastros prateados da luz das estrelas*. Não resisto e paro para ficar olhando para ele, o braço erguido para bloquear o sol. A emoção me atinge direto no peito, como um vento muito forte.

— Ai, ótimo — diz Dylan em tom de alívio. — Alguém para eu fazer uma serenata. É constrangedor demais fazer uma serenata sem um sujeito.

— Um sujeito!

— Puramente uma figura da gramática — apressa-se a dizer ele, e eu rio. — Sujeito-verbo-objeto e tal.

— É um dos seus poemas? — pergunto.

O Dylan nunca me mostra o trabalho dele, embora esteja sempre disposto a ler trechos de obras do século XVI para mim. Apesar de eu não entender nada. Onde o Dylan ouve algo incrivelmente profundo, eu só vejo algo que poderia ser dito com muito menos palavras.

— Sim, mas só porque me distraí. Estou lendo Philip Sidney — diz Dylan, acenando com um livro surrado para mim. — *Sir* Philip Sidney, na verdade. Cortesão, diplomata, poeta.

— Velho? — desconfio.

Ele sorri.

— Sim. Morreu em 1586.

— *Muito* velho.

Os chinelos marrons e já muito usados do Dylan pendem dos seus pés na beira da balaustrada.

— Leia alguma coisa para mim — peço.

Quero entender esse negócio de poesia. Para mim, tudo soa muito estranho.

— *O meu verdadeiro amor é dono do meu coração* — começa ele — *e eu o dele sei ter*.

— O *dele*?

— É uma mulher falando, não o próprio Philip — explica Dylan. — Ele não está dizendo que está apaixonado por um homem. Muito provavelmente era um fanático homofóbico, já que era um sujeito rico no século XVI. Pode subir até aqui? Quero abraçar você.

Sorrio apesar de toda a minha determinação.

— Philip! — digo, enquanto caminho para os degraus que levam ao terraço. — Você já chama o homem pelo primeiro nome, não é?

— Phil. Mano Phil. Philzinho — brinca Dylan, com uma expressão impassível.

Estou rindo.

— Continue. Seu verdadeiro amor é dono do seu coração, e você do dele e...?

Eu me sento ao lado de Dylan na mureta, ele passa o braço pela minha cintura e me puxa mais para junto do corpo. Pego a cerveja dele e tomo um gole.

— *Meu verdadeiro amor é dono do meu coração e eu o dele sei ter. Ao apenas trocar um pelo outro que foi cedido. Guardo o dele, tão precioso, e o meu ele não pode perder. Nunca houve negócio mais bem conduzido.*

Eu meio que entendo, na verdade. Acho que entendo. O amor como um negócio, uma barganha. Por exemplo, entregar o nosso coração é assustador, mas é viável se a outra pessoa fizer isso exatamente no mesmo momento, como dois soldados baixando as armas.

O resto do poema é uma confusão de palavras na ordem errada: *pois, de mim sobre ele, sua dor iluminou* e esse tipo de coisa. Quando ele termina de ler, troco a cerveja pelo livro.

— E? — diz Dylan.

Ele parece muito animado quando pego o livro... É uma graça, mas meio que me assusta também, por causa de todas as vezes que ele leu alguma coisa para mim e eu não entendi.

— Se eu gostar desse — falo —, você vai me mostrar um dos seus?

Dylan faz uma careta.

— Ai, meu Deus, seria como mostrar o meu diário de adolescente. Ou...

— O seu histórico de pesquisa na internet?

Dylan sorri.

— Por quê, o que eu encontraria no seu?

— É disso que você precisa? — pergunto, arqueando uma sobrancelha. — Olho por olho, dente por dente?

— Está reduzindo a minha poesia a um olho e dente qualquer? — diz Dylan, e finge estar pensativo. — Embora esse seu olho... seu sorriso...

— Ah! Cala a boca. Você sabe o que eu quis dizer. Precisa que eu também te conte alguma coisa constrangedora?

— Sem dúvida, ajudaria.

Dylan dá um gole na cerveja, e sei que ele está tentando não sorrir.

Hesito por um momento, então giro as pernas e deixo o livro na mureta. A manhã longe da casa fez com que eu me sentisse no controle de novo. Não há mal nenhum em contar a ele um pouco mais de mim, não é?

— Vem comigo.

Eu o levo até o apartamento, e então até o armário onde eu e Deb guardamos as malas. Dylan se encosta no batente da porta e fica me observando puxar a mala e abrir o zíper.

Ele ri quando vê o que tem dentro, e meu rosto fica vermelho na mesma hora. Já estou fechando o zíper desajeitadamente quando sinto seus braços se fechando ao meu redor, por trás.

— Não, não, não. *Adorei* isso. Por favor, me diga que você constrói trenzinhos para se divertir.

Tento me desvencilhar dos braços dele. Por que fiz isso?

— Adorei, Addie — repete Dylan, o tom mais suave. — Eu não estava rindo de você. Foi... foi uma risada de prazer. Uma risada de surpresa.

Ele me dá um beijo na bochecha. Depois de um longo e doloroso momento, pego o modelo da Flying Scotsman. Enfiei na base da mala, para não amassar. Está faltando uma roda, mas, fora isso, a locomotiva sobreviveu muito bem à viagem para a França.

— É coisa do meu pai — digo. Dylan tenta me virar em seus braços, mas permaneço como estou. É mais fácil assim, sem olhar para ele. — Ele sempre amou isso. Costumávamos montar juntos, com a Deb, quando eu era criança. Ela teve a fase de ser louca por trens; foi assim que tudo começou, e meu pai nunca mais parou. Normalmente trabalho em um projeto com ele sempre que vou para casa. Esse é o que nós fizemos antes de eu vir para a França.

— Deve demorar *séculos* — comenta Dylan. — Posso?

Deixo que ele pegue o trem e me afasto. Olho a cena por baixo dos cílios. Ele não está rindo agora. Está examinando o trem como se fosse absolutamente fascinante.

É como se ele tivesse jogado a última moeda no caça-níqueis. As emoções me atingem como uma avalanche e não consigo mais impedir: estou me apaixonando pelo Dylan.

— É incrível — diz ele, enquanto examina as junções. — É difícil?

Balanço a cabeça. Tantos sentimentos me dominam nesse momento que tenho certeza de que ele deve ver tudo irradiando de mim.

— Só é preciso ter paciência — consigo dizer.

— Ah, eu seria péssimo nisso.

Eu rio.

— Sim, você teria dificuldade.

Ele me dá outro beijo na bochecha, que ainda sinto arder de constrangimento.

— Então? Onde está a minha parte? — digo, e me afasto, porque, caso contrário, vou acabar enfiando o rosto no peito dele.

As emoções estão ficando muito intensas.

— Sério? — Dylan faz uma careta, esfregando a mão para cima e para baixo em seu braço. — Preciso mesmo?

— Eu mostrei o meu trem!

— Seu trem é lindo. Os meus poemas são... uma autoindulgência pomposa.

— Aposto que são brilhantes.

Ele balança a cabeça.

— Não. Nada disso. Sério, Addie, são só bobagens.

— Ah, por favor. Sei que você está com o seu caderno no bolso.

— Isso? É só prazer em ver você.

Vou até ele. Dylan corre, dispara na direção da cozinha, desce para o pátio e passa pelos jardins. Eu o alcanço no gramado e o ataco. Ele grita enquanto avançamos em direção a um arbusto de alecrim.

— Caramba! — diz Dylan, rindo, sem fôlego. — Secretamente você também é jogadora de rúgbi?

— Tenho o físico perfeito para isso — digo, enquanto enfio a mão no bolso da calça jeans dele. — Vai me deixar roubar o caderno inteiro ou vai ler um para mim?

— Vou ler um para você, vou ler um para você — fala Dylan, rolando para fora do arbusto e limpando as folhas que ficaram grudadas na roupa.

Ele estende a mão para me ajudar a levantar, então me leva para o banco à beira do gramado. A vista daqui é incrível. As vinhas parecem perfeitamente espaçadas nas colinas, como riscas verdes. Dylan folheia o caderno. Passo as pernas pelo colo dele e me aninho no seu corpo.

— Um curtinho? — diz ele em voz baixa.

— Está bem. Um curtinho.

Ele pigarreia e começa.

Antes de ouvir o nome dela

Todo aquele tempo — em suspenso
No escuro, esperando,
Sem rumo, solto, desfeito —
E não era de jeito nenhum uma estrela-guia.
Era um coração, o meu.
Ela já o tinha então,
Antes mesmo de eu ouvir o seu nome.

Meus olhos ardem. Não entendo o que isso significa, não exatamente, mas acho que não importa. Sei que ele escreveu para mim.

— Addie? Ads?

Engulo em seco. Escondo o rosto no pescoço dele.

— Amei — sussurro. — Amei.

Dylan

Pela primeira vez, passamos a noite na minha suíte em vez de no apartamento da Addie. A casa imponente faz com que ela pareça menor do que nunca, as mãos de ossos delicados deslizando pelo corrimão de carvalho, os sapatos minúsculos deixados no pé da escada. Addie parece nervosa, mantendo-se um pouco afastada e pisando tão de leve que mal dá para ouvir que ela está ali. No entanto, quando já estamos na cama, volta a ser ela mesma: intensa e linda, os olhos pesados de desejo, se queixando quando a faço esperar.

Essa noite, pretendo dizer que a amo. É arriscado, sem dúvida, e há uma chance muito real de eu assustá-la. A Addie está sempre recuando e depois voltando. Ela desaparece no vilarejo por horas, mas, quando volta, se aconchega feito uma gata ao meu lado; abre o zíper da mala e, logo depois, tenta fechá-lo como se desejasse nunca ter me dado aquele vislumbre de si mesma. Ela vai e vem, a minha ninfa das águas.

Addie está deitada com a cabeça no meu peito, as pernas emaranhadas na coberta azul-escura, o cabelo espalhado pelo meu braço. Fico olhando para ela, *ardendo* por ela, amando-a, amando cada sarda que é como um beijo na sua bochecha, e tenho que dizer a ela, tenho, está queimando na minha língua.

— Addie, eu...

— *Cacete.*

Ela se mexe tão rápido que já se levantou e está encostada na parede do quarto antes mesmo de eu ter tempo de processar o que disse.

— Addie? O que foi? O que aconteceu?

— Lá! Lá fora! Um rosto!

— Lá fora? Estamos no terceiro andar da casa!

Meu coração acelera. Não sou bom nesse tipo de coisa. Não sou o cara que sai da cama durante a noite para investigar o barulho lá embaixo, mas o que diz *Provavelmente não é nada*, e fica debaixo das cobertas, tremendo em silêncio.

— Tenho certeza absoluta de que vi um rosto — diz Addie. Ela está muito pálida. — Ficou colado no vidro por um segundo, depois sumiu.

Saio da cama, pego a cueca e jogo o vestido da Addie para ela, que se veste com as mãos trêmulas.

— Eu juro que vi — diz ela.

— Acredito em você. — Não *quero* acreditar nela, particularmente, mas qualquer esperança de que esteja brincando evapora assim que vejo a sua expressão aterrorizada. — Talvez seja o Terry brincando?

— Não era o Terry. — Addie esfrega os braços. — Onde está a chave?

— O quê?

— A chave das portas — explica ela, impaciente. — Da varanda.

— Ai, meu bom Deus, não, você não vai lá fora — digo. — De jeito nenhum. E se houver um assassino lá?

Ela me encara, perplexa.

— Qual é o seu plano, esperar por ele aqui?

— Sim! Não, quero dizer, aqui dentro estamos seguros! Há paredes e portas trancadas entre nós e os assassinos!

Ela dá uma risadinha ao ouvir isso. Está com o maxilar cerrado e ergue o queixo, determinada.

— Não vou ficar esperando presa aqui. Isso é muito pior. Dylan, meu bem, vamos lá... me dá a chave.

Addie nunca me chamou de *meu bem*, e não tenho certeza se gosto disso; parece algo que ela diria a um amigo, ou talvez a uma criança assustada. Endireito os ombros.

— Eu vou. Vou ver quem está lá fora.

Ela ergue ligeiramente as sobrancelhas.

— Vai? Tem certeza?

Fico surpreso ao descobrir que realmente tenho certeza. É uma percepção humilhante sobre mim mesmo: então, isso é amor. Explica muito sobre várias atitudes irracionais cometidas ao longo da história: todo homem que já foi à guerra deve ter gostado *muito* de alguém.

Pego a chave na mesa de cabeceira e vou até as portas da varanda, me esforçando muito para me lembrar de respirar.

Assim que mexo na fechadura, ouço um baque no vidro. Duas mãos espalmadas nas janelas. Um rosto muito pálido. Olhos arregalados, a parte branca aparecendo. Dentes à mostra.

Dou um pulo tão alto que tropeço no tapete e caio para trás, aterrissando com um baque que faz uma onda abafada de dor subir pelas minhas costas. A Addie está gritando — são gritos guturais e aterrorizados — e, por um momento apavorante, realmente acho que vou me mijar. A batida, os olhos, os dentes. Desviei o olhar quando caí e, por um segundo interminável, não consigo olhar para trás.

Quando finalmente volto a olhar, o rosto ainda está lá, sorrindo, sacudindo as maçanetas das portas. Demoro mais um instante — hesitante, gelado — para encontrar aquele olhar e me dar conta de quem está na minha varanda.

— Ah, caramba... Addie. Não se preocupe. É o Marcus.

Eu me levanto com cuidado. O Marcus ainda está gargalhando e batendo com as mãos nas portas da varanda, e balanço a cabeça enquanto tento destrancá-las.

— Para de mexer nas maçanetas — digo a ele. — Está dificultando as coisas.

— Você *conhece* esse homem? — pergunta Addie.

Olho para ela e vejo que está segurando a gola do vestido, muito pálida, os olhos arregalados, parecendo algum animal selvagem, como um társio, ou uma coruja. Seu cabelo está despenteado e embaraçado por causa da noite na cama, e, por um estranho segundo ou dois, a adrenalina se altera para algo mais parecido com desejo. Esqueço Marcus na varanda e a desejo de novo.

— Bem, oi — diz Marcus, pressionando o rosto no vidro, os olhos fixos em Addie. — Onde ele te encontrou? Você parece uma bonequinha, não é?

— Oi? — retruca Addie, chegando perto de mim. — Quem é esse cara, Dylan?

Quando finalmente consigo destrancar as portas e o Marcus invade o quarto, me sinto muito orgulhoso da Addie. *Tente não ficar entediado demais sem mim*, disse o Marcus quando voei para Avignon. E agora estou aqui com a Addie e seus olhos de um azul intenso, o cabelo escuro muito macio, e eu a encontrei sozinho.

Marcus estende a mão para ela e abre seu sorriso leonino mais charmoso. Ele cheira a bebida alcoólica, um cheiro acre de fruta podre.

— Estou perdoado? — pergunta.

Addie ergue a sobrancelha.

— Com base em quê?

— Como assim?

— Normalmente, o perdão precisa ser conquistado — diz ela. Então, pega a calcinha ao pé da cama, enrola e guarda no bolso do vestido. — Aquele negócio que você fez na varanda... Não foi engraçado. — E vai em direção à porta.

— Ei, ei — chamo, correndo até o lado dela. — Ei, espere. Achei que você fosse dormir aqui.

O dia passou rápido demais, escorreu entre os meus dedos, e eu ainda não disse as palavras que parecem pairar no ar, pesadas. Quero dizer *Não vai, eu amo você*, mas...

— Preciso de um tempo para me acalmar — diz Addie.

Agora que estou mais perto, vejo tremores discretos subindo e descendo pelo corpo dela; o rubor muito forte em seu rosto.

— Você está bem?

Ela me dá um sorriso rápido.

— Tudo bem. — Então, se vira para Marcus: — Prazer em conhecê-lo — diz com certa ironia, se não me engano, e vai embora.

* * *

— Quero essa garota.

Essa é a primeira coisa que o Marcus me diz.

— Você...

Ainda estou olhando para a porta, me sentindo um pouco perdido. Addie saiu tão rápido e...

— Essa garota. Eu quero. Ela parece interessante.

De repente, aquele instinto protetor que não apareceu quando ouvimos o barulho na varanda surge: *Você não pode tê-la*, tenho vontade de dizer. Sou dominado por uma ânsia de agredi-lo de alguma forma, talvez, ou pode ser só adrenalina, mas é algo profundo e instintivo, que tem certa relação com o impulso que faz o meu coração disparar quando Addie encosta os lábios nos meus.

Marcus me olha com uma expressão avaliadora. Ele enfia um cacho de cabelo atrás da orelha e faz biquinho.

— Ah, você *gosta* dela — diz. — Achei que estava só transando com ela.

Exibo uma expressão horrorizada. Marcus ri.

— Ah, você *realmente* gosta dela. Não posso nem *falar* em transar com ela.

— Só...

Cala a boca, cala a boca, cala a boca.

— Então, essa garota é o motivo para você não ter me contado que a sua família acabou não vindo para cá? Já poderíamos ter passado quinze dias aqui! — diz Marcus, girando o corpo, os braços estendidos.

Ele está usando uma camisa branca larga e um short que pareceria absurdamente curto em mim, mas que por algum motivo fica bem nele. Seu cabelo está comprido o bastante para ser puxado para trás em um rabo de cavalo na altura da nuca, e até *isso* cai bem nele.

— Estou aqui com o tio Terry — digo. — Achei que você não gostaria de vir.

Marcus ergue as sobrancelhas, deixando claro que não acredita na mentira.

— Você sabia que eu a roubaria de você, foi por isso que não me avisou — diz ele, e se inclina para me dar um soco no braço.

Isso dói. Eu me viro para o lado, meio rindo para que ele não perceba que fez meus olhos arderem. Meu corpo todo anseia por ir atrás da Addie. Eu deveria estar lá embaixo com ela, não aqui com o Marcus.

Ele enfia a mão no bolso e tira um saquinho plástico com um pouco de maconha dentro. E o balança na minha direção.

— Aqui ou lá fora? — pergunta.

Não fumei desde que cheguei aqui. Foi bom ter a cabeça desanuviada, para variar, e considero a possibilidade de recusar, mas sei que não vou fazer isso.

— Lá fora — digo, pensando na Addie tendo que dar um jeito de tirar o cheiro das cortinas e dos lençóis quando for limpar o quarto. — Venha. Vamos até a piscina.

Enquanto Marcus me conta da semana dele, no terraço, nossos pés encostando na água, penso na Addie e na Deb. Pelo que a Addie me contou, ela e a irmã são iguais a mim e ao Marcus: unidas como siamesas, sempre juntas. Eu me pergunto se às vezes a Addie se ressente disso, de ser sempre a irmã mais nova da Deb, sua cúmplice.

— Você tem *certeza* de que não posso ficar com aquela belezinha de olhos azuis? — diz Marcus de repente, enquanto bate com o pé na água.

Levo um instante para perceber que ele está falando da Addie.

— Você é um homem das cavernas.

— Qual é o problema? Estou só perguntando. Com educação.

Ele estende as mãos como quem diz *olha só para mim, eu não evoluí?*

— Você não pode ficar com ela.

Fico surpreso ao ouvir como a minha voz soa firme. Não é sempre que eu digo não para o Marcus... É raro alguém fazer isso.

— Ah, ela é sua, então? Nossa, como estamos ficando possessivos! Quem é o homem das cavernas agora?

— Ela é...

Addie é maior do que esse tipo de conversa. Ela é incrível e inteligente, com uma mente afiada e brilhante, sempre se desvencilhando e se colocando fora do meu alcance. Ela não é minha. Eu sou dela.

— Ela é diferente — me limito a dizer. — A Addie é diferente.

Addie

Demoro séculos para me acalmar. Que idiota. Quem faz uma coisa daquelas? Quem chega na casa de outra pessoa, sobe até a varanda e tenta invadir o quarto, em vez de só bater na porcaria da porta?

Jogo a roupa na máquina de lavar. Essa é a vida do Dylan longe daqui? Com pessoas como o tio Terry e aquele imbecil que me chamou de *bonequinha*? É meia-noite; não é a hora em que costumo lavar roupa, mas não consigo dormir e quero me ocupar.

Queria que a Deb estivesse aqui para me fazer rir de tudo isso. Não pareceria grande coisa pra ela. O tal do Marcus obviamente é meio babaca, mas, sim, é só isso. Enquanto, para mim, parece... a bolha estourando. Eu deveria ter imaginado que as coisas com o Dylan estavam boas demais para ser verdade.

Na manhã seguinte, sigo minha rotina e vou até o vilarejo buscar croissants para a gente. Quando volto, o Terry e o Marcus estão deitados um de cada lado do Dylan no terraço. Eles estão em silêncio, todos de óculos escuros. A pedra já está quente sob os meus pés descalços.

— Opa, são para mim? — pergunta Marcus, erguendo os óculos quando me aproximo.

Dylan se levanta rapidamente e me encontra no meio do caminho.

— Oi — diz ele, baixinho.

Por um momento, quando nossos dedos se tocam, parece que somos só nós dois no calor da manhã.

— Vamos, Dylan. Já se esqueceu de que precisa compartilhar? — fala Marcus.

Solto o saco da confeitaria.

— Tem vários croissants aí — digo, já me afastando. — Comprei para todos.

Eu me mantenho longe pelo resto do dia. O Marcus me deixa nervosa. Ele tem o físico de um modelo da Topshop: magro, branco e descolado, com aquele cabelo encaracolado volumoso e certo estilo. Então, sim, ele é atraente, daquele jeito eu-canto-em-uma-banda. Mas também vejo uma frieza por trás dos olhos dele.

O Dylan bate na minha porta à meia-noite. Sorrio para o teto. Estou na cama, mas tinha esperança de que ele fosse aparecer. Gosto que tenha me dado espaço hoje, mas gosto ainda mais que ele venha me ver quando todos já foram para a cama.

Abro a porta de pijama: camiseta curta e short de algodão. Não é o Dylan. É o Marcus.

— Boa noite — diz ele. — Acho que começamos com o pé esquerdo. — Ele dá um sorrisinho para mim, a cabeça inclinada. — Quer tomar algo comigo no terraço? Fazer as pazes? Pelo Dylan?

O tom do Marcus é relaxado e casual, mas ele me encara com um pouco de intensidade demais. Faz tudo parecer estranho. Como se houvesse outra conversa acontecendo por baixo dessa, mas que não consigo traduzir.

— Onde *está* o Dylan? — pergunto.

— Ah, não culpe o cara por não estar aqui — diz Marcus. — Eu insisti em ver você sozinho. Queria me desculpar.

Ora, mas ele não fez isso, fez? Não se desculpou.

— Venha — diz Marcus, encostado no batente da porta. A camiseta dele sobe um pouco, mostrando um triângulo de pele branca do abdômen definido. — Vamos beber e, pela manhã, veremos se você passou a gostar de mim. Geralmente funciona, pelo que eu sei.

* * *

Dylan está sentado no terraço, esperando por nós, os pés balançando dentro da piscina. Ele abre um sorriso radiante quando me vê, afasta o cabelo dos olhos e bate na pedra ao seu lado, me convidando para me sentar ali. Estou quase ao lado do Dylan quando o Marcus se joga na água. Tropeço para trás, surpresa e — droga — meio encharcada.

Dylan ri.

— Caramba, Marcus, você é tão infantil... — O tom dele é afetuoso.

Marcus sobe à superfície, os cachos colados à cabeça.

— Vamos encher a cara, pode ser? — diz ele, já com a mão na garrafa de vinho tinto ao lado do Dylan.

Enquanto o Marcus sai nadando com o vinho, o Dylan olha para mim. Ele está preocupado. Ótimo, deveria estar mesmo.

— Você está bem? — sussurra ele, e me passa a taça em que está bebendo.

— Hum — digo, e tomo um longo gole de vinho. — Pensei que era você batendo na porta, só isso.

Dylan morde o lábio.

— Ah, não, foi errado deixar ele ir? Eu deveria ter ido primeiro? Não sabia se... o Marcus tinha certeza de que você gostaria que ele se desculpasse, e isso me pareceu...

— Dá para subir no telhado? — pergunta Marcus.

Ele está boiando agora, a garrafa aberta balançando na mão. Mas percebo que a mantém cuidadosamente na vertical.

Dylan e eu nos viramos para olhar a casa.

— A casa tem um sótão — digo, depois de um instante. — Dá para chegar até lá pelo quarto ao lado do Dylan. Mas não sei se tem como chegar no telhado de verdade.

Marcus nada até a borda e se impulsiona para fora da piscina. A água escorre do corpo dele, colando a camiseta à pele. Ele nem se dá ao trabalho de se secar e entra direto na casa, deixando um pequeno rio atrás de si.

— Deixe-me adivinhar — digo. — Vamos para o telhado?

— Quando o Marcus quer alguma coisa... — Dylan abre as mãos. — Ele costuma conseguir.

* * *

No sótão, há um alçapão que leva ao telhado. Não sei como nunca reparei. Acho que nunca me ocorreu subir no telhado inclinado de uma casa de três andares.

Depois que exploramos todo o andar de cima, localizamos o alçapão, encontramos uma escada e abrimos a porta, já estamos todos bêbados. Eu me sinto tonta ao subir os degraus, mas ainda lúcida o bastante para saber que isso é extremamente perigoso. Marcus já está lá em cima. Eu o escuto engatinhando pelas telhas. Olho para o Dylan. Ele parece diferente desse ângulo, um pouco mais jovem.

— Dylan? Você vem? — chama Marcus do telhado.

Subo mais um degrau e a minha cabeça e os meus ombros emergem acima do alçapão. É difícil interpretar a expressão do Marcus na escuridão, quando ele se vira e vê a mim em vez de o melhor amigo.

— Você vai me ajudar a subir? — pergunto, depois de algum tempo.

Ele estende a mão. O telhado é apenas ligeiramente inclinado aqui, e Marcus está com os pés apoiados na calha para não escorregar, mas, ainda assim, é loucura fazer isso. Nós poderíamos morrer.

Pego a mão dele e deixo que me ajude a subir. Sua pele está fria e ele cheira à piscina e a uma loção pós-barba um pouco parecida com a que o Dylan usa, só que mais forte. Eu me remexo um pouco, sentada, girando cuidadosamente o corpo para conseguir me deitar e olhar para o céu.

— Uau.

São muitas estrelas, mais do que eu já vi na vida. Elas estão por toda parte, estendendo-se ao nosso redor, escorregando pelas bordas da minha visão. *O céu é tão grande*, penso. Bebi vinho demais, rápido demais. Eu jamais pensaria uma coisa dessas no meu estado normal.

— Sublime, não é? — diz Marcus. — No sentido de Edmund Burke.

Não faço ideia do que isso significa. Se fosse o Dylan, eu perguntaria, mas de jeito nenhum vou perguntar ao Marcus.

Dylan tosse abaixo de nós.

— Merda, o Terry acordou! — sussurra. — Vou descer e despistar ele, esperem aí.

Marcus ri baixinho. Está muito escuro, apenas a luz da lâmpada pendurada no sótão brilha através do alçapão. A mão do Marcus roça as minhas costas por um momento enquanto ele se ajeita em cima das telhas.

— Ele está com medo de subir — diz Marcus.

— Quem, o Dylan?

— Ele não gosta de altura. Mas costuma se esquecer disso até já estar quase no alto.

Ouço o sorriso na voz do Marcus. Mal consigo olhar para todas as estrelas acima de nós, é como se meu cérebro simplesmente não conseguisse absorver tantas.

— Você não estava com medo — comenta Marcus.

— Estava, sim.

— Mas veio de qualquer forma.

— Claro.

— Você é o tipo de mulher que sempre faz coisas perigosas?

Sorrio ao ouvir isso.

— De jeito nenhum. Não sou tão empolgante assim.

— Acho que é — diz Marcus. Ele se mexe. Acho que se virou para olhar para mim, embora seja difícil ter certeza na escuridão. — E sou excelente em ler as pessoas.

— Sim — digo, para satisfazê-lo. — Claro que é.

— Seus boletins na escola sempre disseram que você tinha *muito potencial*. Você usa essas pulseiras desde os treze anos, talvez desde antes... Se sente nua sem elas. Adora dançar, adora ser vista e detesta ser esquecida. E quando está prestes a ficar caidinha por outra pessoa... você considera afastar essa pessoa.

Meu pé escorrega um pouco e eu arquejo. Marcus ri.

— Estou certo?

— Você é um clichê — digo a ele, me recompondo, a pulsação desacelerando. — Chega ao cúmulo de tentar fazer *mansplaining* de *mim* para *mim mesma*.

— Ah, mas estou certo.

Balanço a cabeça, mas, ao longo da noite, descubro que é difícil ficar chateada com o Marcus. Ele passa a sensação de que não leva nada a sério. Repreendê-lo seria como tentar disciplinar um gato.

— Amo dançar — admito. — Isso você acertou.

— Eu dançaria com você agora se o telhado fosse um pouco mais plano — declara Marcus.

Franzo a testa. Ele está flertando. Não sei o que fazer, e o silêncio se prolonga de forma constrangedora, até que ele ri no escuro.

— Você realmente gosta do Dylan, não é? — pergunta ele.

— Sim, eu realmente gosto dele.

— Ele contou sobre a Grace?

— A mulher que ele estava procurando quando chegou aqui? Pois é, ele me contou.

Não falamos muito sobre a Grace. Só o bastante para saber que ele não se importava de verdade com ela.

— Então ele contou que ela estava comigo quando eles começaram a ter um caso.

— Eu...

O quê?

— Ah, ele não me traiu nem nada tão prosaico assim. Estou sentindo a crítica emanando de você em ondas. Eu sabia, ele sabia, é assim que a gente funciona.

Escuto Dylan voltando para o sótão abaixo de onde estamos.

— É muito alto? — grita ele para nós. — Quer dizer, claro que é alto, mas... É *muito* alto? Sabe como é, dá a *sensação* de ser alto?

Marcus ri.

— Dylan está se enganando se pensa que vai mesmo fazer isso — diz ele, e dessa vez, quando a sua mão roça a minha, descarto a hipótese de ter sido um acidente.

— Ele vai conseguir — digo bruscamente, e me afasto. — Nem parece que dá para cair! — grito de volta. — Está escuro demais! Só dá para ver estrelas, estrelas e mais estrelas. Vem. É incrível, você vai adorar. É só subir a escada e colocar a cabeça para fora que você já consegue ver.

Dylan acaba aparecendo, iluminado por baixo. Seu rosto parece congelado em uma expressão que eu ainda não tinha visto. Não tenho como conter o sorriso. Ele está fofo demais, aqueles olhos verdes normalmente pesados, agora quase cerrados, o cabelo todo despenteado.

— Olhe para cima — digo a ele. — Só olhe para cima.

Ele inclina a cabeça para trás. Escuto quando solta o ar com força. Marcus está em silêncio atrás de mim.

— Meu Deus — diz Dylan. — É como... — Ele se interrompe.

— Poucas coisas impedem o Dylan de encontrar uma comparação — diz Marcus com ironia.

Dylan olha para trás, na nossa direção. Seus olhos não estão cerrados com tanta força agora, mas não sei para quem ele está olhando, se para mim ou para o Marcus.

— E então? — diz Marcus, quando a pausa se estende. — Você está dentro ou fora, meu amigo? Vai subir ou descer?

Dylan dá um passo hesitante para subir a escada e para de novo.

— Ai, meu Deus — diz ele com uma voz estrangulada.

Eu me arrasto mais para perto.

— Não precisa subir tudo — digo. — Você já consegue ver bem de onde está.

A boca do Dylan está imóvel, como se os dentes estivessem trincados. Ele sobe mais um degrau da escada, então se arrasta para cima do telhado. Sua respiração está pesada quando chega perto de mim, mas ele se deita ao meu lado sem dizer uma palavra. Pego a mão dele e aperto com força.

— Dylan Abbott — comenta Marcus, parecendo ligeiramente impressionado. — Você é cheio de surpresas!

AGORA

Dylan

Deb está dirigindo, Dolly Parton está cantando no rádio e Marcus está com fome: tenho quase certeza de que o resultado dessas três coisas combinadas será ruim, por isso estou bem tenso.

— Você vai ter que esperar — diz Deb ao Marcus, a voz alta para ser ouvida acima da Dolly.

Addie continua sentada ao meu lado, tão perturbadora quanto antes e preciso fechar os olhos sempre que ela se move. Ainda bem que Rodney também segue espremido do meu outro lado, agora cantando intermitentemente a música "Here You Come Again", errando a letra de forma irritante.

— Pronto! — grita Marcus, tão de repente que todo mundo pula. — Um food truck de hambúrguer! Encosta!

— Cacete! — diz Deb. — Para de gritar comigo!

— Encosta o carro, então! — insiste Marcus com urgência na voz. — Preciso de comida.

Eu me inclino para a frente.

— É bem mais fácil controlar o Marcus quando ele está alimentado, só para avisar.

Deb faz um barulho que é algo entre um rosnado e um *que saco* e para bem na hora, freando tão bruscamente que somos todos jogados para a frente. Addie esfrega a nuca e se encolhe.

— Você está bem? — pergunto, enquanto Deb estaciona perto da lanchonete.

Por um segundo, quero que a Addie diga que não, para que eu possa fazer alguma coisa como examinar o ombro dela, o pescoço, ou tocá-la. É tão bizarro e torturante me ver encolhido diante da única pessoa cujo corpo eu conheço quase tão bem quanto o meu, sentir a minha coxa roçando a dela, e não poder nem colocar a mão no braço dela.

— Está tudo bem, sim, foi só a batida de mais cedo — diz Addie.

Ela vira o rosto para o outro lado e fica olhando pela janela as árvores banhadas pelo sol enquanto apalpa os músculos do pescoço com os dedos. As minhas mãos coçam de vontade de cobrir os dedos dela com os meus.

— Sanduíche de bacon! — diz Marcus, já descendo do banco do carona e batendo a porta.

Addie abre a porta do lado dela, sai, e eu vou logo atrás. As minhas pernas estão tão rígidas que, quando fico de pé, deixo escapar aquele som de *aaf* que homens como o meu tio Terry fazem quando se sentam em um sofá.

— Não deveríamos parar para almoçar até chegarmos a Stoke-on-Trent — resmunga Deb, caminhando ao nosso lado.

— Fala a pessoa que deu um jeito de encaixar uma rapidinha com um caminhoneiro — comenta Marcus por cima do ombro.

Vemos alguns caras com camisetas úmidas de suor comendo sanduíches de bacon dentro do carro, apertando os olhos por causa do sol forte, mas não há fila, e Marcus praticamente corre para o truck.

— Vocês acham que o Marcus estava me criticando? — pergunta Deb, virando-se para mim e Addie. — Preciso dizer a ele que está sendo babaca?

— Com certeza — responde Addie, enquanto eu digo:

— Com certeza, não.

As duas se viram para mim e erguem as sobrancelhas exatamente ao mesmo tempo e do mesmo jeito.

— O Marcus não julga as pessoas, é sério — digo, abrindo as mãos. Os olhares idênticos das irmãs Gilbert são um tanto assustadores, e o meu coração acelera um pouco. — O que eu quero dizer é que não há quase nenhuma escolha de vida que Marcus ache inaceitável.

— Não dou a mínima se ele gosta ou não das minhas escolhas de vida — diz Deb. — Da minha parte, eu não poderia estar mais feliz com elas, incluindo a rapidinha com o caminhoneiro. Mas se o Marcus tiver uma opinião sobre o que eu faço, gostaria de informá-lo que deve guardá-las para si.

Isso é uma coisa que parece não ter mudado na Deb. Ela pode até já ser mãe agora — algo que eu nunca pensei que aconteceria com Deb Gilbert —, mas ainda tem a inacreditável capacidade de *realmente* não se importar com o que as outras pessoas pensam. Eu nunca tinha conhecido ninguém com essa habilidade. Muitas pessoas fingem ou aspiram ser assim, mas nenhuma personifica tanto essa característica como a Deb.

— Estou ouvindo vocês — grita Marcus, depois de fazer o pedido. — E posso garantir que não tenho nenhuma opinião sobre o que você faz. Eu mesmo sou muito chegado a uma rapidinha com alguém aleatório.

Ele volta até onde estamos, dando uma grande mordida no sanduíche de bacon, enquanto Rodney ainda está fazendo o pedido.

— Bacon com ovo, cogumelos e molho de hambúrguer, por favor, senhor! — diz ele.

— Já o que ele fez — fala Marcus, apontando para o Rodney —, em relação a isso eu tenho críticas.

— O que você vai querer? — pergunto a Addie, enquanto Marcus e Deb começam a brigar novamente.

— Ah, pode deixar que eu peço o meu — diz ela depressa, enquanto enfia a mão no bolso da jardineira.

Esse é exatamente o tipo de coisa que teria me deixado paralisado: qualquer conversa sobre dinheiro com Addie parecia uma armadilha, porque eu *nunca* fazia a coisa certa. Eu insistia em pagar, o que era errado; ou fazia um grande alarde sobre o fato de que estava deixando que ela pagasse, o que também era errado; ou dizia alguma idiotice como *Não importa quem vai pagar, custa só cinco libras*. Quando a Addie dizia que eu era esquisito com dinheiro, eu achava irritante, mas agora entendo. Atualmente, estou bastante familiarizado com o terror nauseante de ter um cartão recusado, ou com a alegria sincera de encontrar algo que quero para o jantar na parte em promoção do supermercado. Já tive um amigo que insistia em pagar por mim muitas vezes, e sei exatamente qual é a sensação disso.

— Está bem — digo, e me afasto um pouco para que a Addie possa fazer o pedido primeiro.

A minha intenção é agir de um jeito relaxado e casual, e acho que chego bem perto, ou, pelo menos, o mais perto que se pode chegar quando se faz um grande esforço para não fazer nenhum esforço.

Addie volta a olhar para mim antes de fazer o pedido. É só uma virada rápida de cabeça, o olhar ligeiramente espantado, mas adoro isso, adoro ver que a surpreendi. *Está vendo só, eu mudei!*, tenho vontade gritar. *Estou diferente, estou melhor, você estava certa, eu era um idiota em relação a todas essas coisas, mas olha só como me tornei menos idiota!*

— Um sanduíche de bacon com ovo, por favor — digo, em vez disso, para a mulher do food truck. — Sem molho.

Addie

— O Dylan *não* tentou me impedir de pagar por alguma coisa agora — cochicho para Deb.

Ela está encostada no carro, comendo um cachorro-quente. Deb come em alta velocidade. Ela afirma que é tudo uma questão de concentração, mas tenho certeza de que simplesmente não mastiga.

— Como assim, ele nem sequer ficou agitado e desajeitado e deixou cair alguma coisa antes? — pergunta Deb com a boca cheia.

Peço para ela falar baixo e olho para o Dylan. Ele ficou com o Marcus e o Rodney, e consegue ser incrivelmente sexy mesmo comendo um sanduíche de bacon e ovo, o que é muito difícil de se fazer de forma atraente.

— Ele agiu de forma totalmente normal.

— Impressionante. Você acha que agora ele está... Addie? Ads?

Tem alguma coisa na minha garganta.

Eu tusso, mas, seja o que for, fica onde está, e é difícil respirar. Sinto algo bem no alto da minha garganta. Não sei o que é, parece enorme, feito uma bola de golfe, e a minha respiração acelera. Estou entrando em pânico.

Alguém bate nas minhas costas, bem no meio das omoplatas. *Com força.* Um pedacinho de alguma coisa sai voando da minha boca e volto a respirar. Eu me curvo, buscando ar. Tenho ânsia de vômito e sinto um gosto ácido na garganta. Meu pescoço dói de novo, uma dor horrível e intensa, igual a quando viramos o pescoço para o lado errado rápido demais.

— Tudo bem agora?

Endireito o corpo lentamente e me viro. É o Marcus. Ele está olhando para mim do jeito certo, como se estivesse tentando me enxergar de verdade. Até então, o Marcus só havia olhado para mim como se estivesse se esforçando para *não* me ver.

Foi ele quem me deu o tapa nas costas. Não sei como ele chegou aqui tão rápido. O Dylan e o Rodney também estão vindo, mas estão alguns segundos atrás dele.

— Tudo bem — digo, a voz áspera.

Marcus está com o cenho franzido. Seus olhos examinam o meu rosto. A sensação do seu olhar em mim de repente é muito familiar, e eu enrubesço, me lembrando de como ele costumava me olhar numa outra época.

— Addie, você está bem? — pergunta Dylan, aparecendo atrás do Marcus com o Rodney a reboque.

Engulo em seco e seco os olhos. Ainda sinto onde estava o nó na garganta.

— Tudo bem, foi só um pedaço da casca do bacon.

Marcus recuou, mas sei que seus olhos continuam fixos em mim. Olho para o Dylan, que está olhando para o Marcus, mas se vira quando percebe o meu olhar. Assim que encontra os meus olhos, a sua expressão é tão terna que meu coração aperta. Ele não deveria estar olhando para mim assim, não agora.

O sol está forte. Marcus me observa, eu observo o Dylan, o Dylan mantém os olhos fixos em nós dois.

Ouvimos um *plop* e, de repente, todos abaixamos os olhos, seguindo o som. Rodney acabou de deixar cair o ovo frito inteiro do sanduíche. O ovo fica caído ali, flácido e pálido, bem ao lado do pedaço de casca de bacon que cuspi.

— Imaginei essa viagem um pouco mais glamorosa do que acabou sendo — comenta Deb comigo depois de um tempo. — Você não?

— Cuidado, Rodders — diz Marcus, indicando o sanduíche do Rodney com um aceno. — Você está prestes a perder o bacon também.

ANTES

Dylan

Acordo na manhã seguinte com uma dor de cabeça horrorosa e uma loura alta montada em mim, segurando firme o meu rosto com uma das mãos. Se não fosse a dor de cabeça e o fato de eu conhecer muito bem a loira, eu presumiria que se tratava de um sonho muito emocionante, mas, infelizmente, é só a Cherry.

— *Aaai* — digo, empurrando-a para longe de mim — O que você está *fazendo*, mulher?

— Já estou terminando! — diz ela. — Pronto!

Cherry está com uma caneta na outra mão, um sinal sinistro. Passo as costas da mão pelo rosto, e sai limpa, o que é ainda mais alarmante, pois indica o uso de uma caneta permanente.

— O que você fez comigo? E por que mesmo está aqui?

— Está todo mundo aqui! — informa Cherry e sai de cima de mim.

— O que você quer dizer com todo mundo?

Eu me sento, esfregando os olhos. Cherry, como é bem típico dela, anda pela minha suíte feito um cachorrinho explorando um terreno novo, o que parece muito absurdo, levando-se em conta que essa casa não só pertence aos pais dela como também foi batizada em homenagem a ela. Cerise é o francês para Cherry: cereja.

— O Marcus mandou mensagem ontem dizendo que você estava escondido aqui sozinho com a minha Addie! — diz Cherry, o rabo de cavalo louro balançando enquanto ela desaparece no banheiro. — Por que não me contou? Sou *muito* fã da ideia de vocês dois formarem um casal... já prevejo coisas enormes, *enormes*. Nossa, quanta camisinha, Dyl! Ambicioso, não?

Afasto as cobertas, saio da cama e sigo a Cherry até o banheiro, para tirá-la de onde está vasculhando os meus produtos de higiene pessoal.

— Limites — digo. — Lembra que conversamos sobre isso?

A porta do meu quarto é aberta antes que ela possa responder. Todos entram juntos: o meu irmão, Luke; o namorado dele, Javier, com o Marcus montado nas costas; além da Marta e da Connie, duas meninas do alojamento do terceiro ano na faculdade. E a Grace.

Estou só de cueca, mas isso não impede que todos se amontoem em cima de mim. Consigo cambalear para trás, e, quando caímos, aterrissamos emaranhados em uma espreguiçadeira. Connie beija um dos meus olhos, mas acho que ela estava mirando a testa; Luke bagunça o meu cabelo como o meu pai costumava fazer quando estava de bom humor; Marcus sorri para mim, o rosto a menos de um centímetro do meu. Cherry também lhe proporcionou um tratamento artístico: um de seus olhos foi coberto por um tapa-olho desenhado, feito um pirata, e ele exibe um cavanhaque muito detalhado.

— Bom dia — diz Marcus. — Achei que as coisas estavam ficando chatas. Não estavam?

— Vamos caminhar, Dyl — anuncia Cherry, já saindo pela porta do quarto. — Vou chamar a Addie!

— Espera! — grito, mas ela já se foi, e há muitos corpos exuberantes empilhados em cima de mim para que eu consiga segui-la.

— Merda — digo. — Marcus...

— Não passou pela sua cabeça me avisar que você ia passar as férias em família sozinho? — diz meu irmão.

Ele se levanta de cima de mim e se acomoda no chão, os braços frouxamente apoiados nos joelhos. Então, ergue as sobrancelhas interrogativamente enquanto Javier desaba ao seu lado, o cabelo na altura da cintura caindo sobre o braço do Luke quando ele encosta a cabeça no ombro do meu irmão.

— O Luke está emburrado — me informa Javier.

— Connie, para com isso — digo, afastando-a com um tapa.

Ela tira alguma coisa do meu cabelo. Quando me mostra o que está na sua mão, vejo um grande inseto morto. Faço uma careta. Não me lembro direito do que fizemos ontem à noite.

— Luke, desculpa, eu só... — *Queria ficar sozinho por um tempo. Queria algum tempo para ser eu. Queria a Addie.* — Eu não sei, sério — concluo sem conseguir ser muito convincente.

Luke permanece com as sobrancelhas erguidas, mas Javier puxa o seu braço e ele cede com um suspiro. O meu irmão se parece fisicamente com o meu pai: é muito grande e sério, o cabelo um tom mais claro do que o meu, cortado bem curto.

— Papai está furioso com isso, você sabe — avisa Luke.

— Já é um consolo — digo, e o sorriso dele encontra o meu.

— E você. — Eu me viro para a Grace. — Por onde *andou*?

Ela inclina a cabeça para trás em uma gargalhada. Seu cabelo está tingido de azul, e ela está vestida como se tivesse saído direto dos anos 1960: um vestido de estampa psicodélica, sandálias brancas que amarram na perna e uma daquelas bandanas que instantaneamente fazem a pessoa parecer um pouco chapada. O fato de não estar parecendo ridícula é uma prova de como é bonita. Em vez disso, como sempre, está icônica: a Grace tem sempre um ar dramático, braços e pernas compridos e lânguidos; glamourosa como uma estrela prestes ter a sua grande chance de sucesso.

— Ah, Dylan, meu bem — diz ela, e estende a mão para me ajudar a sair de debaixo da pilha de pessoas acumuladas em cima de mim. — O Marc me disse que você cansou de tentar me encontrar. — Ela me dá um sorriso malicioso. — Eu simplesmente *tinha* que ver essa outra mulher com meus próprios olhos.

— Aqui está ela! — grita Cherry da porta.

Todos se viram ao mesmo tempo para olhar para a Addie. Ela está usando um top esportivo curto e um short, pronta para a caminhada que a Cherry prometeu; o cabelo escuro está puxado para trás, mostrando a curva delicada das maçãs do rosto e, ao lado da Cherry, ela parece menor do que nunca. Eu a vejo se encolher sob o impacto da atenção combinada de Luke, Javier, Marcus, Grace, Connie e Marta.

Grace é a primeira a se aproximar. Ela estende as mãos e pega as de Addie, então abre bem os braços para poder examiná-la direito.

— Sou a Grace — diz. — *Enchantée*. Entendo *perfeitamente* por que mexeu tanto com os meus meninos... É absolutamente fascinante... Sei disso só de olhar para você. Se importaria se eu escrevesse sobre você?

Fecho os olhos por um momento.

— Como assim? — pergunta a Addie em voz baixa.

— Ah, estou escrevendo um livro — explica Grace em um tom animado. — É sobre esse período da nossa vida, quando estamos soltos por aí, nos encontrando, nos perdendo, ficando chapados... Na verdade, é terrivelmente pretensioso, como todas as histórias de formação, mas não consigo me conter. — Ela inclina a cabeça para trás para dar outra risada longa e vagarosa. — Aliás, esse deveria ser o título: *Não consigo me conter*, de Grace Percy.

— Grace — chama Marcus. Ele enfia um dedo no passador de cinto do vestido dela e a puxa de volta para o resto de nós. — Você está assustando a Addie.

— Ih, estou? — pergunta ela, preocupada, para a Addie. — Desculpa. É que eu nunca consigo ficar de conversa fiada... Nós obviamente vamos ser amigas, por isso achei melhor me adiantar logo. Eu assustei *mesmo* você? Pode me dizer, porque a Connie vive falando que eu preciso que me digam se estou incomodando, ou nunca vou melhorar, não é, Connie, meu bem?

A Addie se desvencilha, meio rindo. É difícil não rir quando a Grace está no auge.

— Você não me assustou de jeito nenhum — garante. — É um prazer conhecer você. Todos vocês.

— Dylan? — É o tio Terry.

Ele entra no quarto, de calção de banho, a barriga cabeluda se projetando por cima do elástico na cintura. Então para de repente e olha para todos no quarto, um de cada vez, até finalmente fixar os olhos em mim.

— Dylan, meu garoto — diz ele —, você está ciente de que tem um pênis enorme desenhado na sua testa?

Addie

Está certo. Está certo. Consigo dar conta disso.

Estou tremendo um pouco. Tenho certeza de que o Marcus percebe isso enquanto ajudo a Marta a servir a primeira rodada do champanhe que um deles trouxe para cá.

Conhecer o irmão de Dylan e seu namorado, com quem ele mora, e *Grace*, tudo de uma vez? É muita coisa.

Mandei uma mensagem para a Deb pedindo para ela voltar. Preciso de reforços. Graças a Deus, pelo menos Cherry está aqui. Ela me dá um sorriso tranquilizador na cozinha e me sinto um pouco melhor.

— Me dá aqui, deixa eu te ajudar a levar isso lá para fora — diz Luke.

É preciso procurar bem para ver semelhança entre o Dylan e o irmão. Luke é mais forte e parece o tipo de cara que joga rúgbi e chama o jogo de "ruggers". Mas, quando sorri, seu rosto muda completamente. Ele anda ao meu lado enquanto cada um de nós leva dois copos para a mesa do almoço, que está posta no terraço. Achei que precisaria voltar ao mercado para comprar comida, mas Grace passou lá no caminho para a casa. A mesa agora está cheia de queijos, azeitonas e pão fresco.

Grace não é nada do que eu esperava. Ela me parece muito autêntica, o que é um tanto surpreendente em uma mulher que tinge o cabelo de azul e diz *enchantée* sem ironia. Ela está tomando sol na piscina, e parece absolutamente deslumbrante ao lado do corpo pastoso do tio Terry. Eu deveria me sentir ameaçada, mas a Grace.... não me fez sentir assim.

— Você está bem? — pergunta Luke, olhando de relance para mim.

— Sim! Sim — respondo, engolindo em seco. — É só...

— É muito — completa ele. — Isso é típico do Marcus. É claro que ele não se deu o trabalho de avisar você e o Dyl de que tinha convidado a gente. — Ele revira os olhos com uma expressão carinhosa enquanto deixamos os copos na mesa. — O Marcus está agindo impulsivamente... Deve estar chateado porque o Dylan está preocupado com outra pessoa que não ele pela primeira vez. Nunca vi o Dylan olhar para mulher nenhuma do jeito que ele olha para você. Acho que você vai fazer muito bem a ele, sabe. O meu irmão precisa de alguém para ancorá-lo. Como eu faço com o Javier.

Sorrio ao ver a expressão dele quando menciona o namorado.

— O Javier parece incrível — comento, enquanto ajeito as facas e os garfos. Por hábito, eu acho. É um pouco estranho estar aqui como a... seja-lá-o-que-eu-for do Dylan, e também como caseira.

— Ele é mesmo. E eu quero isso para o Dyl. E para o Marcus — acrescenta. — É claro.

— O Dylan comentou que você e ele são amigos do Marcus desde crianças, não são?

— Ahã. Nós meio que adotamos o Marcus, na verdade. Ou ele nos adotou, talvez. Esse grupo nunca foi grande coisa em termos de famílias funcionais — diz ele, indicando as pessoas bonitas espalhadas ao redor do Terry, na beira da piscina. — E eu, o Dyl e o Marcus não somos diferentes. A gente que escolhe nossa família, não é mesmo?

Penso na minha família. No meu pai, constante e confiável. Na minha mãe, sempre calmamente um passo à frente. Na Deb, cuja última mensagem que me mandou foi: *Se você precisa de mim, estou indo para aí.*

— Para de monopolizar a novata, Luke! — grita Marcus para nós, do outro lado do terraço. — Addie, vem cá, quero te mostrar uma coisa.

Hesito por um momento. O Marcus está na escada que desce para o pátio. O cabelo dele está preso em um rabo de cavalo agora, e, com o tapa-olho e o cavanhaque desenhados, deveria parecer ridículo, mas na verdade parece muito... não sei, um vilão.

— Ele não é de todo ruim, sabe — comenta Luke ao meu lado. — Tem um cara legal em algum lugar ali dentro. O Marcus só está um pouco perdido.

Faço uma cara de dúvida. Luke ri.

— Mas pode dizer não para ele. Marcus não ouve isso com muita frequência. Pode fazer bem.

Depois de mais uma pausa, reviro discretamente os olhos.

— Ah, tudo bem, vou fazer a vontade dele.

Deixo o Luke na mesa e vou em direção ao Marcus. Ele sai correndo antes que eu o alcance e me guia pelo gramado até a área coberta por uns arbustos baixos, perto dos limites da casa. Para tão de repente que quase caio em cima dele; preciso colocar a mão em seu ombro para me equilibrar.

— Shh — diz ele, gesticulando para que eu fique ao seu lado. — Olha.

Acompanho seu olhar até a grama, na sombra. Demoro um pouco para localizar o que ele está vendo: uma cobra. Arquejo quando encontro seus olhos semicerrados. Não vi uma única cobra durante todo o verão, mas essa é enorme. Está enroscada, toda músculos. Suas escamas são quase pretas e amarelo-claras.

Eu me agacho. Não sei por quê, mas me parece a coisa certa a fazer. Marcus se ajoelha ao meu lado e, por um tempo, ficamos assim. Vendo a cobra nos observar.

— É linda.

— Pura força — diz Marcus.

— É venenosa? — pergunto em um sussurro.

— Não faço ideia.

Isso provavelmente deveria me assustar, mas não é o que acontece. A cobra não está se movendo, só esperando.

— Ele ama você, sabe — diz Marcus.

Por um segundo estranho, acho que ele está se referindo à cobra.

— O Dylan se magoa com facilidade — continua Marcus. O tom dele é calmo. — Por causa das pessoas que ama.

— Não vou magoá-lo — afirmo.

— É claro que vai — retruca Marcus, o tom ainda leve, os olhos ainda na cobra. — Você é complicada demais para alguém como o Dylan. Interessante demais. — Ele vira a cabeça para olhar para mim. — Esse é o verão em que você está despertando, não é, e você está só começando. Está só começando a aproveitar a vida sem compromisso, e o Dylan tá quase pronto para sossegar, se acalmar e dizer: *Esse é quem eu sou, para mim está bom.*

Tem alguma coisa indecente no olhar dele. Ardente. Mantenho os olhos na cobra, mas sei que o meu rosto está ficando vermelho. Eu deveria ter permanecido com o Luke no terraço. O Luke, que é um cara legal e disse que eu seria boa para o Dylan.

— Não estou aproveitando a vida sem compromisso — digo. — Não sei de onde você tirou essa ideia.

O olhar dele pega fogo.

— Talvez devesse querer.

Essa conversa vai além da minha capacidade de compreensão.

— Você age como se me conhecesse. Não sabe nada sobre mim. — Tento manter a voz tão firme quanto a dele.

— Eu disse a você que sou um excelente juiz de caráter. Gosto do seu lado sombrio e confuso, do lado divertido. Mas o Dylan quer uma boa menina.

Franzo a testa, o coração disparado. Isso é *tão* inapropriado... Não quero ficar aqui. Quando me levanto, a cobra recua e se arrasta para longe de nós.

— Não sou a Grace — digo secamente, enquanto limpo os joelhos. — Não somos íntimos só porque estou com o Dylan.

Marcus se levanta e quase recuo um passo quando vejo a sua expressão. Seus olhos estão sombrios, a expressão, furiosa. É desnorteante a rapidez com que ele mudou, ou talvez já estivesse com essa expressão antes e não tenha deixado transparecer na voz.

— Bem, você pode ser toda do Dylan — diz Marcus, quando eu me viro para me afastar dele. — Mas ele não é todo seu.

Dylan

Manter toda essa gente junta em uma caminhada é parecido com pastorear gatos, mas, se eu deixar todos largados ao redor da piscina como estão pedindo, vou ter que lidar com uma Cherry petulante e com excesso de energia, o que provavelmente será pior.

O Marcus está mal-humorado, o que definitivamente não ajuda, e a Addie está... Não sei bem onde a Addie está. Ela nunca está comigo, isso eu sei. Pelo menos o Marcus perdeu o interesse nela agora, o que até era previsível, afinal nenhuma mulher jamais conseguiu reter a atenção dele por mais de um ou dois dias, e parece que essa fase perigosa passou, ainda bem.

— *Vem*, Dyl! — chama Cherry, a voz em um tom adulador, saltitando. — Você disse para esperar até refrescar, e agora já está mais fresco. Então, podemos ir?

— Marta! Connie! — grito. — Calcem os tênis!

— Está certo, *papai* — diz Marta, fazendo beicinho.

E a Connie ri quando eu olho sério para as duas.

— Cadê a Addie? — pergunto. — Marcus, você vai com esses sapatos?

— É óbvio — responde ele, e passa por mim a caminho da cozinha.

— Grace, você está pronta?

— De jeito nenhum — diz ela, recostada em uma espreguiçadeira.

— Você poderia *tentar*? — pergunto, irritado.

Devo dizer que o charme da Grace é muito menor agora que não estou mais interessado em transar com ela. Ela abaixa os óculos escuros e me olha como quem sabe exatamente o que estou pensando. Meu rosto fica vermelho e Grace sorri lentamente.

— Como é bom eu não ser do tipo sensível, não é mesmo? — comenta ela. — Vou ficar pronta antes da Marta e você sabe disso, meu bem. Leve a sua frustração para outro lugar, por favor, você está tapando o sol... ou, melhor ainda, vá procurar a linda mulher que todos nós *grosseiramente* arrancamos dos seus braços. Na verdade, é isso que está deixando você tão mal-humorado, não é? Nós termos arruinado o seu idílio romântico ao chegar *em bando* aqui, como se fizéssemos parte de uma cena terrivelmente cômica de *As Bodas de Fígaro*?

Maldita Grace, sempre me esqueço de como ela é observadora por trás do glamour, da indolência e das insinuações. Ela me dá outro sorriso lindo e empurra os óculos escuros novamente para cima do nariz, enquanto eu saio do terraço e desço até o pátio.

Há um veículo novo estacionado de qualquer jeito atrás do carro alugado da Grace. Dou um passo adiante e vejo a Addie, à sombra de um plátano, falando com uma mulher que na mesma hora imagino ser a Deb. Ela tem o cabelo preto cacheado e a pele negra, e está parada na ponta dos pés, flexionando os dedos enquanto fala, a camiseta escorregando do ombro. Ela exala uma confiança natural, que dá para perceber mesmo daqui, como se seu jeito não-tô-nem-aí fosse genuíno enquanto o resto de nós finge quando posa para o Instagram.

Reparo na expressão da Addie quando me aproximo das duas e faço uma pausa para ficar só observando, porque *ah*, essa é a minha Addie. O sorriso aberto, sem tensão, a risada fácil. O brilho de humor afiado nos olhos, como se ela estivesse prestes a surpreender a todos nós.

— O calvo? — pergunta a Deb.

Ela está olhando na direção do terraço, e me dou conta de que estou escondido aqui, atrás do porta-malas do carro da Grace.

— O quê? Não, sua tonta, esse é o tio dele, o Terry — diz a Addie, rindo.

— *Ah*, tá, então é aquele com rabo de cavalo e tapa-olho?

— Não — diz Addie, com mais firmeza dessa vez. — Esse é o Marcus. Amigo do Dylan.

Eu me adianto. Se ficar mais tempo aqui, vai parecer que estou me escondendo de propósito, para bisbilhotar. O rosto da Addie se ilumina quando ela me vê, e algo explode no meu peito, uma reação em cadeia.

— Esse é o Dylan — diz ela, já vindo na minha direção. — Dyl, essa é a minha irmã.

A Deb se vira e me olha de cima a baixo tão descaradamente que quase rio. Sua aparência física não se parece em nada com a Addie, mas há um "toque de Addie" no seu jeito, em como inclina a cabeça, em como estreita os olhos quando me vê.

— Interessante — diz, depois de algum tempo. — Você escolheu o cara com um pênis na cara?

AGORA

Addie

Está muito quente e todo mundo nesse carro é *tão irritante*!

Estou dirigindo, com o Dylan sentado ao meu lado. Estamos em algum lugar nos arredores de Stoke-on-Trent. Isso fica cerca de trezentos quilômetros ao sul de onde deveríamos estar agora.

— Tem alguma coisa para comer? — pergunta Marcus. — Fiquei com fome de novo.

Não preciso olhar pelo retrovisor para saber que o Rodney acabou de oferecer a ele um biscoito de aveia.

— Isso não — diz Marcus. — Existe um limite para o que um homem pode aguentar. Sem ofensa, Rodney. — Ele se vira para olhar no porta-malas.

— Pelo amor de Deus — diz Deb. — Vocês podem, por favor, tomar cuidado? Addie, preciso parar logo para bombear de novo o peito.

— É para isso que serve aquela engenhoca que você encaixou no peito quando o carro quebrou? Vai precisar fazer aquilo de novo? Por quê? — pergunta Marcus.

Olho para ele pelo espelho e percebo que conseguiu pegar algumas balas de frutas na parte de trás do carro e está encarando o peito da Deb, enquanto tenta abrir as balas sem ter qualquer espaço para mexer o cotovelo.

— Eu amamento — responde Deb, impassível.

— A próxima parada fica a trinta e quatro quilômetros — digo, e indico com a cabeça a placa na beira da estrada. — Pode ser, Deb?

— Poderia... se alguém não tivesse cutucado meu mamilo.

— Eu fiz isso? — pergunta Marcus. — Que desperdício, nem percebi.

— Acho que posso bombear o leite no carro — diz Deb. — Rodney, você consegue alcançar aquela bolsa?

Durante um curto espaço de tempo, parece que estão brincando de Twister no banco de trás do carro. Rodney acaba conseguindo pegar a bolsa com a bomba extratora de leite da Deb. Ela abre a blusa com dificuldade. Rodney se contorce para se virar para o outro lado, depois fecha os olhos e cobre o rosto com as mãos. Disfarço um sorriso. Enquanto isso, o Marcus abre o pacote de balas de frutas, que se espalham por toda parte. Uma acerta minha orelha.

— Que merda — diz ele. — Me passa aquela vermelha ali, por favor, Rodders? Nunca fiquei com uma mulher que estivesse amamentando. O que acontece quando você transa, Deb?

— Marcus! — repreende Dylan, irritado.

— Não? Eu não posso perguntar isso? Caramba! Ser bem-comportado é exaustivo.

Ouço o zumbido da bateria da bomba começando a funcionar. É como se houvesse uma máquina de lavar no banco de trás do carro.

— Muito bem. Cinco perguntas para o Dylan — diz Marcus depois de um tempo.

Ele parece mais contido agora. Humm. Isso é preocupante. Pelo menos quando está falando merda, não está tramando nada maligno.

— Eu começo — volta a falar Marcus. — Por que você ainda não tentou publicar os seus poemas?

Abaixo o volume da música e olho para o Dylan. Essa resposta eu quero ouvir.

— Acho que eles não estão prontos — diz Dylan, depois de algum tempo.

Interessante. É a única resposta que eu aceitaria, e que ele nunca me deu enquanto estávamos juntos. Dylan só me dizia: *Ah, são só bobagens* ou *Ninguém vai querer ler isso.*

— Bem, está certo — diz Marcus, se ajeitando melhor no banco. — Quando vão estar prontos?

— É outra pergunta das minhas cinco?

— Sim, é outra pergunta — fala Marcus, irritado.

— Vão estar prontos quando... eu... Não sei. Quando eu conseguir lê--los sem estremecer.

Franzo o cenho.

— E se eles forem feitos para fazer você estremecer?

— Hein?

— Não entendo muito dessas coisas, você sabe. Mas os seus melhores poemas sempre foram os que você mais demorava para me deixar ler.

O silêncio se instala novamente. A música agora é só um sussurro, e sinto o suor escorrendo pela parte interna dos meus braços.

— Você nunca me disse isso — diz Dylan.

— Não?

— Não. Eu nunca sabia quando você tinha gostado de um poema.

Isso realmente me surpreende.

— Eu sempre gostei deles.

— Próxima pergunta — anuncia Marcus. — Por que você sugeriu que nós dois fôssemos juntos ao casamento?

Olho para o Dylan a tempo de ver a sua reação. Ele está assustado.

— Acho que pensei... que estávamos prontos — diz ele.

— Por quê? Você me excluiu da sua vida por quase um ano e... o que aconteceu? Fiz algo de bom? O que teria sido? Não faço a menor ideia, Dyl.

O Dylan tinha excluído o Marcus da vida dele por *quase um ano*? Olho de relance mais uma vez, mas ele vira o rosto para a janela.

— Na verdade, foi o Luke — diz Dylan. — Ele me contou sobre o seu... pedido de desculpas.

Outro silêncio demorado, a não ser pelo som da bomba extraindo o leite da Deb, a música baixa e as rodas no asfalto. O tráfego está começando a ficar lento de novo. Mais carros surgem ao nosso redor.

— Acho que quis te dar a oportunidade de se desculpar comigo também.

Volto a olhar pelo retrovisor.

O Marcus me flagra olhando para ele e me volto rapidamente para a estrada.

— Imagino que a sugestão tenha vindo da sua terapeuta — continua Dylan. — E que devia haver um motivo para você já ter se desculpado com o Luke, o Javier, a Marta, com a sua madrasta, com o seu pai e com a *minha* mãe pelas suas várias indiscrições e comportamentos inadequados, mas ainda não ter me procurado para isso.

O tom de voz dele está mais alto. Acho que está magoado, talvez, ou com raiva, mas está se controlando. Conheço bem esse tom.

Encontro o olhar da Deb pelo retrovisor e arregalo os olhos como se dissesse *Nem me pergunta do que se trata tudo isso.*

— Quando você estiver pronto, Marcus — diz Dylan em um tom tranquilo. — Estou ouvindo.

Dylan

Um celular toca no silêncio longo e sufocante. A Deb se atrapalha e xinga enquanto tenta encontrar o aparelho sem largar a bomba presa ao seio.

— Salvo pelo gongo — diz Marcus, baixinho, de modo que só eu escuto.

O meu coração está disparado. Pior que achei que estávamos chegando a algum lugar com essa conversa, mas é claro que o Marcus não pediria desculpas seguindo uma deixa minha. Agora provavelmente nunca vou receber esse pedido de desculpas. Além disso, ele mal tem noção da gravidade do que fez; não admira que tenha a impressão de não fazer ideia de nada. Cerro os punhos no colo. *Ele está tentando*, lembro a mim mesmo, e penso no que o Luke disse quando conversamos pela última vez: *Cancele o Marcus se quiser, não vou julgar, acredite em mim, mas não finja que está dando uma chance a ele quando claramente não está.*

— Alô? O Riley está bem? — pergunta a Deb.

Addie fica imediatamente alerta: seus olhos procuram a Deb pelo retrovisor, enquanto o tráfego se arrasta, os carros avançando como besouros, a luz do sol brilhando em suas carapaças.

— Está certo. Ah, sim, claro, pode ser agora — diz Deb, e a Addie relaxa.

Elas sempre tiveram esse vínculo, as irmãs Gilbert. Já invejei a Deb mais de uma vez pela maneira como ela se entende tão instintivamente com a Addie, como se as duas tivessem sido feitas para conviverem como uma dupla.

— É o papai? — A Addie inclina a cabeça, ouvindo, e depois dá um breve sorriso. — Coloca ele no viva-voz, Deb.

A voz do pai da Addie soa no calor abafado do carro, e é como sentir o cheiro do xampu da Addie na rua, como ouvir o barulho das pulseiras de contas dela. É como voltar por meio segundo para a vida em que ela era minha.

— ... eu disse à sua mãe que não era para ser dessa cor, mas ela diz que é perfeitamente normal e que não preciso falar com você — explica ele. — Ah, droga, acho que eu não devia ter te contado isso. Mas estava *tão* amarelo. Tenho certeza de que os bebês não faziam cocô amarelo na minha época.

— Que tom de amarelo? — pergunta Deb.

Olho para trás. Marcus está olhando pela janela de mau humor, mas faz uma cara de nojo ao ouvir isso. Eu me pego sorrindo. Perder a Addie eclipsou tudo ao redor de tal forma que raramente penso nas outras pessoas que perdi com ela, mas ouvir a voz do Neil me faz sentir falta dele de uma forma que sinceramente posso afirmar que nunca senti do meu pai.

— Eu diria... mostarda? Mostarda inglesa, quero dizer, daquela em pó.

— Nossa — comenta Rodney —, isso é *bem* amarelo.

— Ah, oi — cumprimenta Neil, a voz simpática. — Quem é esse mesmo?

— Temos companhia — diz Deb. — Esse é o Rodney, e... — Ela para. Addie está balançando furiosamente a cabeça. A alegria de ouvir o Neil se esvai, porque é claro que a Addie não quer que o pai saiba que estou aqui, no carro, com elas. Eu abandonei a filha dele, portanto o sujeito deve me desprezar. — E... o Rodney fez biscoitos de aveia — completa Deb, fazendo uma careta para a Addie.

— Biscoitos de aveia! — diz Neil, parecendo realmente entusiasmado. — Que incrível!

— Pai, voltando ao cocô amarelo — diz Deb, com a expressão de uma mulher que quer voltar ao que importa. — Me fala da textura. Mole? Firme? Manteiga de amendoim?

* * *

— O seu pai é um cara muito legal — comento no silêncio que se segue depois que o Neil finalmente desliga.

— Ele é legal mesmo — concorda Deb, com um carinho inconfundível. — Ora, e o seu é como? — Ela faz uma pausa. — Ah, desculpa, ele é meio bosta, não é?

Marcus ri ao ouvir isso. Ele parece estar se animando e, para ser sincero, teria sido impossível continuar com raiva depois de ouvir a conversa tão séria e preocupada de Neil sobre a questão fecal do Riley.

Deb enfim terminou de bombear o leite do peito, e há uma longa pausa enquanto ela procura a bolsa térmica para guardar a mamadeira com o leite. Rodney, que aparentemente está tentando ajudar, parece ter mais membros do que um polvo, e a Addie pula para a frente quando um dos joelhos dele empurra as costas do banco do motorista.

— Pois é, o meu pai é... difícil — digo, quando a comoção passa. — Mas a verdade é que não é culpa dele totalmente. Eu o decepcionei várias vezes... na verdade, virei especialista nisso.

Sinto o olhar da Addie em mim, mas mantenho os olhos fixos na estrada à frente. O calor paira acima do asfalto, borrando a visão do carro da frente e transformando-o em uma pintura a óleo, talvez, ou uma transmissão ao vivo com Wi-Fi ruim. Esse dia, de modo geral, está meio surrealista, e o borrão, o calor, o sol forte fazem com que pareça ainda mais estranho.

— Mas chegamos a um acordo — continuo. — Ele fica fora da minha vida e eu fico fora da dele. Não nos falamos desde dezembro de 2017.

A Addie se sobressalta quando digo a data. Olho para as minhas mãos no colo. Por um segundo insano, me imagino estendendo a mão e cobrindo a dela no volante.

— Descobri algo bastante desagradável — volto a falar. — Sobre o meu pai. Ou, mais precisamente, sobre a namorada do meu pai, que, ao que parece, leva uma vida muito confortável em uma casa em Little Venice, sustentada por ele com o rendimento dos negócios da família.

No silêncio demorado de choque que se segue, o Rodney abre mais uma vez o pote de biscoito.

— E você descobriu isso em dezembro, dois anos atrás? — pergunta Addie lentamente.

Assinto, ainda olhando para as minhas mãos.

— Não — diz Marcus. — Foi naquele dia?

Olho para a Addie, ansioso. O rubor sobe lentamente pelo peito dela, pelo pescoço, e colore suas bochechas.

— Era sobre isso que você estava falando com o Luke quando eu te mandei a mensagem de texto? — pergunta Marcus.

— Ahã. Ele estava em casa.

— Confrontando seu pai?

— Conversando com a minha mãe — corrijo. — Confrontar o meu pai seria... Ah.

Isso é algo que o Luke e eu nunca tivemos coragem de fazer, nem mesmo com um motivo tão forte.

— Você sabe que o seu pai vai ao casamento da Cherry, não é? — pergunta Marcus, e, pelo tom da sua voz, imagino a sua expressão: as sobrancelhas erguidas em incredulidade.

Inspiro lentamente, para acalmar a respiração instável, porque, quando penso em ver o meu pai, volto a sentir um aperto no peito, como se alguém pressionasse a palma da mão nas minhas costelas. *O poder que ele tem é meu/ dado, e agora escolho/ retirá-lo*. É o meu poema mais popular no Instagram, com apenas três versos, intitulado "Simples". E é um dos poemas que menos gosto atualmente. Escrevi meses depois que perdi a Addie e me afastei do meu pai, e agora a simplicidade exagerada dele me parece um tanto patética. Como se excluir o meu pai da minha vida fosse resolver tudo, como se fosse me curar e me fazer feliz, dono da minha vida.

— Dyl? — chama Marcus. — Você sabe que a sua mãe e o seu pai foram convidados, não é?

— Sei — respondo.

— E você não vê o seu pai há mais de um ano e meio?

— Sim.

— E você vai simplesmente... esbarrar com ele no casamento?

— Isso.

Há um longo silêncio.

— Você tem algum plano de ação para além desse ponto? — pergunta Marcus com um tom irônico.

A Addie continua olhando para mim, e seu olhar é como o sol aquecendo o meu rosto.

— Ainda não — digo, e soo meio indefeso. — Estou torcendo para saber o que dizer quando chegar lá. O Luke também vai. Vai ficar tudo bem com meu irmão lá.

— Ótimo! — diz Marcus, e o escuto se espreguiçar, fazendo a Deb soltar um *aaf* quando ele provavelmente a acerta com o cotovelo em algum lugar. — Bem, felizmente temos mais de trezentos quilômetros para aprimorar essa estratégia de merda.

ANTES

Addie

Marcus muda completamente depois da nossa breve excursão para ver a cobra. Nada mais de flertes, de ficar jogando charme; ele praticamente me ignora. Mas às vezes sinto o seu olhar em mim quando estou distraída. Demoro alguns dias para perceber que, quando o Marcus está me observando, a Grace está observando o Marcus.

— Você está olhando para ele de novo — brinco com ela, enquanto lavamos juntas a louça do café da manhã.

A Grace está lavando, enquanto eu seco e, disfarçadamente, esfrego os restinhos de ovo mexido que ela deixou escapar.

— Para quem, para o Marc? — Ela está diante da janela acima da pia da cozinha encarando Marcus, que está no terraço. — Ah, sou uma causa perdida, não sou? É que eu acho ele tão *fascinante*...

Nos damos bem, eu e a Grace. Ela pode ser um pouco exagerada às vezes, mas, como morei com a Cherry, tenho uma tolerância muito boa para pessoas ricas e intensas. Além disso, a Grace é incrivelmente inteligente e, assim como o Dylan, não é paternalista. E, o mais importante, ela nunca olhou para o Dylan do jeito que olha para o Marcus.

— Se você o acha tão fascinante, então por quê... — *você dormiu com o melhor amigo dele também?*

A Grace ri, lendo nas entrelinhas.

— Querida, eu sou a *rainha* da autossabotagem, não me pergunte por que eu faço alguma coisa. Além disso, o Marc não é o tipo de cara com quem a gente fica sério, é? Se fôssemos exclusivos, ele teria perdido o interesse em mim ainda mais rápido. O Marc queria a Grace de espírito livre, a Grace aventureira sexual, a Grace sempre fora de alcance. Ele quer joguinhos e escândalos.

— Você merece alguém que te queira como você realmente é — digo a ela. — E que não tente te transformar em outra pessoa.

Ela ri e inclina a cabeça para trás.

— Ainda não encontrei um homem assim — diz.

Estremeço, e a Grace percebe imediatamente. Ela pressiona a mão ensaboada na minha e para por um momento o que está fazendo para chamar a minha atenção.

— Desculpa — diz. — Eu não estava me referindo ao Dylan. Ele não é um homem ruim, de jeito nenhum, ele e eu simplesmente não éramos... Ah, não era *de verdade*.

— Era um joguinho também? Para o Dylan? — Eu me forço a perguntar. — Tudo o que rolou com vocês?

Grace fica séria e cerra os lábios, antes de responder, por fim:

— Era. Sinto muito, querida, sei que você provavelmente vai achar isso bem desagradável, mas acho que ele nunca gostou de mim e, para ser sincera, eu também não gostava dele desse jeito. O Marc estava perdendo o interesse e... transar com o Dylan chamou a atenção do Marc de um jeito que eu nunca tinha conseguido com qualquer outro homem. E acho que o Dylan gostou de ter algo que fosse do Marc, ao menos uma vez.

Aquilo me abala. Grace me olha com compaixão, mas continua:

— A verdade é que ir embora foi um golpe de mestre da minha parte, porque, se aqueles dois caras precisam de alguma coisa na vida, é de senso de propósito. Eles ficaram atrás de mim por *muito* mais tempo do que se todos nós tivéssemos ficado em Oxford. Acho que se sentiram mais atraídos com a ideia de dormir com a mesma mulher do que se sentiam atraídos por mim.

Meus dentes estão cerrados com força.

— Sinto muito — consigo dizer. — Isso é horrível.

— Ah, foi o melhor que eu pude fazer, meu bem — diz Grace, me passando um prato. — E eu fiz *muito* pior com outros. Se você anda com esse bando — ela indica as pessoas reunidas ao redor da piscina —, as coisas sempre acabam sendo um pouco confusas. A diferença é que com o Marc... — Ela suspira. — Parece que eu não consigo *abalá-lo* como sempre consegui com todo mundo.

— Entendo — digo, enquanto coloco o prato no topo da pilha.

Grace sorri lentamente para mim.

— O Dylan mexeu mesmo com você, hein?

Fico vermelha. A Grace sorri.

— Ora. Talvez ele prove ser um homem que merece você — diz ela, e me entrega outro prato com um floreio.

Eles quebram coisas: uma luminária no salão de baile, uma porta no segundo andar. O dedo da Connie, o que significa que ela passa a noite no pronto-socorro com o tio Terry, que era o único sóbrio o suficiente para levá-la, já que as ressacas dele são piores do que as de todo mundo, o que acaba fazendo com que beba menos.

Eles bebem e riem e ficam chapados e os dias passam indistintos sob o sol.

Enquanto isso, eu conserto tudo. Exceto o dedo; isso está fora da minha alçada.

Para ser justa com eles, todos tratam a mim e a Deb como parte do grupo. Não como caseiras. Só quando algo dá errado e eles chamam a mim ou à minha irmã é que me lembro de que não estamos no mesmo nível. Não faço realmente parte do grupo.

— Eles parecem crianças grandes — comenta Deb um dia, enquanto os observa espalhados pelo gramado.

A Connie está com a cabeça apoiada na barriga da Marta, a Grace está sentada nas pernas do Marcus, o Luke e o Javier estão entrelaçados. O Dylan levou o tio Terry para algum lugar, eu acho, na tentativa de distraí-lo. A Deb e eu já retiramos os insetos que caíram na piscina, depois que a Marta viu uma vespa gigante mais cedo e fez um escândalo.

— Você gosta deles? — pergunto a Deb.

— Ah, tem como não gostar? — responde ela, encostada na mureta do terraço. — Mas, da minha parte, eu os manteria a certa distância. Não vejo como entrar no meio *disso* — ela aponta para o emaranhado de corpos abaixo — e não se meter em confusão.

Encosto de leve a cabeça no ombro dela. Fico muito grata por ela estar aqui, a minha irmã. Em alguns momentos essa semana tive a sensação de que estava me perdendo. Ou talvez perdendo a confiança de ser a Addie do verão. Mas com a Deb sempre sou eu mesma. A Addie certa, a verdadeira.

— Amo você — digo a ela. — Obrigada por ter voltado quando eles chegaram.

— É claro — responde ela, surpresa. — Só chamar que eu venho. Sempre. Não é assim que funciona essa coisa de irmã?

O Dylan fica um pouco diferente quando está com os amigos. Ele ri mais e fala menos. Sua poesia deixa de ser algo sobre o qual ele fala com entusiasmo e passa a ser o gancho da piada de outra pessoa. Ele continua charmoso e com um jeito carente. Mas fica... mais quieto. Às vezes até eu o perco no meio dos outros.

Mas, à noite, ele é meu. Deixamos a cama no apartamento do caseiro para a Deb, e, assim que agitação da noite termina, desabo ao lado dele naquela cama enorme de dossel. Transamos *muito*, mas também conversamos muito. A noite toda, na nossa última noite. Nariz com nariz, de mãos dadas.

— O som de dentes batendo na colher quando alguém está tomando sopa, insetos correndo, pessoas que não ouvem — sussurra Dylan. São cinco da manhã e a voz dele está rouca. Estamos falando sobre coisas que nos deixam aflitos... não tenho ideia de como chegamos aqui. — E você?

— Pessoas que não ouvem também — digo, e dou um selinho nele. — Essa é boa. E ratos. Também detesto. E fico furiosa quando o seu tio Terry diz *mulheres*! Como se com isso ele fosse capaz de ganhar uma discussão na mesma hora. Sabe, quando uma de nós diz algo de que ele discorda?

— Ah, o tio Terry é uma aflição por si só — fala Dylan, fazendo uma careta, e eu rio. — Desculpe. Ele é horrível.

— Ele é.... — Humm, o que não pega mal eu dizer aqui? Afinal, o homem é tio do Dylan. Mudo o rumo da conversa: — Seu pai é como ele? O Terry é irmão dele, certo?

O silêncio se estende por um longo tempo.

— Não, o meu pai é diferente — diz Dylan, por fim, com um tom de voz diferente. — Ele é... mais sério do que o Terry.

Franzo o cenho.

— Como assim, mais sério?

— Ele não é muito divertido — responde Dylan. — E como é o seu pai?

Ele foi rápido. Considerando que acabamos de passar quarenta e cinco minutos falando sobre Pokémon e Tartarugas Ninja, achei sinceramente que levaríamos mais de dez segundos conversando sobre o pai dele. Tento distinguir a expressão dele no escuro.

— Vocês não se dão bem? — pergunto baixinho.

— Digamos que ele é uma dessas pessoas que não escuta — diz Dylan.

Ele se inclina e me beija lentamente. Sinto o beijo se espalhando pelo meu corpo, como se eu tivesse engolido algo quente. O Dylan está tentando me distrair. E consegue.

— Então? E você, como é o seu pai? — pergunta ele de novo, apoiando a cabeça no travesseiro.

— Ah, ele é só o meu pai. Para ser sincera, nunca pensei sobre *como* ele é — digo, mas percebo que já começo a sorrir só de pensar nele. Meu coração dói de saudades de casa e aperto os dedos do Dylan. — Sou tão próxima dele quanto da minha mãe. O meu pai é muito bom em dar conselhos e é engraçado, mas daquele jeito de pai.

Dylan ri ao ouvir isso. Sinto que ele está relaxando de novo.

— Você sente falta deles? — pergunta. — Dos seus pais?

— Sim, eu sinto. — Parece meio constrangedor dizer isso aos vinte e um anos, e me sinto corar no escuro. — Quando eu estava na faculdade, sempre voltava para casa no recesso no meio do semestre, então esse, na verdade, é o maior período de tempo que já passei sem ver os meus pais. Mas eu tenho a Deb. E esse verão tem sido incrível.

— Incrível, é? — sussurra Dylan.

Engulo em seco e sinto o coração acelerar.

— Não quero que acabe — digo.

A minha voz sai tão baixa que o Dylan chega ainda mais perto para me ouvir. Sinto o seu hálito roçando os meus lábios feito uma pena.

— Quem falou em acabar? — pergunta ele, ainda sussurrando.

Vejo apenas sua silhueta no escuro, mas consigo distinguir seus olhos se movimentando para um lado e para outro enquanto ele olha para mim.

Eu meio que sabia. Não achei que ele diria que estava indo embora da casa e pronto: fim do nosso romance de verão. Mesmo assim, sinto o coração acelerar. Quero tanto ter essa conversa que me assusta. Eu me afasto um pouco e viro o rosto no travesseiro. Dylan passa a mão nas minhas costas, o que me arrepia.

— Posso te dizer uma coisa? — pergunta ele, baixinho.

Eu me contorço e afasto o lençol do rosto, subitamente sem fôlego. Acho que ele vai dizer aquilo e, assim que disser, pronto, vai ser como se tivesse colocado um registro de data e hora na nossa vida. Criando um antes e um depois. Sinto isso chegando como se eu estivesse acelerando em direção a alguma coisa e, em um instante de pânico, acho que devo pisar no freio.

— Eu te amo — diz Dylan. — Eu te amo, Addie.

Isso faz com que um choque percorra todo o meu corpo. Como se alguém tivesse pressionado o botão *Atualizar*. Meu coração está latejando nos meus ouvidos. Penso naquele poema, que fala sobre como é assustador entregar seu coração, feito um soldado abaixando a arma.

Mas eu amo o Dylan. Amo o Dylan quando os amigos estão tirando sarro da poesia dele, ou quando ele acaba de acordar, com os olhos sonolentos, resmungando. Amo tanto o Dylan que às vezes acho realmente difícil ter uma conversa com outra pessoa, porque só consigo pensar nele. Em nós.

— Eu também te amo — sussurro de volta.

Nunca disse que amava ninguém. Quando o meu ex tentava falar qualquer coisa sobre amor, eu normalmente arranjava um motivo para fugir do assunto: um copo vazio, um amigo do outro lado da sala, uma aranha. E, antes dele, não houve ninguém sério. Será que o Dylan já amou alguém?

— Queria saber o que você está pensando — comenta Dylan, e se aninha no meu pescoço. — Está prestes a sair correndo para o mercado?

Rio ao ouvir isso, embora não tivesse me dado conta de que ele percebia que eu me afastava quando as coisas pareciam se intensificar.

— Não preciso sair correndo para o mercado — digo. — Acho que é só... Quer dizer, você vai viajar agora, então... O que isso significa?

Beijo o Dylan, porque ouço a carência na minha voz. Não gosto disso. Nem quero pensar em como vou sentir falta dele.

— Significa que vamos nos falar o tempo todo por celular e por Skype. Vou mandar poemas em cartões-postais para você. E volto aqui para te encontrar assim que estiver de volta à Inglaterra — responde Dylan. Ele faz carinho no meu cabelo. — Mas... Em vez disso, eu poderia ficar aqui pelo resto do verão... Devo ficar?

Ele se afasta um pouco.

Eu poderia dizer sim. *Desista dos seus planos de verão, não vá para a Tailândia e o Vietnã, fique aqui comigo.* Eu poderia dizer a ele o que fazer. E o Dylan faria o que eu dissesse. Se há uma coisa que eu descobri essa semana, é que o Dylan é facilmente influenciável.

Por um momento, a tentação é grande. Seria algo tão simples de fazer... Como um pé escorregando, o roçar de uma mão.

— Não — digo, e o beijo nos lábios. — Você vai. Não me deixe atrapalhar os seus planos. Esse é o seu verão para descobrir o que *você* quer, certo? Então vá descobrir. E venha me encontrar depois.

Dylan

Marcus e eu viajamos pelo resto do verão. Os meus ombros se acostumam com a dor aguda do peso da mochila, e perco a conta do número de maravilhas que tento assimilar: praias de areias tão brancas que parecem neve, selvas tão exuberantes que a trilha que fizemos na véspera tem que ser aberta a facão no dia seguinte. Passeios de barco e viagens em trens lotados, os gritos nos mercados enquanto pechincho, suo, bebo e me pergunto que diabo estou fazendo da minha vida. E sempre, sempre sentindo falta da Addie.

Esse deveria estar sendo o verão da minha vida, mas, onde quer que a gente esteja, me sinto perdido. Com a Addie, durante aquelas semanas lindas e ensolaradas na Provença, me senti tomar forma: me apaixonar por ela me tomou por inteiro e, pela primeira vez, me senti completamente feliz com quem eu era e onde estava.

Achei que, quando deixasse a França, levaria aquilo comigo, mas a verdade é que deixei lá com ela. Alguns dias, mais uma vez para o meu desgosto, tenho que me esforçar até para sair da cama. Eu me sinto disforme e inquieto como antes, sempre a um verso de distância de um poema terminado, sempre um passo atrás do Marcus. Sempre decepcionando o meu pai.

Ele me liga quando estou no aeroporto de Phnom Penh. Addie vai voltar para casa, em Chichester, em três dias. Marcus está procurando uma garrafa de água e eu estou olhando para o painel de embarque. Vamos passar a nossa última semana de viagem em Preah Sihanouk, antes de voltar para casa, mas... talvez eu pudesse simplesmente ir embora agora. Talvez eu pudesse estar esperando por Addie no aeroporto quando ela voltasse, para ver a alegria em seu rosto quando ela me encontrasse no meio da multidão e saísse correndo para se jogar nos meus braços.

— É melhor você voltar para casa — diz o meu pai, quando eu atendo.

É final de agosto. De acordo com o nosso plano original, deveríamos ter voltado para casa semanas atrás, mas por que voltar para o Reino Unido se a Addie ainda estava na França?

— É um prazer falar com você, pai — digo.

Meu tom sai menos ríspido do que eu pretendia... recuei no último minuto e acabei soando bastante agradável.

— Chega de bobagem. Essa viagem à Europa está demorando demais para acabar.

Franzo o cenho.

— Eu só fiquei mais algumas semanas além do planejado.

— Você perdeu todos os prazos para os cursos de pós-graduação. O que está *fazendo*, Dylan? Quando vai crescer?

Olho para o teto. Os feixes de luz se entrecruzando deixam um padrão xadrez gritante na parte interna das minhas pálpebras. Não há necessidade de eu falar nada, o meu pai vai dizer o que quiser, independentemente das minhas respostas ou da ausência delas.

— Presumo que você esteja pensando em morar com a gente. Se é que está planejando alguma coisa. A sua mãe diz que ainda não há necessidade de comprar um apartamento em Londres para você, e estou inclinado a concordar com ela. Francamente, você não fez por merecer.

A minha mãe quer que eu decida por mim mesmo se é em Londres que eu quero ficar. De certa forma, a fé silenciosa dela de que eu vou dar um jeito na minha vida é quase pior do que a convicção absoluta do meu pai de que não vou.

— Vamos conversar direito sobre isso quando você voltar, mas tenho certeza de que vou encontrar alguma coisa para você no escritório, embora isso vá obrigá-lo a se deslocar até Londres, o que não vai ser fácil.

Sinto a vida se esvaindo de mim conforme a ligação avança. Sou como um fantoche, largado na cadeira, esperando que alguém segure as minhas cordas e me puxe para a vida.

Marcus se aproxima com duas garrafas de água. O cabelo dele está mais comprido do que nunca, seco e com mechas de sol, e suas roupas precisam desesperadamente ser lavadas. Ele sorri para mim e me joga uma garrafa quando ainda está longe demais. Não consigo pegá-la com o telefone no ouvido, e a garrafa me atinge na barriga.

Em algum nível, sei que esse meu problema não é real. Tenho um mundo de oportunidades à minha frente. Posso fazer o que quiser, provavelmente mais do que quase qualquer outro ser humano no planeta.

Mas o pavor que eu sinto não parece saber disso. O pavor só sabe que o futuro é enorme e terrível, porque, inevitavelmente, não importa o que eu faça, vou fracassar.

— Na verdade, vou ficar aqui mais um pouco — digo, quando o meu pai enfim pausa seu monólogo.

Fico sentado em silêncio. É um alívio, como o momento em que a gente coça uma casca de ferida. No instante em que vi o nome do meu pai na tela do celular, soube que aquele silêncio estava chegando. Tudo que me trouxe a esse momento foi apenas um meio horrível de construir suspense. Depois de feito — depois que eu o decepcionei — torna-se perversamente fácil.

— Não sei por que me dou o trabalho — diz o meu pai, a voz já se transformando em um grito. — Isso é inútil. *Você* é um inútil.

E assim começa o discurso de sempre: o *desperdício de espaço* é uma constante, assim como a pergunta sobre o que ele fez para merecer filhos tão decepcionantes. Já ouvi tantas vezes a mesma coisa que nem tento responder, por mais tentador que seja. Fico em silêncio, com aquele peso terrível e infeliz pressionando o meu peito. Marcus bate no relógio e acena com a cabeça para o painel: o embarque para o voo até o Aeroporto Internacional de Sihanouk está começando.

O meu pai desliga quando as coisas desagradáveis que tem para gritar comigo esgotam. O bipe agudo faz os meus olhos arderem. Enquanto sigo Marcus até o portão, de repente penso em abraçar a Addie, as mãos espalmadas no músculo tenso das costas dela, e vacilo fisicamente, meio que tropeço, como se meus pés tentassem me dizer que estou andando na direção errada.

Marcus se vira e olha para mim com atenção.

— Vamos lá, cara — diz ele. — Foda-se o seu pai, fodam-se todos eles. Vamos esquecer o mundo real por mais alguns dias.

Addie

— Onde ele está, então, esse tal de Dylan? — pergunta a minha mãe, se acomodando no sofá ao lado da Deb.

Estamos na sala de estar da casa dos meus pais. Finalmente. Eu não tinha percebido como estava com saudade de casa até a Deb e eu entrarmos por aquela porta e eu respirar fundo. Ainda estou com as roupas que usei na viagem. É estranho pensar que a poeira que grudou no protetor solar que passei nas pernas veio da Provença.

— Ele ainda está viajando — digo, e dou um gole no meu chá. Um chá inglês, como deve ser, com água calcária de uma chaleira que precisa ser descalcificada.

— Você vai gostar dele, mãe — diz Deb, enquanto descalça as meias. Deb só se sente em casa de verdade quando está sem meias. — Ele é fofo. E *obcecado* pela Addie. O que é bom, porque ela está completamente obcecada por ele.

Meu rosto fica vermelho.

— Não estou, não — digo automaticamente.

Deb revira os olhos.

— Ah, fala sério. Você penou de saudade dele durante todo o resto do verão.

— Não *penei*, nada! Só senti falta dele.

— Ah, é... Eu sinto falta de comer o que eu gosto sem engordar, mas você não me vê chorando por causa disso — diz Deb, e sorri pra mim quando faço uma careta.

— A Deb ajudou muito com o meu coração partido — comento com a minha mãe. — Foi muito compreensiva.

— Eu fui incrível — retruca Deb placidamente, enquanto cruza os tornozelos em cima da mesa de centro. — Eu a mantive alimentada e hidratada e não usei o Wi-Fi quando ela estava falando com o Dylan pelo Skype. Fui uma *santa*.

A minha mãe sorri para nós duas por cima da xícara, os olhos enrugando nos cantos. Senti tanta saudade dela... Essa constatação me atinge como um soco no estômago.

— E quando vou conhecer esse rapaz? — pergunta ela.

— Logo — prometo. — Não tenho certeza de quando o Dylan vai voltar para casa, mas ele disse que será logo.

— Oi, estou ouvindo você!

— Alô? Consegue me ouvir?

— Sim! Sim! Oi? Alô? — Aceno para a tela do laptop.

O meu sorriso está se tornando cada vez mais fixo.

— Oi!

O rosto do Dylan se ilumina com um sorriso. Ele está em um canto escuro de algum lugar. Só consigo ver as paredes com painéis marrons e o ventilador no teto. Acho que talvez esteja no Camboja, mas pode ser Vietnã. Eu me sinto um pouco envergonhada por ter perdido a noção.

— Como você está? — perguntamos Dylan e eu ao mesmo tempo, então damos risada.

— Fala você. — Mais uma vez falamos juntos.

— Está bem, eu começo — digo, porque logo essa coisa de falar junto vai deixar de ser fofa e se tornar irritante. — Estou nervosa.

— Sim, você está! — diz Dylan. — Você vai mandar bem.

Isso não faz... muito sentido, mas acho que ele entendeu.

— Esses dias de prática têm sido difíceis — confesso.

O meu rosto me encara de volta no Skype: pareço muito jovem. Jovem demais para ensinar qualquer coisa a adolescentes.

— Todo mundo sabe que esse tipo de programa de qualificação com prática intensiva é difícil, mas você é dura na queda — diz Dylan.

Sorrio com relutância.

— Eu queria que você estivesse aqui.

Ele abre um sorriso largo.

— Queria?

— Claro que sim.

— Ora, você nunca diz isso — fala ele.

— Digo, sim! É claro que eu digo.

Não digo? Acho que sim, certo?

— Não. Nunca.

— Ora, achei que você já estaria em casa a essa altura. *Quando* você volta?

O rosto do Dylan se anuvia um pouco, como se ele tivesse pensado em alguma coisa ruim.

— Não sei. Antes de voltar para casa, preciso descobrir o que eu quero fazer, entende? Foi esse o acordo que fizemos, não foi?

— Certo — respondo, mas no fundo estou pensando *Como assim, você pode simplesmente viajar para sempre se quiser? Não vai ficar sem dinheiro?*

— O meu pai tem planos para mim e não sei bem como vou fazer para... — Ele morde o lábio, e seu olhar se perde ao longe. — Se não vou mais morar com eles nem trabalhar nos negócios da família, tenho que apresentar um plano diferente.

— Ah, entendi. — Dylan já me contou o bastante para que eu saiba que ele não quer trabalhar para o pai, mas não tenho certeza do que quer fazer, além de escrever poesia... E obviamente ele não consegue ganhar a vida assim agora. — Então, o que você está pensando em fazer? Sobre esse plano diferente?

O rosto do Dylan fica cada vez mais desanimado. Ele parece taciturno, quase emburrado. Franzo ligeiramente o cenho.

— Dylan? — chamo.

— Eu não sei — diz ele, e afasta o cabelo dos olhos em um gesto irritado. — Não sei. É por isso que ainda estou aqui.

— Você acha que tem que estar, tipo, na Tailândia para descobrir isso? Voltar para casa e olhar os anúncios de emprego e tal não ajudaria?

— Sem *pressão*, Addie — fala Dylan, e me afasto da tela, assustada. — Caramba, desculpa — acrescenta ele na mesma hora. — Desculpa. É só que isso tudo está me preocupando muito, estou me sentindo um desperdício, penso nisso o tempo todo, e o meu pai me liga quase todos os dias, fazendo várias ameaças. Só quero escapar do mundo mais um pouco, entende? Quando estou aqui, posso apertar o botão para pausar tudo. Não tenho como fazer nenhuma besteira.

Para ser sincera, não sei se isso é verdade. Mas ao menos entendo a linha de pensamento.

— Bem, leve o tempo que precisar — digo. — É claro.

O rosto dele se ilumina um pouco, então.

— Obrigado. Eu sabia que você ia entender.

Reprimo uma vaga sensação de desconforto. Para falar a verdade, eu não entendo. Estou fingindo porque não quero ser a menina mesquinha que atrapalha o estilo de vida do namorado.

— Então, me conta tudo o que você fez essa semana — pede Dylan, e se recosta na cadeira. — Quero ouvir tudo, cada detalhe. Eu estava... — Mas então a imagem dele fica pixelada e sua voz se transforma em um *tu-tu* e ele some.

Frustrada, fecho o laptop com força. É uma merda esse negócio de relacionamento virtual. Não é *real*. Quero o Dylan me abraçando. Quero ele de volta.

O começo do meu primeiro semestre dando aulas na Barwood School é uma experiência totalmente brutal.

Tenho muita sorte de ter conseguido uma vaga nesse projeto. Se eu não soubesse disso, teria desistido uma centena de vezes. Alunos são *cruéis*.

No meio do primeiro trimestre, já quase consegui recuperar o respeito dos meus alunos do oitavo ano depois de um início catastrófico. (Pedi para eles fazerem foguetes de papel machê e *todos* fizeram um pênis. Eu gritei, alguém quebrou o dedo do pé. Foi tudo muito ruim.) Os alunos do nono ano e das primeira e segunda séries do ensino médio foram bons desde o início, e os alunos do sétimo ano são, de modo geral, uns amores. Mas o oitavo ano está cheio de demônios pré-adolescentes. Conquistá-los é uma das coisas mais difíceis que já fiz, mas sem dúvida a mais gratificante.

E o Dylan ainda não está aqui. Continuamos nos falando por Skype pelo menos uma vez por semana e trocamos mensagens o tempo todo, mas estou surtando. Como poderia não estar? Ele parece diferente. Tão distante... Quando pergunto quando vai voltar, ele responde: *Logo*! E tento entender, não ser agressiva ou carente, ou seja lá o que for, mas a verdade é que por mais fofo que o Dylan seja comigo, ele não está aqui. Ele pode dizer que me ama, mas não está *demonstrando* isso de verdade, está?

Já estamos separados há meses, e por quê? Porque ele está, o quê, se encontrando? Se fosse qualquer outra pessoa, eu estaria debochando. É só porque é o Dylan, o cara fofo e perdido que estou me esforçando muito para entender que claramente está em um momento ruim e parece achar que voltar para casa só vai piorar tudo. Mas, caramba. Isso não é muito lisonjeiro, certo, seu namorado ficar longe por meses sem um bom motivo?

Ele esqueceu você, diz a vozinha na minha cabeça. A Addie mediana, comum, nada especial. Eu realmente achei que seria capaz de manter um cara como o Dylan interessado em mim por mais tempo do que um verão ardente?

É Noite das Fogueiras e a Deb e eu temos grandes planos.

Ela tem sido o meu porto seguro nos últimos meses. Nós duas estamos morando com nossos pais enquanto economizamos para termos nossa casa. Deb ouve todas as minhas lamúrias sobre o trabalho. Ela prepara chá todas as manhãs e o leva para mim enquanto eu me maquio e me dá um beijo rápido no topo da cabeça. Quando penso em escrever um e-mail furioso para o Dylan — *Por que você simplesmente não volta para casa?* —, a Deb confisca o meu celular e me lembra de que as mulheres Gilbert não imploram.

Então, a Noite das Fogueiras vai ser uma celebração da irmandade. Reservei uma mesa para nós em um bar chique da cidade, para o Fireworks Extravaganza deles, que basicamente é uma noite normal, só que mais cara. Nos arrumamos: sapatos de salto bem alto, vestidos curtos, sem meia-calça. Depois de meses andando o mais deselegante possível para o trabalho na escola, quero me sentir sexy. E talvez depois de todo esse tempo esperando o Dylan voltar para casa... Eu meio que quero que alguém me note.

E, para minha surpresa, não demora muito.

— Não, não me diga. Vou adivinhar o seu nome — diz o cara ao meu lado na disputa para chegar ao balcão do bar.

Ele precisa erguer a voz acima da música.

O cara tem uma sensualidade meio grosseira. Cicatrizes antigas de acne nas bochechas, olhos azuis brilhantes, barba curta.

— Pode chutar — digo. — Você vai ficar aqui por algum tempo.

Ele acena com a cabeça para a fila à nossa frente.

— Convenientemente, não vou a lugar nenhum. Hannah.

— Errou feio.

— Quer dizer, Ella. Não, não, desculpa, quis dizer Bethan. Emily. Cindy?

— Jura que está tentando? — pergunto.

— Bem, humm. O que você diria se eu falasse que isso foi uma desculpa sem vergonha para fazer você falar comigo?

— Eu diria que fiquei chocada e horrorizada.

Ele sorri.

— Vai me deixar pagar a sua bebida, Emma?

— Ainda é muito cedo para dizer. Vai demorar vinte minutos até chegarmos ao balcão.

— Está esperando por uma oferta melhor nesse meio-tempo, Cassie? — diz o cara de olhos azuis e se vira ao redor, os olhos comicamente cerrados, como se estivesse procurando por rivais.

Na verdade, estou me decidindo. Se eu deixar que ele me pague uma bebida, estarei ultrapassando um limite? *Quero* ultrapassar esse limite?

Já fiz isso ao me enfiar nesse vestido que costumava usar quando queria sair à noite na época da faculdade?

— Addie! — grita Deb atrás de mim.

Eu me viro.

— Ahá! — diz o cara de olhos azuis. — Addie. Seria o meu próximo palpite.

— Consegui uma garrafa para a nossa mesa — grita Deb.

À minha volta, os clientes aglomerados resmungam de inveja.

— Como? — pergunto só com o movimento dos lábios, já abrindo caminho de volta para ela.

— Vejo você mais tarde, Addie? — fala o cara de olhos azuis, mas já me decidi e não olho para trás.

Dylan

Ela está falando com um cara qualquer no bar quando eu chego. É *abrasador* o ciúme que eu sinto, como uma lambida quente, ou então uma palma fria na minha nuca, e de repente tenho uma consciência aguda do que eu realmente fiz enquanto desperdiçava todos aqueles dias deitado de costas em uma praia atrás da outra, sem conseguir escrever, sem pensar, sem nada. Eu a deixei aqui, desse jeito: absurdamente linda, com a aparência de uma fada, a perfeição em miniatura.

O vestido da Addie mostra todas as curvas do seu corpo. O desejo me atinge alguns segundos depois do ciúme, e, enquanto a vejo rir, as luzes refletindo o brilho da maquiagem nas maçãs do rosto, sinto-a *devastadoramente* fora do meu alcance. Que tipo de idiota fica cochilando em Bali quando poderia estar aqui, com uma mulher como essa? Como pude ser tão estúpido? Seja qual for a angústia que tenha me dominado nos últimos meses — o pavor sombrio e intenso, esperando por mim todas as manhãs quando eu acordava —, parece mais absurdo do que nunca agora que tudo passou e estou aqui, olhando para Addie. O que eu estava *fazendo*?

— Eu avisei a você — diz a Deb, junto ao meu ombro.

Mandei uma mensagem para ela na semana passada, dizendo que queria fazer uma surpresa na Noite das Fogueiras. Addie havia mencionado que estava animada para sair com a Deb naquela noite. *Ora, isso definitivamente vai ser uma surpresa para ela*, dissera Deb. *Para ser sincera, acho que ela já desistiu da ideia de você voltar para casa.*

— Sou um idiota — digo, esfregando o rosto. — Achei...

— Que ela esperaria por você para sempre?

— A Addie ainda está esperando, não está? — pergunto, enquanto olho para ela com preocupação. — Ela não está... saindo com outra pessoa, certo?

Nunca conversamos sobre exclusividade. Avançamos rapidamente para além disso, direto para *Eu te amo*, por isso presumi que fosse desnecessário. Estou recapitulando todas as ligações via Skype, examinando cada palavra que consigo lembrar em busca de um nome masculino, e sentindo aquela onda quente de ciúme descer pela minha espinha.

— Claro que ela não está saindo com outra pessoa. — A Deb cruza os braços. — O que *você* estava fazendo?

Me escondendo. Fugindo. Afundando. Me afogando.

— Tentando organizar as ideias — digo, sem muita convicção. — Eu achei... a Addie me disse para voltar para casa, para ela, quando eu descobrisse o que queria fazer da vida. Então, fui ficando, mas não descobri nada, e voltar para casa ficou, você sabe, ainda mais difícil.

Deb franze o cenho.

— Não foi uma atitude muito sensata da sua parte.

— Sim. Estou percebendo isso.

O homem ao lado da Addie abaixa a cabeça para falar com ela e tenho vontade de chorar.

— Não podemos dizer a ela que estou aqui agora? Por favor?

Deb me encara com uma expressão avaliadora.

— Você realmente ama a Addie?

— Eu realmente amo.

— Então por que ficou tanto tempo longe?

Cerro os dentes de frustração. Não posso contar a ela sobre o pavor, a letargia, o terror. E mesmo se eu pudesse me forçar a compartilhar a vergonha de tudo isso, no fundo não acredito que seja uma desculpa. Esse pavor intenso já me atingiu uma vez, quando eu era adolescente, e naquela época o meu pai deixou bem claro que não era nada além de fraqueza.

— Não sei, está bem? Não sei. O Marcus ficava dizendo que eu devia continuar lá, o meu pai ficava em cima de mim para voltar e começar a trabalhar no negócio dele, a Addie tinha toda uma vida nova aqui e eu não sabia bem... como eu me encaixaria.

— Então, você optou por pular fora?

— Então, eu esperei. Até eu ser, você sabe, o homem que ela queria.

Deb me olha de cima a baixo.

— E você é esse homem agora?

Eu desabo.

— Bem, na verdade, não.

— Não. Você parece basicamente o mesmo, tirando o bronzeado.

— Por favor, Deb — imploro, enquanto vejo a Addie rir de novo e jogar o cabelo para trás. — Eu fiz besteira. Me deixa consertar.

— Tudo bem — diz Deb. — Está certo. Mas não *continue* fazendo besteira, está bem? Você fez a Addie feliz por alguns dias na França, eu admito... Mas desde então deixou a minha irmã extremamente infeliz. Agora vai se esconder que vou usar a bebida para atrair Addie de volta para nossa mesa, para você surpreendê-la. Se vai fazer isso, é melhor fazer direito. Quero ver a minha irmã sorrindo de novo.

Addie

— Addie — diz ele.

Estamos sentadas diante da mesa, servindo espumante da garrafa que a Deb conjurou de algum lugar. Olho para a minha irmã antes de me virar. Ela sorri para mim. Deb sabia que ele viria.

— Senti falta dessa sua carinha feliz, Ads — diz ela, enquanto me viro na cadeira, já radiante, e olho para Dylan.

Ele me puxa da cadeira antes que eu possa dizer qualquer coisa.

— Caramba — diz Dylan — Addie Gilbert, você tem *alguma* ideia de como eu senti a sua falta?

Olha, não, na verdade não tenho. Ele disse *estou com saudades* muitas vezes no Skype, mas sempre soou muito sem graça. Se o Dylan sentiu mesmo a minha falta, por que não voltou? Mas esse pensamento evapora no instante em que ele pressiona os lábios nos meus. Esse é o meu Dylan. Cabelo castanho cheio e olhos verdes assustados. Por mais ridículo que pareça, tenho a impressão de que ele cheira a sol e aos vinhedos mesmo aqui, nessa boate quente e úmida. Nós nos beijamos por tanto tempo que tudo se dissolve ao redor, e só ouço as batidas da música ambiente. Nos separamos, por fim, e ele ri, roçando os polegares no meu rosto.

— Desculpa por eu ter demorado tanto para voltar para casa. Sou um idiota. Você me perdoa?

Dylan pede desculpas com tanta facilidade... Não conheço nenhum outro cara que faça isso. É como se ele não tivesse aquele ego masculino, o orgulho que sempre acaba ferido. Amo isso nele. Mas... Não tenho certeza se conserta as coisas. Dá para se livrar de um erro com um pedido de desculpas fácil como esse?

— Ah, caramba, Addie, por favor — pede Dylan, e pressiona novamente os lábios nos meus. — Não fica com raiva de mim. Não aguento.

— Cadê o Marcus? — pergunto.

Dylan parece surpreso com a pergunta, o que me espanta um pouco também.

— Em casa — diz. — Em Hampshire. Eu disse a ele que queria vir direto para cá, para ver você, então ele foi ver o pai.

Eu me aconchego no peito do Dylan enquanto sinto minha mente girando. Com o passar dos meses, comecei a me perguntar sobre o Marcus. Se ele é o motivo para o Dylan não ter voltado para casa antes. Não acredito que o Marcus estivesse com pressa de trazer o Dylan de volta para mim.

— E... você está aqui agora? — pergunto a ele.

— Estou aqui agora. De vez. Totalmente ciente de que eu nunca deveria ter saído do seu lado.

— Estou tomando o seu espumante! — grita a Deb para min. — Você parece ocupada.

Rio e dou um joinha para ela. Então, puxo o Dylan para a pista de dança enquanto a Deb toma a minha bebida. Eu e o Dylan dançamos, os corpos tão próximos que cada centímetro nosso está se tocando. As luzes estroboscópicas piscam. A minha cabeça está girando. A sensação de tê-lo de volta me deixa tonta.

— Sabe — diz Dylan, perto do meu ouvido, para que eu o escute além da música —, estou começando a achar que a minha vida até agora tem sido uma longa série de péssimas decisões e erros bobos, com exceção do dia em que bati na sua porta. — Ele pressiona os lábios no meu cabelo e disfarço o meu sorriso em seu peito. — Não vou mais sair do seu lado.

— Vai ser um pouco complicado — digo, e puxo as mãos dele para fazê-lo dançar novamente.

Dylan dança bem. Não sei por que presumi que ele seria um péssimo dançarino, mas é uma boa surpresa.

— Complicado?

— A sua família mora a duas horas, não é?

Ele não escuta direito o que eu disse. Repito a pergunta, meus lábios no seu ouvido.

— Não vou voltar para a casa dos meus pais — diz ele, parecendo triunfante. — Estou me mudando para cá.

— Para cá? — *Esse* é o grande plano que ele passou meses elaborando? — Para cá, tipo, em Chichester? Com que você vai trabalhar?

— Vou dar um jeito — responde Dylan, e vejo novamente aquela sombra em sua expressão. — Se Chichester me aceitar.

As luzes pintam o cabelo dele de amarelo, verde, amarelo. A música está tão alta que é mais um zumbido do que um barulho.

— Você vai alugar um apartamento aqui?

— Ou comprar um. O meu pai vive insistindo para que eu compre.

Fico olhando para ele, boquiaberta, por tanto tempo que o Dylan dá uma risadinha desconfortável e me puxa de novo para junto dele.

— Ou não, tanto faz. Só quero estar aqui. Eu deveria ter estado aqui esse tempo todo.

Alguém esbarra em mim e me joga com força no peito dele. Fico ali, os braços ao redor da cintura do Dylan. Sempre acreditei que todos merecem uma segunda chance. E ele pediu desculpas. Afinal, foi tão ruim assim ele ter ficado longe um pouco mais do que disse que ficaria enquanto organizava as ideias?

E... Eu ainda o amo. Pois é, tem isso também.

Eu o levo para o meu quarto sem que ninguém veja. No momento em que fechamos a porta, estamos ofegantes, literalmente arrancando a roupa um do outro. Dylan rasga meu vestido e faz uma pausa, parecendo surpreso consigo mesmo, o que me faz rir tanto que preciso cobrir a boca com a mão para não fazer barulho.

O corpo dele é o mesmo, mas diferente. As linhas do bronzeado estão mais marcadas, os músculos, um pouco mais firmes, talvez, mas é *ele*, Dylan, de volta, e a sensação do corpo dele no meu basta para me fazer tremer. Nos beijamos com voracidade, de boca aberta. Estou desesperada. Ardendo. Tão frenética que me atrapalho com a camisinha, e o Dylan ri, sem fôlego, acalmando as minhas mãos com as dele.

— Temos tempo — diz, a voz rouca. — Não vou a lugar algum.

Ele me deita na cama, e fica acima de mim. Seus braços me envolvem. Ergo o queixo, exigindo um beijo, e ele pressiona os lábios nos meus lenta e suavemente. No momento em que o Dylan pega um segundo preservativo, já estou literalmente *implorando*, e quando ele enfim se move dentro de mim, nós dois gritamos.

Eu meio que transcendo o cansaço e me supero. O álcool provavelmente ajuda. De qualquer modo, o relógio biológico do Dylan está bagunçado depois de tantas viagens. Então, às oito da manhã, sem ter dormido nada, saciada, tonta e provavelmente ainda bêbada, desço com ele para preparar sanduíches de bacon e ovo para o café da manhã.

A minha mãe chega poucos minutos depois de colocarmos as fatias de bacon na grelha. Ela para na porta da cozinha usando seu roupão favorito, que originalmente era roxo, mas que agora tem um tom meio pastoso de cinza.

— Ora — diz ela. — Não sei o que estou mais surpresa de ver. Um rapaz na minha cozinha ou a minha filha preparando bacon para o café às oito da manhã.

— Dylan — ele se apresenta, enxugando as mãos no avental que insistiu em usar e estendendo uma delas para apertar a mão da minha mãe. — Prazer em conhecê-la.

— Ah! *Dylan!*

Minha mãe me lança um daqueles olhares de que só pais e mães são capazes. Como se, assim que a pessoa tivesse filho, perdesse a capacidade de ser sutil.

— Sim, mãe, esse é o Dylan — digo, então volto a passar manteiga no pão, enquanto contenho o sorriso.

— E ele está de volta agora, é?

— Com certeza — diz Dylan. — E não vou a lugar algum. Nunca mais. Nunca.

Meu sorriso se alarga.

— Ora. Fico feliz em ouvir isso, Dylan — diz a minha mãe, e noto em sua voz que ela também está sorrindo. — Agora, prepare-se. Se o seu pai sentir o cheiro do bacon, ele vai sair da cama como um...

— Quem está fazendo bacon? — grita o meu pai, já descendo a escada. — É para mim?

AGORA

Dylan

O posto de serviço Charnock Richard, o principal da autoestrada M6, parece extremamente encardido e cinza sob o céu azul profundo. Todos nos esprememos para sair do Mini, como se fosse uma piada de mau gosto.

Marcus se espreguiça expansivamente, os punhos cerrados. Com o cabelo batendo nos olhos, ele parece o garotinho brigão que já foi, enfiado em um blazer do Winchester College que era pequeno o bastante para que as crianças mais velhas o considerassem uma presa fácil, esperto o suficiente para já ter levado a melhor sobre eles até o final do outono. Marcus conseguiu que dois professores de que não gostava fossem demitidos; deu um jeito para que Peter Wu fosse expulso do time de críquete para ocupar seu lugar; e logo conquistou a reputação de um alguém que fazia as coisas acontecerem.

Eu me lembro do dia em que um cara do sexto ano empurrou Luke em uma parede e o chamou de *boqueteiro*. Marcus era um pouco mais baixo do que Daniel Withers e tinha metade da largura dele, mas quando se aproximou do garoto mais velho, exalou uma energia, uma selvageria, como se fosse cruel e estivesse prestes perder o controle. *Não vou cair na porrada com você*, disse Marcus a Daniel, enquanto eu aconchegava a cabeça machucada de Luke no meu ombro. *Mas vou acabar com você. Lentamente, pedacinho por pedacinho, até que você não passe de uma piada para todo mundo por aqui. Sabe que eu posso fazer isso.*

— Então, vamos provar uma dessas aberrações? — diz Marcus, apontando para a placa dos rolinhos de linguiça vegana da Greggs.

— Achei que eles iam contra a sua filosofia — digo, dando um passo ao lado dele.

Marcus sorri para mim.

— Você deve saber que nunca me apego por muito tempo a uma filosofia. — Seu sorriso desaparece quando entramos na loja de conveniência.

— Dyl... — começa.

Então olha para trás. Os outros ainda estão atravessando o estacionamento, os óculos de Addie cintilando ao sol. Ela desamarrou a parte de cima da jardineira para se refrescar, deixando a frente pendurada, batendo na cintura, e por baixo está usando uma blusa branca colada à pele e ao tecido franzido do sutiã.

— Sabia que o seu pai me ofereceu um emprego?

Eu me viro para o Marcus e quase tropeço.

— O *meu* pai?

Vejo o Marcus conter o impulso de responder com deboche... Percebo que as palavras estão na ponta da sua língua, e noto também a pausa para refletir que faz com que ele as engula de volta.

— Para fazer o quê? — pergunto.

— Ser redator do novo site da empresa. É só por seis meses, mas, ah...

Esse é um trabalho que o meu pai me ofereceu inúmeras vezes: *o melhor que eu posso fazer por alguém que se formou em Letras e não tem experiência de trabalho*. Tenho certeza de que ofereceu o mesmo cargo ao Marcus para me provocar. Por que outro motivo o meu pai se daria o trabalho de levar uma tábua de salvação a um dos meus amigos?

— Eu realmente preciso do trabalho, Dyl. O meu pai não está me dando dinheiro nenhum, e estou fichado na polícia — diz Marcus, com uma careta.

Nem mesmo o Marcus — o homem que faz as coisas acontecerem — conseguiu fazer com que a polícia retirasse as acusações quando ele, bêbado, destruiu a vitrine do escritório de uma agência imobiliária.

— Ora, então aceite.

— Eu não tinha me dado conta de que vocês dois não estavam *se falando*.

— O Luke também cortou relações com o meu pai. Quando ele e o Javier contaram à minha mãe e ao meu pai sobre o noivado, o meu pai disse que não iria ao casamento. Então...

Marcus estremece.

— Cacete. Eu... Eu não sabia. O Luke deve estar...

— Pois é, tem sido difícil. Mas ele merece mais do que uma aceitação meia-boca do próprio pai. Na minha opinião, cortar relações com o papai foi muito mais saudável para o Luke do que continuar a vê-lo e nunca poder levar o Javier.

— Tenho que ligar para o Luke. Eu fui... Preciso ligar pra ele.

Continuamos andando em silêncio. Luke perdoou o Marcus muito antes de mim, mas a verdade é que é mais fácil perdoar alguém quando não foi a sua vida que foi arruinada, e morar a milhares de quilômetros, nos Estados Unidos, também ajuda.

— Se... se você não quiser que eu aceite o trabalho... — Os olhos do Marcus estão suplicantes.

Por um breve momento, fico tentado a dizer *Não, não aceite* e ver até onde vai a lealdade dele, mas não faço isso. Não sou esse homem. E desconfio que ele até já tenha aceitado.

— É claro que você deve aceitar. É uma boa oportunidade.

Chegamos na parte do mercado e somos atraídos pelo ar frio dos refrigeradores. Marcus abre a porta da geladeira com leite e finge que está tentando entrar e, apesar de tudo, eu rio.

— Lembra quando você me fez beber quatro litros de leite depois de uma noite na Wahoo? — diz ele, esfregando as costas no vidro frio feito um urso em uma árvore.

A Wahoo era uma das boates de Oxford; na verdade, um *sports bar* que se transformava para os universitários à noite. Sempre cheirava a espiga de milho e inexplicavelmente mantinha as telas de TV em um canal de compras, enquanto o DJ tocava alguma música do Flo Rida.

— Eu *não* fiz você engolir quatro litros de leite — digo, olhando para as caixas registradoras.

Uma garota de uniforme do supermercado nos lança um olhar hesitante. Ela provavelmente está refletindo sobre qual regra Marcus está quebrando ao tentar se enfiar dentro da geladeira de leite.

— Com certeza fez — insiste Marcus. — Por que mais eu teria tomado quatro litros de leite?

Ele sorri para mim, deixando claro que sabe qual vai ser a minha resposta.

— Porque você é um hedonista sem noção — digo, e seu sorriso aumenta. — Vamos, saia daí, a mulher no caixa está tentando descobrir se precisa internar você.

Estremeço diante da minha escolha de palavras, mas o Marcus não percebe. Ele dá uma olhada na mulher no caixa.

— Ah, ela é inofensiva — diz. — Não chamaria a segurança nem se eu roubasse uma cerveja. O que eu não vou fazer — acrescenta, revirando os olhos ao ver o meu sorriso desaparecer. — Caramba, o que vai ser preciso para te convencer de que eu não faço mais esse tipo de coisa?

Addie, Rodney e Deb entram na loja e param quando veem o Marcus tentando fechar a porta da geladeira com ele dentro. Olho irritado, enquanto ele registra as expressões dos outros.

— Ora, se você esperava uma troca completa de personalidade, pode muito bem desistir de mim agora — diz Marcus, sem sorrir. — Mas estou torcendo para que esteja satisfeito com um meio-termo.

— Com licença — diz a mulher no caixa. — Posso ajudá-lo?

— Ah, será que pode? — retruca Marcus. — Eu só preciso de um impulso e de que algumas caixas de leite sejam afastadas para me encaixar na segunda prateleira.

— Não estou... Acho que você não deveria estar fazendo isso — diz ela, perplexa.

Para minha surpresa, escuto a Deb e a Addie rindo. Olho para elas e a visão da Addie tapando a boca para disfarçar o riso, as pulseiras deslizando pelo braço, provoca uma sensação quente no fundo do meu estômago, como no momento em que a água quente molha o sachê de chá. Aquela risada me soa como conforto; prazer tranquilo, o deleite de alguém que você ama retribuindo seu amor. Eu tinha esquecido como os olhos da Addie se estreitam quando ela ri.

Acho que o Marcus está certo: estou pressionando muito ele, esperando demais, ou talvez esperando a coisa totalmente errada. Ele é o *Marcus*. Isso não vai mudar. E, para ser bem sincero, enquanto o vejo argumentar com a funcionária confusa da loja, percebo que não quero que isso aconteça.

ANTES

Addie

Desde que Dylan voltou, ele mal sai do meu lado. Mesmo no Natal, ele aparece à noite, vindo da casa dos pais, em Wiltshire, só para entregar os nossos presentes em mãos e se juntar a nós para tomar quentão de vinho aquecido no micro-ondas enquanto assistimos a *Um Duende em Nova York*.

Depois que o semestre reinicia, em janeiro, o Dylan se torna um grande apoiador do meu trabalho, agora que está por perto para me ouvir. Ele sempre parece entender as coisas do ponto de vista dos alunos. Ao que parece, foi um delinquente na escola e quase foi expulso do colégio particular superchique em que os pais o matricularam. Embora o Dylan afirme que foi mais culpa do Marcus.

Chego em casa do trabalho uma noite em janeiro e encontro o Dylan esparramado no sofá, assistindo ao documentário mais recente do meu pai. Ele está hospedado em um Airbnb enquanto procura um apartamento, mas fica aqui quase todas as noites. Tiro os sapatos no hall de entrada já com um sorriso no rosto.

— Você precisa ir até lá e tentar pescar no nosso — diz Dylan quando entro na sala. Ele está tomando chá em uma das nossas xícaras mais lascadas, o que demonstra claramente que a mamãe não o vê mais como convidado. — A minha família tem direitos de pesca em um trecho do rio Avon, mas não usa. O meu irmão e eu somos uma decepção. O Luke nunca se interessou e eu não tinha paciência — completa ele em tom de lamento, coçando a nuca.

O meu pai pisca algumas vezes.

— Certo — diz ele. — Nossa. Obrigado.

Percebo o olhar da minha mãe. Ela está arrumando a sala — está sempre se abaixando para pegar uma meia perdida ou um copo usado —, e vejo seus lábios se contorcerem enquanto ela disfarça um sorriso. *Ele é tão chique*, murmura para mim. Faço uma careta.

— Não finja que não ama a ideia de um dia ser dona de metade de um rio — sussurra ela quando passa por mim para ir até a cozinha.

Eu rio e vou atrás dela.

— Você gosta dele, não gosta?

— Por que você vive me perguntando isso? — diz, enquanto enche a lava-louça.

Eu me adianto para ajudar, mas minha mãe dispensa a ajuda depois que eu coloco uma tigela de cereal no fundo em vez de no topo.

— Eu só... só quero que você goste dele.

— Ora, eu gosto. — Ela me olha com uma expressão astuta. — Você quer que eu diga que ele pode ficar aqui até encontrar um apartamento, em vez de ficar pulando de um lugar para outro naqueles aluguéis temporários?

Olho para ela, espantada.

— Uau.

— Ele está aqui o tempo todo, meu bem — fala a minha mãe, enquanto endireita o corpo e enxuga as mãos na parte de trás da calça jeans. É uma típica calça jeans "de mãe", de brim grosso e antigo e com a barra dobrada. — O seu pai e eu conversamos sobre isso na noite passada.

Não digo nada. O meu coração está acelerado. Eu quero isso? Dylan morando aqui? Parece... sério.

— Ads? — Mamãe inclina a cabeça. — Não? Vocês dois são inseparáveis e parecem sérios...

Eu me apoio no balcão e começo a puxar a cutícula do polegar.

— Sim. Não, é verdade.

Ela abaixa a voz:

— Mas você não se sente segura em relação a ele?

— Não, eu me sinto, sim, é só que... naquela época, quando ele estava fora, eu meio que comecei a achar que... que o Dylan na verdade não gostava tanto assim de mim. Ou ele teria voltado logo.

— Ele voltou, não foi?

— Sim, mas... demorou muito. E eu estava começando a trabalhar e meio que precisava dele aqui.

— Você falou com ele que precisava dele?

— Eu queria que ele simplesmente... *soubesse* — digo, me encolhendo um pouco.

A minha mãe acena para que eu saia do caminho e ela possa limpar a bancada atrás de mim.

— Você deveria conversar com ele sobre isso e esclarecer logo as coisas, meu bem.

Mordo o lábio. O problema é que eu realmente me valorizei naquelas semanas na Provença. Três semanas foi tempo o suficiente para ser sexy, interessante e um pouco misteriosa. Agora o Dylan está aqui, no nosso sofá de segunda mão, me vendo chegar tarde do trabalho com a minha calça preta já gasta e uma blusa nada elegante... Fico preocupada que isso não seja muito *Dylan*, só isso. Todas essas coisas da minha vida real. Ele se apaixonou pela Addie do verão. Eu com certeza não sou a garota que era *antes* do verão, mas também não sou exatamente a Addie do verão, sou?

— Como você faz isso? — pergunto impulsivamente, vendo a minha mãe colocar o cabelo atrás da orelha enquanto esfrega as superfícies. — Com o papai? Quero dizer... vocês estão juntos há...

— Vinte e cinco anos — responde ela, olhando por cima do ombro com um sorriso. — E é tudo uma questão de aprender a ceder, eu diria.

— Por exemplo, você sempre deixar o papai assistir à televisão depois do jantar enquanto você arruma as coisas? — pergunto, erguendo as sobrancelhas.

— Exatamente. Ele cozinha!

— Mas é você quem tem o trabalho mental de decidir o que fazer — argumento. — E as compras.

Ela franze o cenho.

— Cada um de nós faz o que acha justo.

Não adianta falar com a minha mãe sobre carga mental. Para ela, o papai é o homem moderno por excelência porque ele passa as próprias camisas.

— Você vai, pelo menos, me deixar lavar a louça? — pergunto.

— Claro! — diz a minha mãe, e me passa as luvas de borracha. — Você é mesmo uma nova mulher. Deixou para trás a estudante preguiçosa e se tornou uma jovem responsável que nota a pilha de panelas sujas ao lado da pia.

Mostro a língua para ela.

— Droga, não sei — digo, e abro a torneira de água quente. — Não sei por que estou com o pé atrás. Vou convidar o Dylan para se mudar para cá por um tempo.

— Só se tiver certeza absoluta disso, meu bem. Você tem uma vida inteira pela frente, não há necessidade de apressar as coisas. Ah, Addie, cuidado com essa travessa, era da sua avó...

Deixo que ela tome o meu lugar para lavar a travessa para a qual não sou qualificada.

— Mas acredito que você não precisa se preocupar com a possibilidade de ele não estar tão interessado quanto você — continua a minha mãe. — Ele praticamente não sai do seu lado.

— Posso ajudar? — pergunta Dylan da porta.

A minha mãe me lança um olhar significativo, como se o fato de Dylan ter entrado para ajudar com a louça fosse um sinal de que ele não suportaria se separar de mim.

— Cheguei! — grita Deb, batendo a porta da frente. — A sombra da Addie está aqui? Ah, ótimo, oi, Dylan. Preciso da sua ajuda para me candidatar a um emprego. Você pode dar uma revisada no currículo para mim e me fazer parecer, você sabe... — Ela joga a bolsa no canto da cozinha. — Mais inteligente?

— A sombra da Addie? — repete Dylan, meio rindo.

Deb acena com a mão, dispensando qualquer comentário, e estala a língua quando não encontra nenhum copo limpo no armário. Ela vai até a lava-louça.

— Droga, está ligada?

— De nada — diz a minha mãe com tranquilidade.

— A sombra da Addie, tipo... Eu sigo a Addie de um jeito sinistro? — pergunta Dylan.

— Não, você só está preso ao tornozelo dela — explica Deb. — Vou ter que usar uma caneca... Pai! Pai! Você está com a minha caneca de buldogue francês aí?

— Não — brada o meu pai da sala de estar.

— Você deixou embaixo da sua mesa — diz a minha mãe. — Peguei lá hoje de manhã. Está na lava-louça.

— *Embaixo* da mesa? — pergunto.

— Preso ao tornozelo dela? — repete o Dylan, franzindo o cenho.

— Quando a Cherry vai chegar? — pergunta Deb.

— Amanhã — responde o papai, em um tom sofrido.

O meu pai está de mau humor porque, quando a Cherry se hospeda aqui em casa, ele tem que sair do "escritório" dele, o quartinho de depósito na frente da casa que ele enche de porcaria. Peças de modelos de trens e aviões, edições antigas da revista *The Beano*, laptops já falecidos mas que por algum motivo não devem ser jogados fora. O meu pai odeia quando temos hóspedes prestes a chegar. Isso dá à mamãe a desculpa perfeita para pedir que ele limpe toda a tralha.

— *Você* acha que estou agarrado aos seus tornozelos? — me pergunta Dylan, franzindo a testa de um jeito muito fofo.

O meu coração se aperta por um instante, e de repente tudo parece simples. Passo os braços ao redor do seu pescoço e lhe dou um beijo na boca.

— Acho que você deveria cancelar o Airbnb.

Ele se afasta.

— O que você quer dizer com isso?

— A mamãe disse que você pode ficar aqui enquanto espera para comprar um apartamento.

— Uau — diz Deb, passando por nós. — O Dylan está se mudando!

Minhas bochechas ficam vermelhas.

— Não está se *mudando* — digo, já me arrependendo um pouco. — Ele já passa quase todas as noites aqui mesmo.

Dylan me encara, piscando lentamente seus cílios compridos. No momento em que uma incerteza começa a se insinuar na forma de um nó no meu estômago, ele me abraça e enche de beijos as minhas bochechas, a minha testa e o meu pescoço. Eu rio e me contorço em seus braços.

— Obrigado — diz ele, erguendo a cabeça para falar com a minha mãe. — É muito gentil da sua parte e do Neil. — Ele beija de novo a minha boca, então aproxima os lábios do meu ouvido e sussurra: — E obrigado *também*.

— Espere até você estar há algumas semanas aqui — digo, me afastando, mas sorrindo. — Vai ficar tão exausto de ouvir o papai roncar e da Deb fazendo barulho na cozinha às cinco da manhã que vai sair correndo.

Dylan busca a Cherry na estação. Não tenho ideia de onde ele tirou magicamente um carro. Um dia, de repente, ele... surgiu com um carro. Estalando de novo e cheirando àquele aromatizante floral feito por pessoas que com certeza só conhecem rosas e lírios de ouvir falar, sem nunca ter visto nenhum dos dois ao vivo.

Cherry surge na porta dos meus pais parecendo a princesinha perfeita, como sempre. Seu cabelo está em um rabo de cavalo alto e simples, e aparentemente ela está sem maquiagem, mas eu sei quanto tempo e esforço — e quantos produtos — são necessários para passar essa impressão. Cherry e eu dividimos um quarto no segundo ano da faculdade. Sabemos tudo uma sobre a outra. Os limites se tornaram indistintos. Fronteiras foram cruzadas. Calcinhas foram emprestadas.

Ela se joga nos meus braços assim que entra pela porta. Quando nos abraçamos, damos aqueles gritinhos agudos típicos de garotas dos filmes americanos passados em escolas do ensino médio. Isso já foi uma piada, muito tempo atrás, mas abandonamos a ironia definitivamente.

— Addie! Caramba, que saudade!

— Entra — digo, puxando-a para dentro. — O papai destralhou o seu quarto de novo.

Cherry vem sempre aqui. Os pais dela são ainda mais excêntricos do que ela: se Cherry fica em casa por mais de uma ou duas semanas, eles geralmente a obrigam a fazer alguma coisa bizarra, como tricotar um cachecol de um quilômetro de comprimento para caridade ou ajudar a realojar um monte de freiras.

— Espero que o Neil tenha deixado de novo um modelo de aeroplano para eu montar — diz Cherry, já a caminho do escritório.

Ela se senta na cama, pula um pouco e olha ao redor, feliz.

— Casa! — declara. — Quer dizer. Uma delas. Uma das minhas favoritas. Ah! Sr. e Sra. Gilbert!

— Bem-vinda, querida — diz a minha mãe quando Cherry vai até eles para receber abraços.

Os meus pais adoram a Cherry. Todo mundo adora a Cherry. Não amá-la é como odiar cachorrinhos.

— Vou colocar a chaleira no fogo, está bem? — diz Cherry, e tira o Dylan do seu caminho com o quadril. — Temos *muito* o que conversar.

Ela já está indo para a cozinha. Todos a seguimos.

— Sou uma ótima cupido — diz Cherry à mamãe, enquanto enche a chaleira. — Eu não disse que encontraria alguém para a Addie?

Franzo o cenho.

— Eu não precisava...

— E foi muito bom você ter passado o verão na França — continua ela, apontando o dedo para mim. — *Professora*, sério? Não há homens dando aulas.

— Tem, sim! — digo, rindo. — Nosso diretor é homem.

Cherry revira os olhos e liga a chaleira.

— Ah, é claro que *o diretor* é homem. Aposto que é velho e entediante.

— Na verdade, ele é jovem e interessante — digo a ela, e aponto para o armário de canecas. — E gato.

— Uau! Me apresenta? — pede Cherry, enquanto procura alguma coisa ao redor. — Onde está a caneca de buldogue da Deb? Ela escondeu?

— Você sempre fala alto assim? — pergunta Deb, aparecendo na porta da cozinha. — Não me lembrava de que era tão barulhenta.

— Deb! — Cherry corre para um abraço, então para, as meias derrapando no linóleo. — Sem abraço! Lembrei. Oi! Você está tão bonita!

Deb sorri.

— Oi, Cherry. Pode ficar com a minha caneca. Está na gaveta de baixo, separada para lavar.

Cherry se vira, deixando escapar um *yes* baixinho e dando um soco no ar, e se dirige para a gaveta.

— O que foi? — reage Deb, ao ver que todos nós a encaramos. — Tentem dizer não para essa mulher.

Dylan

Jovem, interessante e *gato*?

Pego o chá que a Cherry me oferece e ela fica me olhando por algum tempo, agora séria. A Cherry me conhece muito bem.

— Tudo bem? — pergunta baixinho.

Eu sorrio, forçando o medo de volta para onde surgiu, um lugar escuro e ganancioso.

— É claro.

Ela não parece convencida, mas a Deb começa a reclamar porque a mãe está insistindo em comprar leite desnatado em vez do semidesnatado de sempre, e começa um debate sobre percentuais de gordura do leite, por isso perco de vez a atenção da Cherry.

Tomo um gole do chá e fico segurando a xícara, enquanto observo a Addie. Ela está usando a sua jardineira favorita e o cabelo escuro continua preso no coque torto com que ela dormiu. Addie fica largada, despreocupada com a aparência quando está em casa. Talvez seja onde mais parece a Addie de verdade, aqui, com a família barulhenta ao redor, e sinto uma certeza terrível de que todos os homens no mundo devem estar apaixonados por ela.

Jovem, interessante e gato, dissera. Eu nunca tinha ouvido ela falar desse diretor. Eu me lembro de a Addie ter mencionado que os funcionários mais antigos da escola tinham dado muito apoio a ela quando começou, mas acho que presumi que se tratassem de mulheres de meia-idade.

O meu celular vibra no bolso e estremeço. Deve ser o meu pai. Ignorei a última ligação dele, deixando tocar sem parar na minha mão enquanto observava o nome dele piscando na tela feito uma isca balançando na água.

— De jeito nenhum! — diz Cherry. — A mulher do outro lado da rua? Aquela cheia de piercings nas orelhas?

— Sim! Aquela! — confirma Addie, o corpo curvado enquanto gargalha tanto que suas bochechas estão ficando vermelhas.

— E o gato? — pergunta Cherry, os olhos arregalados.

— Mandaram para a mãe dela — diz a mãe da Addie, rindo. — Desde então, não vi mais!

Todos riem, até o pai da Addie está dando risadinhas, e até hoje só o vi gargalhando quando um jogador cai durante uma partida que ele está vendo na TV. Eu gostaria de ter ouvido o início da história em vez de ter passado os últimos cinco minutos dentro do labirinto torturante do meu cérebro.

Tiro o celular do bolso traseiro e checo a tela.

Me liga. Você não pode estar falando sério sobre esse absurdo de Chichester. Precisa voltar para casa e fazer algo da vida, pelo amor de Deus.

Engulo em seco.

— Você está bem? — pergunta Addie, olhando para o meu celular.

Desligo rapidamente o aparelho, deixando a tela preta.

— Tudo bem — digo. — Era só o meu pai, insistindo para eu ver outro imóvel.

Addie ri.

— Escuta só você. *Imóvel.* Você é tão adulto.

Eu, adulto? Todos os dias ela chega do trabalho e tira os sapatos com um gemido, solta o cabelo do coque e me conta tudo sobre os alunos que se recusaram a entregar os cigarros enrolados na hora do almoço, e eu tento dizer alguma coisa útil, dar apoio, mas a verdade é que me sinto uma fraude. Addie está no mundo real. Eu nem sei como é o mundo real.

O pavor está tentando me dominar novamente e, à sua maneira, o medo desse sentimento é quase tão forte quanto o próprio pavor.

Meu telefone vibra de novo. Dessa vez é o Marcus.

Oi?? Você ainda está vivo? Já até esqueci sua cara, meu amigo.

Sinto uma pontada inconfundível de culpa. Desde que voltei para o Reino Unido, não tenho visto Marcus com a frequência que deveria.

Vem aqui esta noite? Tenho um negócio muito legal pra te mostrar e vai ser bom a gente passar um tempo juntos, não acha?

— O que você acha? — pergunta Addie.

— Hein? Desculpa — digo, e afasto o cabelo dos olhos. — Não ouvi.

Ela bufa.

— Está escrevendo um poema aí dentro? — pergunta, apontando para minha testa.

— Tipo isso.

— Me dê o verso que eu encontro uma rima para você, Dyl! — grita Cherry do outro lado da cozinha, enquanto liga a torradeira.

Já tentei explicar várias vezes a Cherry que nem sempre os poemas precisam rimar, mas ela não se convence.

— Obrigado, mas não precisa, Cherry.

— Cherry! Berry! Série! — entoa Cherry, enquanto passa por baixo do braço de Deb para pegar a margarina na geladeira. — Derry! Kerry! Merry!

— Onde abaixa o volume dela? — pergunta o pai de Addie à esposa.

— Uma hora a energia acaba — diz a mãe de Addie com carinho. — Ela só está animada.

— Podemos levá-la para passear ou alguma coisa assim? — sugere o pai, com certo desespero.

— Estamos conversando sobre o que vamos fazer hoje à noite — me explica Addie, elevando a voz acima do barulho. — Vinho, um filme? Bingo da Cherry, ou seja, a gente bebe toda vez que ela gritar alguma coisa?

Quero fazer isso. Não quero deixar a Addie longe de vista nem por um instante. De certa forma sei que ainda estou pagando pelo tempo que passei fora, ou talvez recuperando-o. Só que tem a mensagem de texto do Marcus. *Vai ser bom a gente passar um tempo juntos, não acha?*

— Vou sair com o Marcus essa noite — digo. — Sinto muito.

Uma expressão passa rapidamente pelo rosto da Addie. Não é bem irritação, mas talvez algo parecido... Decepção? Mas é tão rápido que eu não consigo definir.

— Tudo bem, não se preocupa — diz ela, já saindo da cozinha, fugindo de mim.

Joel, pai do Marcus, jogou pelo Arsenal quando era jovem e ganhava mais de cinquenta mil libras por semana. A casa que ele construiu foi projetada para demonstrar isso de todas as maneiras possíveis. A mansão tem uma aura de glamour forçado, de extravagância estridente. As torneiras são de ouro — não apenas douradas, feitas de ouro de verdade, sólido — e os corrimãos são de ferro forjado, torcidos repetidamente no emblema do Arsenal.

Já estive tantas vezes na casa do Marcus que parei de reparar em como tudo ali é absurdo: os guarda-roupas gigantescos nos quartos, o cinema no porão, o escorregador em estilo parque temático no pátio dos fundos. Preciso me forçar a parar e apreciar conscientemente a decadência absoluta e horrorosa de tudo isso.

— Você está atrasado — diz Marcus, descendo a grande escadaria. — Perdeu o jantar. A India pediu delivery de tacos.

India é a madrasta do Marcus. Ela tem metade da idade do Joel, já foi *backing vocal* da Miley Cyrus e construiu um império vendendo petiscos veganos para cães. Tem mais de dois milhões de seguidores no Instagram. A mãe do Marcus morreu quando ele tinha cinco anos, e a India surgiu só seis meses depois. Há centenas de razões pelas quais o Marcus poderia desprezá-la, mas, quando se conhece a India, logo se percebe por que ele a ama tanto. Ou melhor, por que já amou.

A India é barulhenta, gentil e tão direta que chega a ser grosseira. Quando o Marcus era adolescente, os dois disputavam quem gritava mais, as veias saltando na testa, em discussões tão barulhentas e cruéis que era de se imaginar que jamais conseguiriam chegar a qualquer acordo. Então, de alguma forma, milagrosamente, a India recebia um pedido de desculpas do Marcus pelo que quer que ele tivesse feito, e os dois logo estavam jogando golfe juntos de novo. Era assim que a família do Marcus funcionava, até que, no nosso primeiro ano na faculdade, a India trocou o Joel pelo irmão dele.

Eu nunca tinha visto o Marcus tão arrasado. Ele *enlouqueceu*. Festas sem fim, orgias, viagens de dez mil libras para estações de esqui e problemas com a polícia. A noite em que o encontrei sozinho no telhado da capela da faculdade com uma garrafa de absinto foi o ponto decisivo: Joel disse ao Marcus que ia mandá-lo para uma clínica de reabilitação se ele não ficasse limpo. Eu me lembro do telefonema, de como os olhos do Marcus se fixaram nos meus e se arregalaram por um instante, o que me fez pensar: *Finalmente, alguma ficha caiu*. Eu mesmo deveria ter pensado na clínica de reabilitação, afinal não há nada que o Marcus odeie mais do que a sensação de estar abandonado em algum lugar, sozinho.

Ele nunca chegou a ficar limpo, não exatamente, mas conseguiu se controlar um pouco depois disso. Ou melhor, ainda está conseguindo.

Para minha surpresa, a India não sumiu depois que deixou o Joel. Ela ainda visita a casa dele para ver o Marcus, ainda liga para ele e manda mensagens. Diz que continua sendo a madrasta dele, mas o Marcus nunca mais a enxergou desse jeito, e agora as disputas de quem grita mais acabam com o Marcus saindo de casa batendo a porta e me ligando.

Na verdade, não é de admirar que ele estivesse tão ansioso para continuar viajando. E quando eu não reunia energia para sair da cama, o Marcus entendia. Ele nunca disse isso, mas eu sabia que aquele pavor também já o visitara.

— O que você queria me mostrar? — pergunto ao Marcus quando ele se junta a mim no andar de baixo.

Seus sapatos estão enlameados e deixam um rastro no chão, feito pegadas marrom-claras de desenho animado no mármore imaculado.

Marcus faz um gesto com a cabeça para que eu o siga e vai em direção ao jardim.

— Você vai adorar. — Ele sorri para mim por cima do ombro. — Venha.

Não resisto a sorrir também. O bom humor do Marcus vem e vai como pancadas de chuva, mas, quando estamos diante de um desses momentos, é uma alegria.

Saímos para a luz cinzenta do anoitecer. A varanda dos fundos — do tamanho de uma quadra de squash — é iluminada por luzes de um rosa suave, embutidas entre as pedras do piso. Elas dão um ar levemente macabro ao Marcus, como se ele fosse um personagem de um filme de terror, iluminado em um vermelho-claro. Mais além, os gramados se estendem até o lago artificial onde o Marcus comemorou seu vigésimo primeiro aniversário. Todos protestaram quando ele insistiu para que usassem calção de banho — era um lago gelado na Grã-Bretanha, pelo amor de Deus — até que o primeiro corajoso mergulhou e descobriu que o lago estava totalmente aquecido.

Percorremos todo o gramado. Marcus pula entre os degraus de pedra que a India colocou quando ele era criança. Quando a luz rosada da varanda começa a ficar para trás, ele liga a lanterna do celular e projeta o facho de luz de um lado para outro, enquanto pula de pedra em pedra.

Há um pequeno píer no lago, onde a India e o Joel se casaram. Eu devia ter uns oito anos. O Joel e a minha mãe se conheceram em uma festa de gala em Londres, e nossas famílias são amigas desde então. Fiquei ao lado do Marcus durante a cerimônia. Ele usava um terno azul-claro e colete, uma coroa de flores torta enfeitava seu cabelo cacheado, caindo por cima de uma orelha. Marcus chorou quando o Joel e a India disseram *sim*, apenas lágrimas escorrendo pelo rosto, sem sacudir os ombros, sem soluçar. Até ali, eu sabia que o Marcus estava triste por ter perdido a mãe, mas nunca havia *sentido* isso. Segurei uma das mãos dele com força, e meu irmão pegou a outra.

— Para onde você está me levando? — pergunto.

Marcus está bem na minha frente agora, quase no píer. A luz da lanterna dele atinge a superfície da água formando reflexos trêmulos. Vejo um barco oscilando de forma desengonçada no lago.

Marcus fica de lado, iluminando o barco para que eu possa entrar primeiro. É uma embarcação pequena, de madeira, com dois remos e tábuas para se sentar. Olho com desconfiança para o barquinho.

— Entra, bunda mole — diz Marcus, me dando um empurrãozinho camarada. — Como se você não tivesse passado metade da infância pescando.

— Na margem — corrijo. — Pescando na margem.

Marcus me dá outro empurrão, com força o bastante para me fazer achar que ele vai me empurrar para o barco se eu não entrar logo. Pulo para dentro, aterrisso cambaleando e me agarro a uma das placas de madeira para não cair de vez. Marcus ri atrás de mim, e o facho da lanterna se amplia ao nosso redor, iluminando as árvores a distância, o lago escuro, o píer, enquanto ele pula ao meu lado. Está frio o bastante para que eu veja o vapor saindo da minha boca quando a luz da lanterna me ilumina.

— Para onde estamos indo? — pergunto.

— Tudo a seu tempo, meu amigo! Pegue um remo, sim?

Remamos erraticamente pelo lago. Levando-se em consideração o interesse dele por todos os esportes imagináveis na universidade — e tendo os genes de um esportista —, era de se imaginar que o Marcus seria bom nesse tipo de coisa, mas ele é imprestável. Andamos em círculos por algum tempo, jogando água um no outro, xingando e rindo, até pegarmos o jeito.

Estou mais aquecido agora, e com o calor vem uma onda de empolgação por estar vivendo uma aventura. Isso acontece com frequência quando estou com o Marcus: ele traz à tona a minha coragem. Com o Marcus ao meu lado, eu sou *alguém*, o tipo de homem que joga fora a cautela, que desafia o pai, que escolhe a poesia quando deveria saber que era melhor não.

Não há píer na outra extremidade do lago, apenas uma margem para escalarmos. Estamos encharcados quando chegamos à terra firme e, enquanto Marcus amarra o barco de qualquer jeito em um poste de madeira perto da água, chego à conclusão de que o pai dele deve ter desligado o aquecimento do lago durante o inverno. A água está encharcando minha caça jeans, congelando os meus dedos.

— Por aqui. — É só o que Marcus diz, enquanto me leva até as árvores.

Tateio o bolso à procura do meu celular, para checar se ainda está seco, e aperto o ícone que acende a lanterna, pois só a luz do celular do Marcus não é mais suficiente. As árvores se fecham ao nosso redor, as raízes se destacando sob os meus pés. Há uma trilha aqui que parece ter sido feita por um veículo, deixando duas valas fundas que seguram os resíduos da água da chuva daquele dia feito borra de chá velho. Meus sapatos estão destruídos. Estou de tênis, mas deveria ter vindo de galochas. Nunca se sabe do que se vai precisar quando o Marcus chama à noite.

Assim que abro a boca para perguntar a ele — mais uma vez — para onde está me levando, saímos do meio das árvores e o celular do Marcus ilumina uma construção.

É um chalé. Parece ser todo de madeira, embora seja difícil ter certeza apenas com a luz fraca dos nossos celulares. Há uma varanda elevada acima do chão lamacento do bosque, e a frente é quase toda de vidro com janelas até a ponta aguda do telhado. Marcus dá um passo adiante para apertar alguma coisa e, de repente, as bordas do telhado, as grades da varanda e a porta são iluminadas por luzinhas de fada cintilantes.

— Isso... Isso sempre esteve aqui? — pergunto, enquanto avanço e aponto a minha lanterna para as belas vigas de madeira acima da varanda.

— Não. O meu pai estava trabalhando nisso no ano passado. Venha... espere até ver lá dentro.

Ele sobe correndo os degraus da entrada e eu o sigo, deixando os meus tênis encharcados e imundos na porta. Está deliciosamente quente lá dentro. As paredes são de madeira e o chão é coberto por tapetes grossos e felpudos. É enganosamente grande: há espaço para dois sofás na sala de estar, e vejo a cozinha e um banheiro escondido embaixo da escada.

— Que incrível — digo, enfiando a cabeça no alto da escada.

Há outro banheiro e dois quartos lá em cima, forrados com painéis de madeira, o chão com um carpete cinza macio e camas de casal.

— É nossa — diz Marcus. — Minha e sua.

Paro no meio da escada. Ele ergue os olhos para mim, já na base da escada, sorrindo.

— Como assim?

— O meu pai mandou construir para nós. É como um... daqueles anexos que abrigavam as avós antigamente, só que para recém-formados.

Ele vai até a cozinha e pega uma cerveja para cada um de nós na geladeira. Eu o sigo lentamente, sentindo os tapetes macios sob meus pés calçados agora só com meias, e tento processar a informação.

Minha e sua.

— O seu pai construiu uma *casa* para nós?

— Por que não? — diz Marcus. Ele encolhe os ombros e me entrega a cerveja. — Esse terreno é nosso.

— Eu nem sabia que o terreno além do lago era de vocês — digo, enquanto ando pelo chalé, olhando para as fotos nas paredes.

Marcus ri.

— É claro que somos. Somos donos de tudo até o alto da rua. O meu pai mandou fazer um trecho de asfalto daqui até a rua, para que a gente possa entrar direto. Podemos estacionar nos fundos. Só trouxe você pelo caminho panorâmico, pelo lago, para causar o maior impacto — diz ele com uma piscadela. — As garotas vão adorar.

— Não posso... morar aqui — digo, por fim. — Se é isso mesmo que você está querendo dizer.

Marcus dá um gole na cerveja e se joga no sofá.

— É claro que você pode morar aqui. Olha. — Ele limpa a boca. — Nós dois sabemos que Londres e a empresa do seu pai não são a escolha certa para você, e obviamente não quer morar na casa dos seus pais em Wiltshire. Onde mais você vai escrever a obra-prima da sua vida?

— Estou me mudando para Chichester — falo. — Já disse a você. Vou procurar emprego lá. E morar com os pais da Addie até encontrar um lugar de que eu goste.

Marcus bufa.

— Para com *isso*, seu idiota — diz ele. — Não é o que você vai fazer de verdade. Não pode morar com os pais de uma garota qualquer com quem trepou durante o verão. Em *Chichester*.

Recuo, horrorizado. A cerveja gelada começa a suar na palma da minha mão.

— Ela não é uma garota qualquer. É a Addie.

Marcus desvia o rosto por um momento. Já está quase terminando a cerveja e se levanta em um pulo para ir até a geladeira buscar outra.

— Há quanto tempo você conhece a Addie?

— Você sabe há quanto tempo.

— Só me responda.

— Início de julho.

— E?

— Estamos em janeiro. Logo... seis meses.

— E quantos dias você passou com a Addie?

A garrafa de cerveja de Marcus assovia quando ele tira a chapinha.

— Isso não importa.

— É claro que importa. Caso contrário, ainda estaríamos nos casando com garotas que vimos só uma vez em um baile no campo, como as pessoas faziam nos velhos tempos. Nós evoluímos, Dylan. Hoje nós namoramos. Saímos com várias pessoas. E se realmente gostamos de alguém, passamos mais tempo com essa pessoa, e só mudamos para a casa dela alguns anos depois. Então... talvez, se perdemos a vontade de viver ou seja o que for que leve as pessoas a sossegarem, nós nos casamos com ela. Não revolucionamos toda a nossa vida por causa de uma boa trepada.

Coloco a cerveja em cima da mesa, então volto a pegá-la e arranjo uma porta-copos para apoiá-la. O meu coração bate com força nas minhas costelas.

— Ela *não* é só uma boa trepada. Eu amo a Addie. — A minha voz sai estrangulada.

Afasto o cabelo dos olhos e ele gruda na minha testa.

Marcus resmunga baixinho, joga as mãos para o alto, então bebe rapidamente a cerveja que começa a espumar.

— Dyl, eu entendo. Ela é linda, inteligente, não pega leve com você. Eu entendo, pode acreditar. Mas a Addie... ela não é a garota certa para você. — Ele passa a mão pelo cabelo. Seus movimentos são ainda mais frenéticos e erráticos do que o normal. Será que Marcus tomou alguma coisa? — Não é.

Tomo três goles da cerveja gelada. A minha cabeça está girando.

— É, *sim* — insisto. — Ela é perfeita.

— *Para* com isso — grita Marcus, e eu me sobressalto, babando e fazendo a cerveja escorrer pelas costas da minha mão. — Você não vê o que está fazendo? Está transformando essa garota em algo que ela não é. Você não entende a Addie. Ela não é a sua bela musa, Dylan, é confusa, sombria e primitiva. É um desastre prestes a acontecer. A Addie tem poder e nem sabe disso ainda, entende? Ela é... é *indomada*.

Fico olhando para ele. Marcus está andando de um lado para outro, puxando os cachos do cabelo.

— Ela não é a garota certa para você — insiste ele. — Está certo?

— Mas eu acho que é — digo, sem muita ênfase.

Marcus claramente está chapado; não sei como não tinha percebido. Ele nem viu a Addie desde que saímos da França, e quase não falamos sobre ela. Nem imagino quando decidiu que ela é tão catastrófica para mim.

Fico observando-o tentar se recompor, parando de repente e girando na ponta dos pés para me encarar.

— Inversão de papéis — diz ele. — E se fosse eu fazendo isso? Com ela? O que você diria se eu estivesse mudando a minha vida inteira, me tornando outra pessoa e *idolatrando* essa garota? Você e a India fariam uma intervenção e você sabe disso.

Paro para pensar. Para ser sincero, é verdade. Mas não sou o Marcus. Ele se apaixona e se desapaixona pelas mulheres da mesma forma que acontece com qualquer outra coisa: com pressa, sem pensar, com estilo. Já eu... nunca me senti assim.

— Sei que pode parecer que foi tudo... rápido... ou espontâneo demais, mas posso muito bem morar em Chichester, tanto quanto poderia morar em qualquer outro lugar, enquanto descubro o que quero fazer, e...

Marcus estende os braços.

— Ótimo. Você pode seguir com toda essa história de comprar um apartamento em Chichester. Mas fique aqui enquanto procura. Não me diga que se espremer na casa dos pais da Addie é melhor do que isso.

Por uma fração de segundos eu me imagino aqui, caminhando sem pressa até o lago pela manhã, com o caderno no bolso do casaco e uma caneta atrás da orelha, tendo o espaço e a permissão de que preciso para escrever. Mas não. Eu *quero* ficar espremido na casa dos pais da Addie. Quero ficar com ela na cozinha enquanto eles circulam barulhentos, fazendo piadas sobre gatos e leite semidesnatado. Quero saber como o coque dela desliza para o lado durante a noite, ouvir a sua voz baixa e gutural quando ela acorda, ver como pisca e se contorce quando abro as cortinas do quarto.

— Não posso simplesmente morar em um anexo no terreno do seu pai. Foi... foi muito legal da parte dele dizer que eu posso morar com você aqui, mas...

— O meu pai construiu para nós dois — diz Marcus abruptamente. — Não existe esse negócio de "morar comigo aqui". Esse lugar é nosso. Um monumento à amizade.

Ele levanta a cerveja para mim em um brinde, mas seu olhar é sério.

— Isso é incrível. É incrível — digo, agoniado. — Só preciso de um tempo para pensar. É uma grande mudança de planos.

Olho ao redor. Há uma enorme TV de tela plana presa na parede, acima de um fogão à lenha. As almofadas do sofá são de pele, de um branco imaculado.

— Está certo. Vamos só ficar bêbados e aproveitar, então — diz Marcus. Ele vira o resto da cerveja e seus ombros relaxam de repente... Dá para notar sua mudança de humor. — E eu vou te dar outro sermão de manhã, quando espero que já tenha entendido. — Marcus sorri e se levanta do sofá mais uma vez para ir até a geladeira. — Vamos, Dylan, meu caro... estou a fim de aprontar. Vamos ver se podemos reviver o Dylan que completou todas as tarefas da Jameson Society em tempo recorde no primeiro ano.

Marcus coloca uma garrafa de tequila com força em cima da mesa, fazendo com que eu me sobressalte de novo.

— Alexa? — chama. — Toque Zara Larsson, "Lush Life".

Eu me assusto de novo quando os alto-falantes começam a retumbar. Marcus já está de pé, dançando. Ele é o tipo de homem capaz de dançar sozinho sem parecer um idiota, uma qualidade que sempre cobicei.

— Os outros vão chegar em breve — diz ele, checando o relógio acima da porta. Marcus vai dançando até a prateleira de vinhos que fica embaixo de um dos armários da cozinha. — Vamos colocar algumas garrafas de vinho para gelar?

— Quem está vindo?

Bebo o resto da cerveja. De repente, estou louco para ficar bêbado.

O Marcus encolhe os ombros.

— Um pessoal faculdade, uma galera aqui de perto... Todos que você gostaria de ter em um *open house*.

— Deixa eu convidar a Cherry, a Addie e a Deb — digo, pegando o celular.

Marcus arranca o aparelho da minha mão. Em um instante, ele estava empilhando garrafas de vinho na geladeira, e no seguinte está dançando com o meu iPhone no ar.

— Ei!

— *Uma* noite sem a corrente no tornozelo — grita Marcus por cima do ombro, e desaparece pela porta da cozinha, na direção do bosque lá fora.

— Ei, espera — chamo, e vou atrás dele.

A porta bate na minha cara. Abro de novo e o frio me atinge feito um balde d'água gelada. A minha respiração sai em nuvens de vapor. As luzes das fadas piscam, deixando Marcus dourado enquanto ele corre na direção das árvores.

— Ei! Devolve o meu celular!

— Amanhã de manhã — grita Marcus, rindo. — Essa noite você está sozinho, Dylan, não é o Dylan-da-Addie, certo? Vai me agradecer, eu prometo! Você está submisso demais esses dias — diz na minha cara.

Marcus voltou sem o meu celular e já está subindo os degraus e sorrindo para mim como se eu tivesse embarcado na brincadeira.

— Você acabou de deixar o meu celular no bosque? E se chover? E se molhar?

Marcus revira os olhos enquanto empurra a porta da cozinha para abri-la de novo.

— Então você compra outro — diz. — Vamos lá. Quero o meu Dylan de volta.

— *Eu não mudei* — digo, frustrado. — Nada aconteceu.

Marcus bate com a mão no meu ombro. De volta ao calor do chalé, as minhas mãos começam a descongelar de novo. Já sinto o leve zumbido daquela cerveja que eu tomei.

— O fato de você estar dizendo isso é um sinal de que precisa de ajuda — declara ele. — E considero meu dever sagrado salvar o meu melhor amigo. Combinado? Agora tome outra bebida, fume e tente se lembrar de como se divertir.

A noite passa em lampejos. Essa maconha é mais forte do que qualquer coisa que já tenha fumado. Meu coração dispara. Tenho quase certeza de que estou prestes a morrer. Isso dá a tudo um terrível imediatismo: essa é a minha última dança, a minha última bebida, a última pessoa com quem vou falar.

As mulheres chegam em grupos, jogando os casacos de pele no encosto dos sofás, ou nas camas. O chalé é uma massa de ombros e pernas nus e o perfume é sufocante no calor que está fazendo. Passo pelo menos meia hora tentando diminuir o aquecimento, abrindo caminho através da aglomeração para tentar checar os mostradores nas paredes e caixas de força nos armários, mas sem sucesso. A minha camisa gruda nas costas. Cada respiração parece curta demais, e a única coisa que ajuda é dançar. Quando estou me movendo, é como se conseguisse fugir do medo, como se rodopiasse para fora do seu alcance. E se eu paro por um momento que seja, o Marcus já está diante de mim com outra bebida, um comprimido, uma mulher com maçãs do rosto esqueléticas e lábios carnudos e vorazes. Portanto, parece melhor continuar me mexendo.

Esqueço de mim mesmo por um tempo, o que é uma bênção. Mas quando dou por mim de novo, estou sentado em uma cama com duas mulheres: uma muito alta, a outra muito baixa. A mulher alta está com a mão no meu joelho, enfiando o rosto na frente do meu, os olhos borrados de preto, os cílios exageradamente compridos.

— Você e o Marcus são um casal? — pergunta ela. — Sempre tive essa curiosidade.

Eu me levanto e a mão dela cai do meu colo.

— Ele é *muito bonito* — diz a mulher alta, como se nunca tivesse tocado o meu joelho. — Se for hétero, vou querer para mim.

— Eu preciso... ir até lá fora — consigo dizer.

A maçaneta da porta não gira. Meu coração está tão acelerado que me preocupo se ele vai se escapar do corpo de alguma forma. Chacoalho a maçaneta, empurro a porta com o ombro. Atrás de mim, as mulheres riem. Viro a maçaneta para o outro lado e a porta se abre com facilidade, me fazendo cair no chão do outro lado. Um homem que eu nunca vi está beijando uma garota sentada sem qualquer equilíbrio no corrimão. Se ele a soltar, ela cai. Passo com cuidado pelos dois, com medo de encostar neles e acabar provocando a queda da garota.

A porta que dá para o bosque está aberta para deixar o calor sair. Vou cambaleando. A varanda também está cheia, mais pernas nuas, mais corpos se contorcendo. Corro até a música ficar baixa o bastante para que eu ouça o som da minha respiração hesitante. O bosque está escuro como breu. Alguma coisa toca o meu rosto. Eu grito. É um galho pesado com o orvalho da noite, que deixa uma marca feito a de uma mão molhada na minha bochecha.

Enrosco o corpo em algum lugar, as costas apoiadas no tronco de uma árvore. A umidade penetra na minha calça jeans, na minha cueca, tão fria que logo não consigo sentir o chão embaixo de mim. Abraço os joelhos. Penso na Addie, em como ela me faz sentir exatamente o oposto dessa desolação, como ela preenche sem esforço o buraco de desespero no meu peito. Ela nunca pareceu tão longe de mim, nem mesmo nos meses que passamos separados. A música vibra além da escuridão, como se a noite estivesse rosnando.

— Dylan?

Grito quando sinto alguma coisa me tocar de novo. Agora é a mão de alguém.

— Venha, você está congelando.

Ele me leva de volta para o chalé. A música fica cada vez mais alta. A batida é muito rápida, e eu quero que diminua. Peço ao Marcus para diminuir e ele ri e aperta o meu braço.

— Você está bem, Dyl. A gente só precisa te aquecer. Esqueceu quais são os seus limites, só isso.

Ele me leva para o andar de cima e chuta um homem bêbado para fora da banheira para enchê-la para mim. Quando comento mais uma vez sobre a música, o Marcus grita do alto da escada e mudam o que está tocando: agora é algo estranho e lento de que gosto ainda menos.

Grito quando entro na água. Dói. Parece que alguém mordeu a ponta dos meus dedos. Marcus segura a minha mão com força.

— Você está bem — repete ele. — Você está bem.

— Não sei o que estou fazendo — digo, e meus ombros tremem. — Não sei... não sei o que devo fazer. Estou me perdendo de novo, não estou?

Eu me lembro de repente que o meu celular está lá fora, em algum lugar no bosque, com todas aquelas mensagens do meu pai esperando por mim no escuro, e tremo com tanta força que um pouco de água espirra no Marcus. Ele xinga baixinho e solta a minha mão por um instante, para tirar as gotas da camiseta, mas sua mão volta a segurar a minha antes que eu tenha tempo de sentir medo.

— Ninguém sabe o que está fazendo — diz Marcus. — Deite-se. Vai. Você precisa colocar o corpo todo na água. Devia parar de pensar tanto, Dylan. Você é o seu pior inimigo.

— O meu pai quer que eu trabalhe no negócio dele.

Há uma rachadura fina no meio do teto. Sigo-a com os olhos, inclinando o pescoço para trás e deixando a água tocar o topo da minha cabeça.

— Foda-se o seu pai. Ele sempre controlou a sua vida. Chegou a hora de você fazer as próprias escolhas.

— Eu fiz. Eu fiz.

— Ficar com uma garota não é fazer a própria escolha.

Flexiono as mãos. Os meus dedos ainda doem. Eu olho para baixo e meus dedos do pé estão de um branco-amarelado.

— Como vou saber se estou fazendo escolhas, então?

— Siga o seu instinto.

— *Estou* seguindo o meu instinto.

— Você está seguindo a vontade do seu pau. E trabalhar para o seu pai seria seguir a sua cabeça. Eu estou falando de *instinto*. Aquilo que, no fundo, você sabe que faz mais sentido. A coisa que é mais verdadeira com quem você é.

Para ser verdadeiro consigo mesmo, antes de mais nada é preciso ter uma noção clara de quem se é.

— Eu sempre cuidei de você, não é?

Marcus abaixa as nossas mãos unidas na água.

Assovio quando sinto a dor da água na mão gelada.

— Sim — digo. — Sim, eu sei, é só que...

— Estou te dando a chance de fazer o que você quiser. Pode escrever aqui. Não foi isso que você sempre quis?

— Poesia não é... não é um trabalho.

— É, sim, se você for realmente bom.

— Eu não sou — digo no automático.

A linha no teto está oscilando um pouco para a frente e para trás na minha visão, embaçada.

— Isso não é o seu instinto falando.

Deixo o calor se infiltrar nos meus ossos, olho mais uma vez para a rachadura acima de mim e sei que o Marcus está certo. Se eu realmente achasse que não sou bom o bastante, pararia de escrever. No fundo, adoro o que escrevo e acho que outras pessoas também podem gostar, algum dia.

— Você confia em mim? — pergunta Marcus.

Marcus e eu nos inscrevemos em Oxford juntos. Literatura inglesa, porque o Marcus disse que era fácil de entrar, e, se eu quisesse ser poeta, seria um bom jeito de começar. A mesma faculdade, afinal, por que faríamos outra coisa?

Luke cresceu, se apaixonou e foi estudar nos Estados Unidos — na verdade, fugiu do meu pai —, mas o Marcus nunca saiu do meu lado. E eu nunca saí do lado dele, o garotinho com o cabelo cacheado e a guirlanda de flores pendurada desajeitadamente na orelha.

— Claro. É claro que confio em você.

— Então me escute quando eu digo que é isso que você quer. — Ele afrouxa o aperto na minha mão. — Vou mandar toda essa gente embora. Não saia daqui até eu voltar. Acho que ficar de pé pode estar um pouco além da sua capacidade por enquanto. E também não se afogue.

Escuto a porta sendo fechada. Em algum momento, sem que eu de fato percebesse, a sensação urgente de que estou prestes a morrer se dissipou. Em seu lugar se instalou a confusão familiar que me perseguiu durante todo o verão passado, por baixo do pavor: a sensação de que estou fazendo algo muito importante do jeito totalmente errado.

AGORA

Addie

Toda vez que checo o Google Maps, a Escócia parece estar mais longe.

— Como isso é possível? — comento, enquanto o Google muda um pouco mais da minha viagem do azul para o vermelho. — Estamos indo em direção à Escócia, mas toda vez que verifico, o tempo de viagem fica maior!

Deb e eu estamos novamente nos bancos da frente. Essa parece a ordem certa das coisas, para ser sincera. Estou mal-humorada demais para ficar espremida no banco de trás com uma variedade de homens que eu não desejava que fizessem parte da minha viagem.

— Alguém tem que avisar à Cherry que estamos atrasados — digo, esfregando os olhos. — Ela vai chorar, não vai?

Alguma coisa aconteceu com a Cherry depois que ela começou a planejar esse casamento. A Cherry despreocupada, que não via problema em limpar o vômito do cara com quem passara a noite do carpete do nosso quarto na faculdade, se transformou em uma mulher que não suporta a ideia do seu buquê de noiva ter menos de dezesseis rosas vermelho-escuras. Todo mundo diz que as pessoas mudam quando estão planejando um casamento, mas presumi que isso só acontecia com pessoas babacas, aquelas que no fundo sempre foram um pouco ridículas e vinham escondendo bem esse fato. Mas não. A loucura do casamento tinha atingido até mesmo a Cherry.

— Ela não vai chorar — diz Dylan com firmeza.

Há uma longa pausa. Eu espero. Ele espera. Tenho certeza de que o Dylan vai ceder primeiro. Ele pode ter mudado, mas não *tanto* assim.

— Vou ligar para ela — diz ele.

Sorrio.

— Não seja presunçosa — diz Dylan, exibindo a sombra de um sorriso. — Ou vou colocar a conversa no viva-voz.

Por que ficar com o carro parado no trânsito é muito pior do que dirigir? Prefiro dirigir por oito horas do que ficar sentada no trânsito por quatro. Se conseguimos avançar ao menos há alguma sensação de progresso. Do jeito que está, sinto meus olhos fixos na traseira de um Audi desde sempre. Há obras na estrada, isso é parte do problema, apenas duas faixas em vez de quatro.

São quatro e meia da tarde. Já deveríamos estar na Escócia a essa altura, no churrasco pré-casamento da Cherry, mas parece que estamos... Estreito os olhos para ver uma placa da estrada refletindo o sol. Droga, não chegamos nem a Preston. A Cherry não chorou ao telefone, mas sua voz soou perigosamente aguda. *Realmente* precisamos chegar logo à Escócia.

A última música termina e dou uma olhada em uma das minhas playlists favoritas de música country. Várias dessas músicas me fazem pensar no Dylan. Engulo em seco. Meu dedo paira sobre "What If I Never Get Over You", do Lady A, mas é melhor não. Provavelmente vou chorar ouvindo isso com Dylan no banco de trás.

Eu me contento com "We Were", do Keith Urban. Quando o refrão começa, relaxo no banco e respiro fundo. Essa viagem com o Dylan está sendo tão difícil quanto achei que seria. Pior ainda, na verdade, porque ele está diferente. Dylan sempre foi mais quieto quando estava com um grupo, mas agora essa quietude não parece deixá-lo em segundo plano. Parece que ele está... refletindo.

— Pode dar um pouco mais de espaço para o Rodney? — diz Dylan atrás de mim.

Não preciso me virar para saber do que ele está falando. Marcus se senta com as pernas tão afastadas que poderia muito bem estar tentando um espacate no carro.

— O Rodney está bem — diz Marcus. — Se temos que ouvir essa porcaria, não pode ao menos ser um clássico?

— Dolly! — diz Deb.

Marcus geme.

— Dolly Parton, não, por favor. Johnny Cash?

— O seu joelho invadiu a parte dele — continua Dylan, com uma firmeza tranquila que me faz sorrir apesar de tudo. — Basta erguer um pouco o corpo.

— Tudo bem, mamãe. Que inferno... — resmunga Marcus. — Que tal, Addie? Um pouco de Johnny Cash? Por favor?

Ergo as sobrancelhas, surpresa. O tom do Marcus é quase... educado. Fico desconfiada, mas, quando me viro no banco para espiá-lo, vejo que só está olhando pela janela, o rosto inexpressivo. Fico observando por um instante, pensando. Eu estava falando sério quando disse que não acredito que um homem como o Marcus seja capaz de mudar. E um *por favor* ocasional não vai me fazer mudar de ideia. Mesmo assim, quando volto a mexer no celular, coloco para tocar "I Walk the Line", do Johnny Cash.

Deb muda de faixa lentamente, em uma vaga tentativa de conseguir andar um pouco. Nossas janelas estão fechadas para dar ao ar-condicionado a maior chance de realmente refrescar alguém, mas estou morrendo de vontade de tomar ar fresco. Os carros de cada lado de nós estão cheios de pessoas bocejando, entediadas. Pés no painel e antebraços apoiados no volante.

O carro logo ao nosso lado tem três adolescentes atrás, todos discutindo por causa de um iPad. Vistos de fora, provavelmente parecemos um grupo de amigos saindo de férias juntos. Os pais naquele carro devem ter inveja de nós. Ah, se eles soubessem...

— O Google está marcando todos os caminhos de vermelho — anuncia Rodney.

Eu me viro e vejo que ele está checando o celular. Seu cabelo está úmido de suor e grudando na testa, e há uma mancha escura triangular que vai da gola da camiseta até o meio do peito dele. Caramba. Rodney está tendo um dia ruim. Imagine achar que encontrou uma opção de transporte barata e agradável para ir a um casamento e acabar preso em um carro-sauna com a gente.

— Quanto tempo diz aí que vamos levar para chegar a Ettrick? — pergunto a Rodney.

— Hummm. Sete horas.

— *Sete horas?* — perguntam todos em coro.

Deb apoia a cabeça com cuidado no volante.

— Não consigo mais — diz. — E estou *morrendo* de vontade de fazer xixi.

— Podemos terminar essa garrafa d'água para você usar. Que tal? — sugere Rodney.

— Rodney, você sabe como as mulheres fazem xixi? — pergunta Deb.

— Não estou muito familiarizado, não — responde Rodney.

Marcus dá uma risadinha abafada.

— Pois é. Eu desenho para você quando a gente chegar lá — diz Deb.

— Ah, uau, obrigado? — fala Rodney.

— Se trocarmos de lugar, você pode saltar rapidinho e se agachar atrás daquela fileira de árvores — sugiro, indicando com um gesto o campo ao lado da autoestrada. — Os carros estão parados de qualquer maneira. Nem me *lembro* da última vez em que avançamos.

— Tem certeza? — pergunta ela, olhando para o trânsito parado.

— Quanto você precisa fazer xixi?

— Muito mesmo, nem mesmo os meus exercícios para o assoalho pélvico vão me ajudar, Ads.

— O que é um assoalho pélvico? — pergunta Rodney.

É como ter uma criança no carro.

— Pronta? — pergunto a Deb.

Ela assente, e nós duas abrimos as portas da frente do carro. Caramba, como é bom respirar um pouco de ar fresco. Mesmo que o ar fresco seja uma poluição desagradável e fedorenta. Está mais quente aqui do que no carro. Sinto minha pele queimando enquanto dou a volta e encontro Deb no meio do caminho.

— Eu estava certa, não estava? — digo quando ela passa por mim. — Sobre dar carona ao Dylan e ao Marcus?

— Ah, sim. Foi a pior ideia de todas — confirma Deb. — O que estávamos pensando?

Fico olhando enquanto ela passa entre as fileiras de carros, sobe até a margem e desaparece entre as árvores raquíticas. No início, quando os carros começam a se mover ao meu redor, eu me sinto um pouco mareada. Como quando andamos de trem e achamos que ele está saindo da estação porque o trem na outra plataforma está se afastando e o nosso cérebro fica confuso. Então, o carro atrás de nós buzina. E o carro atrás dele. Volto a mim.

— Merda.

Abro a porta do lado do motorista e entro. Marcus já está rindo como uma porra de uma hiena, e o Rodney só diz *ai, meu Deus, ai, meu Deus*, feito uma velhinha nervosa.

— Opa — diz Dylan. — Isso é... um problema.

Já há uns bons trezentos metros entre mim e o Audi da frente. Espio pelo espelho retrovisor e vejo os carros atrás de nós tentando mudar de faixa. Também não há acostamento nesse trecho, por causa das obras na estrada... Estamos sem opções.

— Puta merda, merda, merda — digo, e logo fico vermelha, porque essa combinação particular de palavrões é do Dylan, e eu não a repetia há anos.

Ao que parece, o fato de Dylan estar aqui me lembrou de um dos poucos presentes que ele me deu que eu não devolvi: o talento de xingar como um verdadeiro garoto rico.

— Não podemos ficar aqui. Até porque a Deb não pode se enfiar no meio dos carros. E alguém vai acabar acertando a nossa traseira. Merda. — Ligo o carro e vou o mais devagar que eu posso. — Vocês estão vendo a Deb? Ela levou o celular? — Olho para a porta do carro... Não levou, o celular está ali. — Bosta, merda, cacete — sussurro entre os dentes. — O que eu faço?!

— Antes de mais nada, você provavelmente precisa dirigir a uma velocidade maior do que quinze quilômetros por hora — diz Dylan em um tom contrito. — Ou a gente pode acabar morrendo.

— Está certo, está certo — digo, já acelerando. — Ai, meu Deus, você consegue ver a Deb?

Dylan estica a cabeça para olhar pela janela, mas ele está do lado errado.

— Marcus? — pergunta ele.

— Não consigo ver a Deb, não — diz Marcus. — Isso é impagável.

— Ah, coitada da Deb! — lamenta Rodney.

— Sim, obrigada a todos — digo, tentando não hiperventilar.

Devo retornar no próximo cruzamento? Onde ela vai esperar pela gente? O que a gente faz?

— Respira, Ads. É a Deb. Ela lidaria com essa situação mesmo que tivesse sido largada sozinha no Saara. E ainda vai achar engraçado. Ou só um pouco irritante — diz Dylan, e eu me sobressalto ligeiramente quando sinto a mão dele no meu ombro.

Dylan retira rapidamente a mão e eu desejo não ter me sobressaltado.

— Ai, meu Deus — digo, deixando escapar uma risada estrangulada.

Estamos a trinta quilômetros agora, que é quase a mesma velocidade dos outros carros enquanto o trânsito volta a se mover. Em uma situação normal, isso pareceria irritantemente lento, mas conforme o lugar em que deixamos Deb na beira da estrada desaparece no meu espelho esquerdo parece rápido *demais*.

— Eu preciso passar para a faixa da esquerda. Marcus, por favor, dá para parar de rir? Não ajuda em nada.

Dylan deixa escapar uma risada abafada. Eu o encaro por um instante pelo espelho retrovisor e ele faz uma careta.

— Desculpa — diz. — É só que... isso é... meio...

Engulo uma risada, mas ela volta pela minha garganta e, antes que eu perceba, meus ombros estão tremendo com o riso também.

— Merda — digo, levando a mão à boca. — Por que estou rindo?

— Mijando atrás de uma árvore! — bufa Marcus, a voz tremendo de tanto rir. — Imagina a cara dela quando voltar e não encontrar a gente!

— Ah, não. Ai, meu Deus — diz Rodney, e percebo que ele também está sufocando o riso.

Estamos chegando ao próximo retorno. Ligo a seta, ainda rindo, meio chorando também, me sentindo totalmente desequilibrada de um modo geral. Por que deixei Deb sair do carro para fazer xixi?

— O trânsito estava totalmente parado há um tempão! — digo.

— Ia andar assim que a Deb saísse — diz Dylan. — É a Lei de Murphy.

— Sou uma idiota — digo, ainda rindo e chorando ao mesmo tempo. — Que *péssima* ideia.

— Você não é uma idiota — diz Dylan, sério. — Você apostou e perdeu, só isso. Ou, enfim, a Deb perdeu. Olha! Tem um daqueles hotéis baratos ali! Que tal parar no estacionamento?

Ligo a seta no último segundo e sigo na direção que ele indica. Quando paro em uma vaga no estacionamento e desligo o motor, percebo que estou tremendo.

Subitamente, as coisas não parecem mais tão engraçadas.

— Como a Deb vai saber que a gente está aqui? É melhor ir atrás dela?

— Vamos só tentar pensar como a Deb — diz Dylan, e eu me viro no banco para olhar para os três.

Marcus está sorrindo e disfarçando com a mão em frente à boca, balançando a cabeça. Rodney passou os braços ao redor do corpo, em uma espécie de abraço protetor, feito uma criança no primeiro dia de aula. E Dylan está mordendo o lábio com uma expressão pensativa. O sol ilumina a pele dele como o facho de um holofote, tornando seus olhos pálidos feito limão-siciliano. Mais do que qualquer coisa, quero chutar o Rodney e o Marcus para fora do carro e me arrastar para o colo dele.

É estranho. Dylan nunca foi a pessoa a quem eu recorria quando estava chateada. Portanto, não se trata de um hábito. Quando estávamos juntos, ele era o último ombro que eu escolhia para chorar, principalmente porque quando eu estava chorando era por causa dele, e o Dylan não tinha a menor ideia de que eu estava chateada. Era assim que funcionávamos. Éramos tão próximos, mas quase não contávamos nada um ao outro.

— Pensar como a Deb — repito. — Está certo. Bem, ela é sempre prática. Vai xingar um pouco e depois começar a pensar em um jeito de resolver a situação.

— Talvez ela tente pegar uma carona? — sugere Rodney. — Convencer alguém a parar para ela?

— Talvez — digo lentamente. — Ou ela pode caminhar. Pode ser que a Deb imagine que a gente saiu da estrada assim que deu, não é? Quanto tempo ela levaria para andar de onde a gente a deixou até aqui? Rodney?

Ele está ocupado digitando no celular.

— Andamos com o carro por, o quê, alguns minutos? Não pode ser uma caminhada tão longa, certo?

— Uma hora — diz Rodney. — É uma caminhada de uma hora, a menos que ela atravesse os campos, o que pouparia algum tempo.

— Uma *hora* de caminhada? — exclama Marcus, e se inclina para olhar para o celular por cima do ombro do Rodney. — Tem certeza de que o seu celular não está quebrado? Você diz que tudo vai levar uma eternidade.

— Desculpa — diz Rodney, e estende o celular para Marcus olhar. — É só... o que diz aqui...

Marcus revira os olhos.

— Bem, estou saindo — diz. — A Deb não era a única que precisava mijar. Vocês acham que tem banheiro naquele lugar?

— No hotel? Sim, acho que lá provavelmente tem banheiro, Marcus — respondo.

— Ótimo. — Ele desce do carro e sacode a camiseta úmida com dois dedos, afastando-a do corpo. — Arg — diz, enquanto fecha a porta.

— Podemos ir agora? — sugiro.

— Deb — lembra Dylan.

— Sim. Droga.

Fico observando o Marcus caminhar sem pressa em direção à entrada do hotel.

— Eu *realmente* sinto muito por ele — diz Dylan baixinho.

Rodney solta o cinto de segurança e se desloca para o lugar de Marcus, assim ele e Dylan ficam com mais espaço. Os dois suspiram de alívio.

— Sim, bem. O Marcus é o Marcus — comento, ainda observando-o se afastar.

— Vocês dois não gostam dele? — pergunta Rodney.

— Eu não gosto dele, não — respondo categoricamente.

— Eu também não gosto dele na maior parte do tempo — diz Dylan.

Olho para ele, surpresa.

— Ele... ele é um homem complicado. Mas a verdade é que é como se fosse da minha família. Tenho esperança de que um dia ele se toque e mude. É só que... Quando a gente desiste de uma pessoa?

— Quando ela faz mal para você — respondo antes que consiga me conter. — É como qualquer relacionamento... namoro, amizade, família, ou qualquer outra coisa. Se for tóxico, você deve se afastar.

— Eu acho... — Dylan faz uma pausa, e escolhe as palavras com cuidado. — Acho que com certeza é preciso *recuar* quando o relacionamento é tóxico. Mas não tenho certeza se gostaria de desistir. Não se eu percebesse que a pessoa tem algo bom e pudesse ajudá-la a encontrar. Não se eu já tivesse me dado conta de que o relacionamento estava me machucando e tivesse me blindado.

Olho para ele. Não concordo, não acho possível *se blindar* contra a dor que alguém como o Marcus inflige às pessoas. Mas, se aprendi alguma coisa nos últimos dois anos, é que não há uma única maneira de lidar com a dor.

— Alguém deveria ficar aqui, caso a Deb descubra para onde a gente veio — digo depois de um instante. — Mas acho que o resto de nós deveria se separar e procurar por ela. Se estivermos todos com celular, não vai dar errado, né?

— O Marcus deveria ficar aqui — diz Dylan na mesma hora. — Ele com certeza vai se perder se o deixarmos sozinho, então teremos dois convidados do casamento para procurar.

Eu bufo.

— Tudo bem, está certo. Você avisa a ele? Vou andar pelo campo. Tenho a sensação de que preciso... fazer alguma coisa.

Dylan assente, concordando.

— Tudo bem por você deixar o Marcus com as chaves do carro?

Paro pra pensar por um momento.

— Humm.

— Sim — diz Dylan.

— Ele é adulto — digo. — Não iria embora sem nós.

Todos paramos para refletir.

— Talvez você deva ficar com ele — insisto. — Só para garantir.

Dylan

O primeiro telefonema de emergência vem do Rodney, cerca de quarenta minutos depois que ele e a Addie saíram em busca da Deb.

— Ah, oi? Dylan?

— Oi? — digo com paciência, enquanto vejo o Marcus circulando pelo estacionamento, chutando uma lata de Coca vazia.

Ele está impaciente, o que é preocupante: se o Marcus não encontrar alguma distração logo, vai inventar uma. Um verso cria raízes enquanto o sol bate no meu pescoço: *Calor severo/ Rufar de tambor, uma lata de Coca brincando entre seus pés...*

— Ah, oi, é o Rodney. Hum? Acho que encontrei, acho que encontrei uma coisa. A Deb estava usando tênis branco?

Aperto os olhos contra a luz do sol. Marcus está fazendo embaixadinhas agora, e muito mal.

— Hmm? Talvez? Sinceramente, não lembro.

Tomo um gole de água. A senhora gentil atrás da recepção do hotel me deixou encher as nossas garrafas e disse que não nos cobraria pelo estacionamento, dadas as circunstâncias. Isso pode ter tido algo a ver com o fato de o Marcus exibir seu sorriso charmoso para ela, do tipo que geralmente garante que ele consiga o que quer.

— Porque estou no rio — volta a falar Rodney — e acho que encontrei um dos sapatos da Deb. É possível que ela tenha se afogado.

Cuspo a água.

— O quê?

— Bem, nos filmes, quando encontram o sapato de alguém na margem do rio, geralmente é porque a pessoa está morta, não é?

— Que droga, Rodney. Espera. Tem certeza de que é o sapato dela?

— É um tênis branco — repete Rodney. — Não era isso que ela estava usando?

— Eu não... Você pode me enviar uma foto? Talvez ela só tenha tirado o sapato e dado um mergulho para se refrescar.

— Onde está o outro pé do tênis, então? — pergunta Rodney, tentando ajudar.

No cadáver dela, obviamente, de acordo com a minha imaginação hiperativa. Não, está óbvio que isso é um absurdo, afinal o Rodney é uma pessoa que beira o absurdo.

— Me manda uma foto do sapato. Tenho certeza de que está tudo bem, Rodney.

— Está certo. Obrigado, Dylan! Já falo com você!

Ele desliga, sem cerimônia. Fico olhando para o celular.

— Alguma notícia da fugitiva? — grita Marcus, chutando a lata de Coca na direção da caminhonete de alguém. Eu me encolho quando acerta o para-choque.

— Ela não fugiu, tecnicamente — argumento. — Nós fugimos dela. E não, o Rodney só está sendo estranho, ele acha que encontrou o... sapato dela... — completo, enquanto confiro a foto que Rodney acabou me enviar. — Ah, pelo amor de Deus.

Ligo para ele.

— Alô, Rodney falando! Como posso ajudar?

— Hã? Rodney, é o Dylan. Esse sapato... É um sapato de homem. Obviamente. Qual é o tamanho que marcado na sola?

Há uma pausa.

— Quarenta e quatro — diz ele. — Nossa! A Deb tem um pezão,

— Não — digo, com a maior paciência que consigo reunir. — Não, Rodney, ela não tem.

— Ótimo! Deve ter sido outra pessoa que se afogou, então — comenta ele, parecendo animado. — Nesse caso, eu vou sair do rio.

— Você está... *dentro* do rio? Dentro de verdade?

Marcus se anima e se aproxima mais.

— Estava procurando! Por um corpo!

— Você está...

— Mas não preciso continuar, já que não é a Deb.

A convicção absoluta do Rodney de que há um cadáver no rio realmente me choca.

— Está certo. Obrigado, Rodney. Continue procurando.

Faço uma careta para o Marcus enquanto desligo. Ele ri.

— Esse homem é verdadeiramente patético — comenta ele. — Uma flanela molhada encarnada.

— Deixa ele em paz — digo. — O Rodney não fez por mal. Quer parar de chutar isso? Vai arranhar a pintura da caminhonete.

— Você é bem filho do seu pai mesmo — diz Marcus. Então, ergue a sobrancelha e dá outro chute na lata.

Ele percebe a minha expressão e enfim desiste. E volta a driblar a lata pelo estacionamento. O calor é tanto que nós dois estamos suando, as camisetas molhadas, e olho com inveja para o saguão fresco, com ar-condicionado, do hotel.

— Venha, vamos nos sentar lá — diz Marcus, já entrando. — A Maggie, da recepção, vai adorar ter companhia. Maggie, minha querida Maggie — murmura ele enquanto passamos pela porta do hotel. — Estamos derretendo.

— Ah! Coitados. Não querem entrar? Fiquem aqui. Posso pegar uma bebida para vocês, rapazes?

Maggie, a recepcionista, já saiu apressada, exalando uma nuvem de perfume, os colares de contas fazendo barulho. Marcus e eu nos sentamos nas cadeiras de plástico do saguão acarpetado do hotel e esticamos as pernas enquanto gememos em uníssono. Levando-se em consideração que passamos o dia todo sentados em um carro, me sinto estranhamente exausto.

— Como você faz isso? — pergunta Marcus, enxugando a testa com as costas da mão. — Com a Addie?

— Faço o quê?

— Você nem parece estar com raiva. Depois do que ela fez com você. Simplesmente não consigo entender.

Cerro os lábios e fico olhando a Maggie entrar e sair da porta atrás da recepção, carregando várias coisas: copos, forminhas de gelo e, em determinado momento, um spray de cabelo.

— É complicado — digo. — Deixe isso para lá, Marcus.

— Ela te traiu.

Eu estremeço.

— Ela...

— Você sabe que traiu. Eu te mostrei a porra da foto, Dylan.

— Eu sei que mostrou — respondo, irritado, antes que consiga me conter. — E já conversamos sobre *por que você* estava lá? Por que se importou tanto com o que ela estava fazendo?

Ele fica imóvel. Depois de um longo período de tempo, suas mãos se movem e ele começa a puxar a pulseira fina de couro preto no pulso, mas não ergue os olhos para mim.

— Eu sempre cuidei de você — diz, por fim. Sua voz sai baixa.

— Pois bem, acho que isso ultrapassou as suas obrigações, não foi?

A Maggie se aproxima com os copos de água.

— Ah, Maggie, você é um anjo. Um *anjo* — diz Marcus, e é como se a conversa que acabamos de ter nunca tivesse acontecido.

Já escrevi sobre isso, sobre como o humor do Marcus muda como um raio. *Uma nuvem se esgarçou, se foi/ e o sol está de volta/ exposto, autêntico como a alegria/ até o vento soprar.*

— Obrigada — digo, e pego o copo de água da mão da Maggie.

Ela paira na nossa frente, com as bochechas coradas e sapatos confortáveis, desabrochando sob o olhar do Marcus. Sou salvo de qualquer outro flerte pelo toque do meu celular. Tiro o aparelho do bolso do short: é a Addie.

— Oi — diz ela. — Não surta. Mas estou no pronto-socorro.

ANTES

Addie

Hoje é dia quatorze de fevereiro, Valentine's Day, e dou aula, o que é irritante, mas o Dylan e eu temos planos para a noite. Ele só me disse *use meias quentes*, o que me deixou totalmente intrigada. Deb acha que vamos sair para caminhar. Espero que ela esteja errada, pois passei o dia todo de pé e estou esperando por algo romântico, de preferência sentada.

Recebo uma mensagem do Dylan quando estou saindo do estacionamento.

> Não entra em pânico, Ads, mas estou no pronto-socorro. Estava preparando tudo para a nossa noite (pendurando luzinhas para um piquenique no Dell Quay, o clube náutico! Ia ser lindo) e caí da escada. Estão só fazendo uma tomografia rapidinho na minha cabeça para ter certeza de que não tenho nada além de uma concussão leve (tenho certeza de que não tenho!) Bjs

Fico olhando para a mensagem. Completamente paralisada.

— Até amanhã, Addie! — grita Moira a caminho do carro dela, e demoro demais para responder.

Fico parada ali, na chuva, ao lado do meu carro, imaginando como seria perder o Dylan. É horrível. *Horrível.* Eu não sobreviveria.

Chego ao pronto-socorro o mais rápido que é legalmente possível. Um pouco mais rápido do que isso nos trechos da via expressa onde sei que não há radares.

Marcus e eu chegamos às portas do pronto-socorro no mesmo instante. A princípio, nem percebo que é ele. Não vejo o Marcus desde a França, um tempo estranhamente longo para não ver o melhor amigo do namorado, mas o Dylan tinha sempre uma desculpa pronta para ele, e, para ser sincera, eu não me importava que ele estivesse claramente me evitando.

Paramos assim que entramos, diante do balcão da recepção. Marcus se vira devagar para mim. Como se estivesse com medo de encontrar o meu olhar, talvez. Ou saboreando o momento.

Ele parece igual. Uma combinação de cachos escuros, maçãs do rosto protuberantes, olhos inteligentes e intensos.

— Addie — diz ele.

— Oi — respondo.

Uma enfermeira passa por nós, os tênis rangendo no chão. Alguém está falando com a recepcionista. Eu e o Marcus ficamos calados. Simplesmente não sei o que dizer.

Marcus dá um sorrisinho enquanto me observa.

— Você mudou — comenta, e inclina ligeiramente a cabeça.

— O meu cabelo — digo, e levo a mão à cabeça. Está encaracolado hoje, porque eu queria estar arrumada para o encontro com o Dylan.

— Não — insiste Marcus, enquanto olha para mim do mesmo jeito que fez na França: firme e abertamente. — Quero dizer que você está parecendo mais durona.

— Como assim?

Estou de saco cheio dessa coisa de consigo-ler-as-pessoas. Ele claramente não mudou nada. Marcus dá um sorrisinho ao perceber a minha irritação, mas não responde, fica só olhando para mim. Pressiono a mão fria no rosto, para esfriá-lo.

— Você está aqui por causa do Dylan? — pergunto.

— É claro. E você?

— Obviamente.

Ficamos parados ali por mais um tempo. Os olhos do Marcus ainda me avaliando.

— Ele não sossegou — digo abruptamente.

— Hein?

— Você disse que o Dylan sossegaria. Isso não aconteceu. Ele continua sem saber o que quer fazer e... ainda fica triste, às vezes.

Dylan acha que eu não percebo. Nunca conversamos sobre isso. Mas eu o conheço bem o bastante para saber quando ele se fecha e se perde.

— Você poderia dizer ao Dylan o que quer que ele faça, sabe. Na verdade, é isso que ele está tentando descobrir — diz Marcus.

Olho de relance para a recepção. A pessoa no balcão está quase terminando, dá para ver pela linguagem corporal dela.

— Dylan está tentando descobrir o que *ele* quer — digo.

Marcus dá um sorrisinho.

— Não está — retruca, e seu tom é quase zombeteiro. — Não é assim que o Dylan funciona. Ele precisa ser guiado.

— Ninguém precisa ser guiado — digo, irritada, e me viro para ir até o balcão. — E o Dylan é perfeitamente capaz de encontrar o próprio caminho.

— Achei que ele iria amaciar você — diz Marcus quando chegamos ao balcão. — Mas está toda nervosinha. Eu gosto, combina com você.

— Com licença — digo para a recepcionista, ainda tentando refrescar meu rosto quente com as mãos frias. — Posso entrar para ver o meu namorado? Ele está na sala de espera.

— Senhorita? Senhorita? Senhorita? Senhorita? Senhorita?

Arg. Eu realmente gostaria que Tyson Grey tivesse um botão de desligar. Estou com uma ressaca horrível e o oitavo ano não é o que eu preciso no momento.

Faz uma semana que vi o Marcus no pronto-socorro — o Dylan estava bem, sem concussão — e lá estava ele de novo ontem à noite, quando saímos para beber e comemorar o aniversário da Cherry. Acho que agora ele decidiu que aguenta ficar no mesmo recinto que eu. O clima entre nós se tornou estranho, pesado e constrangedor, eu bebi demais e a minha cabeça está doendo. Dylan não parava de perguntar se eu estava bem e eu não sabia o que dizer. *Não, não estou bem, a verdade é que não gosto do seu melhor amigo.*

Hoje de manhã, o Marcus postou um vídeo no stories do Instagram dele em que todos nós aparecemos dançando juntos. Eu, a Grace, a Cherry, o Luke, o Javier, o Marcus, e o Dylan, além da Connie e da Marta, as garotas de Oxford que estiveram na casa. Marcus e eu acabamos um do lado do outro, e estamos nos movendo em perfeita sincronia, enquanto o resto do grupo perdeu completamente o ritmo e está apenas cambaleando bêbado. Ao longo do vídeo, ele escreveu *Dançando no terraço sob as estrelas.*

Já assisti cinco vezes ao vídeo e são só onze da manhã. Quando vou ao banheiro no intervalo da manhã, me pego assistindo mais uma vez, para tentar entender. Não paro de achar que tem a ver com aquela noite na França, mas de que jeito? Agora a minha cabeça dói *e* estou confusa. A voz de Tyson Grey é como uma maldita furadeira repetindo *senhorita, senhorita, senhorita.*

Eu me viro quando a porta da sala de aula se abre. Meu primeiro pensamento é que Tyson saiu porque eu o ignorei. Um dia, quando ele cismou em fazer alguma coisa e eu estava ajudando outro aluno com a redação, Tyson pulou pela janela. Mas não é Tyson, é Etienne quem acabou de entrar.

Ele me dá um breve sorriso e examina a sala de aula. Todo mundo endireita um pouco o corpo. Apesar da pouca idade, Etienne é um diretor à moda antiga. Tecnicamente, o diretor-assistente é responsável por questões comportamentais dos alunos, mas é até Etienne que são encaminhados contra vontade os que precisam levar uma boa bronca. Mesmo os alunos mais durões detestam ir para a sala dele. É minha carta na manga, e já usei em excesso. Etienne sem dúvida pensa a mesma coisa. Esse semestre estou determinada a dar as minhas próprias broncas.

Continuo a aula. A minha voz sai um pouco estridente, embora a essa altura eu já devesse estar acostumada com outros professores na sala em que estou dando aula. Vivo sendo observada, faz parte do treinamento.

— Tyson! — brada Etienne de repente.

Eu me sobressalto, mas logo tento disfarçar andando tranquilamente para pegar algo na minha mesa. Droga. *Eu* deveria ter notado seja o que for que Etienne acabou de notar.

— Comigo. Traga isso. — Etienne aponta para um pedaço de papel na mesa de Tyson. — Srta. Gilbert, Tyson vai ficar comigo pelo resto da aula.

— É claro — digo, tentando parecer rígida. — Obrigada.

Obrigada? Isso não soou um pouco patético? Bem, agora é tarde demais. Etienne segue atrás de Tyson e me lança um olhar cansado quando fecha a porta ao sair.

Vou em busca de Tyson assim que a aula termina, depois de liberar o resto da turma para o intervalo do almoço. Ele está saindo da sala do diretor quando chego. Etienne está parado na porta, observando o garoto sair. Quando me vê, fala:

— Aí está a senhorita. Tyson, essa é a sua oportunidade.

— Desculpe, Srta. Gilbert — murmura o menino na direção dos meus sapatos.

— Obrigada, Tyson — digo. E, quando se afasta, pergunto baixinho para Etienne: — O que ele fez?

Etienne gesticula para que eu entre na sala e fecha a porta.

— Ah, talvez seja melhor você se preparar para isso — diz. Etienne tem um sotaque francês bem leve... noto naquele *ah*, mas logo some. — O Tyson se permitiu ceder ao seu lado artístico.

Olho para a folha de papel arrancada de um caderno que está em cima da mesa de Etienne.

Para ser sincera, não é ruim. Logo me dou conta de que era para ser eu. Bem, dá para perceber pelo rosto. O resto é... muito menos preciso.

— Uau — digo. Meu rosto está ficando quente, mas mantenho os olhos no desenho. — Isso é...

— Sim, exatamente — diz Etienne. — Sinto muito que você tenha que ver isso. Adolescentes... — Ele espalma as mãos, como se dissesse: *Não é desesperador?*

Estou nua no desenho, na clássica pose de mulher nos quadrinhos: de costas, mas olhando por cima do ombro, só para garantir que dá para ver os seios *e* o traseiro. Estou bastante... rechonchuda. E a minha cintura tem quase o mesmo diâmetro do meu pulso.

— Espero que não se importe por eu ter tirado essa questão das suas mãos. Não queria que se sentisse desconfortável.

Sorrio.

— Obrigada. Não, eu... Teria sido constrangedor. — Mordo o lábio, enquanto olho para o desenho.

— O Tyson vai ficar em detenção depois da aula pelo resto do mês. Ele e eu também tivemos uma longa conversa sobre a objetificação das mulheres — diz Etienne, recostando-se na cadeira e entrelaçando as mãos atrás da cabeça. — Eu diria que menos de um por cento da conversa entrou no cérebro dele, mas nunca se sabe.

— Pelo menos ele se desculpou.

— Hum — murmura Etienne, parecendo nada impressionado.

— Bem, de qualquer modo, obrigada por tentar. Agradeço de verdade. Viro lentamente o desenho. *Senhorita Gilbert, a Sedussão* está escrito no verso. Eu rio e viro o papel para que Etienne veja. Ele se inclina para a frente para ler, e seus lábios se contraem ao notar o erro ortográfico.

— Ai, meu bom Deus — diz ele, seu tom agora soando muito inglês.

— Pelo menos é neutro em relação ao gênero — comento. — Acho que prefiro assim.

Etienne ergue os olhos para mim, aquele mesmo sorriso ainda brincando em seus lábios. Ele é bonito de uma forma óbvia e simétrica. Cabelo castanho, olhos castanhos, pele branca do tipo que bronzeia facilmente.

— Gosto de seu senso de humor, Addie — diz ele. — E do seu... realismo.

— Cinismo, você quer dizer? — retruco, antes que consiga me conter. Tenho a sensação de estar sendo atrevida ao responder ao diretor da escola e fico tensa, o corpo rígido. Mas Etienne apenas dá de ombros e volta a se recostar na cadeira.

— O mundo está cheio de sonhadores — diz ele. — A praticidade é subestimada. Você aceita essas crianças como elas são. É isso que vai fazer de você uma grande professora.

Observo o uso do tempo futuro. Principalmente porque dei aula sobre isso ontem. Mesmo assim, é a primeira vez que recebo elogios de verdade de Etienne. Ele é bom em disfarçar críticas no meio de um feedback, mas sempre percebo que os "pontos positivos" que destaca são exagerados. Essa é a primeira vez que sinto que Etienne viu algo em mim que eu queria que ele visse.

— Obrigada — digo.

Etienne assente. Está claramente me dispensando, portanto sigo em direção à porta enquanto ele dobra o desenho de Tyson e o enfia com cuidado em uma gaveta.

Dylan

A casa dos meus pais já foi muito grande. Ela ainda mantém um pouco da sua grandiosidade, como uma velha atriz que já foi estrela de Hollywood. Toda a ala oeste está fechada agora — é muito caro mantê-la aquecida — e o exterior da casa mostra os piores sinais de desgaste: há várias janelas quebradas e quase toda a pintura descascou no lado que fica exposto aos ventos.

O meu pai resiste a qualquer empreendimento lucrativo disponível: ele jamais nos deixaria hospedar casamentos ou venderia para se mudar para um lugar menos remoto, em condições menos precárias. Essa é a casa da família dele. Porém, por mais bem-sucedidos que sejam os seus negócios na bolsa de valores, nunca há dinheiro suficiente para a manutenção desse lugar. O problema é um tio-avô particularmente dissoluto, que desperdiçou a maior parte da fortuna da família jogando pôquer — o que o torna um herói romântico encantador, mas um ancestral muito irritante. Tudo o que ele deixou quando morreu foi a terra e a casa.

Paro na porta e recuo ao som repentino de um tiro. Tiro é a única atividade remunerada que o meu pai permite nas nossas terras, principalmente porque é algo que o pai dele também fazia. Tetrazes e faisões são uma característica permanente da vida em casa. Uma vez fui ao banheiro do térreo e encontrei um faisão sentado na pia. Ele tinha entrado pela janela que estava emperrada há algum tempo e não fechava, por onde vinha uma corrente de ar ártica constante que sempre parece direcionada justamente para esse banheiro.

Se o meu pai está atirando, isso significa que ao menos voltará de bom humor. Abro a porta da frente — ela precisa ser nivelada outra vez, pois está mais difícil do que nunca abrir a tranca — e entro no saguão, a parte mais bem-arrumada da casa. Há flores recém-cortadas no pedestal do pé da escada e o piso de cerâmica foi encerado recentemente.

— Dylan?

Sorrio.

— Mãe?

— Aqui! — chama ela.

Reviro os olhos. A minha mãe nunca se acostumou a viver em uma casa tão grande, e dizer "aqui" não basta para localizá-la. Ela cresceu em Cardiff, em uma casa modesta de dois quartos, e nem mesmo trinta anos de casamento com o meu pai tiraram isso dela. O casamento deles foi um tanto escandaloso na época, por mais difícil que seja imaginar o meu pai em algum momento da vida fazendo algo remotamente questionável.

— Na cozinha? — grito de volta.

— Na sala de estar!

Sigo o som até a única sala que mantemos aberta, a grande sala de estar que com certeza era destinada a receber convidados quando a casa foi construída. A vista das janelas altas é de tirar o fôlego: campos verdes agitados pela brisa, o bosque mais adiante, nenhuma pessoa ou prédio à vista.

A minha mãe segura o meu rosto com as mãos frias. Ela está usando calça de montaria e um moletom sem forma, por causa de todas as camadas que vestiu por baixo. Seu cabelo curto parece um pouco mais branco do que quando a vi pela última vez, mas a verdade é que já se passaram quase seis meses.

— Meu menino querido — diz ela, apertando as minhas bochechas. — Você está tentando causar um ataque cardíaco no seu pai?

Eu me desvencilho das mãos dela para lhe dar um abraço. Já estou sentindo o pavor se insinuando, seus dedos lentos na ponta dos meus pés, subindo pela minha coluna, a névoa escura se aglomerando ao redor dos meus tornozelos. Essa casa está cheia disso. Aqui, sou o menino-

-Dylan, o garoto que nunca gostou de esportes, que nunca foi bom com números, que não era durão.

— Não sei por que o papai está tão chateado — digo, enquanto me afasto e me jogo no outro sofá, que range de forma ameaçadora. É vitoriano, estofado com crina de cavalo que na mesma hora começa a espetar a parte de trás das minhas pernas. — De qualquer modo, vim falar sobre um plano.

O alívio no rosto da minha mãe faz o meu estômago se contorcer.

— Que maravilha! Você se candidatou a um emprego?

Engulo em seco.

— Não... exatamente. Mas descobri o que quero fazer. Vou fazer um mestrado em Literatura Inglesa. Quero ser acadêmico.

Ela fica imóvel, as mãos torcidas no colo como se revirasse alguma coisa entre elas.

— Ah, Dylan...

— Qual é o problema? — quase grito. Eu estava equilibrado e preparado para isso, as defesas em posição no momento em que entrei pela porta grande que range. — Por que não?

— Não é... O seu pai quer que você escolha algo financeiramente estável, Dylan... Você sabe como estão as coisas por aqui — diz ela, esticando as mãos desamparadamente para indicar as bordas das cortinas comidas por traças e a umidade escorrendo em silêncio da parede, por causa do banheiro acima. — Quando você herdar...

— O *Luke* vai herdar — retruco, então desvio o rosto e olho para o teto, que está um pouco abaulado, como se a casa estivesse prestes a me achatar.

— Dylan — diz a minha mãe, baixinho.

O meu pai alterou o testamento dele em relação a Luke quando o meu irmão disse que era gay. Eu tinha dez anos, Luke, doze. *Doze.*

Cerro os punhos. Sei que deveria ter mais compaixão pela minha mãe, afinal ser casada com o meu pai deve ser algo indescritivelmente difícil, por mais que ela o ame. Mas não posso perdoá-la por não ter feito o meu pai mudar de ideia sobre o Luke. O meu pai até fala com ele, o convida para visitar a casa, o aconselha sobre seus empreendimentos comerciais, mas se recusa a se encontrar com o Javier e não permite que o filho gay herde a propriedade.

— Basta aceitar o trabalho que o seu pai escolheu para você na empresa — diz a minha mãe em um tom gentil. — Dylan, você tem uma responsabilidade.

— Elinor?

A voz do meu pai. Sinto o corpo enrijecer na mesma hora.

— Na sala de estar! O Dylan está aqui — diz a minha mãe, recolocando as mãos no colo e endireitando o corpo.

Há um momento de silêncio, então o meu pai se aproxima lentamente pelo corredor, ainda com as botas de caça pesadas de lama.

Ele para na porta e fica me olhando por um tempo. Sustento seu olhar e a raiva/medo parece gritar, o pavor flexiona suas garras, e aqui está a razão por que a minha mãe não me vê há seis meses.

— Que bom que você recuperou o bom senso e voltou para casa — diz meu pai, já dando as costas. — Ajude a sua mãe com o jantar. E depois teremos uma conversa séria sobre o seu futuro.

AGORA

Addie

É apenas uma torção no pulso, na pior das hipóteses. Mas Felicity, a boa samaritana que passava, insistiu em me levar ao pronto-socorro, por isso estou aqui, em vez de estar procurando por Deb.

Para ser sincera, estou cansada dos bons samaritanos de passagem. Kevin já foi o bastante.

— Tudo bem, querida? — pergunta Felicity, passando a mão no meu cabelo.

Ela é dessas pessoas que gostam muito de tocar nos outros. Deb — onde quer que esteja — a detestaria.

O pronto-socorro está bem cheio. Alguém acabou de passar correndo com sangue manchando a frente do vestido, como se fosse um figurante em um filme de terror; e há um homem sentado à minha frente que parece estar segurando o nariz para mantê-lo no rosto. Estou tentando não pensar no que vai acontecer se ele soltar.

Todos que trabalham no hospital parecem estar correndo. Sou só mais uma fazendo com que percam tempo. Faço uma segunda tentativa de convencer Felicity a me deixar ir embora, mas ela não cai na minha conversa.

— Não até que os seus amigos cheguem — diz ela com firmeza, esfregando a minha mão boa entre as dela. — Nossa, os seus dedos estão gelados! Como você consegue estar com as mãos frias com esse calor?!

Felicity tem cerca de sessenta anos, eu diria, e irradia instinto maternal. Ela está usando o tipo de camiseta bege que se encontraria em um bazar de caridade e uma calça jeans com florzinhas bordadas nos bolsos. Seu cabelo preto brilhante está puxado para trás em uma trança impecável.

Ela me viu tropeçar na beira da rodovia. Admito que pareceu um tombo feio. Eu tropecei no acostamento e caí na pista com as mãos estendidas. Mas ainda estava a *quilômetros* dos carros e o acostamento estava todo cercado por causa das obras na estrada. E, sim, ralei os joelhos, manchei a minha jardineira de sangue, e o meu pulso dói demais quando tento fechar ou mexer a mão, mas estou *bem*.

— Por favor, Felicity — digo. — É uma torção leve, não preciso de radiografia, não preciso ficar aqui. Estou fazendo todo mundo perder tempo.

Felicity dá um tapinha no meu joelho.

— Quietinha, meu bem — é só o que ela diz, e estica o pescoço para observar a enfermeira passando. — Que demora, não? É chocante! Era de se imaginar que eles agilizariam as coisas, não é?

Mordo o lábio e torço para que nenhum funcionário do hospital esteja por perto. Checo mais uma vez o celular: sem notificações. Eles com certeza mandariam uma mensagem se tivessem encontrado Deb, o que significa que ela continua vagando pelos campos de Lancashire, tentando entrar em contato conosco. Ou indo de carona para a Escócia, sozinha. Ou sendo assassinada por um caminhoneiro.

— Addie?

Meu coração dispara. Dylan se aproxima tropeçando em malas, crianças e nas pessoas no caminho, então se agacha na minha frente e toca o meu ombro, os olhos examinando o meu rosto.

— Você está bem?

— Estou ótima — digo. — Foi uma torçãozinha de nada no pulso, só isso. Você poderia, por favor, dizer a Felicity para me deixar ir embora agora? Ela não me ouve.

— Dylan — apresenta-se ele, e estende a mão para apertar a de Felicity. — Muito obrigada por cuidar da Addie.

— De nada — diz Felicity, sorrindo. — Ela é uma fofinha.

Percebo os lábios de Dylan se curvando sutilmente.

— É um equívoco comum — digo, e agora Dylan abre um breve sorriso.

Só então vejo o Marcus. Ele está afastado, com as mãos nos bolsos, nos observando de perto da porta. Por uma fração de segundo antes de ele perceber que eu o vi, sua expressão é estranha. Como se estivesse tentando solucionar um quebra-cabeça. Os olhos dele encontram os meus e seu rosto se suaviza em uma expressão que pode ser realmente preocupação.

— Você está bem? — pergunta só mexendo os lábios.

Aquilo me pega de surpresa, e assinto brevemente. Ele dá um sorriso rápido e se afasta em direção à saída.

— Tem certeza de que não quer que alguém dê uma olhada nisso? — pergunta Dylan, e franze o cenho outra vez quando vê as manchas de sangue nos joelhos da minha jardineira.

— Tenho certeza. Quero ir embora.

Dylan encolhe os ombros, impotente, para Felicity.

— Parece que estamos indo, então, Felicity. Obrigado mais uma vez.

Felicity estala a língua.

— Pelo amor de Deus! Ela precisa que um médico a examine!

Dylan sorri.

— Se você não convenceu a Addie disso, Felicity, acho que não tenho muita chance. Quando ela se decide... está decidido. A Addie não muda de ideia.

Fico mexendo no sangue seco na minha jardineira e me pergunto o que Dylan pensaria se visse todos os e-mails que escrevi para ele e que estão na minha pasta de rascunhos. As inúmeras vezes em que quase mudei de ideia. Mas esse é o problema com *quase*: você pode estar noventa e nove por cento lá, pode estar a dois centímetros de fazer alguma coisa, mas se não se convencer a ultrapassar esse limite, ninguém nunca vai saber como você chegou perto de fazer isso.

No fim das contas, pedir para ser dispensada é a maneira mais rápida de ser atendida no pronto-socorro. A moça exausta me faz assinar um termo em que assumo total responsabilidade caso desmaie naquele momento, como consequência de ter pedido para ser dispensada. Ela até consegue dar um breve sorriso antes de sair correndo novamente.

O sol continua forte, tão forte que preciso franzir os olhos. Isso dificulta ler a expressão do Marcus quando nos aproximamos dele no carro. Quando estamos perto o suficiente, vejo que seu rosto está inexpressivo.

— Está tudo bem? — me pergunta ele, como se não tivesse entrado para checar.

— Sim, tudo bem, obrigada.

Dylan abre a porta do carro para mim e já estou quase entrando no banco de trás, com cuidado para não balançar o pulso, quando paro.

— Espera — digo —, eu tenho que dirigir. Você não está incluído no seguro.

— Tudo bem — diz Dylan. — Deixa só eu...

Mas já estou saindo de novo do carro. Marcus já se instalou no banco do carona. Olho de soslaio para ele enquanto me sento diante do volante e vejo que está afundado no assento feito uma criança entediada. Mas quando me encolho de dor ao tentar soltar o freio de mão, ele ergue o corpo e sinto a sua mão em cima da minha em meio segundo.

— Eu faço — diz.

Atrás de mim, escuto Dylan se mexer no banco.

— Obrigada — digo ao Marcus, já colocando a mão machucada de volta no colo.

Dirigir com o pulso torcido se mostra... desafiador. Lágrimas escorrem dos meus olhos quando mudo a marcha. Marcus não ajuda mais, fica só olhando pela janela.

— É o meu celular tocando? — pergunto de repente.

O carro acelera na rodovia. Estremeço enquanto tateio o banco atrás de mim com a mão boa, e com cuidado seguro o volante com a outra. Meu celular está no bolso de trás da minha jardineira.

— Você... — começa a dizer Marcus, ao ver o problema, e estende a mão para me ajudar enquanto tento puxar o celular do bolso.

— Eu pego — diz Dylan, e se inclina para a frente entre os bancos.

Ele apoia a mão na minha e estremeço. Os pelos da minha nuca se arrepiam enquanto ele pega o celular.

— Alô?

Eu espero, tensa.

— A Deb está bem — me diz Dylan, e relaxo novamente o corpo no banco.

— Graças a Deus — murmuro.

Dylan desliga.

— Parece inacreditável, mas o Rodney encontrou a Deb — diz ele.

— Onde ela estava?

— Adivinha — diz Dylan.

— Hummm... Já estava no hotel onde a gente parou o carro?

— Não.

— Vagando pela rodovia?

— Não.

— Pegando carona?

— Errou de novo. Você está subestimando a habilidade da sua irmã de fazer coisas absurdas.

— Desisto — digo. — Onde ela estava?

— Tomando uma cerveja com Kevin, o caminhoneiro.

Ao que parece, Kevin tinha escrito o número do celular dele nas costas da mão dela. No saguão do hotel, Deb nos conta, animada, que foi sorte ela não ter suado demais e apagado o número. A primeira pessoa com quem ela cruzou em Lancashire lhe emprestou um celular, e ela ligou no mesmo instante para ele ir resgatá-la. O único impedimento era que ele estava em Lancaster e havia um engarrafamento grande na área. Obviamente.

— Você está bem? — pergunto, e aperto rapidamente o braço dela. — Fiquei *muito* preocupada.

— Ah, estou bem — diz ela.

— Como o Kevin chegou até *Lancaster*? — É a minha segunda pergunta. — Saímos do piquenique junto com ele! E só chegamos até a porcaria de Preston!

Deb encolhe os ombros placidamente.

— O Kevin é um homem talentoso.

— E onde ele está agora? — pergunto, olhando dela para o Rodney.

Os dois estão com uma aparência terrível. Deb está com a outra bomba extratora de leite sugando seu seio — essa não é movida à bateria e foi conectada à tomada na parede —, mas há manchas de leite na parte da frente do vestido dela, além de uma faixa comprida do que espero ser lama na frente da canela. A sola de um dos seus sapatos se soltou. Enquanto isso, o Rodney está com uma alga de verdade enrolada no cinto. A calça jeans dele está encharcada. A calça começa a secar de cima para baixo, criando um efeito tie-dye. Ele fede muito. Só Deus sabe o que pensaram quando entrou no bar onde Kevin e Deb estavam tomando cerveja.

— De volta à estrada para Glasgow, levando as cadeiras dele — diz Deb. — Ele se ofereceu para me levar ao casamento, mas achei melhor esperar por vocês — completa ela gentilmente.

— Ah, obrigada. — Checo a hora no celular e solto um palavrão. Essa parece ser a minha reação padrão ao checar a hora. — São oito horas. Como já são oito horas? Para onde está indo o tempo?

— Bem, você foi para o pronto-socorro — começa o Rodney —, e o Kevin demorou um pouco para... — Ele se interrompe ao reparar no meu olhar irritado. — Era uma pergunta retórica?

— Sim, Rodney, era uma pergunta retórica. Precisamos voltar para a estrada assim que a Deb terminar.

— Mas estou *morrendo* de fome — lamenta Marcus.

Ele está deitado de costas no tapete, os braços e as pernas estendidos feito uma estrela. Foi-se o homem contido que estava no carro, o Marcus novo e estranho que ficou preocupado ao perceber que o meu pulso doía. Ele desapareceu tão repentinamente quanto surgiu.

— Faz mesmo muito tempo que a gente não come nada — lembra Deb. — Não é melhor a gente pelo menos comprar alguma coisa? Tem um Harvester bem aqui do lado.

— Um o quê? — perguntam Marcus e Dylan em coro.

Eu rio.

— Um Harvester. É uma rede de restaurantes de comida caseira. Vamos. Vocês vão adorar.

Marcus ergue o corpo e se senta no chão.

— Se for comida — diz ele — já estou adorando.

Essa disposição dura até estarmos em uma mesa do Harvester e ele examinar o cardápio.

— Que porra é essa? — pergunta Marcus.

Escondo o sorriso atrás do cardápio.

— O que foi?

— Que lugar é esse? Pizza junto com café da manhã completo? — Ele parece realmente perplexo. — É, tipo, cozinha *fusion*?

Deb perde o fôlego de tanto rir.

— É comida — diz ela.

— E como funciona, a gente levanta e pega carne lá? — pergunta ele, apontando na direção das carnes expostas em bandejas no centro do restaurante. — Isso é monstruoso. Maravilhoso. Posso comer quantos pudins eu quiser?

Quarenta minutos mais tarde, Marcus se recosta na cadeira com um gemido, alisando a barriga.

— Com isso ele deve ficar quieto por um tempo, pelo menos — murmura Dylan para mim. — Como está o trânsito, Rodney?

Não sei bem em que momento o Rodney se tornou o responsável pelas informações de viagem, mas foi o que aconteceu. Ele adora ser responsável por alguma coisa. E já está pegando o celular para checar o Google Maps.

— Aah — diz ele, fazendo uma careta. — Humm...

— Más notícias? — pergunto.

— A M6 norte está fechada.

— Isso parece... ruim...

— Não é ótimo — diz Rodney, em tom de desculpas. — O Google está nos redirecionando pela North Pennines.

— O que isso significa em termos de tempo? — pergunto.

Já são quase nove horas e a luz entrando pelas janelas do Harvester está mais fraca.

— Seis horas.

Deito a cabeça na mesa.

— *Aff.*

— Não faz sentido chegar lá às três da manhã, Ads — diz Deb. — Vamos ver se pegamos quartos naquele hotel. Assim a gente consegue dormir um pouco, e amanhã cedo as estradas vão estar vazias.

— Não! A gente tem que continuar! — digo, sem erguer a cabeça.

— Hã? Não consegui te escutar por cima do som das suas expectativas irreais — fala Deb, tirando o cardápio de debaixo do meu rosto e me forçando a me mexer.

— *Odeio* desistir — resmungo. — E não quero ter que pagar por uma noite em um hotel em uma porcaria de viagem que deveria ser econômica! A gente já pagou pelo Airbnb em Ettrick e...

Quando me dou conta de que estou falando sobre dinheiro na frente do Dylan, o meu rosto cora.

— Não se ofereçam para pagar, nenhum de vocês — acrescento rapidamente, me dirigindo ao Marcus e ao Dylan.

— Nem passou pela minha cabeça — diz Marcus. — E atualmente o Dylan é o verdadeiro poeta sem um tostão no bolso, portanto não olhe para ele em busca de esmola.

— Ah, está bem, eu... — Me distraio por completo. Acho que deveria ter imaginado que o Dylan havia parado de aceitar dinheiro dos pais agora que não está mais falando com eles. — Não podemos simplesmente dirigir durante a noite?

— Você está com o pulso torcido e tenho quase certeza de que tenho cocô de cachorro na minha perna, Addie. Acabei de tentar tirar leite do meu peito com a mão mesmo em um arbusto na beira do campo. Preciso tomar banho e gelar as mamadeiras e a bolsa térmica. E precisamos descansar, ou um de nós vai matar alguém.

— É verdade — diz Marcus. — Estou *muito* perto de assassinar o Rodney. Se ele estalar os dedos mais uma vez...

Rodney pausa no meio de um estalo.

— Desculpa, desculpa, desculpa...

— Ou se pedir desculpas de novo.

— Descul... — Rodney se encolhe. — Ops.

Suspiro.

— Tudo bem. Está certo. Vamos ver se aquele hotel tem quartos disponíveis. — Ergo o dedo quando Marcus abre a boca para falar. — Não, não podemos ver se há algum hotel cinco estrelas onde nos hospedar. Se você quer uma acomodação mais glamourosa, vai ter que encontrar sozinho, e eu não vou levar você até lá, nem a Deb.

— É verdade — diz Deb. — Eu não vou.

O olhar do Marcus encontra o meu por um instante. Na verdade, estou muito orgulhosa de mim mesma por esse breve sermão. Não é fácil enfrentá-lo, mesmo que se trate apenas de quartos de hotel.

— Eu não ia dizer isso. Seja lá o que você queira acreditar sobre mim, posso ficar uma noite sem serviço de quarto. Eu ia me oferecer para perguntar à Maggie se eles têm quartos disponíveis. — O sorriso característico dele parece um pouco mais exausto do que o normal. — Ela provavelmente vai nos colocar nos melhores quartos.

— Isso. É totalmente absurdo.

Deb e eu nos entreolhamos sobre a cama de casal, mas logo desviamos o olhar. É muito difícil não rir.

— Onde eu vou dormir? Na porra do berço? — pergunta Marcus, parecendo de fato desconcertado.

Admito que o quarto para família do hotel econômico não foi projetado para cinco adultos. Mas foi gentil da parte da Maggie nos deixar ficar com ele. O hotel está lotado essa noite, por causa de um casamento acontecendo em algum lugar próximo.

O quarto tem uma cama de casal, duas camas de solteiro separadas por um espaço estreito e um berço.

Deb coloca a mão na barriga.

— Ah... — lamenta ela em voz baixa, olhando para o berço.

Caramba, não valeu nem um pouco a pena ela deixar o filho em casa para fazer esse desastre de viagem.

— Se alguém tiver que dormir no berço — diz Marcus —, deve ser a Addie. Ela é basicamente do tamanho de uma criança.

Examino o berço. É grande. Mas ainda assim é um berço.

— Vou ficar na cama de casal — declaro. — Com a Deb — me apresso em esclarecer, quando todos olham imediatamente para o Dylan. — Vocês três disputem o resto das camas.

Deb está no celular, revendo as últimas fotos do Riley que a nossa mãe mandou no grupo de família do WhatsApp. Não consigo ver a tela do celular, mas não preciso. O olhar de Deb se tornou suave e melancólico.

— Venha — diz Dylan, puxando o braço de Marcus. — Vamos dar um pouco de espaço para a Deb e a Addie. Rodney, venha também. Vamos pegar o resto das malas no carro e decidir quem vai dormir no chão.

Encontro o seu olhar enquanto ele conduz os outros dois para fora do quarto e pega as chaves do carro no caminho. *Obrigada*, digo só com o movimento dos lábios, e ele sorri.

— Ah, meu bem — diz Deb, desligando o celular quando a porta se fecha.

— O que foi?

— Isso — diz Deb, apontando para o meu rosto. — Esse *obrigada*.

— Foi educado?

— Foi algo que você não teria dito doze horas atrás. O que me faz pensar se... alguma coisa mudou...

Eu me sento na cama e seguro o pulso machucado no colo. Está menos inchado, mas ainda está sensível e a pele parece muito rígida.

— Nada mudou. Bem, acho que como passamos mais tempo juntos... Eu descobri como ser civilizada. Por necessidade. Mas é só isso.

— Sem sentimentos?

— Muitos, muitos sentimentos — digo, enquanto me deito de modo que os meus pés ficam pendurados na beira da cama. — Sentimentos demais para administrar.

Deb se deita ao meu lado.

— Você realmente deveria se lavar antes de chegar perto dessa cama — digo.

Ela me ignora.

— Me conta.

— Tem certeza de que não quer falar da saudade que você está sentindo do Riley?

— Certeza absoluta. Não ajudaria em nada. Me fale de todos os sentimentos que o Dylan provocou.

— Está certo, bem... Ele parece diferente.

— Parece?

— Mais pé no chão. Menos tolerante com o Marcus. Mais maduro. Com mais bom senso.

— São todas coisas ótimas.

— Eu sei. Eu sei. — Esfrego os olhos com a mão boa. — Mas talvez eu só esteja vendo o que quero.

— Você ainda ama o Dylan?

Se tem alguém que vai direto ao ponto, essa é a Deb. Engulo em seco e olho para o teto.

— Eu odeio quando as pessoas dizem merdas como *acho que sempre vou te amar* quando estão terminando com alguém, porque, ora... se esse é o caso, por que os dois não estão mais juntos? Mas com o Dylan...

— Você acha que sempre vai amá-lo?

— Bem, vamos colocar da seguinte forma: acho que ainda nunca deixei de amar o Dylan.

— Nem mesmo quando quis queimar a foto dele aquela vez na Noite das Fogueiras?

Sorrio.

— Especialmente naquela noite. Aquilo foi uma tentativa tosca de começar a odiá-lo. Finja até virar verdade.

— E quando você estava saindo com aquele cara da escola?

Meu sorriso desaparece.

— Eu... Ele fez o Dylan desaparecer por um tempo. Mas não fez com que fosse embora para sempre.

Então, Deb pergunta, a voz ainda mais baixa:

— E quando ele deixou você?

Um pouco de ar fresco entra pela fresta da janela aberta e dá para ouvir o barulho da autoestrada.

— Eu nunca me permiti... Eu... — A minha garganta parece estar se fechando.

Deb espera pacientemente.

— Eu nunca disse isso em voz alta, Deb — continuo com dificuldade.

— Tudo bem — diz ela. — Mas pode dizer agora.

— Eu entendo por que ele foi embora — sussurro.

Os carros continuam rugindo lá fora.

— Ele errou quando deixou você — afirma Deb.

— Mas eu entendo por que ele fez aquilo. Mesmo quando aconteceu, eu entendi. Por isso fiquei com tanta raiva. Porque eu sabia... eu sentia que ele estava certo em ir embora.

Deb vira a cabeça para me olhar.

— Você já me disse que nunca perdoaria o Dylan por ter ido embora.

— Eu sei. Teria parecido fraqueza. E eu queria me sentir forte.

— “Perdão é um atributo dos fortes” — diz Deb. — Foi Gandhi quem disse isso.

Uma lágrima escorre pelo canto do meu olho em direção à minha orelha. Fecho os olhos e outras duas lágrimas escorrem, molhando o meu cabelo.

— Você acha que eu deveria ter perdoado o Dylan naquela época? Como ele me perdoou?

— Addie...

— Não, tudo bem, eu consigo falar sobre isso. Consigo discutir isso.

— Você está chorando.

Eu rio através das lágrimas.

— Às vezes chorar é bom. Às vezes a gente precisa chorar.

— Addie, seu celular — diz Deb, e se vira para o lado para pegar o aparelho em cima da mesinha de cabeceira.

— É a Cherry.

— Merda. — Eu me sento e arquejo de dor quando mexo o pulso sem querer. — Passe para mim, por favor? A gente tem que contar para ela que só vai chegar amanhã. Eu já deveria ter ligado.

Limpo o rosto e atendo a chamada.

— Oi, Cherry — digo. — Sinto muito, mas tenho más notícias.

— Não! — diz a vozinha miúda da Cherry do outro lado da linha. — Não! Não! Não! Vocês estão a cinco minutos de distância! Sei que estão!

— Não estamos — digo, e faço uma careta. — *Realmente* não estamos.

— A tia e o tio do Krish também se atrasaram vindo de Londres. Isso é *tão ruim*, Ads.

— Não é, não. Está tudo bem! O trânsito estava ruim hoje, só isso. Amanhã vai estar tudo certo e todos vão chegar com tempo de folga para o casamento.

— Todo mundo deveria ter chegado aqui hoje! Tivemos que fazer o nosso churrasco em família sem vocês!

Eu sorrio, ainda secando o rosto molhado.

— Não sou tecnicamente da família, você sabe.

— Cala a boca! O que foi? Ai, meu Deus, o Krish está me chamando... provavelmente é alguma crise nova... A gipsófila está em falta na floricultura, já ouviu falar de um absurdo desse? Em falta? Ela é o pão com manteiga do mundo floral, Addie. O feijão vermelho do chilli. Você entende?

— Não exatamente, mas entendo que as coisas parecem um pouco desanimadoras agora — digo, na voz mais calma que consigo. — Mas você tem o Krish. E é só isso que importa. E mesmo que a floricultura fique sem nenhum feijão para o chilli, ou o que quer que seja, ainda assim o Krish vai se tornar seu marido até o final do dia de amanhã.

— Sim. Sim. — Escuto a Cherry respirar fundo. — É isso que importa. O problema é que... as outras coisas *também* importam. Não tanto, mas ainda importam muito, entende?

Eu rio.

— Sim, entendo. Olha, a gente vai chegar o quanto antes amanhã, vou dar um abraço enorme em você, depois vou sair correndo para roubar todas as gipsófilas das outras floriculturas de Ettrick, se você quiser. Ou vou só ficar com você, conversando, para te acalmar. O que precisar.

— Eu te amo, Addie — diz ela. — De verdade. Está tudo bem na viagem? Caramba, desculpa, eu nem perguntei... Você passou o dia inteiro com o Dylan! Você está bem?

— Tudo bem. Estou com a Deb.

— Graças a Deus pela Deb — fala Cherry. — *Eu* gostaria de ter uma Deb.

— Desculpa. Vamos estar todos aí amanhã, no final da manhã, está bem?

— Certo — diz ela, em uma voz que não se parece muito com a da Cherry que eu conheço.

— Ah, não lembro se o Dylan comentou com você que o Rodney também está com a gente, portanto ele também vai se atrasar. E o Marcus, mas acho que isso você já tinha imaginado. E também não me importo.

— Sim, o Marcus *deve* saber que foi convidado por pena — diz Cherry. — Quem mais você disse que estava com vocês?

— O Rodney? Ele precisava de uma carona saindo de Chichester, então trouxemos ele com a gente. Coitadinho. Não tinha ideia de onde estava se metendo.

— Rodney? — repete Cherry.

— É...

— Rodney de quê?

— De quê? Hummm. — Olho para Deb. — Não lembro. Rodney... Wilson, talvez? Ou Rodney White?

— Rodney Wiley?

— Sim, acho que é isso. Por quê? Algum problema?

— Ads... Addie...

— O que foi?

Deb está desfazendo as malas, então para e me olha, percebendo a mudança no meu tom.

— Rodney Wiley não foi convidado para o meu casamento.

— O quê?

— Meu Deus, Addie, você... Ele está mesmo com vocês? Agora, nesse momento? — A voz de Cherry fica mais alta.

— Não, ele está lá embaixo no bar... Qual é o problema? Quem é ele?

— Ele é o cara. O cara daquela festa de Natal.

— Ai, meu Deus. O cara estranho com quem você transou e que depois escreveu poemas de amor para você?!

— Esse mesmo!

— Não! — digo, e levo a mão à boca. — Não! O nome dele não era Rodney!

— Era, sim!

— Eu teria me lembrado!

— Bem, não sei o que te dizer, Addie, porque você *não lembrou*! Ai, meu Deus. Por que o Rodney está vindo para o meu casamento? — lamenta Cherry. — Você tem que se livrar dele!

— O que é que está acontecendo? — pergunta Deb.

— Ele é tipo... perigoso? — pergunto, arregalando os olhos.

— Talvez! — responde Cherry. — Quer dizer, bem... Na verdade, não, mas ele é muito irritante. E parece ter se convidado para o meu casamento, o que é *muito estranho*. Como ele conseguiu entrar em contato com vocês para pedir carona?!

— Ele estava no grupo do casamento no Facebook! Como só as pessoas que tinham sido convidadas sabiam dele, eu imaginei...

— O que está acontecendo? — pergunta Deb de novo.

Aceno com a mão na direção dela pedindo paciência.

— O que vamos fazer? — pergunto a Cherry. — O que você quer que a gente faça? Ele ainda está apaixonado por você?

— Pelo visto parece que sim, não é?! — diz Cherry, soando quase histérica. — Duvido que ele venha ao casamento para nos desejar felicidades.

— Você acha que ele quer tentar impedir o casamento?

— De quem vocês estão *falando*? Do *Rodney*? — pergunta Deb, se aproximando.

Coloco o celular no viva-voz.

— Cherry? O que você quer que a gente faça? — pergunto.

— Não sei — diz ela, à beira das lágrimas. — Não sei, só não deixe ele chegar aqui. Se livrem dele.

Deb e eu nos entreolhamos.

— Vocês conseguem fazer isso, não conseguem? Se livrar dele?

— Sim, claro — digo. — Rodney Wiley não vai estar no seu casamento.

— Está certo. Está certo. Ai, meu Deus, imagino o que ele estava planejando. — Cherry parece estar falando com a mão na boca. — Tenho que ir, meninas, o Krish está acenando agora, e está bastante emburrado... Mas vocês vão resolver isso, não vão? Não *acredito* que deram carona para o meu stalker, meu Deus! Espera, Krish, espera, você... Tenho que ir, meninas, mas façam o que for preciso, está bem?

— Não vamos matá-lo, se é isso que você quer dizer — diz Deb.

— O quê?! Deb! Não! É só, você sabe... armar uma emboscada para ele. Deixar o homem amarrado em algum lugar. Talvez dar um susto nele.

— Cherry — falo, já começando a rir.

— Desespero, Addie! Estou contando com vocês!

Ela desliga. Deb e eu nos encaramos.

— Hum — digo.

— Bem — começa Deb.

— Eu me sinto como... Talvez a gente precise organizar algum... plano?

— Tipo... um plano maligno?

— Tipo um plano normal e sensato.

— A Cherry disse para amarrar o homem.

— O casamento deixou a Cherry doida. Não vamos fazer isso.

— O homem precisa ser detido, Addie.

— Sim, eu sei, mas... precisamos ser espertas. Não queremos que o Rodney saiba que nós sabemos. Porque aí ele vai se dar conta de que a Cherry sabe de tudo. E pode tentar arrumar outro jeito de chegar lá.

Deb fica pensativa ao ouvir isso.

— É verdade. Se nos livrarmos dele agora, o Rodney ainda vai ter um dia inteiro para encontrar um jeito de chegar a Ettrick.

— Certo. — Mordo o lábio. — Portanto, por mais que eu não queira o stalker da Cherry no nosso carro...

— Ou dormindo no mesmo quarto que a gente...

— Acho que talvez nossa melhor opção seja mantê-lo por perto até o último minuto possível, então, hummm... Tomamos uma atitude. *Não* vamos amarrar o homem — digo, erguendo o dedo.

— Está certo. Então esse é o nosso plano maligno — declara Deb com satisfação. — Manter o inimigo por perto.

Ouvimos uma batida na porta e nós duas nos sobressaltamos de susto.

— Oi? — digo, um pouco mais nervosa do que gostaria.

— Ei, somos nós — diz Dylan.

Eu olho para Deb.

— Entra.

Dylan olha para nós, sem entender a nossa reação, enquanto ele e o Marcus entram no quarto.

— Vocês estão bem? — pergunta ele.

— Onde está o Rodney? — pergunta Deb a eles.

Marcus começa a esvaziar os bolsos na mesinha lateral: moedas, celular, carteira.

— Ele pegou o carro e foi comprar um saco de dormir em uma loja próxima — diz.

— Ele *o quê*? — Deb e eu gritamos.

Marcus nos encara.

— Ele foi de carro até uma loja próxima. Qual é o problema com vocês duas?

— O Rodney está com o carro? — pergunto.

— Qual é o problema, Addie? — fala Dylan.

— Ah, isso tem a ver com o seguro? — indaga Marcus, revirando os olhos, enquanto tira os sapatos. — São só dez minutos, Addie.

— Vocês estão me dizendo que o Rodney saiu. No nosso carro. Sozinho.

— Sim, tipo isso. Por quê? Algum problema?

ANTES

Dylan

No começo de abril, o Luke e o Javier vieram passar uma semana no Reino Unido, e aproveitamos para fazer uma viagem para West Wittering Beach: eu, a Addie, o Marcus, a Grace, a Cherry, o Luke e o Javier. As coisas com a Addie andam diferentes. Desde que eu disse que ficaria no chalé com o Marcus, em vez de com a família dela, ela parece mais distante, fica no trabalho até tarde, às vezes se desvencilha quando faço menção de tocar nela. Eu gostaria de poder voltar atrás na decisão.

Marcus está em um momento ruim de novo. Agora que estamos morando juntos, vejo em primeira mão quanto ele bebe e, toda vez que a Addie vem ao chalé, ele se comporta mal, de um jeito rabugento e infantil. Não sei lidar muito bem com tudo isso, e, além do drama no chalé, há também o drama com o meu pai. A opinião dele em relação aos meus planos de carreira não mudou, o que não é nenhuma surpresa.

Por causa de tudo isso, é maravilhoso fugir por um tempo e ficar deitado na areia com cheiro de água do mar, tendo a Addie do meu lado. Ela está envolvida em uma conversa com a Grace, que por sua vez está ocupada passando protetor solar na Cherry; a Grace tem que ficar segurando a Cherry pelo braço o tempo todo e dizendo: *Não, ainda não terminei, meu bem*, porque a Cherry está de olho no mar, claramente tendo que se conter para não mergulhar logo.

Tento não achar enervante a amizade da Addie com a Grace. Não sinto nenhum orgulho de como me comportei com a Grace. Eu era uma pessoa diferente na época, e dividir uma mulher com meu melhor amigo parecia animado e interessante, quando na realidade era bastante preocupante e provavelmente nada saudável para nenhum de nós. Sempre que penso naquela época, tenho vergonha, então, é claro, tento pensar nela o menos possível.

— Ads? Você vem? — pergunta Cherry, assim que consegue se desvencilhar de Grace.

Ela está pulando na ponta dos pés. Estreito os olhos quando a Cherry lança areia na direção do meu rosto. A praia está lotada de banhistas que parecem usar os acessórios mais extraordinários: corta-ventos com estampa de lagosta, inúmeros baldes de areia, conjuntos de espreguiçadeiras cuidadosamente arrumadas, guarda-sóis enfiados tortos na areia. Addie se apoia nos cotovelos.

— Dylan? — chama.

— Estou lendo — digo, apontando para o meu exemplar das *Obras Completas*, de Byron. — Talvez daqui a pouco?

A Cherry puxa a Addie para que se levante.

— Esquece o Dylan, ele é chato. *Você* não é chata — diz ela para a Addie, que está resistindo a se levantar. — Vamos! Nadar! Nadar!

Addie se rende e elas seguem tropeçando em direção à água. Fico olhando para a Addie, seu rabo de cavalo escuro balançando, as linhas elegantes do corpo bonito emolduradas pelo mar.

— Você é um idiota — diz Marcus ao meu lado.

Ele está cobrindo o rosto com o chapéu, por isso sua voz sai abafada. Marcus já está bebendo, mas o Luke, o Javier e a Grace também estão, então tento não me preocupar.

— Oi? — respondo, e viro a cabeça para olhar para ele, que não se dá o trabalho de tirar o chapéu do rosto.

— Sabe como seria fácil para outra pessoa roubar ela de você agora?

— Hã?

Volto a olhar para a Addie na água. Ela está montada nos ombros da Cherry, agitando os braços enquanto tenta se equilibrar. Ao meu lado, a Grace se vira na direção do Marcus, ouvindo a nossa conversa, provavelmente em busca de mais material para o livro que está escrevendo.

O Javier e o Luke estão se beijando atrás dela, enrolados na toalha do Javier. Eles rolam na areia e acabam derrubando a cerveja do Luke, que escorre pela areia.

— *Ah, vá se divertir sem mim, Addie* — diz Marcus, em um tom zombeteiro. — *Vou ficar sentado aqui, sendo entediante com o meu livro, no primeiro dia de tempo bom que passamos juntos em vários meses.*

Sinto um aperto no peito conforme os pensamentos ruins se assentam.

— Achei que você *gostaria* que eu estragasse tudo — digo, tentando manter o tom leve, mas estou com raiva, acho, e surpreso comigo mesmo. Não sinto raiva com frequência. — Achei que você tinha dito que ela era totalmente errada para mim.

Marcus joga o chapéu de lado e se senta.

— Às vezes — diz ele —, é muito, muito difícil ser um bom amigo. Eu tenho sido um modelo de contenção e você não faz a menor ideia disso, não é? Bem, foda-se.

Ele vai para a água, tirando a camiseta no caminho, e o observo mergulhar e nadar até onde estão a Cherry e a Addie. Elas gritam quando ele se lança na direção das pernas da Cherry, então todos mergulham, as gotas respingando e refletindo o dourado do sol, e vejo a Addie afastar o cabelo dos olhos, rindo.

Ao meu lado, a Grace se deita de costas com um bocejo.

— Sou só eu — pergunto —, ou nada do que ele acabou de dizer faz sentido?

Grace estende a mão para me dar um tapinha amigável no braço. Suas costelas estão aparecendo pelo tecido do maiô de grife que ela está usando, e franzo o cenho ao ver aquilo. Grace está mais magra, talvez magra demais. Ela conseguiu um emprego de modelo, e seu cabelo é de um castanho incomumente sensato: mais comercial, pelo que parece. Ela passa a maior parte do tempo em festas cheias de cocaína em Londres ou Los Angeles. Seu perfil do Instagram tem várias fotos dela colada em bilionários ou tomando sol em iates. Faz tempo que ela não posta sobre o livro que está escrevendo. Eu deveria checar seu progresso com mais frequência, mas a Grace é uma daquelas pessoas com quem nunca penso em me preocupar, afinal ela sempre foi a adulta do grupo.

— O Marcus não entende ele mesmo, ainda menos você e a Addie — diz ela. — Ignore-o, querido. Você está indo muito bem.

Mas não consigo me livrar da melancolia pelo resto do dia. As palavras do Marcus ficam pairando na minha mente feito vespas voando ao redor de alguma coisa pegajosa e doce, e volto a sentir que algo está errado, como se um objeto na cena tivesse sido mudado de lugar entre uma tomada e outra.

Sabe como seria fácil para outra pessoa roubar ela de você agora?

— Se você continuar insistindo nisso, Dylan, não vai ver nem mais um centavo nosso — diz o meu pai.

Esse é o último horror que paira logo adiante, a expressão final da desaprovação do meu pai. Até o Luke continua recebendo mesada, mesmo administrando uma cadeia de clubes gays em Nova York.

Endireito os ombros. Estamos no apartamento do meu tio Terry, em Poole, de pé, olhando para o mar turvo e cinzento pelas janelas que vão do chão ao teto. Consegui evitar ir em casa desde aquela visita horrível no fim de janeiro, mas não consegui evitar a festa de cinquenta anos do Terry. O meu tio foi pessoalmente atrás de mim em busca de uma confirmação do convite. Acabei aceitando, depois de descobrir que a Addie estaria viajando por causa da despedida de solteira de uma amiga. Sei que ela vai ter que conhecer a minha família em algum momento, mas, caramba, não desse jeito. Todos aqui acham que os pobres são pobres porque não se esforçam o bastante. Há uma enorme escultura de gelo em forma de cisne em um canto e um quarteto de cordas no outro, e tenho quase certeza de que os músicos foram contratados porque o Terry tem esperança de que a violinista transe com ele.

— Você está me ouvindo, Dylan? Voltar para a universidade não é uma opção.

Se o meu pai parar de me mandar dinheiro, vou ter que cancelar a compra do apartamento que está meio caminho andada. E vou ter que arrumar um jeito de me sustentar durante o mestrado. Isso significa que... nem tenho certeza se sei o que isso significa. Por mais que me doa admitir, nunca deixei de receber mesada dos meus pais.

Abrir mão desse dinheiro é o último passo para a liberdade... Mas também sei que o dinheiro do meu pai é liberdade e que desistir dele é um passaporte direto para alguns dos anos mais difíceis da minha vida.

— Para de me dar dinheiro, então — digo, ainda observando as ondas quebrarem. — Vou seguir meu próprio caminho.

No fim de semana seguinte, a Addie e eu nos encontramos para caminhar pelo jardim do Bishop's Palace sob um chuvisco de maio. Addie está usando um boné cinza e uma roupa de lycra. Ela veio correndo para cá, direto da casa dos pais, e suas bochechas ainda estão rosadas por causa do exercício, e eu a amo tanto que de repente isso me desespera.

— Venha morar comigo — digo.

Ela está alguns passos à minha frente. Estamos andando em fila para permitir a passagem de um homem com um carrinho de bebê. Addie se vira lentamente para me encarar.

— Você não quer dizer... — Seu olhar hesitante se desvia do meu rosto para um casal que passa por nós, de mãos dadas. — Está falando de morar no chalé? Com o Marcus?

— Não, não — digo. Vou até ela e pego as suas mãos. — Em um lugar nosso.

Addie franze o cenho, confusa.

— No apartamento? Você ainda vai comprar aquele apartamento?

Ainda não contei a Addie sobre o dinheiro. A única vez que conversamos sobre o assunto terminou em uma discussão enorme e muito desconfortável e, atualmente, ela fica carrancuda quando menciono os meus pais, por isso parei de citá-los.

— Foi uma ideia estúpida investir em um apartamento. Eu só tenho vinte e dois anos, pelo amor de Deus. Vamos alugar. Um lugar que seja meu *e* seu. Perto da escola, para que você não precise passar muito tempo no ônibus... e perto da universidade.

O sorriso da Addie vai aumentando lentamente, e, quando ela aperta as minhas mãos e sorri para mim, eu me sinto como se estivesse *melhor*, como se antes sentisse dor e a Addie a tivesse feito passar.

— Você está falando sério?

— Estou falando sério.

— Vai fazer o mestrado?

— Decidi fazer meio período e trabalhar. Estava pensando em um bar, talvez, ou em dar aulas particulares.

O sorriso dela aumenta ainda mais.

— É mesmo? Você vai trabalhar?

Sinto uma pontada de vergonha.

— Sim, claro... Chega de ficar tentando preencher o meu eterno vazio.

Ela ri.

— Dylan... você tem certeza?

— Tenho certeza.

Addie me abraça com força e giro com ela nos braços.

— Era isso que você queria? — pergunto, pressionando os lábios no boné dela. — Por que não me disse?

— Não era o que eu queria — diz ela, enfiando o rosto em meu casaco. — Quer dizer, não é como se eu tivesse uma ideia exata do que eu queria, só quero que você faça o que acha certo. Mas estou feliz, sim. Estou feliz por fazer parte do seu plano.

Você é o meu plano, sinto vontade de dizer. Em vez disso, pergunto:

— Vamos encontrar um café? E dar uma olhada em alguns sites de imobiliárias?

Passo o braço pelos ombros dela e começamos a andar de novo.

Addie assente, ainda sorrindo.

— Você já contou ao Marcus? — pergunta ela.

O brilho de felicidade enfraquece um pouco quando escuto isso.

— Ainda não. Mas vou contar em breve. O Marcus não está... ele não está *totalmente* de acordo com a ideia, então...

Eu me interrompo. Addie não diz nada.

— Ele vai acabar entendendo — digo.

Addie continua calada.

— Você está bem?

— Estou — diz ela. — É só que... por um minuto, eu fiquei animada.

— E... desanimou de novo?

— Ora, se você ainda não contou ao Marcus, não é... não tenho certeza se você está mesmo decidido.

— Como assim?

— Não fica bravo. É só que normalmente quando você decide alguma coisa antes de conversar com o Marcus, você acaba mudando de ideia.

— Eu?

— Está tudo bem... Só não vou começar a planejar a mudança ainda — diz Addie, olhando para mim e se esforçando para sorrir. — Desculpa. Chateei você?

— Não, não — digo, embora não tenha certeza. — E você sabe que o Marcus só... Ele só quer o melhor para mim.

— É claro — fala ela, mas seu tom é estranho.

— Addie? — Diminuo o passo novamente e recolho o braço que estava ao redor dela para ver o seu rosto. — Addie, você está irritada com o Marcus por algum motivo?

— Não, não! Está tudo bem.

— Você já disse isso, só que dessa vez está sendo ainda menos convincente.

— Está *tudo bem*, Dylan. Que tal aquele café? O meu pai diz que eles têm um bolo de cenoura muito bom.

— Addie.

Ela leva as mãos ao rosto e deixa escapar um barulhinho meio grunhido, meio gemido.

— Por favor, não, Dylan, eu não quero falar sobre isso.

— O que é *isso*? Do que a gente está falando? Do Marcus? Ele fez alguma coisa que chateou você?

— Se ele... — Ela para e se desvencilha do meu braço. — Você realmente não reparou?

— Não reparei em quê?

Estou ficando com frio agora. Parece aquele momento no filme de terror em que a gente sabe que alguma coisa está prestes a aparecer de repente e fica só esperando o estômago se revirar.

— O Marcus tem algum... problema comigo — diz ela. — Metade do tempo, ele me ignora. Quase nunca olha para mim, na verdade. E, ultimamente, ele começou a fazer uns comentariozinhos quando estamos todos juntos. Coisas sobre como eu sou ruim para você e tal.

Engulo em seco quando me lembro da noite em que o Marcus me disse que a Addie era *confusa, primitiva*, enquanto andava de um lado para outro com aquela cerveja espumando na mão.

— E estava tão desesperado para que você fosse morar com ele naquele chalé esquisito atrás do jardim do pai dele...

— Isso foi uma grande gentileza da parte dele — retruco, franzindo a testa. — Me oferecer um lugar para morar.

— Eu sei, eu sei, mas também foi... Ah, deixa para lá — fala ela, e volta a caminhar. — Era melhor nem ter tocado no assunto.

— Ei, não faz isso — digo, então acelero o passo para alcançá-la e seguro o seu braço. — Ei, vai devagar, Addie! Se você está chateada, é melhor a gente conversar.

— Mas você não vê como isso soa? *Horrível*. Parece que estou tentando me colocar entre você e o seu melhor amigo, e... Isso provavelmente é o que ele quer que você pense que estou tentando fazer, e agora estou caindo direitinho no jogo dele, e...

— Ads, você está falando bobagem. Ele não está fazendo jogo nenhum. É o *Marcus*. Eu conheço o cara desde criança. É como um irmão. Ele... ele é o Marcus — concluo sem grande convicção.

Estamos diante do café, parados do lado de fora, olhando para dentro.

— Você está me dizendo que achava sinceramente que ele me aprovava? Não acredito nisso, Dyl. Aposto que ele vive no seu ouvido, querendo que você termine comigo. — O rosto dela está vermelho de novo, dessa vez de indignação.

— Eu... — Desvio o olhar. — Ele teve algumas questões em relação à gente no começo, sim, mas achei que... Às vezes vocês dois parecem se dar tão bem... Achei que tivessem se acostumando um com o outro.

Ela dá uma risadinha cínica.

— Sim, eu acho a mesma coisa de vez em quando. Então o Marcus volta a ser um babaca.

— Eu sei que ele pode ser um pouco demais, só que...

— Ele é o seu Marcus. Eu sei. Agora eu entendo isso, pode acreditar — diz ela. — Ele faz parte do pacote.

Quase me irrito com ela. Se eu não gostasse da Deb, será que tornaria a situação constrangedora para ela do jeito que ela está fazendo comigo?

A expressão da Addie muda, por uma fração de segundos, e tenho a estranha sensação de que ela sabe o que estive prestes dizer.

— Eu vou para casa — anuncia ela. — Preciso tomar banho.

— E o bolo de cenoura? — pergunto, olhando para o café.

— Outra hora — responde. E já saiu correndo.

Fico parado olhando Addie se afastar, aquele boné cinza balançando enquanto ela abre caminho entre as pessoas na calçada, e tenho a sensação de que algo está se esticando, como um elástico, como se fosse um fio que nos mantém juntos. A Addie quer morar comigo? Ou não?

Afundo no sofá e as almofadas brancas peludas fazem cócegas na minha nuca. Elas estão um pouco menos brancas do que costumavam ser depois dos cinco meses em que o Marcus e eu passamos morando no chalé.

— Então ela literalmente saiu correndo. Como a gente vai dar um passo adiante se a Addie *sempre* faz isso? — digo, enquanto cutuco o rótulo da minha garrafa de cerveja. — Ultimamente, toda vez que tento me aproximar um pouco mais, ela se afasta.

Há um grande estrondo na cozinha. Marcus está cozinhando, o que costuma envolver uma receita extraordinariamente complicada, uma ida a um grande número de supermercados para comprar ingredientes como manjericão-limão e pasta de tamarindo, horas de concentração intensa na cozinha e, no fim, um pedido de delivery.

— A Addie disse que eu tenho um problema com ela? — pergunta ele.

— Humm? É. Algo assim.

Espero, mas não há resposta, apenas mais batidas e barulho de coisas caindo.

— Você não disse nada a ela, disse? Tipo... as coisas que você me falou, sabe, naquela noite antes de eu me mudar para cá?

— Eu evito a Addie sempre que possível — diz Marcus em um tom sombrio.

— Não o tempo todo — lembro. — Uma noite dessas, vocês assistiram a um filme juntos enquanto eu trabalhava na carta de aplicação para o mestrado.

— Sim, é verdade — confirma Marcus, e escuto quando ele abre uma nova garrafa de vinho. — Foi um lapso estranho. Não é fácil ser consistente.

Reviro os olhos.

— Se você não gosta da Addie, por que assistiria a um filme no sofá com ela? — pergunto pacientemente.

— Boa pergunta, meu amigo. E se você gosta mesmo da Addie, por que passa tanto tempo sentado nesse sofá reclamando dela?

— Não faço isso — retruco, franzindo a testa.

— Faz, sim. Você passa metade do tempo agoniado tentando descobrir o que a Addie está pensando. Ela mantém você tenso, vive fazendo joguinhos.

— Ela não vive fazendo joguinhos.

Marcus aparece na porta da cozinha, o cenho franzido.

— Você está ocupado demais querendo transar com ela para perceber. Mas não acha que todo mundo sente essa vibração dela?

— Que... que vibração?

— Essa energia sexual sombria que a Addie tem. Detesto te dizer isso, Dyl, mas não é só com você. Ela exala isso para todo lado.

— Não faço a menor ideia do que você está dizendo.

Mas subitamente o meu coração começa a bater forte, de um jeito doentio, porque a verdade é que eu sei o que ele quer dizer. Addie tem mesmo essa sinceridade absoluta, uma transparência, uma crueza... Ela é tão sensual. De repente, eu me lembro de como ela estava naquele bar quando voltei de viagem, de como aquele vestido justo estava colado ao seu corpo, e ela sabia disso. Lembro-me de todas as vezes em que entramos em um pub e percebi o olhar de algum homem sendo atraído para a Addie como se ela fosse magnética.

— Ela vai machucar você, Dyl.

A frustração me atinge de repente. É raro o Marcus conseguir me irritar, mas cheguei ao limite.

— Você só não quer que eu me mude — digo, irritado. — Quer me manter aqui.

Marcus recua um pouco e vejo mágoa em seus olhos.

— Estou tentando cuidar de você. Só isso.

Ele mantém a voz cuidadosamente firme, mas a mão ao redor da taça de vinho está com o nó dos dedos muito brancos.

O celular toca no meu bolso. Tento checar tão rapidamente quem é que acabo deixando o aparelho cair e escuto o Marcus soltar uma risadinha zombeteira enquanto volta para a cozinha. É uma mensagem de WhatsApp da Addie.

Vamos conversar de novo amanhã? Desculpa, as coisas ficaram tensas. Eu não devia ter reclamado do Marcus com você. E adoraria morar com você 😍 Bjs

Graças a Deus. As preocupações se dissipam, a raiva se extingue como uma chama a gás apagada no aquecedor. Vou morar com a Addie, arrumar um emprego e abrir o meu próprio caminho até me tornar o professor Abbott, acadêmico, poeta e amante de Addie Gilbert. Os instintos protetores do Marcus vão se acalmar em algum momento, ele vai passar a confiar na Addie e ela vai começar a entendê-lo melhor. Todo mundo vai se entender.

Addie

É início de verão em junho, e ainda estou me acostumando com a alegria pura de dividir um apartamento com o Dylan.

Bem, talvez não seja uma alegria *pura*. Nós brigamos bastante agora que moramos juntos. É uma questão de adaptação, acho, e tem o Marcus. Ele é sempre uma boa fonte de desentendimento. Essa manhã, eu e o Dylan berramos um com o outro por meia hora porque ele gastou duzentas libras em um rack de televisão de que não precisamos, mas na verdade estávamos discutindo porque ontem o Marcus me acusou de *manipular a situação* em um jogo na casa da Cherry. Dylan mais uma vez não conseguiu se tocar de que o Marcus estava sendo babaca comigo. E como eu não podia simplesmente dizer *o Marcus foi cruel falando da minha técnica de charadas e você não me defendeu*, eu disse: *Não podemos pagar por isso*. Dinheiro é um tema tão fácil de discussão. Especialmente com o Dylan.

Quando entro no estacionamento da escola, Etienne está saindo do BMW dele. Ele me cumprimenta com um aceno de mão e eu aceno de volta, enquanto puxo o freio de mão e me pergunto se retoquei as duas sobrancelhas ou só uma. Não consigo lembrar de jeito nenhum. Hoje está sendo um daqueles dias. Já cedo...

— Pronta para o início do verão? — pergunta Etienne enquanto eu tranco o carro e me aproximo apressada.

Ele sorri. Acabamos ficando mais à vontade um com o outro ao longo dos últimos meses. Já não peso mais cada palavra antes de falar, e o meu coração não dispara de nervosismo quando ele entra na minha sala de aula sem avisar.

— Não — digo, franzindo o nariz. — Pensei em ficar por aqui e ajudar com as turmas de verão.

Ele ri, e fico feliz.

— Você se saiu bem esse semestre, Addie — comenta ele. — Estou realmente impressionado.

Minha alegria aumenta.

— Ah, obrigada. Agradeço muito a você e à Moira por tudo que fizeram para me ajudar e por toda a paciência enquanto eu me adaptava.

— Tenho um bom instinto no que diz respeito às pessoas — diz Etienne, segurando a porta para eu entrar. — Eu sabia que você seria uma ótima professora. E que se adaptaria aqui com a gente.

A porta externa da sala dos professores é rígida e pesada, e Etienne está com as mãos ocupadas com várias pastas. Para manter a porta aberta para mim, ele fica na frente dela, e tenho que passar colada a ele para entrar. Dou um breve sorriso quando passo, então prendo o ar de repente. Os olhos dele estão fixos no meu rosto, e há certo ardor em sua expressão. É difícil definir, mas não resta dúvida. É desejo.

— Até o pai do Tyson se deu bem com você — continua Etienne enquanto seguimos em direção a máquina de café, agora um ao lado do outro.

O tom dele é leve e casual. Não há nenhum traço daquele olhar ardente. Evito encará-lo enquanto fazemos café na sala dos professores. Nós conversamos. Um bate-papo casual. Já estou reescrevendo a cena: ele não me olhou de um jeito estranho, foi só educado e abriu a porta para mim.

Mas então Etienne toca a minha mão quando tentamos abrir a porta da geladeira ao mesmo tempo. Meu coração dispara. Os olhos dele encontram os meus e lá está de novo aquela expressão, agora com um sorriso enigmático.

— Desculpe — digo, e recuo, com o rosto pegando fogo. — Pode ir. Eu espero.

— Sem problema, Addie — diz ele, ainda sustentando o meu olhar. Então... o ardor se vai de novo.

Engulo em seco e levo o café direto para a minha sala de aula. Queria que Etienne não fosse tão bonito. E gostaria que eu e o Dylan não tivéssemos brigado de manhã. Também gostaria de não ter enrubescido.

Checo o relógio. Faltam poucos minutos para as crianças começarem a entrar na sala. Estou há dez minutos parada aqui, com o café na mão, olhando para o quadro em branco, sem fazer nada.

Pego o celular e retomo a conversa com o Dylan no WhatsApp:

Te amo. Desculpa ter ficado chateada por causa de um rack de TV idiota. Bj

Ele já está digitando.

Também amo você. E não foi idiota. Ou melhor, foi, porque gastei muito dinheiro naquilo. Vou devolver no fim de semana.

Sorrio. Então ele começa a digitar de novo:

Mas você vai sair para beber comigo e com o Marcus amanhã à noite? Eu realmente quero que vocês tentem se dar bem. Por favor? Bj

Passo uma hora tentando decidir o que vestir para sair para beber com o Dylan e o Marcus, e vou ficando cada vez mais irritada comigo mesma a cada roupa que jogo na cama. A noite está quente, ainda na casa dos vinte graus mesmo depois das seis da tarde. Brinco com a ideia de usar os vestidos de algodão larguinhos que usei no verão passado na França, mas todos parecem curtos demais. Estou tão acostumada a usar vestidos que cobrem os joelhos, por causa da escola, que um minivestido parece meio escandaloso.

No fim, acabo resolvendo ir de calça jeans, tênis Converse e uma camiseta branca puída que vive escorregando do meu ombro. Opto por parecer despreocupada e descolada, com o ombro à mostra, mas, assim que saio de casa, percebo que vai ser só mais uma coisa para tomar conta. A camiseta escorrega toda hora e acaba mostrando um pouco do meu sutiã velho.

Vamos a um pub que fica a algumas ruas do nosso apartamento. O lugar tem paredes azul-escuras e canecas de cerveja penduradas em todas as vigas do teto antigo, cada uma com uma pequena lâmpada dentro. Por um momento, vejo o ambiente pelos olhos do Marcus: o lugar dá a impressão de se esforçar para parecer interessante, em comparação com os pubs verdadeiramente descolados de Londres de que ele gosta.

Marcus já chegou, e está em uma mesa perto da janela. A iluminação da rua que entra pelo vidro projeta triângulos de luz e sombra no rosto dele. O cara é lindo. Vivo me esquecendo disso, provavelmente porque ele costuma ser um babaca.

Nos cumprimentamos com um abraço. Ele me mantém a certa distância, os quadris afastados dos meus, do jeito que se abraça um colega ou um primo distante. Marcus e Dylan conversam um pouco e eu sempre acabo perdendo o momento certo de entrar na conversa, fico abrindo e fechando a boca como um peixe.

— Então, Addie — diz Marcus, brincando com uma bolacha de cerveja que está em cima da mesa. — Como vai na escola?

— Está tudo bem. Eu meio que descobri como funciona esse negócio de dar aula, pelo menos um pouquinho — digo, girando a caneca de cerveja na palma da mão. — O comportamento dos alunos tem sido a coisa mais difícil para mim. Conseguir o respeito deles.

— Deve ser difícil, levando-se em consideração que você não é muito mais velha do que eles — comenta Marcus.

— Sim. Além disso, metade do ensino médio já é uns trinta centímetros mais alta do que eu — confesso, e faço uma careta.

Dylan sorri. Isso parte um pouco o meu coração, ver como ele está feliz com o progresso da nossa conversa.

— E o diretor gato? — pergunta Marcus. — Como vai?

Sinto o rosto quente, o que me faz ficar ainda mais vermelha, porque sei que parece culpa.

— O Etienne? — digo. — Está bem. Acho. Quem te disse que ele era gato?

— O Dylan mencionou — fala Marcus, lançando um olhar bem-humorado para o Dylan. — Uma ou duas vezes.

Quando o Dylan fica envergonhado, dá para ver nos olhos dele, pois ficam meio tensos nos cantos.

Dylan nunca mencionou o Etienne para mim. Pensando bem, acho que também nunca falei dele com o Dylan.

— Ah, está bem — digo, tentando soar como se aquilo não fosse grande coisa.

— Foi ele quem contratou você, não foi, o diretor gato?

— Sim, ele e a Moira, a diretora-assistente.

Marcus lança um olhar significativo para o Dylan.

— O que foi? — pergunto, olhando de um para o outro.

— Marcus... — Dylan se interrompe.

— Eu tenho uma teoria — diz Marcus. — Se um homem contrata uma mulher, em algum nível ele quer transar com ela

— Isso... isso é horrível — falo. — E definitivamente não é verdade.

— Então ele não quer transar com você? — pergunta Marcus.

Meu rosto fica vermelho de novo. Por que eu sou tão branca?

— Não, ele não quer transar comigo — retruco com firmeza. Mas sinto o olhar do Dylan nas minhas bochechas vermelhas. Sinto a insegurança dele. — Não é desse jeito. Obviamente.

Quero que o Dylan diga alguma coisa. Não é nesse momento que ele deve intervir? Ele não deveria dizer ao Marcus para calar a boca e sumir? Marcus dá um sorrisinho e sinto o sangue ferver.

— Enfim, tenho algumas novidades — diz Marcus no silêncio que se segue. — Tive uma ideia nova. Um aplicativo.

Marcus tem sempre uma ideia em andamento. E todas fracassam ou são deixadas de lado para dar espaço para a próxima.

— Acho que posso trabalhar nisso de qualquer lugar, por que não aqui? — diz, e abre as mãos.

Demoro um instante para processar o que ele acabou de falar. Ainda estou vibrando de vergonha e raiva. E com o rosto queimando.

— Você quer dizer aqui, tipo, em Chichester?

— Sim. Vou alugar um lugar nos arredores da cidade. Uma casa com dois quartos e uma jacuzzi — anuncia Marcus, e se recosta na cadeira. — Vou dar uma festa de inauguração, obviamente.

— Isso é fantástico — diz Dylan, mas ele está piscando demais, o que significa que também está surpreso. — Pensei que você tinha dito que não acontecia nada em Chichester, hein?

— Ora, eu vou trazer a diversão — garante Marcus com um sorriso. — Chichester não vai nem saber o que aconteceu. — Ele sai do banco. — Está na hora de outra rodada. A mesma cerveja, Addie?

Ele não me olha nos olhos. Quase nunca faz isso, para ser sincera. Como se eu estivesse abaixo dele, como se não fosse merecedora nem de um olhar. Às vezes, sinto vontade de lembrá-lo de como ele olhou para mim no início. Tenho certeza de que se interessou por mim na França. Naquela época ele não era bom demais para mim?

— Sim, a mesma coisa, por favor — digo. — Obrigada.

Depois que o Marcus se afasta, fico olhando o Dylan tomar o último gole da cerveja e sinto uma onda de raiva pela tranquilidade dele. Dylan sempre dá crédito ao Marcus. Ele faz a mesma coisa comigo, e adoro, por isso não faz sentido eu detestar que ele faça pelo Marcus. É totalmente hipócrita. Mas sinto raiva do mesmo jeito.

— Você não acha estranho? — pergunto, sem conseguir me conter. — O Marcus se mudar para Chichester agora, depois da cena que fez sobre você ter vindo para cá? E o jeito que ele falou que o Etienne é gato? Na minha frente?

— Por quê? — diz Dylan, os olhos encontrando rapidamente os meus. — É constrangedor para você falar sobre isso?

Esse é o tom mais ríspido que já o ouvi falar comigo. Dylan às vezes grita quando a gente briga, mas nunca é brusco e venenoso assim. Ainda estou olhando espantada para ele quando o meu celular vibra na mesa. É a Deb. Franzo o cenho. Deb quase nunca me liga do nada, normalmente manda mensagem primeiro.

— Espera aí — digo ao Dylan, e deslizo para fora do banco. — Volto em um minuto.

Passo pelo Marcus a caminho da porta, quando já estou levando o celular ao ouvido. Os olhos dele encontram os meus. É tão fora do comum ele me encarar que um choque percorre o meu corpo. É difícil interpretar a expressão dele, mas é suave, ao contrário do próprio Marcus.

— Indo embora tão cedo? Foi alguma coisa que eu disse? — pergunta ele.

Os cantos dos lábios dele se erguem em um sorriso lento e sarcástico, a suavidade se foi.

— Alô? — digo ao telefone, passando por Marcus.

Eu o escuto inspirar bruscamente, e seu ombro colide com o meu com força demais para ter sido só um acidente, embora eu não tenha certeza se quem bateu foi ele ou eu.

— Addie?

Saio para a noite fria de verão e pressiono o celular no ouvido. Deb parece... estranha.

— Você está bem? — pergunto.

— Provavelmente — diz ela. — Provavelmente.

— Você está *chorando*?

— Estou — responde a Deb com cautela. Depois funga. — Estou tendo uma pequena crise.

— Como posso ajudar? Qual é o problema?

— Bem. Humm. Acho que posso estar grávida.

Deb está respirando com dificuldade, como se estivesse se preparando para pular de um trampolim, ou talvez nos primeiros estágios do trabalho de parto. A expressão dela é estranha. Muito séria. Odeio ver a minha irmã parecendo preocupada; é como ver o meu pai chorar.

— É só um pedaço de plástico — digo. — Você precisa olhar para ele para saber.

— É um pedaço de plástico capaz de *mudar a vida* — corrige Deb, olhando para o teste de gravidez semiescondido em seu punho cerrado. — E estou me dando conta de que não vou conseguir olhar para isso. *Porque* aí eu vou saber.

— É — digo baixinho. — É, faz sentido. Eu provavelmente simplifiquei demais a situação.

Deb cutuca os seios com a mão livre.

— Eles não estão *tão* doloridos — comenta. — Provavelmente tem a ver com a menstruação. Provavelmente a minha menstruação está chegando. Muito atrasada.

— Sim. Deve ser isso. Só precisa dar uma olhada no bastãozinho, então...

— Ou posso estar grávida.

— Você *pode* estar grávida. — Lanço um olhar significativo para o teste de gravidez. — Se ao menos houvesse uma maneira de saber...

— Você não está ajudando — declara Deb.

— Desculpa, mas o suspense está me matando. Por favor, olhe o resultado desse teste. Não estou mais aguentando não saber. Somos basicamente um único ser, Deb. O seu útero é o meu útero.

Deb faz uma pausa, pensativa.

— Isso é muito fofo da sua parte — diz ela. — Eu acho.

Segue-se um longo silêncio. Eu me ajeito melhor no chão do banheiro dos nossos pais. É acarpetado, um tapete azul-escuro gasto que vive salpicado de manchas brancas de cuspe de pasta de dente e espuma de sabão. Sinto uma pontada repentina de saudade de casa. Tudo é tão fácil aqui...

— Se o seu útero é o meu útero — diz Deb —, você aceita essa criança, se houver uma crescendo dentro de mim?

— Uau, bem...

— Ah — diz Deb baixinho.

Ela mudou de posição e checou o resultado do teste de gravidez.

Pego da mão dela. Uma linha. Não está grávida.

— Graças a Deus — falo, enquanto seguro o teste contra o peito.

Então me lembro de que Deb fez xixi nele antes de jogar o teste no chão. Olho para ela. A minha irmã está chorando baixinho, os lábios cerrados.

— Ah, Deb, ei — digo, e cutuco o ombro dela com o meu. — Ei, está tudo bem. Você não está grávida, está tudo bem.

— Sim — diz ela, enxugando o rosto. — Sim, está tudo bem. Que bom que o resultado foi esse. Estou só... Bem, fantasiei um pouco, eu acho. Só isso.

— Fantasiou? Tipo... com o fato de estar grávida?

— É.

Espero ela continuar, me sentindo um pouco perdida.

— Eu nunca vou ter um bebê, não é? — diz Deb.

— Você... quer ter um? Achei que não quisesse.

— Eu também achei. Agora já não sei mais. Não quero um namorado. Não quero um marido. Mas, por um minuto, eu meio que quis esse bebê. De um jeito abstrato. O que me faz pensar que talvez um dia eu possa realmente querer um de um jeito concreto.

— Você não precisa de um marido para ter um bebê! — Indico com a mão o teste de gravidez descartado. — Olha só! Você quase acabou de conseguir um sozinha!

Deb dá uma risada chorosa.

— Acho que sim. É só que eu sempre evitei muito isso. Ou seja, é um pouco estranho pensar que talvez eu queira ter um bebê, no fim das contas. Será que eu não me conheço?

Ela parece genuinamente perplexa.

— Às vezes a gente não sabe o que quer até quase conseguir — comento.

— Hunf, esse é um sistema horrível — retruca Deb, enquanto seca o rosto molhado de lágrimas. — Pronto. A crise existencial acabou. Nada de criança. Quer beber alguma coisa?

Checo a hora no celular. Eu deveria voltar para o pub. Dylan está esperando que eu faça isso e o Marcus, que eu não faça, o que é mais uma razão para eu voltar. Mas quero ficar aqui em casa, onde tudo cheira a conforto e ao sabão em pó preferido da minha mãe. Quero ficar com a Deb, que sempre me faz sentir como se eu bastasse.

— Jogo de tabuleiro e vinho? — sugiro.

— Perfeito. Me ajuda a levantar? Minha crise existencial me deixou fraca.

Dylan

Acho que Addie e eu combinamos com o verão: o sol intenso e os dias compridos, licor Pimms com morangos e fatias grossas de pêssego aveludado. Conforme nos adaptamos a morar juntos, encontramos um padrão de vida mais tranquilo e aprendemos qual caneca cada um prefere para o café da manhã; o pavor espesso parece distante de mim, como alguém que conheci em outra vida.

Vamos a Londres em um fim de semana nas férias da Addie para ver uma peça. Addie relutou a princípio, alegando que tudo o que eu gosto é "incompreensível", mas a convenci com promessas de atores famosos e sorvete no intervalo. Em minutos fica claro que escolhi muito mal: o site afirmava que essa interpretação moderna de *O Massacre de Paris*, de Marlowe, é "tão chocante e intensa quanto um episódio do reality show *Love Island*", só que nenhum maiô em neon tornaria essa peça acessível. Fico sentado com os dentes cerrados, enquanto a rainha de Navarra geme por cinco minutos inteiros até morrer, e me pergunto que diabo eu estava pensando quando arrastei a Addie até Londres para assistir a esse desastre absoluto.

Ao ver a Addie inquieta ao meu lado, entediada e frustrada, pego a mão dela.

— Vamos — sussurro no seu ouvido.

— O quê? — Ela me olha sem entender na penumbra do teatro.

— Isso é pura baboseira — digo com os lábios no ouvido dela. Eu a sinto estremecer sob o toque e aquilo me deixa excitado. Nunca resisto ao arrepio da Addie. — É horrível, Addie. É... o que a Deb diria? Uma bosta completa.

Addie bufa alto, tentando abafar o riso, e alguém atrás de nós reclama. Pego a mão dela e atravessamos a fileira de assentos ocupados repetindo *com licença, desculpe, com licença.* Saímos do teatro, ainda de mãos dadas, e faço a minha melhor imitação da morte demorada da rainha de Navarra, o que faz a Addie rir tanto que gotas de rímel cinza escorrem pela pele macia e sardenta embaixo dos seus olhos.

— Preciso de uma cerveja — diz, enxugando o rosto.

Resisto à vontade de pesquisar no Google o melhor bar da área e, em vez disso, deixo que ela me leve a um pub escuro e de piso pegajoso na esquina. Addie consegue uma mesa para nós com uma habilidade que deixaria a Deb orgulhosa, alcançando a cadeira pouco antes de um cara com pinta de executivo e a acompanhante dele.

Bebemos demais, rápido demais, ainda eufóricos por termos escapado das garras da rainha de Navarra. Eu me levanto para ir ao banheiro e tudo se inclina um pouco para a esquerda, de modo que tenho que segurar na mesa para me firmar.

Quando volto, encontro um cara inclinando-se sobre a minha cadeira, conversando com Addie. Ele tem barba e a cabeça raspada, e os músculos se destacam por baixo da camiseta azul. Dá para ver que ele está interessado nela. A linguagem corporal do sujeito diz tudo, e a Addie está tão bonita, vestida de seda cinza com aquelas pulseiras brilhantes subindo pelos braços.

— Tudo bem? — pergunto. Tento parecer irritado, mas pareço apenas rouco.

Estou mais bêbado do que deveria, e a visão desse homem inclinando-se na direção da Addie, o cabelo escuro dela caindo sobre os ombros feito tinta serpenteando pela água... isso traz o medo de volta com uma rapidez que me faz duvidar se alguma vez relaxei de verdade.

— Dyl — diz Addie, sorrindo. — O Tamal aqui já me apresentou à mãe dele! O que você acha disso, hein?

Ela está só me provocando. Acho que, em algum nível, devo saber disso. Mas quando registro a idosa atrás do Tamal — ele está perguntando se podem ficar com a nossa mesa para que ela possa se sentar —, ouço apenas críticas. Estou com raiva e, de novo, em algum nível, sei que é dirigida a mim mesmo: com certeza já deveria ter apresentado a Addie aos meus pais, a essa altura. Mas não vejo nenhum dos dois desde que cortaram a minha grana, e ainda não contei a Addie sobre isso.

— Ora, você vai para casa com o Tamal, então?

A expressão de choque de todos me traz de volta à realidade. Caramba, que comentário horrível. Sinceramente não sei de onde saiu aquilo... Até que um pensamento me atinge como um soco no estômago: é exatamente o tipo de coisa que o meu pai diria.

Addie se levanta em silêncio, sorrindo para o Tamal e a mãe idosa dele, e vai embora. Imagino que ela vai estar me esperando do lado de fora do pub, mas não, ela não está lá. Talvez esteja na estação, e com certeza vai me encontrar em Chichester para que a gente divida um táxi para casa. Mas a Addie nem volta para casa. Ela vai para a casa dos pais.

Estou fora de mim. Apareço na casa do Marcus às duas da manhã, apostando que ele vai estar acordado e sozinho e que vai ter paciência para me ouvir falar do ódio profundo que sinto por mim mesmo no momento. Marcus atende a porta de cueca, e reparo em como ele está emagrecendo: suas costelas são sombras pálidas sob a pele e há marcas em seus quadris que parecem impressões digitais.

— Você largou ela? — pergunta ele. Acho que estava dormindo, já que a sua voz está arrastada, os olhos um pouco vidrados.

— Fiz merda — digo — e a Addie simplesmente foi embora. Não sei se ela vai voltar.

Marcus fecha os olhos por um instante.

— Entra — diz ele, e dá um passo para o lado.

A casa tem um cheiro rançoso e desagradável... que me faz lembrar dos meses que moramos juntos no chalé. O lugar foi primorosamente mobiliado, e me pergunto se a India teve alguma participação nisso, embora o Marcus não fale sobre a madrasta há meses.

— E se ela me deixar? — pergunto, sabendo que soo patético. — E se eu fiz uma merda tão grande que acabei empurrando a Addie para outra pessoa?

— Então você vai saber que eu estava certo — diz Marcus em um tom decidido. Ele se encosta na geladeira e fecha os olhos novamente. — E você vai vir para cá, a gente vai ficar bêbado e as coisas vão voltar a ser como deveriam.

Addie

Continuamos brigando. Ou a gente está absolutamente feliz ou brigando por algum motivo totalmente idiota. Não há meio-termo.

No nosso aniversário de namoro, em julho, o Dylan me leva ao restaurante mais chique de Chichester. Ele conseguiu um emprego como professor particular de algumas crianças russas muito ricas que lhe deram centenas de libras como presente de aniversário. Da minha parte, comprei uma cafeteira de presente para ele, que fica em cima do nosso aparador, parecendo meio bosta em comparação.

O restaurante é assustadoramente silencioso. A comida é minúscula e todos os pratos parecem envolver uma espuma.

— Humm, que espuma deliciosa, disse ninguém nunca — falo, enquanto giro o garfo através de uma bolha verde muito grande.

Dylan dá uma risadinha debochada dentro do copo d'água.

— É *haute cuisine*, meu bem — diz, em seu tom mais emproado. Seu tom natural, na verdade.

Escuto quando ele está ao telefone com a mãe. Que eu ainda não conheci. Essa é outra briga prestes a estourar. Em janeiro, os meus pais colocaram a casa deles à disposição, caso o Dylan quisesse morar lá. E isso porque já o conhecem bem. Por outro lado, até agora nunca nem falei com a mãe e o pai dele.

— Como está a sua, hum, dobradinha embrulhada?

Dylan ri tanto que quase cospe água em mim. Começo a rir também, ao mesmo tempo em que checo as outras mesas para ter certeza de que ninguém está olhando. O restaurante está cheio de homens de sessenta anos com mulheres atraentes na casa dos quarenta. Tão clichê. Dou uma olhada geral nas mesas: caso, terceiro casamento, caso, acompanhante profissional, aquela vai matar o cara enquanto ele dorme para ficar com o seguro de vida...

— É fígado de pato grelhado — corrige Dylan, pigarreando. Seus olhos brilham de tanto rir. — E você é uma filisteia.

— Isso está no cardápio de sobremesas?

Ele dá um sorrisinho lento e malicioso que ninguém além de mim vê.

— Espero que sim.

O celular dele toca. Ergo as sobrancelhas. Tínhamos combinado de desligar os celulares.

— Desculpa! — Dylan tira o aparelho do bolso da calça. — Vou desligar.

Ele checa a tela e seu rosto fica imóvel.

— Tudo bem? — pergunto.

— Eu... — Ele clica na tela para ler a mensagem completa.

Fico olhando, com uma garfada de alface grelhada a meio caminho da boca.

— O Marcus... parece que ele está metido em uma confusão.

Fico desapontada. Marcus. Claro. O cara sabe que é nosso aniversário de namoro. O que mais ele faria a não ser se meter em alguma confusão?

— O que aconteceu? — pergunto, tentando manter a voz neutra.

Os ombros do Dylan estão tensos.

— Ele anda bebendo demais.

Eu sei disso. Já conversamos muito a respeito. Desde que se mudou para aquela casa esquisita com jacuzzi nos arredores de Chichester, o Marcus entrou em uma espiral. Mais drogas, mais álcool, mais apagões. Até a Cherry está preocupada com ele, e a Cherry é bem tranquila quando se trata de crises pessoais. Ela precisa ser resgatada de festas movidas a drogas de vez em quando, mas ultimamente o Marcus é quem precisa ser resgatado da sarjeta.

— Acho que ele está muito bêbado.

Espero o Dylan me mostrar a mensagem. Ele não faz isso.

— É? E você acha que ele se meteu em confusão?

— É difícil entender a mensagem — diz ele, franzindo o cenho. Mas continua sem me mostrar.

Meu celular toca. Estremeço. Obviamente, também não coloquei no modo silencioso. Mas o Dylan nem percebe.

Tô de olho em você. Bjs

De Marcus. Sinto frio.

— Que diabo é isso?

Mostro a mensagem a Dylan e, enquanto isso, o celular vibra novamente na minha mão.

Dylan vê a mensagem seguinte antes de mim. Quando olho novamente para a tela, sinto que ele está me observando do jeito que faz às vezes. Com certa cautela. Como se achasse que sou outra pessoa fingindo ser a Addie.

Eu vi você com ele. Não pensa que não vou contar ao Dylan.

Que merda é essa?

— Não tenho ideia do que ele está falando — digo na mesma hora, olhando para Dylan. — Mas você tem razão. Ele obviamente está bêbado. Essa mensagem é tão... *sinistra.*

— Vou atrás dele — diz Dylan. Ele tira o guardanapo do colo e coloca em cima da mesa.

— O quê? Agora?

Ele nem terminou as entranhas de frango mexido, ou seja lá o que está comendo.

— Sim, agora — responde Dylan sem maiores explicações, já arrastando a cadeira para trás.

Todas as belas mulheres ao redor prestam atenção. Em alerta para o drama.

— Mas...

— Vejo você em casa.

Tenho que pagar pelo jantar com o meu cartão de crédito. Dylan pediu uma garrafa de vinho estupidamente cara, e, embora não tenhamos nem chegado à sobremesa, a conta passa de cento e cinquenta libras. Ver aquele valor faz os meus olhos arderem com lágrimas de pânico. Não suporto a ideia de que o resto do prato cheio do Dylan vai ser jogado fora, por isso como sozinha as sobras do jantar pedante e espumoso dele e bebo o vinho. É tudo absurdamente humilhante.

Quando chego em casa, encontro o Dylan no sofá. Ele está largado e com uma expressão gentil nos olhos, mas estou furiosa.

— Desculpa — começa a dizer ele.

— Pelo quê? Por ter me abandonado no restaurante durante nosso jantar de aniversário ou por eu ter acabado de ir à falência para pagar por ele?

— Ah, merda — fala Dylan depois de um instante. — Eu não me lembrei...

— É claro que não. Seu precioso Marcus se meteu em uma confusão, não é mesmo? — Eu me desvencilho quando ele tenta me deter. — Não, não — digo, e subo a escada.

— Addie, por favor, vamos conversar — pede Dylan, como sempre faz.

Mas agora sei a melhor maneira de puni-lo. Ele odeia o meu silêncio.

— Estou indo para cama. Sozinha — aviso. — Você pode dormir no sofá. Ou com o Marcus. Como preferir.

Quando desço pela manhã, Dylan não está no sofá. Nem em qualquer outro lugar da casa. Eu me sento onde ele estava ontem à noite e tento me lembrar de respirar. Dylan me deixou. Foi embora depois do meu comentário sobre dormir com o Marcus, ou porque eu disse que não ia conversar, ou porque sou o tipo de namorada que sente raiva quando ele vai ajudar o amigo.

Mas... arg. E todas as outras vezes que eu disse que estava tudo bem? Quando fomos passar um fim de semana em Cotswolds e ele teve que voltar mais cedo por causa de Marcus. Quando ele nem foi à festa de aniversário da minha irmã porque o Marcus tinha desmaiado em algum lugar. Quando pedi para a gente passar uma noite aconchegante juntos e ele disse *Desculpa, o Marcus quer muito um tempo de qualidade comigo.*

Passou pela minha cabeça que o Marcus talvez ame o Dylan. Mas ele sempre mostrou interesse por mulheres, e não há nada de sexual no modo como ele olha para o Dyl. Os dois são só... comprometidos um com o outro de uma forma que não entendo.

A porta é aberta com um clique e eu me sento rapidamente.

— Dylan?

— Oi — diz ele baixinho.

Então, deixa as chaves no corredor e tira os sapatos. Os sons são tão familiares que mesmo estando no sofá sei exatamente o que ele está fazendo.

— Para onde você foi?

— Fui ficar com o Marcus.

Engulo em seco.

— Ah.

— Você disse que eu podia ir.

— Não precisa da minha permissão, Dylan.

— Essa não é a impressão que eu tenho, às vezes.

Ele entra na sala e vejo que está usando um dos moletons do Marcus, um vintage, com uma estampa de losangos verde-oliva. Seu cabelo está despenteado e reparo em suas olheiras.

— Desculpa. — Passo os braços ao redor do meu corpo. — Detesto isso. Não quero que você ache que não pode fazer nada. Eu só... acho que ele liga *demais* para você. — *E em momentos muito interessantes*, tenho vontade de dizer. *Como sempre que você está fazendo alguma coisa importante comigo.*

— É isso que os amigos fazem, Ads. Ah, por favor. O que você faria se fosse a Cherry? Ou a Deb?

Cherry ou Deb não fariam igual. Elas jamais esperariam isso de mim. E, sinceramente, se mandassem para o Dylan uma mensagem como a que o Marcus me mandou, eu ficaria muito chateada com elas.

— Eu só acho que é óbvio que o Marcus não gosta do fato de que a gente está junto — retruco. Então, me levanto e vou até ele.

Preciso me esforçar até para fazer isso. A minha vontade é ir embora, esse é o meu instinto. Quero retomar o poder.

— E às vezes tenho a sensação de que ele está tentando sabotar as coisas entre nós.

Dylan balança a cabeça, impaciente.

— O Marcus falou que você diria isso.

Ele recua um passo.

— Ele disse que não é saudável você não me deixar ver o meu melhor amigo.

— Eu não *impeço* você de ver o Marcus — digo. Ainda estou de pé, em cima do tapete, e o Dylan está fora de alcance outra vez. — Na verdade, sempre deixo que você o veja. Me diga uma vez em que eu falei que você não podia ver o Marcus.

Dylan parece muito perdido.

— O que você quer que eu diga, Addie? Que vou deixar de ser amigo dele?

— Não! Não. — A verdade é que eu não me importaria se isso acontecesse. — Só quero que você perceba que ele realmente se coloca contra mim de uma forma que... que muitas vezes nos leva a ter esse tipo de conversa. Quando a gente briga, sempre parece ser por causa do Marcus.

— E isso é culpa dele?

— Você acha que é culpa minha?

Dylan suspira e olha para o teto.

— Não sei. Estou muito confuso. Não consigo colocar a cabeça no lugar. Eu amo vocês dois, e vocês dois me dizem coisas opostas.

Ele parece tão angustiado que o meu coração se derrete. De repente, diminuir a distância entre nós não parece tão difícil. Vou até o Dylan e puxo o seu corpo para junto do meu, para um abraço, ignorando o fato de que ele continua com as mãos enfiadas nos bolsos.

— Vou me esforçar mais — digo. — Vou me esforçar mais em relação ao Marcus, se é isso que você quer que eu faça.

AGORA

Dylan

— Um traidor entre nós — diz Marcus.

Ele está andando pelo quarto do hotel, checando as janelas como se estivéssemos em um romance de Le Carré.

— Temos motivos para acreditar que o Rodney é perigoso? — pergunto.

Essa parece ser uma questão importante que ainda precisa ser levada a sério. Marcus adora intriga, e as irmãs Gilbert receberam a notícia com tranquilidade. Sou a única pessoa interessada em saber se o stalker da Cherry vai matar alguém.

— Não — diz Deb. Ela acabou de tomar banho e sua aparência parece bem menos catastrófica. — Pelo amor de Deus. É o Rodney.

Ouvimos uma batida na porta do nosso quarto familiar disfuncional. Todos nos entreolhamos.

— E... e se for ele? — sussurra Addie.

— Vai ser ótimo — afirma Deb. — Nós queremos o Rodney de volta. Para início de conversa, precisamos do nosso carro.

— Ei! — chama uma voz.

Voltamos a nos entreolhar. A necessidade de uma ação imediata nos tornou totalmente inúteis.

— E então? É ele? — pergunta Marcus, bem alto.

Todo mundo sussurra para ele calar a boca. Não tenho certeza absoluta se é Rodney, e não sei se conseguiria identificá-lo só pela voz, o que é um pouco constrangedor. Algum de nós realmente o ouviu nas últimas dezoito horas?

— Ei, pessoal? É o Rodney!

— Pelo menos isso esclarece nossa dúvida — diz Deb, e se levanta para abrir a porta para ele.

Todos nos sentamos um pouco mais retos quando o Rodney entra. Estamos tentando parecer "normais", acho. Mas, a julgar pela expressão perplexa do cara, não estamos tendo sucesso.

— Está tudo bem? — pergunta ele, com um saco de dormir debaixo do braço e as chaves do carro na outra mão.

— Maravilhosamente bem — diz Addie, se recompondo. — Me joga as chaves do carro, por favor, Rodney?

Ele faz o que ela pede. É um lançamento tão ruim que a Addie tem que se lançar por cima da cama para pegar as chaves com a mão boa, fazendo uma careta de dor quando o movimento acaba afetando o pulso machucado. Marcus bufa de rir com o péssimo arremesso do Rodney, então parece se lembrar de que se trata de um indivíduo potencialmente perigoso e muito mais interessante do que ele pensava a princípio, e para de rir.

— Então — diz Rodney, esfregando as mãos —, a Addie e a Deb na cama de casal, o Marcus e o Dylan nas de solteiro e eu no chão?

— Isso mesmo — digo. — Vamos colocar você no pé das nossas camas, Rodney.

— Aqui tem mais espaço — fala ele, apontando para o chão no pé da cama de casal.

Addie me lança um olhar suplicante. A conversa silenciosa que se segue é bonita demais, não pelo assunto, é claro, mas pela familiaridade, pela facilidade com que a gente volta a falar a língua um do outro. *Coloque ele o mais longe possível de mim*, está dizendo Addie. *Já estou cuidando disso*, respondo.

— Vamos dar privacidade às damas — digo. — Se ficar muito apertado para você, eu fico com o saco de dormir, e você pode ficar com a cama.

Marcus me olha como se pensasse que fui acometido por um acesso de loucura temporária, mas a verdade é que estou contando com a gentileza de Rodney.

— Ah, claro, as damas precisam de privacidade! — concorda ele, horrorizado. — Nossa, claro! E não desista da cama, Dylan.

Marcus acena com a cabeça para mim, impressionado, mas é o sorriso de Addie que faz meu coração bater com alguma coisa constrangedoramente próxima do orgulho.

Deb boceja.

— Bem, já passa das dez, o que é duas horas mais tarde do que a minha atual hora de dormir, e vou falar com o meu bebê pelo Skype amanhã cedo, o que é basicamente a única coisa em que consigo pensar agora... portanto, vocês todos precisam sair da minha cama.

— Nós vamos nos deitar às dez da noite? — pergunta Marcus, olhando para mim com uma expressão perplexa.

Eu me pergunto quando foi a última vez em que ele foi dormir antes da meia-noite. Penso em fazer a vontade dele e voltar para o bar, mas, para ser sincero, não estou com a menor vontade.

— Sim, vamos — digo. Então pego a minha bolsa e vou até o outro lado do quarto, onde estão as camas de solteiro e o berço. — Se você quiser ficar acordado, arranje uma chave extra. — Então, em um reflexo, acrescento: — E não faça nada idiota.

Segue-se um silêncio magoado.

— Cara. Você mudou — diz Marcus.

Quero muito acreditar que sim.

Eu me deito de lado com o edredom de poliéster puxado até o queixo. Mal consigo ver o Marcus na escuridão. Apesar de todos os protestos sobre nos deitarmos cedo, ele pega no sono com uma facilidade invejável. E agora está ressonando pesadamente a alguns metros de mim, sua silhueta parecendo granulada e cinza na luz fraca que entra pela fresta nas laterais da cortina. Rodney está roncando como o meu tio Terry: muito alto, feito um porco, quase grunhindo. É bastante reconfortante. Se ele está roncando, ao menos sei que está dormindo, não acima de mim com uma faca.

Não acredito que o homem que escreveu todos aqueles poemas terríveis para a Cherry foi o *Rodney*. Espero que os meus poemas sejam melhores do que os dele... Espero que Addie não tenha lido todos e secretamente achado que eu era um Rodney total.

Eu me viro. Não consigo dormir. Esse não é um problema incomum. Começo a entrar em uma espiral, essa é a questão. Me surge um pensamento — por exemplo, *imagino o que a Addie achou quando leu os meus poemas* —, então deixo a mente seguir os passos naturais por esse caminho e chego à conclusão de que ah, meu Deus, ainda amo a Addie, sei disso. Tenho a sensação de que nunca vou deixar de amar. Todo mundo diz que não existe essa coisa de pessoa certa, e que há muitos peixes no mar, mas, toda vez que encontro um desses peixes, sinto ainda mais falta de Addie. Desisti de reconquistá-la, só que isso não parece bastar para eu esquecê-la. Era de se imaginar que a agonia do amor não correspondido seria suficiente para que eu parasse de pensar nisso, mas parece que não.

Eu me levanto. Chega um ponto em que ficar deitado na escuridão se torna insuportável e, de repente, é exatamente nesse ponto em que estou. Vou ao banheiro na ponta dos pés, passando pela Deb e pela Addie na cama de casal, duas formas indistintas e silenciosas. As irmãs Gilbert, inseparáveis como sempre. Costumava achar que Marcus e eu éramos como elas.

Não há muito o que fazer depois de ir ao banheiro. Normalmente, se não consigo dormir, fico vagando, às vezes leio alguma coisa, até escrevo. Mas não há para onde ir aqui, a não ser o estacionamento lá fora, e sou um dos poucos integrantes do meu grupo de amigos que não é excêntrico o bastante para vagar de pijama pelo estacionamento de um hotel.

Em vez disso, me olho no espelho acima da pia. Houve momentos, no último ano e meio, em que até mesmo encontrar o meu próprio olhar, assim, era difícil. Agora vejo apenas um homem triste e cansado que fez escolhas erradas, o que é mais do que eu costumava ver.

Jogo água fria no rosto, deixando pingar das pontas do meu cabelo. Então endireito o corpo e deixo escapar um som, mas logo me detenho, pois o instinto de ficar em silêncio é mais forte. A porta está sendo aberta; eu me esqueci de trancar.

É a Addie. Ela se sobressalta quando me vê, mas também não faz barulho, apenas deixa escapar um arquejo baixo e leva a mão ao pescoço.

— Desculpa — sussurramos os dois ao mesmo tempo.

— Eu vou... — Começo a me adiantar em direção à porta.

— Não, eu vou — murmura ela, com a mão na maçaneta. — Nem preciso fazer xixi, eu só precisava...

— Sair?

— Sim. — Ela dá um sorriso melancólico. — Você ainda dorme mal, então?

Pior, agora. Nunca dormi tão bem como quando ela estava na minha cama.

— O Rodney não está ajudando — digo.

Addie fecha a porta atrás de nós, bloqueando os sons de três pessoas com sono pesado.

— O ronco? Ou a história sinistra sobre ele? — pergunta ela.

— É que o Rodney é tão *trágico* — comento. — Eu li alguns dos poemas que ele mandou para a Cherry, sabe.

— Aquele sobre como a vagina dela parecia um morango?

— O quê? Não?

Addie cobre a boca com a mão.

— Ah.

— De que jeito?

— Hein?

— De que jeito parecia um morango? Porque se era à cor que ele estava se referindo, não tenho certeza...

Eu me interrompo e a Addie começa a rir, a mão ainda na boca para abafar o som. Ela se curva, os ombros tremendo, uma das mãos apoiada na bancada da pia.

— Ai, meu Deus — diz. — Somos uns idiotas, todos nós.

— E era de se imaginar que ele usaria cereja em vez de morango — cismo —, levando-se em consideração o nome dela.

Addie ri ainda mais, e tenho a sensação de que estou ganhando mais confiança. Não há nada mais delicioso do que fazer a Addie rir.

— Dylan — fala ela.

Não sei se ela faz de propósito. Addie muda a posição da mão na bancada da pia e, de repente, sua mão está em cima da minha, e ela está olhando para mim, os olhos brilhando de tanto rir. O meu coração parece bater por toda parte, até na ponta dos dedos sob a palma dela. Sinto a alegria aumentando, feito uma grande explosão nuclear começando no centro do meu peito. E lá se foi a ideia de que algum dia parei de torcer para que ela me amasse de novo, porque olha só como a ideia voltou rapidamente. Nunca tinha ido indo embora.

Addie afasta a mão.

— Desculpa.

— Não, não — começo a dizer, e preciso cerrar o punho para me impedir de estender a mão para ela.

Addie leva a mão ao rosto, a palma aberta na bochecha e na testa.

— Eu não devia ter feito isso — diz ela. — Sinto muito. Eu tentei tanto... eu tentei...

— Addie?

Ela está chorando. Dou um passo tímido à frente, e ela também se adianta e apoia a cabeça no meu peito. E quando os meus braços se fecham ao seu redor, somos como duas peças de um quebra-cabeça se encaixando. Ela se encaixa perfeitamente; ela pertence aos meus braços.

— Addie, qual é o problema? — pergunto.

Preciso me esforçar muito para não abaixar a cabeça e pressionar os lábios no cabelo dela, como eu fazia quando ela estava triste, quando era minha.

— Desculpa — repete Addie. — Desculpa mesmo.

— Shh. Está tudo bem. Você não tem nada do que se desculpar.

Ela agarra a blusa do meu pijama com os punhos cerrados. Sinto a umidade das lágrimas no meu peito e a abraço com mais força.

— Você faz parecer tão fácil — comenta ela, a voz abafada, vibrando no meu corpo.

— Eu faço o que parecer tão fácil?

— Me perdoar — diz Addie, tão baixinho que quase não entendo.

— Perdoar você? — Faço carinho nas costas dela, devagar, com cuidado. — Não sei se consigo fazer isso do mesmo jeito que você.

— Addie... Eu não espero que você me perdoe. Entendo como isso é difícil.

— Não — diz ela, balançando a cabeça no meu peito. — Não, você não... Não estou dizendo que não consigo te perdoar, Dylan... Caramba, eu te perdoei há meses, imediatamente, talvez, é...

Ela se interrompe, tremendo nos meus braços, e sinto muitas coisas ao mesmo tempo: esperança, tristeza, a perda do que tínhamos...

A porta do banheiro se abre. Ficamos paralisados.

— Ah, merda — diz Marcus. — Eu deveria ter imaginado.

Addie

Saio correndo do banheiro, empurrando o Marcus ao passar. Mal consigo ver através da escuridão e das lágrimas. Acordo a Deb com uma joelhada na canela quando tento voltar para a cama.

— Addie? — sussurra Deb.

Eu me escondo embaixo do edredom.

— Isso é um clássico — está dizendo Marcus no banheiro. A voz dele sai muito alta.

Aposto que o Rodney está sentado no saco de dormir agora, acordado por todo esse barulho. Fecho os olhos com força e tento me concentrar na minha respiração, mas ela está acelerada demais.

— Deveríamos ter ido a pé até aquele lugar miserável na Escócia. Eu nunca deveria ter deixado você entrar no carro com ela! — A voz do Marcus aumenta cada vez mais.

— Foi *ele* quem pediu carona — diz Deb. Ela se enfia embaixo do edredom comigo. — Ignora ele, Addie. Você sabe que o homem é um filhote de demônio.

— Cala a boca — diz Dylan ao Marcus.

Deb e eu nos assustamos. É um tom que eu nunca ouvi o Dylan usar. Ele não usou esse tom quando brigamos, nem na noite em que me deixou.

— Só. Cala. A. Boca

Ficamos deitadas, imóveis. Não consigo ver a Deb, mas sinto o seu olhar.

— Você não sabe do que está falando. E não quero que fale da Addie assim.

— Você está de *sacanagem* comigo?

— O que está acontecendo? — pergunta Rodney do outro lado do quarto.

— Por que você vive repetindo que eu não sei do que estou falando? — Marcus está gritando agora. — Por que todo mundo fica dizendo essas merdas quando eu sou a única pessoa que sabe do que está falando por aqui? Fui eu quem tirei a porra da *foto*, Dylan. Eu vi a Addie na sala do cara, deixando ele passar a mão na coxa dela, como...

Começa uma briga física. Deb estende o braço e agarra a minha mão boa com força, tanta força que dói. E, dentro de mim, sinto o mesmo desespero subir pela garganta. Eu me desvencilho da mão da Deb, saio correndo da cama, entro pela porta do banheiro e me vejo diante do Marcus e do Dylan, que estão atracados, rugindo, lutando. Empurro para o lado o emaranhado de membros entrelaçados e fúria e chego ao vaso sanitário bem a tempo de vomitar.

ANTES

Dylan

Nunca vi o Marcus assim. Ele tem vômito no cabelo, pedaços nojentos nos cachos, e seus olhos estão tão vazios que ele parece um zumbi. A sala de estar da casa dele está cheia de embalagens de comida e todas as superfícies parecem pegajosas, imundas. Há um círculo de Fanta se espalhando lentamente pelo tapete. Ele deve ter chutado a bebida no caminho para atender a porta.

— Marcus — começo, e o seguro quando ele tropeça para a frente na minha direção. Tenho que me esforçar para não afastar o rosto por causa do mau cheiro dele. — Marcus, o que aconteceu, pelo amor de Deus?

Já se passaram três meses desde que saí do jantar de comemoração do aniversário de namoro com a Addie e encontrei o Marcus bêbado do lado de fora da casa dele, no meio da rua, cambaleando pelo subúrbio de Chichester com uma garrafa em uma das mãos e o celular na outra, um retrato da deterioração. Desde então, tenho passado o máximo de tempo que posso com ele, mas não basta; o Marcus precisa de ajuda de verdade. Luke veio passar duas semanas aqui em setembro e, para ser sincero, a Grace vem bem mais do que eu esperava — ela também é boa para o Marcus, ele se acalma quando está com ela —, mas nenhum dos dois pode ficar de plantão com ele. Grace está morando em Bristol agora, tentando se afastar da cena fashion de Londres, e o Luke voltou para Nova York com Javier.

Os dias vem ficando mais curtos e escuros e o Marcus se comporta de um jeito cada vez mais estranho. Na semana passada, eu o encontrei do lado de fora do nosso apartamento — que ele se recusou a visitar nos últimos tempos — tentando subir na lixeira e, quando perguntei por que estava fazendo aquilo, ele apenas bateu com o dedo no nariz.

— Tudo a seu tempo, meu amigo — disse, com um pacote de batata frita vazio se debatendo como uma borboleta na sua camiseta. — Tudo a seu tempo.

Hoje à noite, eu devia levar Addie a Wiltshire, quando ela saísse da escola, para que finalmente conhecesse os meus pais. Mal suporto imaginar que vamos brigar quando eu disser a ela que precisamos cancelar de novo, mas não tem como deixar Marcus sozinho.

— Eu sabia que você viria — diz ele, enquanto o levanto e o levo em direção ao sofá. — Eu sabia.

— Pois é, estou aqui — digo, cansado, e o acomodo no sofá o melhor que posso. — Você vai vomitar de novo?

— O quê? Não! Para com isso. Não vou... não vou vomitar.

Como se já não houvesse um cheiro cáustico de vômito impregnando tudo aqui, inclusive a mim, depois que o ajudei a se sentar no sofá. Eu me sento na cadeira em frente a ele e abaixo a cabeça. Estou me sentindo fisicamente exausto. Um poema me cutuca, algo sobre *a dor de se doar* e o *seu vazio silencioso*, mas estou cansado demais para satisfazer o desejo de seguir a linha de raciocínio.

O começo do mestrado tem sido intenso. Mesmo em meio período, parece ocupar todas as minhas horas livres, e eu tinha esquecido como estudar pode ser difícil. Não exercitava esse músculo havia muito tempo. Todo aquele período vagando sem compromisso pelo Camboja, lendo romances modernos e, de repente, textos de autores que eu conhecia do avesso para as minhas provas finais — Chaucer, Middleton, Spenser — voltaram a ser estranhos.

O trabalho no bar, à noite, foi administrável durante o verão, quando eu passava o dia todo em casa com a Addie, mas agora as noites longas de trabalho estão tornando cada vez mais difícil acordar cedo e estudar. E de vez em quando chega uma mensagem da minha mãe querendo saber como estão as coisas, querendo ver se já estou desesperado o bastante para apelar para os meus pais.

A minha esperança é que levar a Addie para conhecê-los seja visto como uma oferta de paz. No fundo da minha mente, nunca achei que os meus pais deixariam de me ajudar financeiramente. Pensei que eles acabariam aceitando o plano Chichester, e os presentes, a mesada e o cartão de crédito retornariam. Não é agradável me dar conta de que eu ansiava por isso e, além do mais, está começando a parecer que eu estava errado.

— Vou salvar você, meu amigo — diz Marcus, balançando um dedo na minha direção. — Tudo isso, tudo aqui, tudo vai fazer sentido quando você souber. Quando você *souber*.

— Do que você está falando? — pergunto, irritado, mais irritado do que deveria, afinal o cara mal consegue formar palavras, muito menos fazer sentido.

— Eu vou te mostrar. Como ela é ruim. Como ela é ruim para você. A Addie. Estou dizendo que você acha que *eu* preciso de ajuda, você acha que preciso de ajuda, você...

Ele fala mal da Addie para mim o tempo todo, fica me dizendo para largar ela, para acabar com tudo, diz que as coisas eram melhores antes de ela entrar na minha vida. Só posso acreditar que essa fixação na Addie seja um sintoma de uma doença mais ampla — alcoolismo, presumo, e talvez outra coisa também —, mas é horrível, e por mais que eu tente proteger a Addie disso, ela sabe que o Marcus a despreza. Como não suporto ouvir ele falando assim dela, me levanto e vou até a cozinha, passando por cima de uma embalagem plástica com comida chinesa, o macarrão escorrendo pela lateral como se fossem entranhas. Marcus precisa de água, se conseguir mantê-la no estômago.

O estado da cozinha é ainda pior do que o da sala: não há copos limpos, então lavo dois com sabonete porque não tem detergente na pia.

Marcus não ficava tão mal assim desde que a India deixou o Joel. Acordo constantemente no meio da noite me perguntando o que o tirou do prumo de forma tão drástica, o que mudou nele, o que o deixou tão desesperado a ponto de ele perder o controle de novo. O pai de Marcus não fala mais com ele, nem a India, por isso ele precisa mais do que nunca de mim. As coisas que ele está fazendo para conseguir dinheiro para o aluguel e para comprar bebida são repulsivas. Algumas semanas atrás, quando resgatei o celular do Marcus de uma poça de molho picante pegajoso do delivery, descobri o perfil dele em um site de acompanhantes profissionais.

— Beba isso — digo, passando a água para o Marcus. — Vou sair e comprar alguma comida decente para você. Algo nutritivo.

— Você vai voltar depois? E comer comigo? — pergunta Marcus, olhando para mim com os olhos vidrados.

— Sim, eu vou ficar aqui.

Ele sorri.

— Que bom — diz, e se joga de volta no sofá. — Que bom.

Addie

— Calma, Addie...

Aperto o celular no ouvido, chorando. Estou sentada em um cubículo no banheiro dos funcionários, o corpo curvado, o cabelo caindo no rosto. Tenho que chorar baixinho. Não posso arriscar que outro professor me escute. E só tenho dez minutos antes que o sinal toque e eu precise inspirar vários adolescentes mal-humorados a escreverem seus relatos sobre a maldita Batalha de Boyne.

— Não dá mais para mim, Deb — sussurro. — Tenho a sensação de que estou enlouquecendo. Que estou me transformando em alguém que não quero ser. Sabia que, um dia desses, achei que tinha visto o Marcus mexendo nas nossas latas de lixo?

— Como assim?

— Mas quando desci vi que era só o vizinho. Eu me senti uma *doida*!

— Você não está doida. Essa coisa toda com o Marcus acabou ficando complicada demais.

— Você acha que ele está tentando separar eu e Dylan?

Deb fica em silêncio do outro lado da linha. Fecho os olhos com tanta força que vejo pontinhos vermelhos ao abri-los.

— Você acha isso? — pergunta Deb depois de algum tempo.

— Acho. De verdade. É óbvio que o cara não está bem, afinal ele anda bebendo uísque no café da manhã e tal, e é muito legal o Dylan tentar ajudar o amigo, mas eu meio que sinto que o Marcus é... mau. E acho que está voltando essa energia do mal para mim. Acho que ele está me seguindo.

— *Seguindo* você?

— Ou talvez seja só impressão, como foi com as lixeiras, e eu ande totalmente paranoica. Nem sei mais. Mas o Dylan está lá com ele agora, e lá se vai a nossa viagem para Wiltshire *novamente*...

Meus ombros tremem enquanto continuo chorando de soluçar. Seco as lágrimas na saia. Pelo menos é preta, então não vai aparecer muito quando eu estiver diante da turma outra vez.

— Isso por si só é muito suspeito — comenta Deb. — Quantas dessas viagens para Wiltshire você perdeu por causa do Marcus?

— Quatro — digo, sem nem parar para pensar.

Sei de cor, como se estivesse gravado no meu cérebro. Penso nisso o tempo *todo*.

— Ora. Isso é um fato que não dá para negar.

— E o Marcus parece só ter um desses colapsos quando eu passo a noite com o Dylan. — Checo a tela do celular. — Ai, meu Deus, preciso me recompor.

— A gente tem certeza de que isso é sobre o Marcus, Ads? Não é sobre o Dylan?

Assoo o nariz.

— Como assim?

— Ele não tem que ir ver o Marcus, tem?

— Ele é um bom amigo — retruco, enxugando os olhos. — Esse é o maldito problema.

— Certo. Talvez.

— Talvez?

— Ou talvez ele use o Marcus como desculpa.

Fico imóvel.

— Você acha?

— Realmente não sei. Mas toda essa situação é muito estranha, e acho difícil acreditar que o Marcus é o único culpado. Sei que você acha que ele é ruim, mas isso parece um pouco simplista, não concorda?

Entendo o que ela quer dizer. Estou jogando todos os problemas do meu relacionamento no colo do Marcus porque é mais fácil do que me decepcionar com o meu namorado. Já pensei nisso. Mas aí o Marcus posta uma indireta no Instagram dele e só consigo pensar que é sobre mim. Ou ele tem um colapso bem no momento em que eu e o Dylan fazemos as pazes depois de uma briga e as coisas estão melhores. Ou o Dylan chega em casa depois de ver o Marcus e me olha daquele jeito estranho e cauteloso e não me toca por algum tempo. Então eu penso: *Isso é coisa do Marcus.*

— Tenho que ir, Deb — digo, checando a hora novamente. — Obrigada por me acalmar.

— Passa aqui em casa esta noite, se quiser. A gente pode se distrair com os jogos de tabuleiro do papai.

Fecho os olhos ao imaginar isso. O conforto de casa.

— Sim. Vou adorar. Obrigada.

Quando saio do banheiro dos funcionários, Etienne está parado na porta. Quase esbarro nele. Meu coração dá um pulo quando olho para o diretor.

— Você está bem? — pergunta ele.

É a pior coisa que poderia perguntar nesse momento.

— Estou. — Meu lábio já está tremendo. — Sim, estou bem, obrigada. Estou só indo para...

Etienne segura o meu braço.

— Addie — diz.

A voz dele é profunda, seu tom, solidário, e isso é demais para mim. Meus ombros voltam a tremer.

— Vamos para a minha sala — diz ele. — Vou pedir para a Jamie cuidar da sua turma... É a 10B essa tarde, não é?

Confirmo com a cabeça, fungando na manga da blusa enquanto Etienne me leva até a sala dele e fecha a porta sem fazer barulho depois que eu entro. Fico parada em cima do tapete no meio da sala, chorando, até ele voltar.

— Tudo certo. Por favor, sente-se — pede. — Me conte qual é o problema.

— Caramba, sinto muito — digo, então pego um lenço de papel da caixa em cima da mesa e começo a enxugar freneticamente o rosto. Estou vermelha de vergonha.

— Namorado?

Concordo e me sento na cadeira que ele indicou.

Etienne balança a cabeça.

— Bem. Não tenho o direito de me meter. Mas ninguém deveria fazer a namorada chorar no banheiro. É o que eu diria a um aluno. Tenho certeza de que é o que você diria também. — Ele encontra o meu olhar. — Você merece coisa melhor, Addie.

Isso me faz chorar de novo. Etienne sai de trás da mesa, passa a mão pelo meu ombro e se abaixa para ficar com o rosto no nível do meu. Meu corpo reage ao toque dele e sinto um ardor vergonhoso no estômago.

— Tire a tarde de folga.

— Eu não posso... e... e a Batalha de Boyne — digo com dificuldade.

Ele sorri.

— Se for necessário, eu posso dar a aula, ou a Moira. Alguém pode colocar um DVD vagamente educacional.

Ainda estou chorando. Ele continua esfregando meu braço, e sua mão é quente e reconfortante.

— Se algum dia você precisar conversar, Addie, estou aqui. Sempre. Certo? Você tem meu número. É só me ligar.

No fim, não vou para a casa dos meus pais. Em vez disso, me deito na cama em que durmo com o Dylan e fico olhando para o teto, pensando em Etienne. A minha pele está muito quente, como se o meu corpo fosse grande demais para ela. Eu me toco e imagino que a minha mão é a de Etienne, firme e estável. Me sinto mal depois. Não consigo me perdoar e ando pelo apartamento, coçando os braços, desejando voltar no tempo até o verão passado, quando tudo estava perfeito.

Às dez da noite, o Dylan ainda não está em casa. Ele passou o dia todo com o Marcus. Eu me pergunto pela primeira vez se é realmente isso que ele anda fazendo. E se o Marcus for só um disfarce? E se o Dylan conheceu outra pessoa? Alguém tão perfeito quanto ele espera que seja. Alguém inteligente, elegante e poético, alguém que nunca sentiria ciúme do melhor amigo dele.

O celular vibra na minha mão. Estava olhando distraída para ele, sem ideia do que fazer.

— Alô?

— Uau, oi — diz Deb. — Que rápida. Então, você pode me dar a sua opinião sobre um enigma ético?

— Claro — respondo.

Eu me esqueci de comer. Fico de pé e vou até a geladeira procurar alguma coisa ainda na validade.

— Então, se eu sei que quero ter um bebê e me lembrei de alguém que é muito pródigo com a distribuição de esperma... Posso simplesmente transar com ele, engravidar e nunca contar que é o pai?

Pisco diante do pedaço de cheddar que estou examinando.

— Humm, continue — digo.

— É o Mike — revela de forma prestativa. — Aquele segurança com quem saí depois da comemoração do seu aniversário.

Tento organizar os meus pensamentos.

— Ele não é um grande fã de preservativos — diz Deb. — Alô? Você ainda está aí?

— Sim, desculpa — digo, e fecho a geladeira. — Estou só assimilando a ideia.

Deb espera pacientemente.

— Acho que isso seria muito errado — digo. — Sim. Acho que essa é uma das coisas consideradas inaceitáveis.

— Ah — fala Deb, parecendo desanimada. — Mas se tivesse acontecido por acidente estaria tudo bem.

— Sim, verdade. Só que não seria por acidente se você fizesse isso agora.

— Quem vai saber?

— Ora, eu. Você me contou.

— Droga. Por que atendeu ao celular?

Suspiro.

— Por que não pergunta ao Mike se ele se importa?

— Ele provavelmente diria que não se importa — diz Deb. — Mas há o risco de que, quando o meu filho tiver sete anos ou por aí e estiver se desenvolvendo muito bem no meu lar aconchegante de mãe solteira, ele apareça para reivindicar seus direitos.

Ainda é estranho demais ouvir Deb falar sobre ter um filho. Eu realmente achei que ela nunca mudaria de ideia. Mas deveria saber que não haveria nenhuma parte nebulosa, nada de "quem sabe" ou "talvez". Deb é o tipo de mulher "sim ou não".

Eu me pergunto o que ela faria se estivesse no meu lugar. Deb nunca choraria no banheiro por causa de homem, e sinto uma pontada de vergonha.

— Por que simplesmente não procura um doador? Não existem empresas privadas que fazem isso? — pergunto.

— Parece complicado. E muito menos divertido do que transar com o Mike.

— Só por curiosidade, por que o Mike?

— Ah, eu já disse, ele não é muito fã de preservativos.

Espero.

— E suponho que ele seja um tipo bom. Alto, bonito, gentil, engraçado, essas coisas.

— Parece um cara incrível.

— Ah, irrelevante. Estou atrás de um doador de esperma, não de um namorado.

— Seria tão ruim assim conseguir um namorado também?

— Me diga você — retruca Deb com ironia. — Atualmente, você não é a melhor propaganda para relacionamentos.

Vasculho o armário da cozinha até achar o pão. Está velho, mas serve para uma torrada com queijo.

— Eu diria que estar em um relacionamento com uma pessoa é ótimo — digo a ela. — O problema é que, no momento, sinto que estou em um relacionamento com duas pessoas.

— O Dylan e o Etienne?

Fico paralisada, segurando a fatia de pão acima da torradeira.

— O quê?

— Não? — diz Deb, parecendo hesitante.

— Por que você disse isso?

— Desculpa, eu chateei você? Pensei que achasse o Etienne interessante.

— Eu quis dizer que me sinto como se estivesse em um relacionamento com o Dylan *e o Marcus*.

— Ah, é claro. Certo.

O meu coração está muito acelerado. Deb me conhece melhor do que ninguém. Se ela acha que eu tenho algum interesse no Etienne...

Mas eu tenho, não tenho? Só um pouquinho? Afinal, passei a noite pensando em quê? Passo a mão na barriga, me sentindo enjoada de novo. Eu amo o Dylan. Eu amo o *Dylan*.

— Desculpa, Ads.

Abaixo a alavanca da torradeira. Preciso comer. Mas logo me dou conta de que deveria ter colocado o pão na grelha com o queijo.

— Tudo bem — consigo dizer.

— É só que... foi estranho você ter dito isso. Eu nem me dei conta de que tinha falado sobre ele.

— Você fala bastante sobre ele, para ser sincera. Mas isso provavelmente sou só eu entendendo tudo errado.

Segue-se um longo silêncio.

— Não... exatamente — digo em voz baixa.

— Ah. Então você se interessa por ele?

— Às vezes. Não sei. Ai, meu Deus, sou uma pessoa horrível. Uma traidora.

— Addie! Por favor. Não é traição se sentir um pouquinho atraída por outra pessoa. Você gosta mais dele do que do Dylan?

— Hã? Não! É claro que não! É só que... Acho que as coisas estão tão... tão *turbulentas* com o Dylan. Então, é como um escapismo.

Som de chave na fechadura. Eu me viro, culpada. O barulho da torradeira me assusta.

— Tenho que ir. Amo você, Deb.

— E se for o Mike quem decidir não usar camisinha? Nesse caso, seria um risco que ele estaria assumindo por conta própria.

Fecho os olhos.

— Tchau, Deb.

— Ah, tudo bem. Tchau.

Dylan parece exausto. Toda a raiva evapora quando o vejo cambalear até o armário, pegar um copo, encher de água, beber e voltar a encher. Dou um passo em sua direção, para abraçá-lo, mas ele se afasta.

— Estou fedendo a vômito — diz. — Preciso de um banho. Desculpa.

Meu estômago se revira.

— Ele estava muito mau?

Dylan apenas assente. Então, vai para o banheiro e eu fico ali parada, morrendo de culpa e de vergonha, porque o Marcus não está bem, o Dylan vem ajudando o amigo e eu sou a namorada mais irracional que já existiu.

A primeira mensagem de texto do Etienne chega dez dias depois, em um sábado à noite.

> Como você está, Addie? Quer dizer, de verdade. Eu sei que pode ser difícil falar sobre isso na escola. Bj.

Deixo o celular no bolso, decidida a não responder. Não é profissional da parte dele me enviar mensagem sobre assuntos pessoais fora da escola. Mas então penso que eu não acharia estranho se fosse a Moira. Ou mesmo o Jamie, e o Jamie também é solteiro e da minha idade. Sou eu quem estou vendo isso de forma não profissional. Etienne só está sendo um colega e um chefe educado e solidário.

Dylan está cuidando do Marcus de novo. Tivemos uma semana boa, conversamos a sério sobre o Marcus e como ele acabou saindo dos trilhos. Prometi ser mais compreensiva.

> Muito melhor, obrigada. Muito obrigada mesmo por você ter se oferecido para arranjar quem me cobrisse naquele dia. Addie

Não recebo resposta. Começo a me perguntar se fui seca demais. Mas quando vejo Etienne na segunda-feira, ele sorri para mim, um sorriso solidário de sei-que-você-consegue, e me sinto melhor.

As coisas continuam assim por um ou dois meses. Uma mensagem de texto ocasional, nada em tom de flerte ou impróprio. Só um pouco mais próximas do que as conversas que temos pessoalmente. O mestrado do Dylan começa a consumir ainda mais o tempo dele, e ele pega mais turnos no bar, então me sinto muito sozinha. Algumas noites fico até tarde na escola. Etienne está sempre por perto, e temos conversas tranquilas enquanto tomamos chá à noite. Nada além disso.

Mas não posso negar que isso me anima. Não está acontecendo nada. Quem olha de longe, não vê nada de errado. Mas eu sei que não é assim.

Sei que Etienne me deseja. Às vezes, eu também o desejo.

Faltam dois dias para o feriado de Natal e já está tarde, são nove da noite. Não tem mais ninguém por perto, nem mesmo o zelador. Etienne tem as chaves. Ele vai trancar a escola.

— Addie? — diz ele, enfiando a cabeça pela porta da minha sala de aula. Estou tirando um mural que Tyson arranhou no estilo Wolverine. — Topa uma saideira?

Demoro um instante para perceber que ele tem uma garrafa na mão. Vinho tinto, ao que parece.

— Está quase no fim do semestre e nós dois trabalhamos *muito* esse ano — diz ele, balançando a garrafa. — Merecemos um presente.

Aceito a bebida. E sigo o Etienne até a sala dele. Procuro taças para nós na cozinha, mas acabamos tomando o vinho em copos d'água. Estou de batom e deixo uma marca cor-de-rosa na borda do copo.

Conversamos sobre assuntos de trabalho, principalmente. Rimos dos alunos que nos enlouquecem, reclamamos das diretrizes do governo que mudam o tempo todo, comparamos se gostamos mais do nosso pai ou da nossa mãe. Minhas bochechas estão rosadas e já estou bêbada com metade da garrafa. Talvez um pouco mais da metade. Não contei quantas vezes Etienne encheu nossos copos.

Acontece muito naturalmente. A mão dele na minha coxa. Demoro muito para perceber que é estranho.

Eu me levanto, me afastando. Ele me segue.

— Addie — diz Etienne.

— Preciso ir — falo.

Eu me viro na direção da porta.

Ele fecha a porta por cima do meu ombro, seu corpo roçando nas minhas costas.

— Já faz muito tempo que isso está acontecendo — diz no meu ouvido. — Não é mesmo?

Sinto um frio na barriga de pavor. Ele está certo, eu sabia que isso estava prestes a acontecer. O que mais eu esperava? Sinto que estou escorregando, ou talvez já tenha escorregado e agora estou caindo, as unhas tentando encontrar algo em que se agarrar.

Os lábios dele estão no meu pescoço. Sinto o desejo, silencioso e baixo, mas, acima disso, sinto um nojo desesperado. Por ele? Por mim mesma? Descubro a resposta quando ele me puxa para perto, para o seu membro rígido. Não quero isso. Cacete. Não posso fazer isso, a ideia me deixa mal, a umidade da boca de Etienne no meu pescoço é como uma tarântula rastejando na minha pele.

— Não — digo.

Digo não.

Dylan

Luke me liga por volta das sete e diz que o meu pai está traindo a minha mãe.

Eu me sento na beira do sofá. Passo bastante tempo sem dizer nada.

— Dyl? — chama Luke. — Dyl, desculpa. Você não tem ideia do medo que eu estava de dar esse telefonema.

É como se a minha cabeça estivesse em branco: não estou exatamente surpreso, mas é horrível, como se alguém lhe dissesse que você não é quem pensa ser.

— Ela sabe? — consigo perguntar.

— Contei a ela antes de ligar para você. Pensei... acho que pensei que ela deveria saber primeiro. Ela ficou totalmente em negação. Não consegui convencê-la.

Mal estou escutando. Uma raiva repentina sobe pelo meu corpo, um ardor congelante, feito uma queimadura de gelo. É tão raro eu ficar com raiva que mal sei como conter o sentimento: a fúria parece chegar à minha garganta, aos meus ouvidos, aos pequenos vasos capilares que se espalham pelos meus pulmões.

— Acho que ela não vai largar ele, sabe — comenta Luke. — Simplesmente não quis ouvir.

Chega uma mensagem do Marcus. Checo, distraído, sem nem ver direito a princípio.

Você precisa vir para a escola da Addie. Ela está lá com o Etienne e... não parece bom.

A foto vem a seguir. Tirada do outro lado da janela, a luz aconchegante do escritório, os dois sentados lado a lado, tomando vinho em copos d'água, a mão dele apoiada na coxa dela.

— Luke? — digo. Minha voz sai estrangulada. — Tenho que ir.

Desligo para deixar a tela preta, então me sento com o celular aninhado entre as mãos, olhando para baixo, o coração parecendo inchado e doente dentro do peito. A expressão *ver tudo vermelho* nunca significou nada para mim, mas agora eu entendo. Vi a imagem por menos de um segundo, mas ela ficou gravada nas minhas pálpebras feito faíscas na noite.

No fim, depois daqueles longos e sufocantes segundos de imobilidade, pego o casaco, calço os sapatos — movimentos tão lentos, tão mundanos... como se o meu mundo não estivesse acabando — e corro para o carro.

Addie

Ele me mordisca.

Eu me viro em seus braços. É pior. Ele levanta a minha saia e deixa a mão subir pela minha coxa, puxando a minha perna de um jeito que faz o músculo da parte de trás da coxa se repuxar com uma pontada de dor. Os meus punhos estão cerrados e tento virar a cabeça para o lado. Estou sendo *clara*, eu não poderia estar sendo mais clara. Estou empurrando o peito dele. Acho até que estou falando — *para com isso, por favor* — e nossos dentes batem, um baque abafado dentro da minha cabeça enquanto ele pressiona os lábios nos meus.

— Eu sei que você quer isso — diz ele. — Não quer?

É um barulho do lado de fora que o faz virar a cabeça por um momento. Como não conseguimos ver a janela daqui, ele dá meio passo para trás, e então para, inseguro. Eu me lembro de algo de muito tempo atrás. Aulas de defesa pessoal na escola, talvez. Abro o punho que estava empurrando o peito de Etienne e agarro seu ombro — aproveitando sua instabilidade e a minha saia já levantada em torno das coxas — para enfiar o joelho com força entre as pernas dele. Vejo Etienne se curvar, deixando escapar um som gutural e — finalmente, enquanto começo a chorar — ele me solta.

Eu corro. A porta não está trancada. Enquanto disparo pelo corredor que leva à saída dos fundos, passando pela sala dos professores, fico apavorada com a possibilidade de Etienne ter trancado a escola, mas ele não fez isso. Não estava com medo de que eu fugisse. Tinha certeza de que eu queria.

Corro até em casa. São pelo menos dez quilômetros. Meus pés sangram. Quando tiro os sapatos no apartamento, estremeço ao vê-los. Estou tremendo tanto que mal consigo usar os dedos. Eu me sento no chão e choro como se nunca mais fosse parar. Agarro a minha própria pele. Cravo as unhas nos meus braços. Lembro-me de todas as vezes que retribuí o sorriso dele quando ele sorria para mim.

Dylan

Chego quando Etienne está saindo do prédio. Ele se vira e tranca com cuidado a porta ao sair.

— É ele — diz Marcus, aparecendo de repente junto ao meu ombro. — Ali. É ele.

Eu sei. Vi a foto. Aquela fração de segundo da imagem na tela foi mais do que suficiente para eu decorar cada traço do rosto daquele desgraçado.

Corro até Etienne. Marcus me chama, parecendo surpreso. Tem bebido muito e não é rápido o bastante para me alcançar. O meu punho atinge o maxilar do Etienne assim que ele se vira. Sinto uma dor ardente na junta do dedo, um choque forte no cotovelo. Etienne se curva ao meio.

— Que...

— O que você estava fazendo com a minha namorada, porra? — pergunto, ao mesmo tempo em que percebo, envergonhado, que estou chorando.

Etienne me encara com os olhos arregalados.

— Não é o que você está pensando — diz ele.

— Não? Ora, a cena me pareceu bem íntima — rebate Marcus.

Etienne olha rapidamente para ele, estreitando os olhos. E continua abaixado, o corpo curvado. Mantenho os punhos cerrados ao meu lado. Queria não estar fungando e tremendo como uma criança.

— Ela é... intensa — diz Etienne. — E tem dado em cima de mim durante todo o semestre, encontrando motivos para passar tempo sozinha comigo, ficando até tarde na escola só para tentar...

— Cala a boca — digo, enxugando as lágrimas com violência. — Cala a boca, cala a boca, cala *a porra* da boca.

— Não, continua — diz Marcus. Ele dá um passo à frente. — Continua.

— Olha, eu tentei ser um cara decente. Mas ela é... Tive um momento de fraqueza. Ela disse que me queria muito e...

Etienne recua rapidamente quando avanço de novo, mas Marcus estende a mão para me impedir.

— Sinto muito — diz Etienne. — Realmente sinto muito.

— O que aconteceu? — pergunta Marcus. — Onde ela está agora?

— Eu me desvencilhei dela assim que me dei conta do que estava acontecendo — responde Etienne, olhando de mim para o Marcus e vice-versa. — Ela ficou furiosa e foi embora. Eu não queria que nada acontecesse com ela. Ela só... entrou na minha cabeça. Não penso direito perto dela.

Marcus está assentindo.

— Sim — diz ele, a voz saindo arrastada. — Sim. Isso parece muito com a Addie.

Addie

Ligo para a minha irmã. Nunca serei grata o suficiente por ter a Deb. Quase não tenho palavras para contar o que aconteceu, mas em nenhum momento ela diz *Achei que você estivesse interessada nele* ou *Você queria isso.* Ela vem para o meu apartamento e tira a minha roupa como se eu fosse feita de um material precioso, então me coloca embaixo do chuveiro. Depois que estou limpa, Deb me faz vestir o meu roupão velho e puído e me segura com muita força. Não é um abraço; ela está me segurando, me mantendo inteira.

A culpa se instala depois do choque. É tudo muito previsível. Quando não estou mais fugindo dele, quando o horror não está bem na minha frente, tenho certeza absoluta de que a culpa é minha. Eu o achava interessante. Bebi o vinho que ele ofereceu e respondi às mensagens que me mandou.

— O que você me diria? Se eu falasse essas coisas? — pergunta Deb.

E, por um momento, vejo a verdade. Sei o que eu diria à minha irmã. Sei que eu protestaria ferozmente dizendo que o consentimento é um processo contínuo. Que não é não, não importa o que você disse antes. Mas então a clareza se vai outra vez. E sobram apenas o horror e a vergonha.

Dylan

Marcus me faz ir ao pub com ele antes de eu voltar ao apartamento para ver a Addie.

— Você precisa clarear as ideias — argumenta, e compra a primeira de quatro canecas de cerveja, como se isso fosse ajudar alguma coisa.

Choro enquanto bebo. Não conto ao Marcus o que o Luke me contou porque, para ser sincero, mal estou pensando nisso. Só consigo pensar na dor que sinto no peito, como se ele estivesse rachando, como se alguém tivesse arrancado as minhas costelas e deixado um buraco.

— Não fique triste, fique com raiva — aconselha Marcus, empurrando outra bebida na minha direção. — A Addie está se engraçando com o professor e só Deus sabe com quem mais, fingindo ser só doçura e leveza. Eu *sabia* que havia alguma coisa nela. Eu não disse? Eu não disse?

Addie

Deb quer ficar. Mas eu quero o Dylan. Ele vai chegar logo. Preciso tomar outro banho. Preciso lavar tudo isso de mim e depois contar ao Dylan, porque, por algum motivo, isso é quase mais assustador do que todo o resto.

Mas, no fim, não preciso contar a ele.

Já contaram.

Dylan

Ela parece diferente quando chego. Seus olhos estão arregalados e assustados, feito os de um filhotinho de gato, e sei que essa é a primeira vez que ela me trai. Addie não esconderia isso de mim: está escrito na sua testa.

— Eu sei o que você fez.

É isso que eu digo. Então aviso que estou indo embora, como ensaiei no pub. Digo a ela que há certas coisas que não consigo perdoar e penso: *Sim, estou certo e sou forte por ir embora. Não vou ser como a minha mãe. Não vou fazer vista grossa. Vou ser forte.*

Addie fica muito quieta. Ela parece pálida e pequena, como uma criaturinha selvagem resgatada do frio, decidindo se deve se esconder ou lutar.

O silêncio é aterrorizante. Estamos à beira de algo vasto e vazio. Estou tonto por causa da bebida e nauseado de horror, e a minha vontade é sair da minha pele, ser outra pessoa, *qualquer* pessoa.

— Você não vai nem ouvir minha versão da história? — ela quebra o silêncio. Sua voz soa como a de uma criança.

— Etienne me contou tudo. Não há nada mais para você dizer.

Os próximos minutos são um borrão. Ela se joga em mim, e acho que tenta me machucar, os punhos pequenos socando o meu peito, batendo os pés no chão, mas também é quase como se ela quisesse entrar em mim. Addie urra. É um grito inconfundível de luto. Penso: *Então ela me ama. Não quer me perder*. Que hora para ter certeza disso.

Addie

Não há dor como essa. Todas as piores coisas foram confirmadas. Sou tão ruim quanto eu temia. Sou pior.

Não conto nada a ninguém. Nem à minha mãe.

Acho que Deb salva a minha vida. Ela dá todos os telefonemas. Ela me leva até a polícia e nunca sai do meu lado. Se Deb não estivesse comigo, Etienne teria continuado como diretor da Barwood School e eu teria desmoronado.

Dylan

A dúvida se infiltra como umidade. Acordo no dia seguinte no chalé no terreno do pai do Marcus, como se tivesse voltado para aquele longo inverno escuro antes de parar de aceitar dinheiro dos meus pais. A India nos buscou em Chichester ontem à noite. Marcus deve ter ligado para ela, registro com um lampejo de surpresa que logo volta a se apagar. Fico olhando para o teto e considero — só por um instante — a ideia de viver sem a Addie, e isso basta para que eu me encolha feito um inseto, enfiado embaixo dos lençóis.

Eu não me levanto antes de anoitecer, e só faço isso porque meu estômago grita de fome.

— E se houvesse uma explicação? — pergunto a Marcus, enquanto bebemos uísque no chão do chalé, em meio à bagunça de embalagens de comida. — E se houvesse uma explicação razoável?

— Tipo qual? — Marcus está pálido, quase magro, os olhos injetados de exaustão. — Basta olhar para a foto, Dylan. Ali está quem ela realmente é, bem ali, em alta definição.

Addie

Sei que pelo menos metade do meu sofrimento é um efeito colateral do que passei com o Etienne. Mas só consigo pensar na dor de perder o Dylan.

Não sinto como se ele tivesse me deixado; sinto como se o Dylan tivesse morrido.

Ele nem me deixou falar. O homem que eu amo *sempre* me deixaria falar. Então... quem é o Dylan?

Dylan

É a Deb quem me conta a verdade sobre o que aconteceu.

Uma semana depois da noite em que estive na escola, ela aparece na porta do chalé do Marcus com uma careta de desprezo.

— Seu filho da puta. Você não passa de um merda e espero que queime no fogo do inferno.

Deb larga no chão uma caixa grande com as minhas coisas e me dá as costas.

— O resto está no fim da trilha — diz ela por cima do ombro. — Você tem sorte de eu não ter deixado cair na porra do lago.

— Ei — chamo. Hesito na porta, afinal estou só de meias, mas acabo indo atrás dela de qualquer jeito. — Ei! Como se atreve?

Deb continua andando.

— Ela me traiu! *Ela* me traiu! E você vem aqui dizer que sou eu que vou queimar no inferno?

Ela se volta para mim, então.

— Dylan. Você é um *idiota*.

Deb nunca se pareceu tanto com a Addie, pequena e determinada, sem aceitar as merdas dos outros.

— Do que você está falando? — grito, mas começo a tremer, e a sensação de ter cometido um erro grave se instala nos meus ombros através do chuvisco. — O Marcus viu os dois. E o Etienne me contou tudo.

Talvez a sensação de ter cometido um erro já existisse. Nos últimos dias, bebi mais do que nunca, porque comecei a enxergar além do atordoamento e a lembrar da minha Addie, forte e honesta, e é impossível ver qualquer semelhança entre essa pessoa e a Addie que o Etienne e o Marcus me mostraram enquanto eu estava parado, chorando, do lado de fora da escola.

— O *Marcus* viu os dois, não viu? E o que ele estava fazendo lá?

Essa não é a primeira vez que eu me pergunto isso. *Tomando conta de você* foi o que ele respondeu quando questionei. Mas ele estava certo, não estava? E seguir a Addie não pareceu loucura, mas perspicácia.

— E o Etienne contou tudo a você. O *Etienne*. Diz muito sobre você o fato de que acreditou na palavra de um homem que não conhece em vez de na palavra da mulher que você ama — solta Deb.

A grama molhada encharca as minhas meias. O meu coração está disparado.

— Ele a forçou. Sim, ela bebeu um pouco de vinho. Flertou um pouco, talvez. Então ele tentou estuprá-la.

Gotas de chuva se prendem aos fios soltos do cabelo escuro da Deb. Ela sustenta o meu olhar.

— Mas talvez você não se importe. Talvez ainda queira que ela seja apedrejada na praça, Dylan.

Eu me curvo e vomito na grama.

Addie

Ele está arrependido. Nunca ninguém se arrependeu tanto. Ele é confuso, é péssimo, o pior de todos, é facilmente enganado, agora ele se dá conta disso, sabe que precisa se consertar, que nunca deveria ter presumido, que nunca deveria ter me deixado, a Deb contou tudo para ele, ele sabe agora, por favor, por favor, ele está arrependido. Ele se senta na minha porta e chora.

Não abro a porta. Mando uma mensagem para ele em resposta à torrente de desculpas angustiantes que chega naquele dia.

Não conte ao Marcus o que realmente aconteceu, escrevo.

Não consigo explicar direito. Talvez eu veja alguma coisa do Etienne no Marcus. Talvez ele me faça sentir vulnerável. Talvez seja porque o Marcus sempre disse que vê escuridão em mim, e meu coração nunca se sentiu mais sombrio do que agora.

Simplesmente não suporto a ideia de o Marcus saber.

Me prometa, peço. *Então, por favor, não me mande mais mensagens. Sei que você está arrependido. Entendo por que fez o que fez. Mas, por favor, não entre mais em contato comigo.*

AGORA

Dylan

O nariz do Marcus está sangrando. Uma gota de sangue cai nas costas do pijama da Addie quando ela se inclina sobre o vaso sanitário para vomitar e se espalha no tecido feito tinta vermelha, as bordas irregulares. Não há espaço para todos nós. A minha cabeça lateja onde Marcus me deu um soco na têmpora.

— Addie, ei — digo, e empurro o Marcus para me ajoelhar ao lado dela.

Ele cambaleia para trás, na direção da banheira. Deb empurra a porta do banheiro atrás de mim e olho para ela por um momento antes de me voltar para a Addie, que está segurando o assento do vaso com os dedos trêmulos. Seu rosto está muito branco, feito um creme que azedou.

— Foi alguma coisa que ela comeu? — pergunta Marcus.

Deb, sempre prática, estende a mão e dá a descarga.

— Ei. *Ei!* Perdi alguma coisa por acaso? — pergunta Marcus. — Por que todo mundo está agindo como se eu fosse o vilão quando foi ela quem se insinuou para *um cara que não era Dylan*?

— *Ela* não se insinuou para ninguém, porra — diz Deb, e fecha os olhos por um instante. — Desculpa. Desculpa, Ads, eu... Não era da minha conta.

— Está tudo bem aí? — pergunta Rodney do lado de fora do banheiro.

— Tudo bem, Rodney — digo, mantendo a voz firme. — Volte para a cama.

— Está certo — diz ele, hesitante.

Depois de um longo momento, a Addie se senta no chão e puxa as mangas do pijama, estremecendo ao mexer o pulso machucado. Ela não olha para mim. Deb se agacha do outro lado dela, e ficamos os três sentados no chão do banheiro, com o Marcus parado acima de nós, encostado na banheira. Ele está com um pedaço de papel higiênico enfiado no nariz, para estancar o sangue, e seus olhos começam a ficar roxos. Mas, mesmo com tudo isso, consigo entender sua expressão, e ele parece estar com medo.

— Como assim? O que realmente aconteceu naquela noite? — me pergunta ele. — O que você não me contou?

— A Addie me pediu para não contar. E a escolha era dela.

Vejo o Marcus começar a entender. Ele se vira, lentamente, para encarar a Addie.

— O Etienne? Ele...

Addie não olha para o Marcus.

— Você nunca pensou que ele estivesse mentindo? — pergunta ela. A voz sai esganiçada e rouca.

Marcus deixa escapar um som meio estrangulado e se senta pesadamente na borda da banheira. Ele pressiona a mão na testa. O silêncio se estende. Atrás de todos nós, a torneira pinga.

— Você me deixou pensando que... Por que me deixou pensar isso? — pergunta Marcus a Addie.

Deb entrega mais papel higiênico para ele colocar no nariz, e de repente fico impressionado com o absurdo da situação: nós quatro estamos todos amontoados em um banheiro mofado, depois de tantos anos que passamos fugindo uns dos outros, nunca nos permitindo chegar muito perto.

— Você me seguia — pergunta Addie a Marcus. — Não é?

Marcus vira a cabeça de lado. Ele está chorando, percebo com um sobressalto. Flagro a Deb o encarando com os olhos semicerrados, pensativa. Ele enxuga as lágrimas como se estivesse só tirando alguma coisa do rosto, uma gota de chuva ou um grão de sujeira.

— Sim. Às vezes.

Ele fica em silêncio por um tempo, e a torneira pinga. Quando acho que Marcus não vai falar mais nada, ele diz:

— Foi como um... não consigo explicar. — Ele desvia os olhos para o lado. — Eu andava bebendo muito, tinha ferrado com a minha vida, a India estava com raiva de mim, o meu pai não falava comigo... mas eu tinha a impressão de que se conseguisse salvar o Dylan, se conseguisse evitar que ele estragasse a própria vida... Era como se, sabe como é, como se isso também fosse me salvar. Eu teria feito uma boa ação, portanto ficaria bem. O Dylan sempre me ajudou. Eu mal conseguia ver ele... não conseguia... não aceitava a ideia de também perder o Dylan.

Deb balança a cabeça.

— Eu não estou acreditando nisso. Você tinha algum... algum *problema* com a Addie. Não pode ter sido só essa confusão da porra sobre proteger o Dylan.

Marcus olha para o teto. O meu coração está acelerado. Quero puxar Addie para perto ou apenas tocá-la, alisar seu cabelo para trás, dar um beijo na sua bochecha.

— Eu não sei — diz Marcus. — Foi só... — Ele aponta para a própria barriga. — Uma coisa instintiva. Eu tinha a sensação... Era como se eu simplesmente *soubesse* que ela era ruim para o Dylan, e então a coisa meio que cresceu e a Addie estava sempre lá, entrando na cabeça do Dylan, até ele só conseguir pensar nela, até ser consumido por ela, ficar *louco* por ela...

— Ai, meu Deus — diz Deb. — Era amor. Você amava a Addie.

Todo mundo fica imóvel.

Foi minha terapeuta a primeira a sugerir que Marcus poderia estar apaixonado pela Addie. Para mim, compreender isso foi a chave para perdoá-lo. Eu era irmão do Marcus, seu amigo mais antigo. Ele deve ter se *odiado* por amar a Addie; deve ter sido fácil para ele desviar aquele ódio para outro lugar e passar a odiá-la, em vez de a si mesmo.

Mas nunca falamos sobre isso. Nem uma vez.

— Você a amava, não é? — insiste Deb, e o Marcus nos dá as costas de repente, girando o corpo de forma que seus pés fiquem dentro da banheira e se curvando com as mãos no rosto.

Seus ombros tremem. Ele está chorando de soluçar.

— Ai, meu Deus — diz Deb. — Era por isso que você estava lá na escola. Por isso se importava tanto com a possibilidade de a Addie estar tendo um caso com o Etienne. E por isso foi sempre tão cretino em relação ao namoro dela com o Dylan.

Olho para a Addie e percebo que os seus olhos estão arregalados, fixos nas costas do Marcus, enquanto ele se inclina, tremendo, na borda da banheira de plástico. Também olho para ele e penso: *O Marcus é tão pequeno.* Como pode ter causado tanto mal?

— Marcus? — chama Addie.

Ele bate com o pé no fundo da banheira e todos nos sobressaltamos com o som repentino quebrando o silêncio.

— Claro que eu amava, porra. Claro. Que merda, Dylan, você era burro como uma porta naquela época, era muito burro por não ver que, às vezes, eu te *odiava* — ele aumenta o tom de voz, os punhos cerrados, o corpo todo tremendo — por me dar tantas oportunidades de tirar ela de você. Sempre empurrando nós dois para sairmos juntos. Sempre tão ansioso para que eu e ela nos déssemos bem. E eu não sou uma boa pessoa, não sou o cara que se afasta para dar espaço ao melhor amigo. Tem ideia de como foi difícil? No fim, eu só queria que ela fosse *embora*, porque era uma tortura ver vocês dois juntos, ver você ferrar com tudo, depois consertar as coisas...

— Você não poderia ter me roubado dele — diz Addie baixinho. — Eu nunca teria deixado o Dylan por você, Marcus.

— E eu não fui burro — digo, sem rancor. — Eu confiei. Confiei no meu melhor amigo.

— Addie, eu não sabia, juro — murmura Marcus, as mãos ainda cobrindo o rosto. — O professor... Eu realmente achei... Eu ia até a escola às vezes. Vi você trabalhando até tarde com ele. Aquele lugar não tem cortinas, e com tudo aceso...

Addie olha para o chão do banheiro. Quero dizer a ela: *eu te amo, eu te amo, eu te amo, sinto muito.*

— Tive que subir na caçamba de lixo para ver você na sala do diretor — diz ele, o tom de voz abaixando. — Eu me lembro de ver a mão dele na sua coxa, então você de pé, largando o copo de vinho, ele te seguindo. Então você... — Ele engole em seco. — Então você sumiu de vista.

Fecho os olhos por um momento.

— Não vi você sair. Até que o Etienne saiu e o Dylan chegou e o Etienne disse...

Eu o interrompo:

— Todos nós sabemos o que o Etienne disse.

Addie deixa escapar um som baixinho, feito um miado.

— Por que você não me contou? — Marcus levanta a cabeça, ainda de costas. Sua voz está embargada. — Por que ninguém *me contou* nada?

— Eu não queria que você soubesse — diz Addie, enxugando os olhos. — Você... você provavelmente era a última pessoa no mundo que eu queria que soubesse. Você teria dito que foi culpa minha, não teria?

Marcus vira a cabeça apenas o bastante para que eu veja o seu rosto de onde estou sentado. Ele deixa cair as mãos, tirando o papel higiênico que pressionava no rosto. Há marcas de sangue seco por toda a sua boca e no queixo. Eu nunca o vi assim, tão arrasado, horrorizado. Ele parece muito, muito jovem.

— É claro que não. Eu não faria uma coisa dessas, Addie. Caramba. Não acredito que você pensa isso de mim.

Addie balança a cabeça, parecendo frustrada.

— Você pensou o pior de mim em *todas* as oportunidades que teve. Era sempre assim comigo. Não suportava a ideia de você saber.

— Mesmo se eu estivesse bêbado e meio louco, ou o que quer que fosse... por favor, Addie. — A voz do Marcus falha. — Você precisa saber que eu realmente achei que você estava traindo o Dylan. Achei que havia algo entre você e o professor.

O banheiro fica em silêncio por um período. A torneira pinga cada vez mais rápido, e me pergunto se as gotas vêm acelerando com o passar do tempo. Addie muda de posição e ergue os olhos para encontrar os meus.

Ela respira fundo.

— Você não estava... Eu... Eu... Eu tinha uma quedinha pelo Etienne. Por um momento, pensei em ceder... deixei que ele avançasse... então não quis mais, mas ele não parou, e... — Ela também está chorando, aninhando o pulso machucado no colo, passando os dedos ao redor do inchaço. — Dyl, acho que você deixou de ficar com raiva de mim porque uma coisa ruim aconteceu comigo, mas isso não me torna uma pessoa boa. Não apaga o resto.

Aquilo machuca o meu coração; é uma dor real, física, no meu peito.

— Addie. Não. Por favor. Imagine que não tivesse terminado como terminou. Imagine que você tivesse simplesmente saído da sala dele quando quis. Você ainda diria que não merecia perdão?

Ela fica em silêncio por algum tempo.

— Não sei — diz, por fim. — Não consigo... separar uma coisa da outra.

— Para mim não há dúvida. Você chegou perto de me trair, talvez, mas não traiu. E quase não me importo com isso. O que me importa é o que realmente aconteceu. Todo mundo tem potencial para fazer a coisa errada... Se fôssemos avaliados dessa forma, nenhum de nós se sairia bem. O que importa é o que a gente *faz*. E você disse a ele para parar. Você foi embora. Fui *eu* que ferrei com tudo, Addie, e me odeio por não ter deixado você me contar o que de fato aconteceu quando cheguei ao apartamento naquela noite. Eu me tornei a pessoa que tentei tanto não ser. Não escutei. Falhei com você.

Ela se inclina na minha direção, pressionando o corpo no meu peito, e eu fecho os olhos e a abraço com força enquanto ela chora.

Ficamos sentados no banheiro por mais cinco minutos, talvez. A cabeça da Addie está enfiada embaixo do meu queixo, e sinto a Deb atrás de mim, sua perna na minha coluna. E, na banheira, o Marcus está de costas para nós, curvado, arrasado.

Deb é a primeira a se mexer.

— Nós deveríamos... — Ela acena com a cabeça na direção do Marcus.

Addie e eu nos viramos e levantamos lentamente a cabeça. Marcus permanece imóvel. Nós o deixamos ali. Deb nos leva para fora do banheiro, todos arrastando os pés, em fila. Pela luz da rua que se infiltra pela fresta das cortinas, vejo o Rodney. Ele está com braços e pernas abertos, como uma estrela, bem no meio da cama de casal, a boca aberta, roncando.

Addie

Até onde sei, Marcus dorme no banheiro, ou talvez fique sentado na borda da banheira a noite toda. Não sei. Também não tenho certeza se me importo.

Não sei como me sentir sobre tudo isso. Não estou convencida de que era *amor* o que ele sentia por mim, não importa o que a Deb ache, ou o que o Marcus diga. Acho que o Marcus só queria ter o que era do melhor amigo. E mais ainda quando não conseguiu.

Deb empurra o Rodney e conquista um terço da cama de casal. Pego a cama do Marcus, me deito de lado e fico observando o Dylan dormir.

Ele é tão lindo na escuridão. A luz que passa pela fresta entre as cortinas ilumina a ponta dos cílios dele, formando sombras extensas em seu rosto. Antes de me dar conta do que estou fazendo, afasto as cobertas e atravesso o espaço entre nós.

Dylan acorda quando me deito na cama ao seu lado e, por uma fração de segundo — quando ele me encara com os olhos sonolentos e confusos —, eu hesito, sentindo uma pontada daquela antiga ansiedade. Por muito tempo, achei que o Dylan queria aquela garota sexy do verão. Uma mulher de quem ele poderia correr atrás, como fez com a Grace. Alguém fora de alcance. É difícil, mesmo agora, abordá-lo, ser a primeira a levantar a bandeira branca.

Mas então o Dylan sorri e me puxa para perto, ajeitando o corpo atrás do meu.

— Desculpa — sussurra ele. — Sempre vou me sentir tão, tão culpado.

— Por favor, não — murmuro de volta. — A gente não pode se culpar para sempre. É para isso que serve o perdão, não é?

Ele me puxa com o braço que está em volta de mim, como sempre fazia quando dormíamos nessa posição. O cheiro do Dylan faz a minha garganta se apertar de emoção.

— Estou aqui com você — sussurra ele enquanto me aconchega.

Isso é algo que o Dylan costumava dizer, e nem me lembro por quê. Mas sei o que significa: *Conte comigo. Estou com você. Sou seu.*

Entrelaço os dedos da mão boa nos dele e puxo o seu braço para o meu peito. Quando o Dylan dizia isso, eu costumava só beijar a mão dele, talvez, ou sorrir. Mas tive bastante tempo para pensar no último ano e meio e, quando me lembro de todas as vezes que o Dylan disse que me amava e eu não disse o mesmo, fico furiosa comigo mesma. Como se fosse uma vitória, de alguma forma, não retribuir. Como se fosse alguma fraqueza demonstrar o que eu sentia.

— Estou aqui com você — sussurro. — Também estou aqui com você.

Sou acordada pelo zumbido do celular no bolso do pijama. Dylan ainda está me abraçando, dormindo profundamente. Eu sorrio. Então, começo a me sentir insegura — o que eu estava fazendo, subindo na cama dele daquele jeito? —, mas me impeço de insistir nesse pensamento.

A mensagem é da Deb.

Você tá bem? Bj

Tô bem. Tô na cama com o Dylan. Bj

Escuto a exclamação dela do outro lado do quarto e escondo meu sorriso no travesseiro.

Ora, ora, o que isso significa?!

Não tenho a menor ideia. Mas... 😌

Mas + carinha sorridente, hein? Vocês...

A gente só se abraçou.

Lamentável.

Deb odeia a palavra abraço. Eu costumava concordar, até não ter ninguém para me abraçar. Então percebi que odiar a palavra abraço era um luxo de quem recebia abraços.

— Você está mandando mensagens para a Deb? — sussurra Dylan ao meu lado.

Há um momento de silêncio. Sinto a decisão esperando para ser tomada. Agora que ele está acordado, deveria me soltar?

Dylan se mexe como se fosse se afastar. Solto o celular e entrelaço os dedos nos dele novamente, da maneira como fiz antes. Sinto o seu sorriso enquanto ele se acomoda de volta na posição em que estava.

— Eu disse abraço. Ela disse lamentável — sussurro de volta.

A risada dele é tão baixa que é quase inaudível, apenas um ronco no meu cabelo. Eu me sinto quase em pânico de felicidade e aperto a mão de Dylan com mais força, para que ela não escape.

— Você está bem? — sussurra ele.

— Sim. Estou muito bem.

— Fico feliz que a gente conversou. Não foi *exatamente* assim que eu imaginei que a conversa seria, mas...

— Menos vômito?

— Menos espectadores.

Eu sorrio.

— Mas eu queria dizer tudo aquilo para você há muito tempo — continua Dylan.

Ele me envolve com mais força por um instante, em um abraço rápido. Obviamente, não tenho ideia do que isso significa. É só um abraço e, quando a gente sair dessa cama, só Deus sabe que rumo a nossa relação vai tomar. Dylan e eu tínhamos todo tipo de problemas, além do Etienne e do Marcus. Há centenas de razões pelas quais nós...

— Para — sussurra Dylan. — Está tudo bem. Relaxa.

Relaxo os ombros. Nem tinha percebido que estavam tensos.

— Vamos só aproveitar os últimos minutos nessa cama — diz ele. — E podemos lidar com o mundo real quando sairmos dela.

— Dylan Abbott — sussurro. — Está me dizendo para viver o agora?

Dylan

A manhã é um turbilhão de atividades: planejamos partir às sete, mas Deb perde a noção do tempo falando no Skype com a mãe e com o Riley, e Marcus se trancou no banheiro e dormiu, então nenhum de nós consegue entrar para tomar banho até ele acordar, e a Addie não encontra os óculos dela. Por trás de tudo isso, mal consigo pensar direito por causa da alegria que sinto toda vez que encontro o olhar da Addie em meio a todo esse caos e a vejo sorrir. Um poema começa a amadurecer enquanto nos acomodamos no carro e o Rodney distribui alegremente pedaços do biscoito dele para o nosso café da manhã improvisado. As novas palavras surgem em espiral: *o desabrochar silencioso, o redesabrochar/a sugestão de um desejo de uma oportunidade.*

Addie, Rodney e eu estamos no banco de trás, enquanto Marcus vai na frente, estranhamente quieto, o rosto machucado voltado para o dia que está só começando.

Se eu estava consciente da pele da Addie roçando na minha ontem, hoje é como se me *queimasse*. Quase não consigo pensar em mais nada, estou perigosamente feliz, esperançoso demais, e quando ela estende o braço e pega a minha mão, acho que vou chorar de alegria.

— Que bonitinho! — comenta Rodney, sorrindo para nossas mãos dadas.

Addie ri e seus dedos se entrelaçam com mais força nos meus.

Não devo me precipitar. Temos muito o que conversar. Mas — *a sugestão de um desejo de uma oportunidade* — é muito melhor do que qualquer coisa que tive no último ano e meio, e aquela grande fissura no meu peito é como uma rachadura no solo seco, que se fecha ao primeiro sinal de chuva.

A viagem de repente parece fácil, como se as estradas soubessem da notícia — Addie e eu estamos de mãos dadas no carro — e concordassem que agora tudo deveria estar bem no mundo. Só quando finalmente fazemos uma pausa de desespero extremo (Deb proibiu as paradas de conforto e só vai parar de dirigir se tivermos "alguém prestes a se mijar") em um posto minúsculo perto de Carlisle é que me lembro da outra crise se desenrolando no Mini da Deb.

— Alguém vá com o Rodney! — sussurra Deb para mim e o Marcus enquanto caminhamos em direção à loja de conveniência. — Não deixem o homem sozinho!

Ah, sim. Rodney, o stalker. Eu lembro.

— Nem para mijar? — pergunta Marcus.

— Principalmente para mijar! E se ele escapar pela janela do banheiro?

Não tenho certeza do que o Marcus e eu vamos fazer se ele tentar.

— É muito difícil ficar de olho quando ele está no banheiro, general — diz Marcus. Sua fala arrastada está um pouco confusa hoje.

— E os mictórios? Não é para isso que eles servem?

Marcus e eu trocamos um olhar perplexo.

— Só vão! Vão! — fala Deb, nos empurrando em direção ao banheiro.

— Ela *realmente* não está interessada em mim, está? — diz Marcus, se virando para observar a Deb novamente enquanto ela se apressa para encontrar a Addie perto dos salgadinhos.

— Ela preferiu transar com o Kevin, o caminhoneiro, do que com você. Então, acho que isso é um não. De qualquer modo, você só está interessado nela por hábito.

Marcus chuta uma pedra com o dedo do pé.

— Humm. Eu preferia quando você sempre concordava comigo. Você sabe. Antes de ter ficado todo independente em relação às mulheres e de ter largado o amigo por sugestão da terapia.

— Não, você não preferia. Naquela época a nossa amizade era... — Eu me interrompo.

— Ah, eu sei — diz Marcus, ainda olhando para baixo. Então, depois de um longo momento, ele acrescenta: — Mesmo antes da Addie. Não era saudável.

Olho para ele, surpreso.

— Sim. É verdade — digo.

Ele me olha de relance.

— Não pareça tão surpreso. Você não é o único fazendo terapia.

— Desculpa — falo. — Fico muito feliz em ouvir você dizer isso. E, a propósito, não larguei um amigo, nós nunca realmente...

— Deixamos de ser amigos? — completa ele, erguendo uma sobrancelha.

Aquilo arranca uma risada relutante de mim.

— O que eu posso dizer? Acredito em segundas chances. Além do mais, você precisa de alguém que te lembre de ser um ser humano quando está sendo um babaca. E tem muita sorte de eu ser burro o bastante para continuar tentando.

A porta do banheiro se fecha atrás de nós. Rodney está nos mictórios, com os olhos arregalados, como se o tivéssemos flagrado fazendo algo proibido para menores.

— Ah, nossa, humm, oi — diz ele, e ergue uma das mãos em um aceno.

— Imagino que eu não tenha permissão para enfiar a cabeça dele no vaso sanitário, certo? — pergunta Marcus.

— Exatamente. Muito bem.

Marcus suspira.

— Modificar o caráter de uma pessoa é muito entediante. Não posso simplesmente continuar sendo um pária decadente?

Dou um sorrisinho.

— Não — digo, olhando para ele com atenção. As bochechas encovadas, os ombros curvados, os olhos atormentados e assombrados. — Não, acho que você não pode.

Addie

— Eu te disse! Precisamos de um plano maligno!

— Sabe, estamos repetindo muito essa história de plano maligno, mas não sei exatamente o que isso significa — digo a Deb.

Ela está extraindo leite de novo. A bateria de uma das bombas morreu, então ela conectou a outra em uma tomada ao lado da sala do depósito. Os dois adolescentes atrás das caixas registradoras estão olhando para a cena como se a Deb tivesse escapado do zoológico.

— Não podemos simplesmente ir embora sem ele? Ou largá-lo em algum lugar? — pergunto.

— Tipo... em um lago?

— O quê? Não! Por que eu nunca sei dizer se você está brincando?

— É só o jeito que eu falo — diz Deb, ajeitando o poncho que cobre a metade superior do seu corpo. — Não se culpe.

— Estava pensando que poderíamos simplesmente deixar ele em algum lugar, talvez, você sabe, pegar o celular dele...

— Não acredito que estamos discutindo isso.

Olho de relance para o balcão. Marcus e Dylan estão tentando manter o Rodney ocupado enquanto pensamos em alguma estratégia. Marcus está fazendo um péssimo trabalho tentando fingir interesse no que quer que o Rodney esteja dizendo.

— Talvez a gente possa só conversar com ele? Apelar para o bom senso? — digo.

Deb inclina a cabeça, observando Rodney.

— Ele realmente parece... bastante inofensivo.

— Sim. Sim. Sei que a Cherry estava surtando, mas ela está no modo insano de casamento. Tenho certeza de que se a gente pedir a ele para não ir ao casamento, vai ficar tudo bem.

Sinto uma onda de alívio diante da ideia. Isso é muito mais racional. Foi uma loucura naquele quarto do hotel. Perdemos a cabeça.

— Uma conversa sensata — digo. — Sim. Quer dizer, o Rodney é meio estranho, mas não parece *perigoso*.

Deb encontra o olhar do Dylan e sinaliza para que os rapazes voltem.

— O quê, agora? — digo.

— Bem, não há muito mais que eu possa fazer enquanto estou plugada na parede — diz Deb. — É melhor aproveitar esse tempo. Oi, meninos. Rodney. A gente quer conversar rapidinho com você sobre os seus planos em relação ao casamento da Cherry.

Rodney arregala os olhos. Seu corpo fica rígido. Ele olha freneticamente de mim para o Dylan, então para a Deb e o Marcus e volta a olhar para todos de novo. Então, de repente, se lança na direção da Deb. Ela dá um gritinho e recua. Dylan também grita, algo como *ei*, e se adianta, o braço estendido para afastar o Rodney, que acaba sendo rápido demais. Ele pegou a chave do carro no colo da Deb e já passou pelo Dylan.

Marcus é o primeiro a reagir quando o Rodney começa a correr. Mas as pernas compridas e desajeitadas do Rodney estão sendo úteis; ele é *rápido*. Marcus consegue segurar a ponta da camiseta de Rodney entre os dedos, mas o tecido escapa das suas mãos e ele acaba caindo em cima de uma pilha de biscoitos de chocolate.

Saio correndo antes mesmo de me dar conta do que estou fazendo. Escuto Deb xingando atrás de mim enquanto abro as portas de vidro da loja de conveniência, e entendo que deve ser irritante estar conectada a uma parede para extrair leite do peito enquanto todo mundo está perseguindo um criminoso em potencial no pátio de um posto de gasolina.

— Vai! Pega ele! — grita Deb, como uma torcedora de futebol fanática. — Vai!

Dylan está mais perto. As minhas pernas são curtas demais para isso, e o Marcus está entalado em algum lugar lá atrás, no meio da pilha de biscoitos de chocolate. Desvio de uma mulher que se aproxima para pagar pela gasolina — "Ei", grita ela — e me agacho entre os carros. Rodney está a poucos metros do Mini. Dylan está alguns passos atrás dele e o alcança assim que ele abre a porta, mas o Rodney se vira ao entrar e empurra o Dylan para trás, direto para cima...

De mim. Cambaleamos para o capô do carro que estava atrás. O alarme dispara. A nuca do Dylan bate na minha clavícula com um baque abafado e doloroso e meu pulso torcido dói tanto que sinto como se a minha mão tivesse caído. Saio de debaixo do corpo do Dylan e ergo os olhos a tempo de ver o Rodney indo embora no nosso carro, com todas as nossas coisas.

— Eu sabia que era um erro deixar a organização do plano maligno com vocês — diz Marcus atrás de nós.

Mal consigo ouvi-lo por cima do alarme do carro em que caímos. Eu me viro para olhar para ele e percebo que está com o corpo curvado, as mãos apoiadas nas coxas.

Quando me viro e vejo o Mini ziguezagueando na rodovia A7, a dor no meu pulso volta rapidamente. Suspiro e inclino o corpo, acariciando o próprio braço. Dylan apoia a mão nas minhas costas. Assim que pisco para afastar as lágrimas e olho para cima outra vez, Deb aparece. A roupa dela está mais uma vez manchada de leite e sua expressão é ameaçadora.

— Minha bolsa térmica estava naquele carro — diz ela, e de algum jeito sua voz se sobressai acima do alarme do carro, sem qualquer dificuldade. — Agora, onde é que eu guardo isso?

Ela acena para nós com a garrafinha. Nós a encaramos, perplexos.

— Da próxima vez — diz ela, voltando para o posto de gasolina — corram *mais rápido*.

Estamos todos de mau humor. Ficamos calados por um tempo. Marcus paga por todos os biscoitos que quebrou e ficamos sentados perto da banca de jornal do lado de fora da loja, apenas comendo biscoitos de chocolate na pequena sombra.

— Pelo menos sabemos para onde ele está indo — lembra Dylan, bebericando seu café.

Graças a Deus, todos nós estávamos com os nossos celulares e carteiras nos bolsos. Acho que, depois da experiência da Deb ontem, nunca mais ninguém vai largar o celular no carro.

— Então, o que fazemos agora? Chamamos a polícia? — pergunto, fazendo uma careta.

— Isso vai levar uma eternidade — diz Deb. — Esperar por eles, o depoimento das testemunhas... Sugiro nós mesmos pegarmos o Rodney. Como o Dylan disse, pelo menos sabemos para onde ele está indo.

— Mas o seu carro! — exclamo.

Deb acena como quem diz “deixa para lá”.

— A gente vai recuperar o carro. Só precisamos encontrar um jeito de chegar ao casamento.

— Não podemos chamar um táxi? — pergunta Marcus.

— A que distância estamos? — pergunto.

Segue-se um longo silêncio, até nos darmos conta de que era o Rodney que costumava instruir a direção a seguir. Abro o Google Maps no meu celular e faço uma careta.

— Uma hora e meia de viagem. E é um fim de semana de feriado. Um táxi custaria uma fortuna, se é que conseguiríamos que algum chegasse aqui nos próximos... — Checo a hora e resmungo. — Ai, meu Deus, se o táxi demorar mais de meia hora para chegar aqui, vamos perder o casamento.

Deb liga para todos os serviços de táxi locais que encontra. Ninguém consegue chegar aqui em menos de uma hora. Isso não nos surpreende. Eu diria que praticamente nada mais nos surpreende.

Permanecemos sentados em silêncio. Obviamente, cada minuto conta, mas por algum motivo a única coisa que tenho energia para fazer é comer biscoito e segurar o meu pulso dolorido. Acho que senti um número recorde de emoções nas últimas vinte e quatro horas.

— Há *uma* opção — diz Deb depois de algum tempo. — Mas é um tiro no escuro.

— Estamos desesperados — falo. — No momento, a gente só pode contar com tiros no escuro.

— Alguém salvou o número do celular do Kevin? — pergunta Deb. — Porque aquele cara dirige *rápido*.

Dylan

Não estou totalmente convencido de que Kevin, o caminhoneiro, é uma pessoa de verdade. Acho que ele pode ser um espírito especial do dia do casamento — não, espere um pouco, um duende — que é enviado para ajudar os convidados nos momentos de necessidade.

Ele chegou ao posto em vinte e cinco minutos, e agora estamos em algum lugar entre Carlisle e Ettrick, indo a uma velocidade que estou convencido ser impossível para um veículo desse peso e tamanho.

Logo descobrimos que cabines de caminhão não são muito espaçosas. Addie e eu pensamos em ir na parte de trás, com as cadeiras, mas então nos demos conta de que, quando as portas se fechassem, ficaria um breu e poderíamos ser empalados pela perna de uma cadeira quando Kevin fizesse uma curva, e essa seria uma forma *extremamente* ruim de morrer. Assim, em vez disso, nós quatro ocupamos os dois bancos do carona ao lado do Kevin: a Deb está sentada no colo do Marcus e a Addie, no meu colo.

É uma forma requintada de tortura. Cada vez que o caminhão dá um solavanco, a Addie se sobressalta no meu colo. Estou fazendo um grande esforço para me concentrar na presença do Marcus e da irmã da Addie ao meu lado, mas a Addie está tão perto que sinto o seu perfume e ouço o arquejo baixinho que ela deixa escapar quando sente que estou ficando duro sob seu corpo, e...

— Tente ter um bebê — diz Deb ao Marcus. — E veja como *você* vai ficar pesado.

— Nunca me interessei muito por bebês — comenta Marcus, e faz uma careta enquanto a Deb se ajeita no colo dele. — Aliás, como você conseguiu o seu, afinal? Já ficou bem claro que está solteira.

Ele está tentando agir normalmente, mas o conheço bem demais para acreditar nisso. A voz do Marcus está saindo muito aguda e ele parece exausto.

— Ao contrário da opinião popular, é possível conseguir um bebê sem que venha atrelado um parceiro de vida — retruca Deb.

Marcus deixa escapar um murmúrio como se dissesse *nossa, sério?*, em um esforço de demonstrar interesse. Fico olhando para os fios finos do cabelo da Addie na frente do meu nariz e tento não imaginar a sensação deles entre os meus dedos.

— Eu usei um banco de esperma — explica Deb. — Pensei em pedir a um amigo, mas... — Ela encolhe os ombros. — Não queria complicações mais para a frente.

— Adoro um banco de esperma — diz Marcus. — Foi uma ótima maneira de ganhar um pouco de dinheiro para comprar bebida depois que o meu pai e a India pararam de me bancar. Eu entrava e saía do banco de esperma de Chichester como um bumerangue. Então, quanto tempo falta para nós chegarmos? — pergunta a Kevin, enquanto a Deb absorve aquela informação particularmente assustadora. — Seria bom chegar lá antes que as minhas pernas fiquem dormentes de vez.

— É nessa saída aqui — diz Kevin, checando o GPS. — Estamos a quinze minutos de lá.

Quinze minutos. Consigo aguentar mais quinze minutos.

Passamos por um buraco e fecho os olhos, tentando não resmungar.

— Você é nosso herói — diz Addie ao Kevin enquanto ele para no estacionamento enorme. — Obrigada. Quer entrar com a gente e aproveitar a festa?

— Eu posso? — pergunta Kevin, abrindo um de seus sorrisos/caretas particularmente alarmante.

Estou achando o Kevin muito útil nesse momento. Addie acaba de sair do meu colo e descer para o chão, mas, antes de ficar de pé, vou precisar de um tempinho para me concentrar na careta do Kevin.

— Tenho certeza de que o Krish e a Cherry não se importariam — digo, e na mesma hora me dou conta de que com certeza absoluta eles se importariam.

— A propósito, já avisei à Cherry sobre a situação — informa Deb, ainda sentada no colo do Marcus.

— O quê?! — dizemos a Addie e eu ao mesmo tempo.

Deb se vira na nossa direção, confusa.

— O que foi?

— Ela não entrou totalmente em pânico?

— Eu mandei uma mensagem de texto. Então vai saber... — fala ela, e me passa o celular. — Vocês sabem como é a Cherry com pontos de exclamação.

Addie faz uma careta quando eu desço da cabine do caminhão e mostro a mensagem a ela. O texto começa com uma sequência de emojis, seguida por:

Ligue pra mim assim que chegar aqui!!! E CHEGUEM LOGO!!!!

— Acho que ela deve ter ficado meio em pânico — comenta Addie.

— O Mini está no estacionamento — diz Marcus, apontando para o carro. — Parece que o Rodney estacionou e entrou.

Addie solta um palavrão.

— E agora? — pergunto.

— Vamos entrar no Mini para a gente se trocar? — sugere Marcus, olhando para as próprias roupas com desgosto. — Não posso aparecer *assim* em um casamento.

Addie revira os olhos.

— A gente precisa entrar logo e encontrar o Rodney antes que ele cause algum estrago. Se já não for tarde demais.

— Droga — diz Marcus, mas nos segue enquanto saímos do estacionamento.

Há placas nos direcionando para o local do casamento. São todas intrincadamente desenhadas à mão, com uma caligrafia ondulante e explosões de fogos de artifício em aquarela nas bordas. Demoramos cerca de um minuto seguindo a trilha para passarmos pelos pinheiros altos que circundam o estacionamento e, assim que isso acontece, suspiramos em grupo.

Acima de nós há um castelo enorme e todo decorado. Obviamente não é um castelo de verdade — ou melhor, é um castelo, mas, quando foi construído, ninguém pensava em defender essa área dos saqueadores —, mas é tão impressionante que não importa. Há torres com bandeiras ondulando, uma trepadeira com flores subindo quase tão alto quanto as ameias e um fosso completo com ponte levadiça incluída.

Atravessamos o fosso em um silêncio atordoado. A gente sabia que a Cherry e o Krish estavam planejando um casamento grandioso e bastante extravagante, mas eles foram mais além.

Já há convidados passeando pelo gramado verde-vivo na frente do castelo, compondo uma cacofonia de cores: enfeites de cabeça e chapéus elaborados, vestidos de baile compridos, sáris e *lehengas*. Ao meu lado, a Addie olha para a própria roupa, como se acabasse de lembrar que ainda está com o mesmo vestido branco que colocou essa manhã, com colarinho e um cinto.

— Merda — murmura. — Tinha que ser branco, não é?

Dou uma olhada nos convidados em busca de qualquer sinal do Rodney, mas há dezenas de pessoas aqui, talvez centenas, e não sei o que ele está vestindo. Rodney poderia facilmente ter colocado o terno dele, já que tinha acesso a tudo o que estava no Mini. Ou poderia estar usando o pijama da Deb, se tivesse lhe dado na telha.

— Addie! — diz uma voz atrás de nós.

Todos nos viramos. A sincronia entre nós está ficando impressionante. Acho que devem ser os dois dias de ar-condicionado ruim e música country sem fim: estamos unidos agora, como se fôssemos um só, depois de respirar o mesmo ar viciado por tantas horas.

— Oi? — fala Addie, perplexa.

Ninguém ao redor parece olhar para nós. Estamos perto do castelo, próximos a um canteiro cheio de flores cor-de-rosa e roxas e... alguma coisa... branca.

— Addie — digo, apontando para o pedaço de tecido branco que mal dá para ver atrás de um grande arbusto.

— Addie! Volta aqui! — sussurra a voz.

É a Cherry. Ela já está vestida de noiva e com o cabelo preso por grampos. Por um breve momento, seu rosto aparece atrás do arbusto, os olhos arregalados, as bochechas rosadas.

Todos nos aglomeramos em torno dela. Cherry nos olha de cima a baixo com a expressão de uma mulher que não tem energia mental para absorver nada que não seja imediatamente relevante para a crise em questão. Ela nem pisca ao registrar a presença do caminhoneiro corpulento ao lado da Deb, ou o hematoma grande, em cores diversas, no nariz do Marcus.

— E então? Cadê o Rodney? — sussurra. — Ele está aqui?

— Parabéns pelo casamento — digo. Eu me inclino para beijar o rosto dela e enfio a cara nas folhas. — Como você está?

— Insana — responde Cherry. — Estou insana. Nunca se case, Dylan. Você acaba se transformando em um monstro.

— Certo, anotado — digo, e me esforço muito para não olhar para Addie. — Escuta, a gente *ainda* não encontrou o Rodney, mas...

Cherry geme e enfia o rosto entre as mãos.

— Não se preocupe! Estamos dando um jeito nisso! — digo, enquanto Addie tira uma folha do cabelo de Cherry. — Você tem alguma pista sobre o que ele pode estar planejando? Considerando o que você sabe sobre ele?

— Eu não sei nada sobre o Rodney! Só transei com ele! Uma vez!

— Isso nem conta — diz Deb com gentileza.

— Ele gosta de gestos românticos, não é? Daí os poemas e tal — fala Addie. — Acha que ele vai tentar encontrar você antes da cerimônia? Para fazer com que mude de ideia?

— Por que você acha que estou na porra desse canteiro? — pergunta Cherry. — Isso aqui é um vestido Vivienne Westwood, sabia? E *isso* é cocô de passarinho.

Ela aponta para uma folha balançando perigosamente perto do vestido. A mão dela está coberta por uma bela e intrincada tatuagem de henna, pronta para a cerimônia de casamento de hoje.

— Precisamos atraí-lo — diz Marcus. — E então atacar.

Ele demonstra o ataque. Cherry se sobressalta.

— Onde ele esperaria que você estivesse? — pergunta Addie.

— Eu *deveria* estar arrumando o cabelo nos aposentos da noiva — diz ela.

— Que desagradável... — comenta Deb.

— Sim, acho que eles optaram por "aposentos" por causa dessa *vibe* de castelo — diz Cherry, acenando com a mão livre para as ameias acima de nós. — Mas é uma escolha um pouco infeliz, não é, com todas as associações à tortura?

— Então vamos lá — diz Marcus. — Vamos nos esconder, pular em cima dele...

— E amarrar o homem! — conclui Deb, triunfante.

Addie e eu nos entreolhamos. O plano de amarrar Rodney está parecendo muito bom, o que eu acho que prova o estado de desespero a que chegamos. Tenho a sensação de que se essa viagem tivesse sido mais longa, teria se tornado cada vez mais *O Senhor das Moscas*, e Marcus provavelmente teria comido alguém.

— Addie? Dyl? — chama uma voz atrás de nós.

Cherry grita e se abaixa novamente.

— Afastem ele de mim! Levem ele embora!

— Cherry! É só o Krish — diz Addie, quando nos viramos.

Krish levanta a mão em um aceno ligeiramente desconcertado. Ele está usando um *sherwani* tradicional de casamento, e parece magnífico nos tons de dourado e vermelho intensos.

— Você está bem? — Ele estica a cabeça. — É a... Cherry? É você?

— Você não pode me ver! É o dia do nosso casamento! — grita ela. — Vai embora!

Krish começa a rir.

— O que você está fazendo no arbusto?

— Uma crise de última hora — diz Deb.

— Nada com que você precise se preocupar — tranquiliza Addie, ao ver que o sorriso do Krish desaparece. — Está tudo sob controle.

Ela esconde uma ponta do vestido de noiva da Cherry atrás dela.

— Vá conversar com os convidados — diz ela, dispensando o Krish com um aceno de mão. — Vamos só... organizar... as coisas.

A expressão do Krish se torna suspeita.

— É muito ruim? — pergunta ele. — Estou sentindo vibrações muito ruins. — Seus olhos se fixam no Kevin e ele franze mais o cenho.

Endireito o corpo e dou uma palmadinha no braço dele.

— De jeito nenhum — digo. — Vá aproveitar o seu dia especial.

Krish ainda não parece convencido. Olho por cima do ombro dele.

— Ah — digo. — Aqueles são os seus avós? Conversando com o Mad Bob?

Krish arregala os olhos. Mad Bob faz o Marcus parecer a imagem da moderação: ele é conhecido por se despir compulsivamente toda vez que toma mais de três drinques, e foi preso tantas vezes que não arranjaria um emprego nem se precisasse, o que não é o caso, porque acabou de herdar metade da área de Islington, em Londres.

Isso nos livra de Krish. Mas também chama a minha atenção para algo que, com toda a emoção, estresse e alegria, eu realmente esqueci que precisaria enfrentar hoje.

O meu pai está vindo na nossa direção pelo gramado. Ele está vestindo um traje a rigor e parece tão severo e esnobe quanto a cartola que está usando. Há novas linhas de tensão em seu rosto, sulcos de cada lado do nariz, bolsas azuladas embaixo dos olhos. A minha mãe não está à vista, o que é incomum — ela costuma estar ao lado do meu pai — e a sua ausência faz meu estômago se revirar. É sempre mais seguro quando a minha mãe também está por perto.

— Ai, meu Deus, aquele é... — começa a dizer Addie. — É melhor a gente ir? Deixa vocês conversarem?

Estendo a mão para detê-la quando ela faz menção de se afastar.

— Não — digo com firmeza, mas meu coração está acelerado. — Fica comigo, por favor. Deb, você pode levar a Cherry de volta para dentro e puxar o Kevin, por favor?

— Deixa comigo — diz Deb. — Vem, Cherry, e cuidado com a merda de passarinho.

Marcus muda de lugar para ficar ao meu lado; ele está à minha direita e a Addie à minha esquerda. Sinto o olhar hesitante da Addie. Ela está com o pulso dolorido próximo ao peito, e pego a sua mão livre, entrelaçando os nossos dedos.

— Dylan — diz meu pai.

Estou apertando a mão da Addie com força demais, mas não consigo evitar. Já imaginei muitas vezes esse momento. Já me imaginei dizendo ao meu pai: *Olha só como eu me saí bem sem você*. Já me imaginei dizendo: *Sabe, você poderia ter sido gentil, ao menos uma vez*. Já me imaginei dizendo a ele que nunca o perdoaria pelo modo como sempre tratou o Luke.

Mas agora que estou aqui, sinto medo. A verdade é que *não* tenho me saído bem sem meu pai, ao menos não nos termos dele. Continuo sendo um estudante de mestrado em meio período, com uma dívida pequena, mas significativa. Estou solteiro, mas apaixonado por uma mulher que espero que me dê mais uma chance. Para ele, parece que ainda estou em pausa, como o garoto perdido vagando pelo mundo, sem vontade própria, cheio de devaneios, mas que não conquistou nada.

— Quem é essa? — pergunta o meu pai, os olhos fixos na Addie.

— Essa é a Addie — digo. A minha voz sai aguda demais e pigarreio.

Addie solta a minha mão por um instante para apertar a do meu pai. Ele a olha de cima a baixo, e a sua expressão é tão evidentemente crítica que começo a tremer com uma raiva silenciosa e familiar.

— Eu me lembro de ouvir falar de você — diz o meu pai enquanto aperta a mão da Addie. — Você o aceitou de volta, então? — Ele abre um sorriso largo para o Marcus. — O Joel me contou que vocês dois tinham se desentendido... Você fez a mesma coisa, pelo visto? Aceitou o meu filho de volta?

— Não foi bem assim, Miles — diz Marcus em um tom agradável.

O meu pai ergue as sobrancelhas.

— Não?

— Não foi exatamente um desentendimento, foi mais para um...

— Uma troca de socos? — interrompe meu pai, e aponta para os hematomas no rosto de Marcus. — Mas não. Não pode ter sido o meu Dylan quem deu um soco em você, ele não é capaz disso.

Addie segura a minha mão de novo.

— Você poderia só calar a boca e me deixar falar? — pergunta Marcus.

Instala-se um silêncio amplo e chocado. Eu olho para o Marcus, na esperança de descobrir que o seu humor mudou com a velocidade irracional de costume, mas percebo que não é isso, ele não está com raiva: o Marcus está claramente se esforçando para não chorar.

— O seu pai precisa saber que tipo de homem você é, Dylan.

Marcus dificilmente fala sério, não sério *de verdade*; há sempre a sugestão de que ele pode estar só debochando, ou querendo irritar, ou representando um papel que vai durar menos de um minuto. Nas raras ocasiões em que ele de fato se importa com o que está dizendo, a sua voz é completamente diferente: mais suave e menos arrastada. E é assim que ela soa agora.

— Eu fiz coisas que o Dylan não gostou. Arruinei a melhor coisa da vida dele, mas o Dylan não desistiu de mim. — Marcus encara o meu pai sem piscar. — Ele sempre deixou claro para mim que tudo o que eu preciso fazer para ser digno da amizade dele é tentar. E pedir desculpas.

— Marcus...

Ele olha para mim e para a Addie.

— E é o que eu vou fazer. Desculpa. Não sou bom em dizer isso, mas é algo que estou tentando consertar também.

— Quanto drama — comenta o meu pai com desprezo, enquanto me viro para Marcus e encontro o seu olhar.

Seus olhos estão marejados, a expressão assustada e totalmente desarmada.

Estendo o braço livre para abraçá-lo, mas ele se afasta, balançando a cabeça, indicando que ainda não terminou.

— Você tem ideia do mérito que ele tem por ter se tornado uma pessoa assim tendo sido criado na sua casa? — pergunta Marcus ao meu pai, esticando o corpo. Ele encontra o olhar do meu pai como se não fosse nenhum esforço, como se não estivesse com medo. — Sabe como é difícil ser um homem bom quando tem alguém *sempre* dizendo que você não é bom o bastante?

— Marcus — alerta meu pai.

Eu conheço esse tom e ouvi-lo me deixa gelado por dentro.

— Não, eu sei o que você está prestes a dizer, e foda-se o trabalho que me ofereceu — diz Marcus, secando o rosto com o braço. — Vou encontrar outra coisa. Não vou trabalhar para você enquanto estiver olhando para o Dylan desse jeito. Enquanto estiver tratando o Luke como se ele fosse *inferior*. Caramba. Que pessoa agressiva, covarde e intolerante você é.

Os olhos do meu pai brilham e, na mesma hora, isso faz um nó surgir na minha garganta, como se o ar estivesse mais denso, entupindo o fundo da minha boca. Ele dá um passo na direção do Marcus, Addie e eu recuamos, e escuto o arquejo baixo que ela deixa escapar, mas o Marcus nem estremece. Ele ri.

— Bem — diz Marcus. — Vou deixar que conheça a Addie.

Marcus se vira para encontrar os olhos dela. Ele parece muito cansado, mas ainda há brilho em seus olhos, a energia tão complexa de Marcus, que nunca se esvai.

— Ela é uma pessoa melhor do que eu ou você jamais conseguiríamos ser — completa ele. — E o Dylan é muito sortudo de tê-la com ele.

Addie

Não sei o que fazer comigo mesma. Os meus olhos estão ardendo com as lágrimas. Dylan está segurando a minha mão com tanta força que dói, enquanto observamos o Marcus se afastar, os ombros curvados. *Ela é uma pessoa melhor do que eu ou você jamais conseguiríamos ser.*

Eu guardei por muito tempo toda aquela merda que o Marcus disse sobre mim. Que eu não era boa para o Dylan. Como se eu tivesse algo ruim dentro de mim, como se fosse uma granada viva. Isso me contaminou antes mesmo de Etienne me abalar.

Agora acho que estava certo, do jeito dele. Eu poderia ter magoado Dylan de mil maneiras, e às vezes cheguei perto disso, às vezes o meu pé escorregou. Naquela época, quando todos nos conhecemos, eu poderia ter sido aquela mulher, e talvez aquela mulher tivesse amado um homem como Marcus. Talvez aquela mulher tivesse retribuído o beijo do Etienne.

Mas agora sei quem eu sou. Sou a mulher que segura a mão do Dylan com força e encara o pai a quem ele sempre teve medo de me apresentar. O homem cujo desprezo por nós dois está presente em cada centímetro cinzento do rosto.

— Bem — digo a Miles Abbott. — Não imagino que vamos nos ver muito, a menos que você aprenda com o Marcus e peça perdão ao seu filho. Mas foi um prazer conhecê-lo. Quer dizer, foi um prazer ver você ser totalmente aniquilado. — Sorrio para ele e me viro para o Dylan. — Vamos, Dyl. Temos um invasor de casamento para pegar.

* * *

Dylan treme enquanto percorremos os corredores em busca dos aposentos da noiva. Ele tenta ligar para o irmão, mas o Luke não atende, e com isso o Dylan treme ainda mais.

— Ei, você está bem — digo, parando por um momento. Ainda estamos de mãos dadas. — Você conseguiu. Encontrou com o seu pai e deu as costas a ele.

Dylan passa a mão livre pela testa e fecha os olhos com força.

— Eu nem disse nada.

— Não precisou. Ficar em silêncio também é poderoso, ainda mais que ele estava *claramente* esperando que você fosse até ele com o rabinho entre as pernas. — Aperto os dedos dele entre os meus. — Marcus e eu protegemos você. E talvez da próxima vez você diga alguma coisa, se quiser... Talvez vocês dois acabem se entendendo, do jeito que está acontecendo com você e o Marcus.

Dylan se encosta na parede e finalmente afrouxa o aperto nos meus dedos, deixando as palmas das nossas mãos se soltarem.

— Isso incomoda você? — pergunta ele, baixinho. — Que eu... que eu deixe o Marcus voltar à minha vida depois do que ele fez?

Eu penso com cuidado. É uma pergunta importante demais para ser encarada com displicência, embora a princípio seja o meu instinto.

— Talvez seja bom você me contar o que aconteceu. Depois... — Engulo em seco. — Depois do Etienne.

Os olhos de Dylan se suavizam quando digo o nome de Etienne. Ele estende a mão para mim.

— Posso? — pergunta com gentileza.

O corredor ao nosso redor é enorme, com um teto grande em arco e paredes forradas com papel rosa, mas de repente o mundo parece pequeno. Como se fosse só eu e Dylan. Dou um passo na direção dele, que me abraça com força. Sinto a bochecha dele apoiada no topo da minha cabeça. A felicidade parece se infiltrar em cada ponto em que nos tocamos: no topo da minha cabeça, no meu peito, na minha barriga.

— Depois que eu deixei você, não consegui sair da cama por muito tempo.

Eu me afasto para olhar para ele, mas o Dylan me mantém junto ao seu peito, então relaxo novamente em seus braços. Deixo o meu pulso dolorido solto ao lado do corpo, mas passo o outro braço com força em torno dele.

— Eu fiquei... foi depressão — diz ele. — Quando o Marcus finalmente me levou ao médico, foi esse o diagnóstico.

— Você já tinha sofrido com isso — comento no peito dele. Escuto as batidas do seu coração se acelerarem no meu ouvido. — Antes de a gente se conhecer. E quando você estava viajando. E às vezes... dominava você, não era, quando a gente estava junto?

— Eu não... não achei....

— Eu vi quando você se perdeu, Dylan. Conheço você. Mas eu estava... sei lá. Estava com medo demais, acho, para conversar com você sobre isso.

— Com medo de quê? — sussurra ele, roçando o rosto no meu cabelo.

— De demonstrar o quanto você era importante para mim, talvez. Me apavorava ver que havia partes suas que eu não conseguia acessar, mas o Marcus sim.

— Ele chegou primeiro, quando eu era adolescente — diz Dylan em voz baixa. — Ele e o Luke cuidaram de mim. O meu pai...

— Não cuidou.

— Não — concorda Dylan, melancólico. — Ele não cuidou. E isso claramente me causou alguns problemas.

— Então o Marcus cuidou de você? Quando nós terminamos?

— No começo, não. Eu não deixava ele se aproximar. Estava com ódio do Marcus, e não podia nem contar a verdade sobre você, então ele ainda pensava que você... que você tinha me traído, e... Eu não suportava ficar perto dele. Culpei totalmente o Marcus, no começo, por eu ter perdido você. Mas no fim ele acabou entrando de qualquer jeito, me arrastou para fora da cama, me levou direto ao médico, que me receitou antidepressivos e psicoterapia. — Eu o sinto sorrir. — Aceitei a terapia com a condição de que ele fizesse o mesmo. Durante esse tempo, o Marcus fez mais algumas coisas estúpidas: ele apareceu na porta da Grace e gritou coisas horríveis para ela, deu um soco no Javier...

— Um soco no *Javier*? Por quê? — pergunto, e levanto a cabeça para olhar para ele, chocada.

Dylan revira os olhos.

— Acho que o Marcus estava agindo desse jeito porque a terapia estava desenterrando coisas com as quais ele não conseguia lidar. Mas, sim, o Javier e o Luke estavam discutindo por causa de alguma coisa e o Marcus se envolveu.

— Cacete.

— Eu sei. Então cortei relações com ele. A minha terapeuta disse que achava que isso ajudaria e... ajudou, para nós dois, acho. Então, durante o último ano, eu e o Marcus não nos falamos. Até eu ligar para ele e perguntar se queria ir comigo ao casamento.

— Porque você soube...

— Todo mundo estava falando disso. *Ele está mudando. Ele está tentando.* E o Marcus se desculpou com quase todo mundo... menos comigo e com a Grace. Bem... E com você.

Dou um sorrisinho.

— Não sei bem se tenho o seu talento para o perdão. Acho que vai demorar algum tempo...

Dylan pressiona os lábios no topo da minha cabeça.

— É claro. Eu entenderia se você nunca mais o quisesse de volta na sua vida. É claro que entenderia.

Eu me afasto dele por um instante. É tão bom estar em seus braços, mas...

— Precisamos...

— Sim. Certo. O Rodney.

Quando finalmente encontramos os aposentos da noiva, não parece tanto assim com uma sala de tortura. Uma das paredes é coberta do chão ao teto com rosas de cetim, e as outras são decoradas com o mesmo papel de parede rosa, de aparência cara, do corredor. Tudo é muito ornamentado. É assim que imagino que Maria Antonieta vivia.

E é *tão* a cara da Cherry. Ela vem falar com a gente em uma onda de cetim branco e perfume.

— Entrem! Entrem! Socorro! — diz.

— Posso começar agora? — pergunta a cabeleireira a Cherry. — A cerimônia começa em meia hora e não quero deixar você em pânico, mas normalmente gosto de pentear a noiva antes que ela coloque o vestido, e você ainda precisa falar com o escrivão, e...

— Não se preocupa — diz Cherry. — Já estou no auge do pânico.

Ela se senta com um suspiro e um ondular de tecido. Seu vestido é incrível: um vestido muito branco, com um corpete bem justo na cintura, pétalas de cetim enormes desabrochando em volta do busto e os ombros nus. Há um sári vermelho cuidadosamente dobrado em cima da mesa atrás dela, bordado com inúmeras pedras cintilante e fios de ouro. Passo o dedo delicadamente pela barra. É lindo.

— Para a festa — diz Cherry, ao me flagrar olhando para o sári. — Não é lindo? A mãe do Krish mandou fazer para mim.

Esse é o tom mais calmo que ela usou o dia todo. Eu deveria ter me dado conta que falar de moda era a maneira certa de fazer a Cherry relaxar.

— Você tem alguma coisa que eu possa pegar emprestado para vestir? — pergunto a ela.

Atrás de mim, o Marcus, a Deb, o Kevin e o Dylan discutem a melhor maneira de amarrar um homem quando só se tem as passadeiras das mesas da recepção do casamento para usar. Dylan me lança um sorriso rápido quando me pega olhando para ele. Dá um tapinha no ombro de Marcus, um daqueles gestos masculinos que valem por um abraço e que os caras optam quando não conseguem falar sobre os próprios sentimentos.

Cherry me examina com atenção.

— Ai, meu Deus, sim, você *não* pode usar isso! — diz ela, horrorizada. — Vá para o banheiro, a minha mala da lua de mel está lá. Vou ajudar.

— Não — diz a cabeleireira, parecendo surpresa com a própria assertividade. Ela se agita nervosamente. — Desculpa. Quero dizer, pode ficar quieta e me deixar tirar os rolos do seu cabelo? Por favor?

Cherry resmunga, mas volta a se sentar.

— Experimenta o vestido azul-claro, Ads — sugere ela. — E dê o vermelho curto para a Deb, se ela estiver a fim de arrasar essa noite.

— Estou — diz Deb, testando a tensão de um nó. — O Krishna me prometeu homens solteiros.

— Baldes deles — confirma Cherry, enquanto a cabeleireira começa a soltar os rolinhos do seu cabelo. — Esse lugar está fervilhando deles... Aquele vestido vermelho vai ser como sangue na água. Aah, essa comparação foi surpreendentemente ilustrativa. Quem é você, por falar nisso?

— Kevin — responde Kevin. — Oi. Parabéns pelo casamento. Obrigado por me receber.

— Caramba, você não pode estar aqui de jeito nenhum, já ultrapassamos o número de convidados previstos no regulamento de saúde e segurança e definitivamente não temos comida suficiente. Addie? O azul ficou bom?

Mal cheguei à mala ainda. Esse banheiro é mais ou menos do tamanho da sala de estar dos meus pais, com uma banheira com pés embaixo de uma janela enorme. O chão é de cerâmica cinza. A mala da Cherry está largada ao lado do chuveiro, inclinada de lado. É grande o bastante para que eu entre confortavelmente dentro dela e vá para a Tailândia com os dois em lua de mel.

— Devo ir embora? — Escuto o Kevin murmurar para alguém do outro lado da porta.

— Não — diz Deb. — Acho que ela não quis dizer exatamente isso. Só tente não chamar atenção. Coloque uma cartola ou algo assim.

— E então? — grita Cherry para mim. — Addie?

— Um segundo! — grito de volta, vasculhando a mala.

Fico paralisada quando encontro o vestido azul. Não é só um vestido azul, é... *arte*. Alças finas de cetim. O estilo lembra um pouco os anos noventa, e me faz pensar no vestido que a Julia Stiles usa no baile de formatura em *10 Coisas que Eu Odeio em Você*.

Tiro o meu vestido branco e visto o azul. O estilo tubinho deve aderir às curvas da Cherry, mas passa direto pelas minhas. Adoro isso. E o comprimento é longo em mim, apesar de ser midi em Cherry.

— A sandália de salto alto prateada, de tiras bem fininhas! — grita Cherry através da porta, antes mesmo de eu perguntar.

Calço as sandálias com dificuldade, tentando não usar a mão machucada. As sandálias são grandes demais para mim e vão incomodar pra cacete, mas não estou me importando nem um pouco. Estou me sentindo forte, brilhante e bonita. Obviamente, no mundo ideal, eu teria tido tempo para um banho, mas tudo bem.

Abro a porta do banheiro no momento em que alguém bate na porta da suíte nupcial. Ficamos todos paralisados. Os olhos do Dylan encontram os meus e o ar esquenta entre nós. Eu me lembro de como me senti naquele verão na França. Quase sinto o sol da Provença e ouço os grilos. Os olhos de Dylan ardem como se estivessem em brasa. Ele não está olhando para mim como se nunca tivesse me visto; está olhando como se nunca tivesse visto outra pessoa além de mim.

— Cherry! — grita Rodney do outro lado da porta. — Cherry, por favor, abra a porta!

O olhar do Dylan se desvia do meu quando a Cherry se levanta e enfia todo mundo no banheiro. Recuo para dar espaço a todos, e a Deb fecha a porta silenciosamente depois de entrar. O meu coração está acelerado. Não sei dizer se é por causa do stalker do outro lado da porta ou do Dylan desse lado da porta. Não preciso nem olhar para ele para sentir a atração entre nós. A conexão que nunca se rompeu.

— Fala comigo, Cherry — implora Rodney do outro lado. — Por favor, me deixa entrar!

Nós nos amontoamos perto da porta. Até o Marcus parece sério. Deb e Kevin estão entre mim e o Dylan, mas ainda sinto o olhar do Dylan se desviando rapidamente na minha direção enquanto nos agachamos, os ouvidos colados à porta.

Cherry deixa o Rodney entrar.

— Você com certeza não deveria estar aqui — diz ela.

— Como eu poderia estar em outro lugar?

A mão do Dylan está na maçaneta, pronta para nos deixar sair abruptamente.

— Não vou a lugar nenhum até você perceber que esse casamento é um erro, Cherry!

Ele fala de um jeito tão exagerado que é como se achasse que está em uma peça de teatro. Não me surpreendo ao ouvir a risada da Cherry.

— Rodney. Por favor. Como você pode pensar uma coisa dessas, pelo amor de Deus?

— Ele faz você feliz de verdade? Faz?

— Ninguém jamais chegou nem *perto* de me fazer tão feliz quanto o Krishna — diz Cherry, mais séria agora. — Ele é tudo para mim. Nunca me apaixonei assim. E Rodney... eu nunca fui apaixonada por você.

Ouvimos um movimento. Nos preparamos. Acho que ela foi na direção dele, e está segurando a porta aberta, talvez?

— Fomos feitos um para o outro, Cherry! — diz Rodney, parecendo mais desesperado do que nunca. — Somos como... Somos como o Dylan e a Addie!

Eu me assusto. Todos olham para mim.

— O Dylan perdeu a Addie, mas não desistiu e conseguiu ela de volta.

O silêncio se estende por tanto tempo que incomoda.

— O Dylan nunca chegou a perder realmente a Addie, Rodney. E você nunca me teve. Não é a mesma coisa.

— Não vou deixar você fazer isso — afirma Rodney. — Eu vou... eu vou... vou... ficar aqui, parado na porta! Para sempre!

— Ah, pelo amor de Deus — diz Deb, bem alto. — Não temos tempo para essa merda.

Ela abre a porta e entramos todos ao mesmo tempo.

— Ei! — grita Rodney quando o dominamos.

Dylan o pega por um braço, Kevin pelo outro.

— Venha, Rodney, sente-se — diz Marcus, e pega uma cadeira.

— O que vocês estão fazendo?

— Amarrando você — informa Deb.

— O quê?

Rodney começa a se debater. Ele é surpreendentemente forte. Eu, a Deb e o Marcus nos adiantamos para ajudar o Dylan e o Kevin. Na verdade, não estou ajudando muito. Eu me sinto um pouco como aquela pessoa extra que tenta se envolver quando estão trocando algum móvel de lugar: segurando de um lado, mas sem de fato sustentar o peso.

De algum modo, com uma quantidade terrível de *affs* e palavrões, além de chutes e socos evitados, conseguimos colocar Rodney sentado e o amarramos.

— Não acredito que vocês estão fazendo isso — diz ele, olhando para os pulsos e tornozelos amarrados com espanto. — Isso é um absurdo!

— Ficou bom, não é? — comenta Marcus, apertando o nó no tornozelo esquerdo de Rodney. — *Isso* eu nunca tinha feito.

— E se eu gritar e alguém vier me salvar? — provoca Rodney, enquanto tenta soltar os pulsos.

— Humm, boa lembrança — diz Deb. — Vamos amordaçá-lo?

Todos olhamos para ela.

— Eu não vou gritar — garante o Rodney depressa. — Vou ficar sentado quietinho aqui.

— Você poderia ouvir um audiolivro — sugere Kevin. — Eles realmente ajudam a passar o tempo em viagens longas.

— Ele não é um vilão muito assustador, é? — comenta Cherry, examinando o Rodney. Ela ficou fora da briga para proteger o vestido. — Se eu quisesse que um homem tentasse impedir meu casamento, não escolheria o Rodney. Sem ofensa, Rodney.

Ele parece magoado.

— Eu ainda te amo — diz. — Embora talvez um *pouco* menos agora — acrescenta, observando os tornozelos amarrados.

Cherry dá um tapinha na cabeça dele.

— Você não me ama, Rodney, mas tem alguns problemas que provavelmente deveria investigar quando tudo isso acabar. Marcus, baixe um audiolivro para ele, por favor. O telefone está no bolso dele, certifique-se de deixá-lo fora de alcance. Tudo resolvido, pessoal? Addie? É melhor eu ir atrás do escrivão.

— Espera. — Pego uma caneta e uma folha de papel na penteadeira e rabisco uma mensagem: *Não entre! Quarto reservado aos noivos...* 😉 — Não quero que ninguém descubra o refém aqui dentro. — Prendo o papel do lado de fora da porta. — Pronto. Vá se casar, então.

Dou um beijo no rosto da Cherry. Ela abre um sorriso radiante para todos nós, até que percebe a cabeleireira nos olhando embasbacada do canto.

Humm. Esquecemos da cabeleireira.

— Desculpa — diz Cherry, abrindo um grande sorriso. — Esses ex, você sabe como são...

Dylan

A cerimônia de casamento acontece no terraço do castelo, onde as ameias estão enfeitadas com cascatas de flores intrincadamente arranjadas e, por trás delas, se estende um céu azul que parece sem fim. O vento toca o cetim brilhante do vestido da Cherry, enquanto o pai a conduz pelo corredor entre os convidados, o rosto contorcido de emoção. Ele dá um sorriso choroso para o Krish quando beija a bochecha da filha e solta a mão dela, mas o Krish não está olhando para o sogro: seus olhos estão fixos na Cherry, arregalados e cintilando de encanto. Ele a ama como eu amo a Addie, dá para ver no rosto dele.

Krish e Cherry optaram por uma versão abreviada e adaptada da tradicional cerimônia hindu. Há uma pequena fogueira cuidadosamente montada em um círculo de pedras no fim do corredor entre os convidados, embaixo de um arco alto de folhagens e rosas, e o *pandit* traduz pacientemente do sânscrito tudo o que pode, enquanto são jogados arroz tufado e especiarias nas chamas laranja da fogueira.

Choro feito um bebê quando o Krish inclina a cabeça em uma reverência e a Cherry coloca uma guirlanda de flores de cores vivas no pescoço dele e, em seguida, abaixa a cabeça para que ele possa fazer o mesmo. No momento em que eles terminam as sete voltas cerimoniais ao redor do fogo, com os pulsos unidos por uma fita de seda vermelho-escura, as lágrimas escorrem pelo meu queixo.

— Você é um romântico incurável — sussurra Addie para mim, enquanto seco o rosto.

Abro a boca para responder.

— Fico tão feliz por isso não ter mudado — acrescenta ela, e sinto mais uma vez aquela explosão de canhão no peito.

O poema que comecei quase seiscentos quilômetros atrás continua amadurecendo e, quando a Addie sorri para mim, decido que as palavras *inalterada* e *alterada* vão voltar como um refrão, um tema, como o pedido que a gente faz toda vez que sopra velas de aniversário ou perde um cílio.

O jantar de casamento é um banquete de incontáveis pratos com curry, e as sobremesas estão servidas em mesas enormes, como joias derramadas de baús de tesouro, equilibradas em pilhas transbordantes: *barfi* de manga e *halvah* de figo ao lado de trufas de morango e potes em miniatura de uma musse de chocolate branco leve como uma pena. O fato de a Cherry ter achado que não teria comida suficiente para o Kevin é um grande absurdo.

A nossa mesa é de longe a mais barulhenta, principalmente graças ao Kevin. Nas primeiras horas, ele seguiu a Deb com um olhar carente, então, foi apresentado ao meu tio Terry, e os dois formaram instantaneamente o que parece ser um *bromance* muito intenso e repentino. Deb foi esquecida para valer. No momento, Terry e Kevin estão tomando shots e batendo nas costas um do outro, rindo tão alto que faz até o Marcus estremecer. Tenho certeza de que o Terry não deveria estar na nossa mesa, mas a verdade é que o Kevin também não deveria, eu imagino. Está evidente que a distribuição meticulosamente organizada dos lugares à mesa foi para o espaço.

É inegável que tudo é emocionante. Mas não é nada comparado à sensação de estar perto da Addie. Ela está do outro lado da mesa, mas nossos olhos se encontram o tempo todo por cima do enorme arranjo no centro da mesa. E, toda vez que isso acontece, é como se uma pequena faísca se acendesse no meu estômago, como se fossem as nossas mãos se tocando e não apenas nossos olhares se encontrando. Estou tão ocupado olhando para ela do outro lado da mesa que não noto a Cherry se aproximando até ela acenar com a mão na frente do meu rosto.

— Oi! — chama ela. — Noiva, aqui!

— Ah, desculpa, oi — digo, e me viro para encará-la. Ela se agacha ao meu lado. — Você se casou!

— Eu sei! Que louco! Ei, você viu o seu irmão?

Também estou preocupado com o Luke.

— Não, nem o Javier.

Cherry fica pensativa.

— Hum. Talvez eles tenham mandado mensagem... O meu celular está no bolso do Krish.

Checo o meu celular e nada do Luke ainda, embora eu já tenha ligado para ele algumas vezes. Franzo o cenho.

— Posso te pedir um favor? — diz Cherry.

— É claro. Pode falar.

Guardo o celular de volta no bolso.

— Você e a Ads podem pegar o meu sári e o smoking do Krish? Estão naquela sala com o Rodney e *talvez* eu tenha mencionado ao Krishna que amarramos um stalker lá e agora ele está sendo encantadoramente ciumento e me dizendo que não tenho permissão para entrar lá. Mas queremos nos trocar, e precisamos de uma boa antecedência, porque não vou conseguir entrar naquele sári sem a ajuda da mãe do Krish.

Prefiro não comentar que pegar duas peças de roupa em uma sala obviamente não é uma tarefa para duas pessoas. Em vez disso, me inclino para beijar a testa da minha amiga.

— Sim — digo a ela. — Obrigada.

— Sem pressa — diz Cherry, e pisca para mim. — Ah, e o que acham de levar um prato de comida para o Rodney? O que foi? Por que está me olhando desse jeito? Nem mesmo uma sobremesa?

— Você deveria estar pedindo uma ordem de restrição contra ele, não levando sobremesa — digo, e ela faz biquinho.

— Ninguém é irremediável, Dylan! — diz ela, e estica a mão para bagunçar o cabelo do Marcus enquanto se levanta. O vestido ondula ao seu redor.

— Pelo amor de Deus! — retruca Marcus, se recostando na cadeira. — Por favor, não me compare com aquela desculpa esfarrapada de ser humano.

— Você tem razão — diz Cherry em um tom animado, por cima do ombro, enquanto se dirige para a próxima mesa. — Você era um stalker assustador *muito mais sexy*. Mais sexy e bêbado. O que é bem melhor!

Marcus franze o cenho e afunda ainda mais na cadeira, enquanto os convidados ao nosso redor olham em sua direção com interesse.

— Aff — resmunga ele.

Deb se inclina do meu outro lado.

— Bem-vindo ao sistema padrão de moralidade, *querido* — diz ela, pegando a última trufa de chocolate com champanhe do prato do Marcus.

Olho ao redor das mesas da recepção do casamento, procurando pelo Luke e pelo Javier... e, pensando bem, pela minha mãe. Em vez disso, vejo uma mulher usando um vestido amarelo dramático vindo de outra mesa de amigos da Cherry. Seu cabelo está pintado de roxo-claro e o vestido sem alças deixa à mostra a tatuagem cor-de-rosa em seu ombro. Grace.

— Eu me sinto... — Marcus morde o lábio.

— Culpado? — sugiro, olhando para ele.

— Aff — diz ele.

— Envergonhado?

— Para com isso — fala Marcus, esfregando as mãos no rosto. — Você parece a minha terapeuta. Qual é o *lado bom* dessa brincadeira de se corrigir?

Olho para trás na direção da Grace. Ela passou por uma tremenda mudança nos últimos dois anos. Uma temporada na reabilitação, um despertar espiritual, um coração partido. Isso a transformou. Foi-se embora a mulher que sabotava os raros momentos em que se sentia completa; Grace nunca mais vai se contentar com menos do que o coração inteiro do homem que ama.

Mas ela ainda é a Grace, ainda é glamorosa, um pouco intensa demais, mais inteligente do que todos nós juntos. E seus olhos estão fixos no Marcus, do jeito que sempre estiveram, mesmo enquanto ela tentava fazer outras histórias de amor funcionarem para si mesma. Mesmo quando os olhos do Marcus se voltavam com frequência para a Addie. Ela nunca parou de olhar para ele desse jeito. Nunca desistiu dele, não completamente.

— Dylan? — chama Marcus. — E então? De que *adianta*?

— Acho que, se você tiver muita sorte, pode estar prestes a descobrir — digo.

Addie

— Já passamos por esse corredor — digo, me virando. — Eu me lembro daquele retrato.

Aponto para a foto emoldurada de um velho com uma coroa pendurada na parede.

— É mesmo? — Dylan inclina a cabeça para o lado. — Tenho quase certeza de que esse é o João de Gante, e acho que o último foi Ricardo II.

— Esqueci quantas *coisas* você sabe — comento, rindo. — E agora, esquerda ou direita?

— É um conhecimento totalmente inútil, posso garantir. Esquerda — diz Dylan, já seguindo pelo corredor da esquerda.

Eu sorrio. Ele percebe a minha expressão.

— O que foi?

— Há dois anos você teria me pedido para decidir — digo a ele, enquanto seguimos por um corredor por onde tenho cem por cento de certeza de que já passamos. Não que eu esteja reclamando. Nos perdermos é praticamente perfeito nesse momento.

— Você sempre me estimulou a fazer as minhas próprias escolhas — diz Dylan, ao meu lado. — Nunca me dei conta disso até a gente se separar.

A mão dele roça a minha, e aproveito a chance para entrelaçar os nossos dedos. Ficar de mãos dadas é o máximo que fazemos, feito um casal de namorados do sétimo ano. O pensamento me faz sorrir. Dylan está tão bonito! Ele e o Marcus pegaram os smokings no carro assim que recuperamos as chaves com Rodney, e ver Dylan em um smoking está causando efeitos perigosos na minha imaginação.

— Antes de você, eu sempre tive o meu pai, ou o Marcus. Alguém para me dizer o que fazer — diz Dylan, esfregando o polegar nas costas da minha mão enquanto andamos.

Seria quase impossível irmos mais devagar... Claramente ele não está mais ansioso do que eu para levar essas trufas de chocolate para o Rodney.

— E agora?

— Agora eu tenho uma terapeuta pra me dizer o que fazer — responde ele com ironia, e eu rio. — Não, estou evoluindo. Construí uma vida para mim. Estou trabalhando na minha dissertação de mestrado; me mudei para um apartamento do tamanho de uma caixa de sapatos na Cooper Street.

Eu me perguntei várias vezes onde ele estaria morando. Me imaginei esbarrando com ele no jardim do Bishop's Palace ou bebendo alguma coisa no Duke & Rye. Pensei em como seria a sensação de estar no mesmo recinto que Dylan novamente, e me questionava se eu seria capaz de fazer isso sem cair no choro.

— Quero saber tudo sobre a sua dissertação — digo. — Vou entender o título?

— Espero que sim, ou eu vou estar fazendo errado. — Ele sorri. — Estou escrevendo sobre a ideia de missão em *A Rainha das Fadas*, de Spenser, e as obras de Philip Sidney. Jornadas. Ah, pronto, aqui está a porta!

Dylan aponta para a porta com um bilhete com a minha caligrafia preso nela. De alguma forma, conseguimos chegar à câmara de preparação da noiva. Nós dois hesitamos um pouco do lado de fora, e o Dylan olha para mim.

— Você quer... esperar um minuto? Antes de a gente entrar?

Há um sofá de dois lugares debaixo da janela à nossa esquerda. Nós nos sentamos juntos, os joelhos virados na direção um do outro. Não solto a mão dele.

— Eu queria perguntar... — Dylan pigarreia antes de continuar. Ele está olhando para as nossas mãos dadas, nossos joelhos quase se tocando. — Se você puder... se quiser me contar... o que aconteceu depois que eu fui embora... depois que a gente terminou.

Os meus olhos começam a arder e tento controlar a respiração, mas o meu coração já está acelerado.

— Desculpa — acrescenta Dylan depressa. — Eu só... quero que você saiba que eu quero falar sobre isso. Quando você estiver pronta. Fico para morrer por saber que não estive ao seu lado durante tudo aquilo, e eu.... — Ele me olha com uma expressão desamparada. — Eu sinto muito.

— Eu sei. — Aperto a mão dele. — Pedi demissão da escola. Acho que isso não é nenhuma surpresa. Tenho um novo emprego agora... Sabe a escola para meninas no caminho para Fishbourne? Sim, lá. É um bom lugar, sabe. Eu *sou* boa. — Sorrio. — No começo não era, mas agora sou.

— Você não teria dito *isso* há dois anos — diz Dylan, esbarrando de leve com o joelho no meu.

— Ora, hoje eu tenho uma xícara de *Melhor Professora do Mundo* para provar. — Fico séria. — Eu tentei namorar. Com o Jamie, na verdade... um dos professores da Barwood.

Odeio como a minha voz ainda falha quando digo o nome da escola onde Etienne trabalhava, mas insisto enquanto sinto meu rosto quente. Dylan está muito quieto.

— Eu estava... péssima. O Jamie foi uma escolha estranha... Outro professor da Barwood... não sei. Obviamente isso prova que havia algo estranho acontecendo no meu cérebro. E ele sabia sobre o que tinha acontecido comigo... não sei como, mas sabia.

— Eu soube que o Etienne foi demitido — diz Dylan baixinho. — Mas você não prestou queixa?

— Não, eu tentei — digo, arqueando uma sobrancelha. — A polícia disse que não havia provas suficientes. Mas havia o bastante para a Moira garantir que a escola se livrasse dele. Ela foi... ela foi legal comigo.

— E... o Jamie? — pergunta Dylan com dificuldade.

— Ele era um amor. — Eu aperto a mão do Dylan. — Mas nunca houve... nunca chegou a lugar nenhum. É porque fazer sexo depois... do que aconteceu...

Os meus olhos estão ardendo de novo. Dylan se aproxima um pouco mais, hesitante, então passa o braço ao meu redor e fico encostada no ombro dele. Dou uma risadinha trêmula.

— Vamos só dizer que não é mais como costumava ser.

O braço dele me aperta quase convulsivamente, como se doesse ouvir isso. Ficamos sentados ali por um tempo. Dylan respira fundo.

— Bem, da última vez nós começamos com sexo, não foi? — diz ele. — Então, talvez dessa vez a gente... — Dylan se interrompe, se dando conta do que disse.

Eu me viro para olhar para ele. Vejo que está com aquele olhar tenso, sinal de constrangimento, e sorrio.

— Dessa vez? — digo.

— Não quis me precipitar — fala, a voz baixa. — Mas... Addie...

Engulo em seco. Ele ergue a mão naquele gesto que eu conheço muito bem para afastar uma mecha dos olhos, embora o cabelo esteja curto demais agora para cair na testa.

— Addie, você vai pensar sobre isso? Entendo se... mas nunca deixei de amar você — diz ele atropeladamente. — Nunca deixei de amar você, e, de verdade, acho que nunca vou deixar, sabe, porque tentei de todas as maneiras me livrar desse sentimento e nunca consegui. Vou entender totalmente se você não puder me aceitar de volta depois do que eu fiz. Mas estou desesperado querendo que você saiba que aquilo que eu disse... que não ia ouvir o seu lado da história... foi a pior coisa que eu já fiz, Addie, a coisa que mais desprezo em mim mesmo, e que se me der outra chance, eu nunca, jamais, vou abandonar você de novo. Sempre vou ouvir. Nunca vou virar as costas para você. Eu juro.

Absorvo tudo isso. Apenas fecho os olhos e escuto as palavras do Dylan, o tremor na voz dele. O modo como a sua mão agarra a minha, como se ele nunca mais fosse me soltar.

— Você teria que confiar em mim — sussurro, tão baixinho que ele abaixa a cabeça para me ouvir. — E eu teria que... merecer essa confiança.

— Eu confio em você — diz ele na mesma hora, mas balanço a cabeça.

— Vou te mostrar — falo. — Eu nunca... O que aconteceu com o Etienne... Quero dizer, o que aconteceu antes.... — A minha respiração sai trêmula e rasa. — O flerte, as mensagens de texto. Foi tão idiota. Acho que eu estava com medo do poder que você exercia sobre mim. Do quanto eu amava você, do quanto doeu quando você escolheu o Marcus. O Etienne foi uma válvula de escape. A prova de que outra pessoa me desejaria. Era...

— Isso foi antes — diz Dylan, e me puxa para perto. — E *isso* é agora.

Eu choro então, o rosto pressionado no tecido de algodão engomado do colarinho dele e no calor da sua pele. Dylan me abraça, e a sensação dos seus braços ao meu redor é quase além do que suporto. *Eu não deveria deixar ele me ver assim*, diz parte do meu cérebro. Mas percorri um longo caminho. Sei que não devo dar ouvidos a essa voz.

— Eu amo você — digo por entre as lágrimas. — Eu amei você mesmo quando te odiei. Amei mesmo quando queria fazer *qualquer outra coisa*. Dylan, eu não consigo... — Choro de soluçar no ombro dele. — Não suporto a ideia de que você, isso, nós... Eu não sobreviveria se terminássemos de novo.

Ele me abraça com ainda mais força.

— Então não vamos deixar que isso aconteça.

— Eu não... não sou mais a pessoa que eu era — digo a ele, a voz embargada. — Estou tão diferente agora...

— Eu também estou. Ao menos espero que sim — diz ele, me fazendo rir. — Então, vamos nos conhecer de novo. Vamos namorar. Vou levar você para jantar. Não vai ser como da última vez porque estou muito pobre agora, você sabe, então isso vai ajudar.

Estou morrendo de rir, e endireito o corpo, porque corro o risco de deixar uma meleca no smoking dele... Dylan pega o guardanapo em que embalamos algumas trufas que estamos levando para Rodney e me entrega. Aceito agradecida.

— Você está ouvindo alguém falar? — pergunta Dylan, inclinando a cabeça.

Presto atenção. Ele está certo: há uma voz baixa vindo de dentro dos aposentos da noiva. Eu me levanto e vou até a porta para ouvir melhor.

"*Embora o mar, com ondas contínuas, realmente coma a terra...*"

Dylan para ao meu lado, abrindo lentamente um sorriso.

— O que foi? — sussurro.

— É o audiolivro — murmura ele de volta. — O Marcus escolheu para ele o pior livro em que poderia pensar.

— Qual é?

— *A Rainha das Fadas* — diz Dylan, sorrindo. — Ele está ouvindo *A Rainha das Fadas*.

Eu me inclino e escuto um verso:

"*Pois não há nada perdido que possa ser encontrado se procurado.*"

Dylan

Rodney está de muito bom humor, considerando a situação, embora com uma necessidade bastante urgente do que Deb chamaria de pausa de desespero extremo. Depois de cuidar do nosso prisioneiro e encontrar a Cherry e o Krishna na suíte nupcial para entregar as roupas de que eles precisam, a Addie e eu voltamos para o corredor principal por um labirinto de corredores menores, os dedos ainda entrelaçados.

Mal nos soltamos o dia todo. Nunca mais vou considerar como garantida a sensação de ter Addie Gilbert me dando a mão.

Quando chegamos à nossa mesa, a Grace está sentada na minha cadeira, inclinada na direção do Marcus, que está falando, os olhos fixos no chão, visivelmente desconfortável. Addie e eu ficamos afastados por um momento, observando os dois antes de eles nos notarem. É tão bom ver a Grace com uma aparência saudável de novo. Apenas um ano atrás, se ela estivesse sentada nessa posição, eu veria o relevo das vértebras na sua coluna.

— Você acha que ela vai aceitar o pedido de desculpas dele? — me pergunta Addie baixinho.

— Espero que sim.

— Você acha que... o Marcus e a Grace...?

— Não sei. Não sei se ele já está pronto ou, você sabe... se é digno dela.

Olho de relance para a Addie, subitamente consciente de que estou falando sobre uma mulher com quem dormi uma vez, mas ela assente, concordando, o cenho franzido de um jeito que me deixa com vontade de dar um beijo entre as suas sobrancelhas.

Grace nos vê, então. Ela se levanta e abraça a Addie primeiro — *Querida, você está divina*, diz — e as duas comentam animadamente sobre os vestidos e novos cortes de cabelo uma da outra e retomam a conversa fácil de amigas que passaram tempo demais separadas.

— Ah, o meu livro? — diz Grace, erguendo o queixo enquanto cai na gargalhada. — Queimado. Literalmente.

— *Queimado?* — repete Addie, arregalando os olhos. — Mas estava escrevendo aquele livro há... desde que eu conheci você! E, ei, você me disse que eu aparecia no capítulo sete!

Grace toca o rosto da Addie com a mão.

— Adeline. Você merece estar no primeiro capítulo.

Addie começa a rir.

— Como tudo o que você diz soa tão profundo?

— Escolas caras — responde Grace, com um sorriso lânguido. — Não, o livro tinha que ser abandonado. Não vou dizer que nunca vou escrever outro, mas esse livro nunca foi realmente sobre o verão das nossas vidas. Era sobre um homem. E quando me dei conta disso, simplesmente não aguentei mais olhar para ele.

Addie a afasta mais da mesa, onde Terry está cantando com o Kevin o que parece ser uma música de marinheiro.

— Eu tentei retrabalhar, recomeçar, tentei tudo — continua Grace. — Mas ainda era o *livro dele*.

Ela ergue de leve o queixo na direção do Marcus.

— Ah — diz Addie.

— Exatamente — fala Grace, suspirando. — E ele com certeza não merecia um livro inteiro para si mesmo, não é? Então eu queimei. Achei que talvez ajudasse com... — Ela indica o peito com a mão.

— Com o amor que você sente pelo Marcus? — completa Addie.

— Isso — diz Grace, séria. — Isso mesmo. Porque estou *cansada* de amar um homem que, para falar a verdade, não passa de um grande idiota.

Addie cai na gargalhada.

— Você disse isso a ele?

— Bem, eu estava pronta para dizer — fala Grace —, então ele se *desculpou*. O *Marcus*. Tenho que confessar para você, Addie, que já imaginei esse momento inúmeras vezes, *incontáveis* vezes, e justamente quando eu já tinha perdido a esperança...

— Gostaria de não ter queimado o livro, então? — pergunta Addie.

Grace ri, a cabeça inclinada para trás mais uma vez.

— Não — diz ela com firmeza. — Com certeza, não. Sou uma mulher muito diferente agora, e, se ele quiser bancar o herói... vai ter que passar por um teste.

Addie sorri para ela.

— Senti a sua falta — diz, e sorrio, porque aquela franqueza, aquele afeto sem reservas, é novo nela... ou melhor, é novo para mim.

— E eu senti a sua falta, querida. E quanto a vocês dois? — pergunta Grace, olhando para mim. — Achei que vocês não tinham mais volta, só que...? Onde vocês estão agora?

Addie morde o lábio. Entrelaço os nossos dedos com mais força.

— Estamos no capítulo um — digo.

O som de alguém chegando muito perto de um microfone — aquele barulho baixo e estremecido — interrompe a resposta da Grace, mas o seu sorriso já basta. Há uma banda de doze integrantes se instalando, e as mesas mais próximas à pista de dança estão sendo esvaziadas por um exército de funcionários vestindo as cores do casamento. O padrinho do Krish consegue conter o barulho do microfone pelo tempo necessário para anunciar que está na hora da primeira dança.

Deb se junta a nós quando nos aproximamos da pista de dança. Ela estende o celular para a Addie, e há uma foto do Riley na tela, sorrindo sem dentes para a câmera, os olhos castanhos arregalados. Ele é muito fofo. Tenho que me esforçar ao máximo para conter a ansiedade que me domina. Um passo de cada vez, lembro a mim mesmo. Nunca fui muito bom nisso.

— Acabei de sair de uma chamada pelo FaceTime com ele e o papai — diz Deb a Addie. — Compraram uma cadeira de descanso absurda para ele, que deve ter custado um braço e uma perna. O Riley está muito mimado.

Ela faz uma careta, mas seu rosto de ilumina, como acontece com as pessoas quando não estão apenas felizes, mas *plenas*. Eu me dou conta, então, de que vou conhecer o Riley. Vou poder fazer parte da vida dele, e da vida da Deb, e vou conhecer todas as novas facetas do mundo da Addie.

— Dyl? — chama uma voz atrás de nós.

A música começa quando eu me viro. A primeira dança do Krish e da Cherry é ao som de "Forever and for Always", da Shania Twain. Só posso deduzir que o Krishna desistiu de discutir sobre o assunto e deixou a Cherry fazer o que quisesse.

São o Luke e o Javier atrás de mim. Os dois parecem ter chegado correndo, e o rosto do Luke está vermelho.

— Dyl — diz Luke baixinho, enquanto eles param ao nosso lado para assistir à dança.

Krish está se saindo extraordinariamente bem dançando valsa ao ritmo de Shania Twain, embora seus lábios se movam um pouco enquanto ele conta os passos e sua expressão de concentração total seja um tanto cômica.

— Dylan, a mamãe deixou o papai — diz Luke em voz baixa.

— *O quê?* — falo tão alto que até a Cherry e o Krishna olham na nossa direção.

— Está tudo bem? — pergunta Cherry quando Krishna a inclina para trás.

— Ótimo! — digo. — Assim como vocês! *O quê?* — repito para o Luke.

— Foi incrível! — sussurra Javier. Ele está meio que saltitando no lugar, e o cabelo preso em um rabo de cavalo alto balança junto. — Tínhamos acabado de chegar ao fosso e os seus pais estavam vindo ao mesmo tempo, e o pai do Luke tentou desviar o caminho para não cruzar com a gente... quer dizer, comigo... e...

— A mamãe simplesmente enlouqueceu — completa Luke, balançando a cabeça e sorrindo. — Ela jogou o próprio chapéu em cima dele. Disse que de jeito nenhum ia passar outro evento fingindo que amava o marido, que estava de coração partido por não ver os filhos e cansada de ficar do lado dele. Nós acabamos de levar ela para um hotel. Espera, vou mandar uma mensagem com o endereço para você passar lá mais tarde... A mamãe está morrendo de vontade de ver você.

Ele pega o celular. Meus olhos se alteram entre o Krish e a Cherry valsando e a energia do Javier e do Luke.

— A sua mãe acabou de deixar o seu pai? — pergunta Addie ao meu lado. Ela dá um sorriso tímido para o Luke e o Javier. — Oi de novo, vocês dois.

O momento em que o meu irmão e o noivo dele se dão conta com atraso de que a Addie e eu estamos de mãos dadas é verdadeiramente lindo. Os dois sorriem ao mesmo tempo, como se fosse uma deixa, e Luke apoia a mão no meu ombro.

— Que *bom* — diz Javier. — O Dylan escreve poesias lindas, mas não sei quantos poemas mais sobre coração partido eu vou aguentar.

Estendo a mão para empurrá-lo de brincadeira e ele ri, se escondendo atrás do Luke.

— Posso apresentar você para a minha mãe — digo a Addie, olhando para ela maravilhado. — Sem o meu pai estar junto. Isso seria muito... legal.

Ela sorri para mim.

— Eu adoraria isso.

A primeira dança acaba, ou pelo menos é o que o Krishna deseja. Ele está gesticulando com um leve ar de desespero para chamar o padrinho de casamento para a pista de dança. No fim, alguns casais ficam com pena e os convidados se adiantam na direção dos noivos.

— Me concede essa dança? — pergunto a Addie quando a música muda.

É outra música dançante, um pouco mais convencional: Jason Mraz, "I Won't Give Up".

Vamos até a pista de dança. Addie coloca as mãos com cuidado atrás do meu pescoço e apoio as minhas na cintura dela. Olho para aqueles olhos azuis cor-de-rio que me conquistaram desde o primeiro momento em que os vi. Oscilamos juntos enquanto a pista de dança se enche ao nosso redor. Levanto a cabeça por um momento e vejo a Deb dançando com o Kevin, e o Luke com o Javier. Atrás deles, uma moça com uma *lehenga* verde e rosa puxa para a pista de dança uma senhora de meia-idade muito elegante, usando um terninho. Então, o Marcus também se levanta e estende a mão para convencer a Grace. E o pai da Cherry está dançando com a mãe do Krish. Tudo em uma confusão de cores, chapéus e corpos oscilando como se fôssemos uma massa em movimento.

Volto a olhar para o rosto da Addie, que está erguido na minha direção. Mal posso acreditar que ela está aqui. De repente, me sinto compelido a contar cada sarda do rosto dela, a memorizar o tom exato do seu cabelo enquanto ainda posso, e não devo esquecer que ela disse que me ama. Ela não vai embora.

— O que você disse antes sobre... — Cerro os lábios e noto seu olhar se desviar para a minha boca. — Eu sei que dissemos que pode ser que o sexo precise ser abordado com um pouco mais de cuidado dessa vez, mas... posso perguntar como você está encarando a possibilidade de beijar nesse momento?

Os lábios da Addie começam a formar um sorriso.

— Beijar?

— Só hipoteticamente.

— Bem. Não tenho feito muito isso ultimamente — diz ela, o sorriso lento aumentando. — Mas acho que não teria problema em beijar.

Abaixo um pouco a cabeça e ela levanta o queixo no mesmo instante, como se os fios que nos conectam tivessem sido puxados.

— Quer tentar? — sussurro, meus lábios a centímetros dos dela.

Em resposta, Addie diminui a distância que separa as nossas bocas. E aqui, na pista de dança, com a bagunça do nosso passado ficando para trás e um bando de amigos ao redor, com o cabelo prateado dela brilhando e o meu coração feliz e ameaçando explodir, beijo Addie Gilbert pela segunda primeira vez.

Agradecimentos

Agradeço, como sempre, a Tanera Simons, que consegue ser superinteligente, sagaz *e* incrivelmente gentil e solidária. Sou muito grata por tudo o que você e a equipe da Darley Anderson Agency fazem por mim.

Cindy Hwang, Emma Capron, Cassie Browne: vocês tornaram esse livro muito mais forte e profundo (e mais sexy; estou falando com você, Emma). Eu me sinto tão sortuda por ter todas vocês na minha equipe. Para todos da Quercus e da Berkley: obrigada por sua paixão e inteligência, e por terem acreditado em mim. Um agradecimento especial à Hannah Robinson, que me ouviu quando mais importava.

Dediquei essa história às minhas maravilhosas madrinhas, Ellen, Nups, Amanda, Maddy e Helen, que infelizmente não puderam me acompanhar no caminho até o altar no meu casamento, mas cujo amor e apoio inspiraram e guiaram toda a sororidade nesse livro. Obrigada, meninas, pelas inúmeras conversas íntimas, drinques revigorantes e xícaras de chá ao longo dos anos. Tenho mesmo muita sorte por ter todas vocês na minha vida.

Um imenso agradecimento a Gilly, pelos áudios, os papos de 43Mb e pela conversa importantíssima sobre quem tem cachorro grande e quem tem cachorro pequeno. Você me manteve sã em 2020. Obrigada, Pooja, pela sua animação sempre que um novo documento do Word chegava no seu e-mail, e pela sua ajuda com os detalhes. E obrigada ao Tom, para quem esse sempre será O Livro do Mercedes. Desculpa por ignorar a maior parte das informações que você me passou. Chame de licença poética.

Sou muito grata aos Taverner por me darem um feedback de qualidade nos primeiros rascunhos desse livro. Agradeço também ao Peter pelo *brainstorming* que fizemos na Provença, onde grande parte desse livro nasceu. E ao Phil, que respondeu a perguntas estranhas, e à Helen, também conhecida como "Consultora de Peitos", que respondeu a perguntas ainda mais estranhas. Obrigada ao Colin por toda a paciência para me ensinar a dirigir. Também sou imensuravelmente grata aos meus pais, que sempre estiveram ao meu lado, e não consigo nem descrever o real valor disso.

Por fim, agradeço ao meu marido, Sam. Eu te amo como a Addie ama o Dylan, como o Dylan ama a Addie, como a Molly ama peras. Um brinde a uma vida inteirinha juntos.

1ª EDIÇÃO

PAPEL DE MIOLO
Pólen® Soft

TIPOGRAFIA
NuSwift

IMPRESSÃO
Geográfica